愛經典

閱讀經典，成為更好的自己。

EMILY BRONTË

咆哮山莊

WUTHERING HEIGHTS

艾蜜莉·勃朗特——著

閆秀——譯

緣起

愛經典

卡爾維諾說：「『經典』即是具影響力的作品，在我們的想像中留下痕跡，並藏在潛意識中。正因『經典』有這種影響力，我們更要撥時間閱讀，接受『經典』為我們帶來的改變。」因著經典作品獨具的無窮魅力，時報出版公司特別引進「作家榜」品牌母公司大星文化策劃的「作家榜經典名著」，推出「愛經典」書系，期能為臺灣的經典閱讀提供最佳選擇。

這一系列作品，已出版近百本，累積良好口碑，榮登各大長銷榜。這些作家都經時代淬鍊，作品雋永，意義深遠。我們所選的譯者，許多都是優秀的詩人或作家，譯文流暢通順好讀，更能傳遞原創精神與文采意涵。因為經典，時報特別對每部作品皆以精裝裝幀，更顯質感，絕對是讀者閱讀與收藏經典的首選。

現在開始讀經典，成為更好的自己。

目次

第一部

第一章

一八〇一年——我剛剛拜訪了我的房東回來——就是那個令我發愁的孤僻鄰居。這裡真是一處美麗的鄉間啊！在整個英格蘭，我不信還能找到這樣一個地方，可以完全隔絕塵世的喧囂。一個厭世者的理想天堂——希斯克利夫先生和我剛好是最佳拍檔，可以分享這一片荒涼。真是個絕妙的人！我騎馬來到他面前，只見他眉下烏黑的雙眼滿含猜忌地盯著我看，他肯定沒想到，我的心對他懷有多大的熱情。當我通報自己名字的那一刻，他的手指往背心口袋裡插得更深了，看樣子滿懷戒心。

「是希斯克利夫先生嗎？」我問。

他點了點頭，算是回答了。

「先生，我是洛克伍德，您的新房客——很榮幸我剛到這裡就見到您了，希望我執意要租畫眉山莊，沒有給您帶來什麼不便吧。聽聞您昨天就已經有些想法了——」

「畫眉山莊是我自己的，先生，」他打斷我的話，皺起了眉頭，「只要我能阻止，我絕不允許任何人給我帶來不便——進來吧！」

這句「進來吧！」是咬著牙帶著情緒說出來的，像是說「見鬼去吧！」，甚至連他所倚著的那扇大門，也沒有對這句話表現出任何支持，動也沒動。我想，正是這個境況促使我決定接受邀請：對這樣一個看起來比我更少言寡語的人，我頗感興趣。

當看到我的馬的胸膛幾乎要頂到柵欄了，他才抽出手來解開了門閂，隨後悶悶不樂地領我走上石鋪小路。我們進入院子時，他喊道：

「約瑟夫，過來牽洛克伍德先生的馬，再拿些酒來。」

「我想，他全家就這麼一個傭人吧，」我聽了這雙重齊下的命令，暗中思索，「怪不得石板縫間長滿了草，而且只有牛才會替他們『修剪』雜草吧。」

約瑟夫是一個上了年紀的人，不，是一個老頭，儘管他看起來矍鑠且矯健，或許已經很老了。

「上帝啊，幫幫我們吧！」他一邊鬆開我的馬，一邊低聲自言自語，夾雜著惱怒和不快，同時還盯著我的臉，滿臉不悅之色，所以我只能善意地推測，他一定是需要神的幫助來消化晚餐，而他那虔誠的低吼跟我這個不速之客毫無關係。

咆哮山莊是希斯克利夫先生住所的名字。「咆哮」是一個意味深長的地點形容詞，用來形容在遭遇暴風雨時，該地所經歷的那種天氣。住在這個地方，純淨而涼爽宜人的風無時無刻不在吹拂，隨時都能使人遐想著北風的威力——遐想著北風吹過懸崖，吹過房屋那頭幾棵極度傾斜的冷杉樹；抑或穿過一排瘦削的荊棘，讓它們都朝著一個方向伸展著，彷彿渴望著太陽的施捨。所幸的是，當年建築師有先見之明，將房子建造得還算結實：狹窄的窗戶深深地嵌入牆中，牆角亦用碩大的凸石加固著。

跨進門檻之前，我停了下來，觀賞屋前，尤其是正門附近那些大量稀奇古怪的雕刻。在正門上方那搖搖欲墜的怪獸和不害臊的小男孩之間，我發現了「一五〇〇」這個年分，還有一個名字「哈里頓·恩蕭」。我本想評論一番，也想從這倨傲無禮的山莊主人那裡獲得關於山莊的簡單介紹，然而，從他站在門口的架勢來看，他分明希望我趕快進去，或是就索性離開，我可不打算在還沒正式進門之前就惹得他不耐煩。

沒有經過任何大堂或過道，我們直接到了起居室：他們強調這裡為「正屋」。一般來說，這裡包括廚房和客廳，但是我認為，在咆哮山莊，廚房被擠到屋子的另一角去了；至少我能聽出從房屋深處傳來的喋喋不休的話語聲和廚房用具的碰撞聲，而且大壁爐裡也沒發現烤、煮、烘焙的痕跡，牆上也沒有銅鍋和錫器之類閃閃發光的容器。倒是在屋子的一頭，真真切切地，有耀眼的光和熱從裡面反射過來，燦爛奪目。那裡放了一個大橡木櫥櫃，裡面擺著一疊疊白鑞盤子，還有一些散置著的銀壺和酒杯，一排排地疊起來，疊得高高的，直至屋頂；屋頂從未裝飾過，它的整個構造躍然眼前，只有一處地方，被裝滿了燕麥餅和一簇簇牛腿、羊腿、火腿的木架遮住了。在壁爐臺上，有各種難看的老式槍，還有一對馬槍；另外，沿壁架擺放著三個畫風俗氣的茶葉罐，充作裝飾。地板是由光滑的白石鋪成的，椅子是老式的高背造型，漆成了綠色；還有一兩把笨重的深黑色椅子被藏在了暗處。櫥櫃下的圓拱裡，躺著一條碩大的深褐色母獵狗，身邊圍繞著一大群嗷嗷叫的小狗，還有一些別的狗，在隱蔽處徘徊著。

這樣的屋子和陳設，若是屬於一個樸實的北方農民，那倒沒什麼稀奇。他自帶一副倔強的面容，強壯的雙腿穿著護膝，綁著綁腿。這人坐在扶手椅上，面前的一大杯啤酒在圓桌上冒著泡。如果你在晚飯後合適的時間出門，這樣的人在方圓五、六英里的任何一個地方都隨處可見。但是，希斯克利夫先生和他的住所以及生活方式之間卻形成了一種奇怪的對比。他外表上像一個皮膚黝黑的吉普賽人，但在衣著舉止上卻又像位紳士——也就是說，像鄉紳那樣的紳士，也許還有點邋遢，但他不修邊幅的樣子看起來並不難看，因為他的挺拔俊朗——而且自帶憂鬱氣質——也許，有人會懷疑他多少有些缺乏教養的自傲——對此，我內心深處有一種同情，認為他根本不是這種人；直覺告訴我，他的冷淡源於他對賣弄感情的厭惡——討厭別人見面假惺惺地寒暄。他把愛和恨都隱藏起來，而且將被人愛和恨也看作一種很做作的行為——不，我扯遠了——我太以己度人了。希斯克利夫先生遇到一個可能認識的人時，會盡量地把手往裡面縮，也許有和我想的完全不同的原因吧。但願我這個性格算是與眾不同：我親愛的母親總說，我永遠不會有一個舒適的家，直到去年夏天我才證明，自己確實完全不配擁有一個家。

當時，我正在海邊享受一個月的好天氣，沒想到碰到了一個迷人的女孩——在她還沒注意到我的時候，我就斷定這是位真正的女神。我從未把這愛情說出口；不過，如果眉目可以傳情，那麼連傻子可能也會猜到，我已經墜入情網不可自拔了。後來她終於懂了我的心意，就回給我一個媚眼——而且甜得難以想像——我怎麼辦呢？我慚愧地承認——我像隻蝸牛一樣，即刻就冷冰冰地退縮了；她越看我，我就冷冷地越躲越遠；直到最後，這個天真可憐的女孩開始懷疑自己的判斷，以為自己猜錯了，看起來甚是惶恐，只好懇求她的媽媽依著自己的想法，迅速地溜走了。

就是因為這種古怪脾氣，我便得了個冷酷無情的名聲，其實很冤枉，但也只有我一人才能體會。

我在壁爐邊的一把椅子上坐了下來，房東就坐在對面。為了填補這一刻的沉默，我試著去撫摸那隻母狗，牠才剛剛離開牠的狗寶寶，狼一般地溜到我的小腿後面，齜牙咧嘴地流著口水。

我一摸牠，就得牠的喉嚨發出長長的低吼。

「你最好別碰那隻狗，」希斯克利夫先生同樣咆哮了起來，跺了一下腳，鎮住了牠，「牠不習慣被人摸——我養的不是隻讓人摸著玩的寵物。」

接著，他大步走向側門，再次喊道：

「約瑟夫！」

而約瑟夫在地下室的深處，含糊不清地咕噥著，並沒有要上來的意思；於是他的主人親自下去找他，留下我來面對那隻暴躁的母狗和一對毛髮蓬鬆的猙獰牧羊犬，牠們三隻對我的一舉一動都高度警惕著。

我可不想去試試牠們的尖牙，就靜坐在那裡一動不動——然而，不幸的是，我以為牠們可能無法理解這種沉默的蔑視，就又向牠們擠了擠眼，並做了個鬼臉，而此時我臉上的表情直接惹惱了母狗，牠勃然大怒，跳到我的膝蓋上。我把牠甩了回去，急忙拉了一張桌子擋在我們中間。這個舉動引起了公憤。六隻體形不一、年齡各異的四腳惡魔，一窩蜂地從陰暗的藏身處竄了出來，直接對準了我這個目標。我感到我的腳跟和大衣下襬像是被加強襲擊了，便盡力用撥火棍擋開那幾隻較大的獵狗，隨後不得不大聲疾呼，向這家人求救。

希斯克利夫先生和他的僕人從地下室的臺階爬上來了，不慌不忙的樣子，看起來很氣人。儘管壁爐前的撕咬聲混雜著犬吠聲，已經亂成一團了，但我認為他們走得並不比平常快一秒鐘。

多虧這時從廚房裡迅速奔出一個人來——一個俐落的女人，她裹著長裙，光著手臂，臉頰上映著紅色火光，手裡揮舞著一個煎鍋，衝入我們中間；她用鍋當武器，又叫嚷著，終於達到了目的，使這場暴風雨神奇地平息了下來，等她的主人來到現場時，她已經待在那裡，喘息著，胸口像一陣狂風後的大海一樣起伏著。

「見鬼，到底怎麼回事？」他問。我剛剛經歷了如此無禮的接待，他還這樣盯著我，這真讓人受不了。

「是啊，真見鬼！」我嘟囔著，「就算是魔鬼附體的豬群[1]，也沒有您這些畜生凶猛。先生，您還不如把一個生客丟給一窩老虎呢！」

「沒人碰牠們的話，牠們是不會惹事的，」他說道，並把酒瓶放在我面前，將移過的桌子放回原處，「獵狗警惕些總歸是對的。喝杯酒嗎？」

「不，謝謝您。」

「你沒有被咬到吧？」

「要是我真被咬到了，我也會在這些咬我的傢伙身上留下我的印記的。」

希斯克利夫的臉色放鬆了下來，露出了笑容。

「好啦，好啦，」他說，「讓你受驚了，洛克伍德先生。來，喝點酒。這間房子難得有人光臨，對我和我的狗來說，客人太稀罕了，說實在的，我們都不太懂該如何招待客人。祝你健康，先生！」

1 出自《聖經．新約．路加福音》第八章第三十一節至第三十三節：鬼就央求耶穌，不要吩咐他們到無底坑裡去。那裡有一大群豬，在山上吃食。鬼央求耶穌，准他們進入豬裡去。耶穌准了他們。鬼就從那人出來，進入豬裡去。於是那群豬闖下山崖，投在湖裡淹死了。

我鞠躬回敬了他，開始覺得為一群惡狗的冒犯，就坐在那裡生悶氣，其實也滿蠢的。再說，我也不能讓他一直取笑我，因為他現在已經在拿這件事說笑了。

他——也許是出於審慎考慮，認為得罪一個好房客是愚蠢的——於是態度稍微緩和了一點，說話也直接了些；還找出了一個他認為我會感興趣的話題——談我目前隱居住所的優缺點。

我發現，在我們討論的話題上，他的腦子是很機靈的；因此，回家前，我還興致勃勃地主動提出明天會再來一趟。

而他顯然不願我再來打擾。儘管如此，我還是要去的。我覺得跟他比起來，自己簡直太擅長交際了，真令人驚訝。

第二章

昨天下午霧濛濛的，也很冷。我有點想在書房的爐火旁度過，不打算穿過石楠荒原和泥濘到咆哮山莊去了。

可是，在我吃完正餐時（注意，我在十二點到一點之間吃正餐；女管家是一位慈祥的太太，她是我租下這個房子時附帶的管家，她無法理解，或者不願理解我請求在五點鐘吃正餐[1]的用意。）——當我懷著這種懶洋洋的想法爬上樓梯，邁進屋子的時候，看見一個女僕跪在地上，被掃帚和煤斗包圍著，正在用一堆堆煤渣壓滅火焰，搞得屋子裡滿是灰塵。看見這架勢我立刻掉頭回來了；戴上帽子，走了四英里後，我及時趕到了希斯克利夫的花園門口，算是躲過了今年的第一場鵝毛大雪。

在荒涼的山頂上，大地被一層黑色的霜覆蓋著，冰冷而堅硬，凜冽的寒氣凍得我四肢發抖。我解不開門鏈，便翻跳過去，沿著兩邊凌亂生長著醋栗樹叢的石板路跑過去，敲了半天門也沒人應，直到我的手指骨刺痛，狗也開始嚎叫了。

「可惡的人家！」我在心裡嘀咕，「待人如此無禮，就該一輩子跟人群隔絕。我至少在白天時

1 英國的南部地區流行將晚餐視為正餐，而勃朗特所在的北約克郡鄉村，通常在中午吃正餐。

不會把門閂上——不管了——我要進去了！」

下定決心後我便抓住門閂，用力搖了搖。這時，苦著臉的約瑟夫從穀倉的圓窗裡探出頭來。

「你想幹嘛？」他嚷嚷著，「主人在羊圈。你要找他的話，就從穀倉這裡繞過去。」

「屋內就沒個人來開門嗎？」我叫道，回懟了一句。

「除了太太沒有別人；就算你敲到半夜，也沒有人開。」

「為什麼？難道你就不能告訴她我是誰嗎，呃，約瑟夫？」

「別找我，我才不管這些閒事。」只聽他嘟囔著，腦袋又縮回去消失不見了。

雪下大了。我抓住門柄又試了一下。這時後面院子裡出來一個年輕人，他扛著一把草叉，沒穿外套，招呼我跟著他走。我們穿過一間洗衣房，經過一片鋪平的地，那裡有煤棚、抽水泵和鴿籠，最後終於到了上次接待我的那間溫暖、歡騰又寬敞的房間。

壁爐裡，由煤塊、泥炭和木頭混合著燃起的爐火燒得正旺，發出溫暖而明亮的光，照亮了整個屋子。餐桌已擺放完畢，正準備上豐盛的晚餐。我很高興在餐桌旁終於見到了這位「太太」，以前我從未料到還會有這樣一個人存在。

我鞠躬等候，期待著她會邀請我坐下。她卻只是看看我，靠在椅子上，一動不動，也一言不發。

「好糟糕的天氣啊！」我說道，「希斯克利夫太太，恐怕因為你的僕人懶散，這大門該吃苦頭了：我花了好大的力氣，才讓他們聽到我在敲門！」

她自始至終沒有開口。我盯著她——她也盯著我。不管我怎麼做，她總是用一種漠不關心的目光冷冷盯著我，非常尷尬且令人窘迫。

「坐吧，」那年輕人沒好氣地說，「他很快就來了。」

我坐下了，輕咳一聲，喚了一聲那條惡狗「朱諾」[2]。這是第二次見面，牠總算賞臉，搖起了尾巴尖，算是表示認識我了。

「好漂亮的狗呀！」我又開始說了，「以後那些小狗你不打算留下來嗎，太太？」

「那些小狗不是我的。」這位可愛的女主人說，說話的腔調比希斯克利夫先生還要讓人不快。

「啊，你最喜歡的是這些吧？」我繼續說，轉身指著一個看不太清楚的墊子，裡面擠滿了像貓一樣的東西。

「喜愛那些東西才怪呢。」她露出輕蔑的表情。

真倒楣，原來那是一堆死兔子——我又輕咳一聲，走近壁爐，把今晚天氣多糟糕的話搬了出來。

「你本來就不應該出門。」她說著，站起身來，想伸手去拿壁爐臺那裡的兩個彩色茶葉罐。

她原來坐的地方是背光的，而現在，我可以把她的臉和整個身材都看得清清楚楚了。她很苗條，看起來還是少女的模樣；體態迷人，生了一張我從未見過的精緻小臉：五官精巧，非常漂亮；亞麻色的鬈髮，或者更確切地說是金色的，鬆散地掛在她嬌嫩的脖子上；至於她的那雙眼睛——若是能再溫和一點，那將會迷死人——也算是我那顆容易動情的心運氣好，因為我一眼看出，在她這

2 朱諾是羅馬神話裡天后的名字。

眼神裡，有一種徘徊在輕蔑和近乎絕望之間的複雜情緒，在這樣的臉上顯得極其不自然。

她幾乎搆不到那些茶葉罐，我本想幫她一下，但她猛地轉向我，就像一個守財奴預感到有人要來幫她數金子一樣。

「我不需要你幫忙，」她厲聲說道，「我自己能拿。」

「對不起。」我連忙回答。

「是請你來喝茶的嗎？」她一邊說著，一邊將圍裙繫在她那乾淨整潔的黑色連衣裙上，站在那兒，拿著一勺茶葉要往茶壺裡倒。

「我很樂意喝一杯。」我回答。

「是請你來的嗎？」她重複道。

「不，」我勉強笑了笑說，「您正好請我喝茶。」

聽聞此言，她便把茶葉倒回了罐裡，連同勺子和所有的東西都扔了回去；隨後使著性子一屁股坐在椅子上，前額緊蹙，紅紅的小嘴噘著，像個小孩子一樣，馬上要哭出來了。

這時，那個年輕人已經套上了一件破舊的上衣，站在爐火前，用餘光瞄著我，好像我們之間有什麼深仇大恨。我開始懷疑他究竟是不是一個僕人了；他的衣著打扮和言行舉止都很粗俗，完全沒有希斯克利夫先生和太太身上的那種顯而易見的優越感；他那一頭濃密的棕色鬈髮，凌亂又不修邊幅，絡腮鬍碴像熊一樣布滿臉頰，還有一雙勞苦大眾一般的古銅色雙手。不過，他的舉止卻很隨意，幾乎是帶著些傲慢了，根本看不出一點僕人伺候女主人時該表現出的殷勤。

既然我還搞不清楚此人的來路，我認為最好不要總盯著他古怪的舉止。五分鐘後，希斯克利夫進來了，剛好把我從不自在的狀態中解救了出來。

「您看，先生，我言出必行！」我大聲喊道，裝出很高興的樣子，「只怕我會被這天氣困上半個鐘頭，您是否可以讓我在這裡避一下？」

「半個鐘頭？」他一邊說，一邊抖落衣服上的白色雪花，「我搞不懂，你竟會在這麼一個暴風雪天氣裡出來散步，你知不知道你會有迷失在沼澤地的危險？熟悉這荒原的人，也常常會在這樣的夜晚迷路，而且，我可以告訴你，這天氣是不會好轉的。」

「或許，我可以在您底下的人中找個帶路的人，他可以在畫眉山莊裡過夜——能派一個給我嗎？」

「不，我不能。」

「哦，真的！那麼，我得相信我自己的能耐了。」

「嗯。」

「你還要準備茶嗎？」那個穿破舊衣服的年輕人問道，他將凶狠的目光從我身上移開，轉向那位年輕的太太。

「要請他喝嗎？」她向希斯克利夫請示。

「去準備，還不快去？」他回答得如此蠻橫，嚇了我一跳。這語氣暴露出他壞脾氣的本性。我也不想再稱希斯克利夫為絕妙的人了。

準備好茶後，他是這樣邀請我的——

「好了，先生，把你的椅子拿過來。」我們所有人，包括那個粗俗的年輕人，都圍著桌子坐下來。在我們喝茶的時候，餐桌的氣氛滿是嚴肅的沉默。

我想，如果是我引起的這片烏雲，我就有責任努力驅散它。他們不可能每天都這麼陰鬱沉默地坐著，無論他們的脾氣有多壞，也不可能每天都面帶怒容。

「這很奇怪，」在我喝完一杯茶，正準備接過第二杯的時候，我開始說，「奇怪的是習俗是如何影響我們的品位和想法的；許多人無法想像，希斯克利夫先生，您過著與世隔絕的生活，其中也有著幸福；不過我敢說，您生活在這樣一個家庭裡，還有您這位和藹可親的太太守候著您的家和心靈的原因——」

「我和藹可親的太太！」他打斷了我的話，臉上帶著近乎惡魔般的冷笑，「她在哪裡——我和藹可親的太太？」

「希斯克利夫太太，我是說您的妻子。」

「嗯，是的——哦！你是說，即使她的肉體已經不在，她的靈魂還在扮演著天使的角色，守護著咆哮山莊的命運，是這樣嗎？」

我意識到自己犯了一個錯誤，便試圖糾正。我本該看出，雙方的年齡差距太大，不可能是夫妻。一個約莫四十歲，還處在精力充沛的時期，男人在這個歲數很少幻想女孩子是因為愛情嫁給他的；這種美夢是留給我們晚年時聊以自慰的。而另一位看起來還不到十七歲。

然後我突然想到——「坐在我身邊的鄉巴佬，他用盆喝茶，用沒洗過的手拿麵包，也許是她的丈夫。當然是小希斯克利夫。這就是將自己隱匿於塵世之間的下場：她委身於那個鄉巴佬，是因為她全然不知這世間還有更好的人存在！實在太可惜了——我必須小心點，可別因為我的出現，就讓她後悔自己的選擇。」

最後這一想法似乎有點自負，不是的。坐在我身邊的這個人，在我看來近乎令人厭惡。按照以往的經驗，我知道自己還是有點魅力的。

「希斯克利夫太太是我的兒媳婦。」希斯克利夫說道，這也證實了我的猜測。他一邊說，一邊轉過身來，用一種奇怪的眼神看向她，是一種仇恨的眼神，除非他那一臉肌肉生得極其反常，不會像其他人一樣表達他內心的想法。

「啊，當然——我現在明白了，原來這位仁慈的仙女是屬於你的，有福氣。」我轉過身來，對著坐在我身旁的那個人說道。

這下比剛才更糟了：這個年輕人脹紅了臉，他握緊拳頭，一副要揍人的樣子。但他似乎很快就隱忍了下來，罵了一句髒話，壓下了怒火，那句髒話是衝著我的，然而，我假裝沒注意。

「先生，不幸你猜錯了！」我的房東說道，「我們兩個都沒有特權擁有這位好仙女，她的丈夫死了。我說過她是我的兒媳婦，因此，她當然是嫁給我兒子了。」

「那這位年輕人是——」

「當然不是我兒子！」

希斯克利夫又笑了，好像把他當成那隻笨熊的父親，這個玩笑開大了。

「我的名字叫哈里頓·恩蕭，」另一個人咆哮道，「我勸你放尊重些！」

「我沒有表現出不尊重啊。」我回答道，心裡嘲笑他報出自己姓名時那副自豪的神氣。

他久久地盯著我看，盯得我都不願意再去回瞪，我怕自己會忍不住打他一個耳光，或者笑出聲來。此刻我開始明顯感到，自己與這愉快的一家人是格格不入的。精神上陰鬱的氣氛壓倒了我，遠遠打消了我眼前物質上的舒適；我心想，第三次再冒險來到這家時，可要多加小心了。

飯後，沒有人說一句應酬的話，我走近一扇窗戶，想看看外面的天氣。

我看到了一片淒涼的景象：黑夜過早地降臨了，外面狂風憤怒疾呼，大雪簌簌落下，令人窒息，天空和群山混在了風雪交加的漩渦之中。

「沒人帶路，我沒法回家了，」我忍不住叫了起來，「大雪已經把路埋住了。而且，即便還有路露出來，我也看不清往哪裡邁步了。」

「哈里頓，把那十幾隻羊趕到穀倉的門廊裡去。牠們要是整夜留在羊圈裡，會被雪埋住的。在牠們面前放塊木板。」希斯克利夫說。

「我該怎麼辦？」我說著要惱起來了。

根本沒人理我。我環顧了一下四周，只看到約瑟夫給狗提來一桶粥，希斯克利夫太太靠在爐火邊，燒著一捆火柴玩，這是方才她把茶葉罐放回原處時，從壁爐臺上掉下來的。

約瑟夫放下粥桶後，挑剔地審視了一下四周，然後用嘶啞的聲音說道：

「我搞不懂，人家都出去做事了，你怎麼能在那裡閒著！但你什麼都不是，說你也沒用——你這毛病一輩子也改不了，乾脆就直接去見魔鬼吧，跟你媽一樣！」

有那麼一會兒，我以為這一番長篇大論是衝著我來的，憤怒之下，我想走向那個老流氓，把他一腳踢出門。

就在這時，希斯克利夫太太的話打消了我的念頭。

「你這個假正經的老東西，真可恥！」她反駁道，「每次你提到魔鬼的時候，就不怕魔鬼把你帶走嗎？我警告你，不要惹惱我，否則我就請魔鬼幫忙，把你抓了去。站住，看這裡，約瑟夫，」她繼續說道，並從書架上取下一本長長的黑色書，「我要讓你看看，我的魔法有多大的進步——我很快就能完全掌握它了。那頭紅母牛不是無緣無故死於偶然，你的風溼病也還算不上天賜的懲罰！」

「啊，惡毒，惡毒！」老人喘息著說，「願上帝拯救我們脫離邪惡吧！」

「不，放肆！你早就被上帝拋棄了——滾開，否則我會狠狠收拾你的！我會用蠟和泥，把你們都捏成小人兒；第一個越過我設定的界限的人，我就會——我先不說會怎麼樣——但是，走著瞧！滾，我正在盯著你！」

這個小女巫，美麗的雙眼全是冷嘲熱諷的惡意，約瑟夫害怕得發抖，急忙跑出去祈禱，一邊走一邊喊著「惡毒」。

我猜，她肯定因為無聊才覺得這樣比較好玩；現在只有我們兩個人了，我得想辦法跟她訴說一下我的心事。

「希斯克利夫太太，」我懇切地說，「您一定要原諒我打擾您——我想，您一定十分善良，因為相由心生。請給指指路讓我回家吧——我不知道該怎麼走，就像您不知道該怎麼去倫敦一樣！」

「你怎麼來的就怎麼走，」她回答道，坐在椅子上，面前點著一支蠟燭，還放著那本打開的長書，「這是一個簡單的辦法，但也是我能給你的最好辦法了。」

「那麼，要是以後您聽說我被發現死在沼澤裡，或者一個滿是雪的坑裡，您的良心會不會隱隱不安，感覺自己也有一部分過錯？」

「怎麼會？我又送不了你。他們不許我走到花園圍牆的盡頭。」

「您送送我吧！就當為了我，在這樣一個夜晚，我很抱歉需要您跨過門檻，」我大喊，「我懇求您告訴我，到底怎麼走，而不是要您領著我走；或者說服希斯克利夫先生給我安排一個帶路的人。」

「派誰？他自己、恩蕭、齊拉、約瑟夫，和我。你想要哪一個？」

「農莊裡沒有其他工人了嗎？」

「沒了，就這些。」

「那沒辦法了，我只能留在這裡過夜。」

「這事你和你的房東商量。我也沒辦法了。」

「我希望這能給你一個教訓，不要再一頭熱地隨便來到這山上了，」希斯克利夫嚴厲的聲音從廚房門口傳來，「至於留在這裡過夜，我可沒有招待客人的住處；要是你想住，就只能跟哈里頓或約瑟夫睡一張床了。」

「我可以睡在這個房間的椅子上。」我回答。

「不，不！陌生人就是陌生人，不管他是富是窮——我不許任何人待在我眼睛看不到的地方！」這個不懂禮貌的混蛋說道。

面對這種侮辱，我的忍耐到了極點。我氣憤地回了他一句，擦過他的身邊，衝到了院子裡，匆忙中撞上了恩蕭。

天太黑了，我連出口也找不到了，在我四處徘徊的時候，我聽到了他們之間一些還算有教養的對話。

起初，這個年輕人似乎對我還算友善。

「我把他送到園林那裡吧。」他說。

「那你就和他一起去死吧！」只聽他的主人或其他什麼人大聲說道，「誰來照看這些馬，嗯？」

「一個人的命肯定比一晚上沒人看馬重要。總得有人去吧。」希斯克利夫太太低聲說道，比我想像的還要善良。

「用不著你來命令我！」哈里頓反駁道，「如果你看重他，最好保持沉默。」

「那我希望他的鬼魂會纏著你，也希望希斯克利夫先生永遠也找不到另一個房客，直到山莊變成一片廢墟！」她厲聲回答。

「聽著，聽著，她在詛咒他們！」約瑟夫咕噥道，這時我正朝著他們走去。

他坐在不遠處，正借助一盞提燈的燈光擠牛奶，於是我趕緊跑過去，趁機把他的提燈拿走了，一邊跑一邊大聲喊著明天會把它送回來，直接衝向最近的邊門。

「主人、主人，他把提燈搶走了！」老頭喊著，朝我追了上來，「嘿，咬人狗！嘿，狗！嘿，狼！抓住他，抓住他！」

我一打開小門，兩個毛髮蓬鬆的怪物就直接撲向我的喉嚨，把我弄倒了，燈滅了，這時希斯克利夫和哈里頓哈哈大笑的聲音傳來，使我又惱又羞。

幸運的是，這些小獸也就撩撩我，伸伸牠們的爪子，打著哈欠，搖著尾巴，並不準備把我活活吃掉；但牠們也沒有放過我，讓我不得不躺在地上，等著牠們那惡毒的主人什麼時候高興了來救我。這時，我的帽子也掉了，我氣得直發抖。我命令那些惡棍立即放我出去——再多耽擱一分鐘，我就要讓他們遭殃——我語無倫次地說了幾句要報復的話，有點像莎士比亞戲劇中的李爾王。

由於過於激動，我的鼻子開始流血了，而希斯克利夫還在笑，我也繼續罵著。要不是旁邊來了一個比我的頭腦更清醒、心地比我的房東仁慈的人，我真不知道該怎麼收場。這人就是齊拉，那個壯碩的女管家；她開始過問這件事了。她認為他們當中有人對我下手過重了，但她又不敢衝著主人來，就對著那幾個年輕的惡棍開火了。

「好啊，恩蕭先生，」她喊道，「我不知道你接下來還要幹出什麼好事！我們要在自家門口殺人嗎？我看這個家我是待不下去了——看看這個可憐的年輕人，他都快窒息了！拜託，拜託！你可不能走——進來吧，我來管你。好了，別動。」

說著，她突然往我脖子上潑了一桶冰冷的水，把我拖進了廚房。希斯克利夫先生跟在後面，他很快就從這場偶然的歡快中恢復了他往常陰鬱的樣子。

我實在很不舒服，頭暈目眩，因此這晚不得不寄人籬下。他吩咐齊拉給我倒一杯白蘭地，然後逕自去了裡屋。齊拉同情我的可憐樣子，安慰了幾句，然後又照主人的吩咐給我一杯白蘭地，見我稍稍恢復了一些，便領我去睡了。

第三章

她帶我上樓時，建議我把燭光遮住，不要發出聲響，因為她家主人對她將要領我去住的這個房間心存芥蒂，他從不輕易讓任何人在那裡過夜。

我問是什麼原因。

她回答說不知道。她才在這裡住了一兩年，這家人有這麼多古怪的事情，她也沒有多去過問。

我昏昏沉沉的，也不想打聽什麼，便關上門，四處張望著找床。整個房間的家具只有一把椅子、一個衣櫥和一個大橡木壁櫥，壁櫥靠近頂部的地方有幾個方洞，像是馬車的窗子。

我走近這個東西，朝裡面一看，發現它是一種獨特的老式長榻，設計得非常方便，省去每個家庭成員都占一個房間的必要。事實上，它就是一個小小的房間，並且那個被圍起來的窗臺，正好可以當作桌子用。

我把嵌板的兩邊推開，端著蠟燭進去，又把嵌板合在一起，覺得安全了，也不怕希斯克利夫和其他人的監視了。

我把蠟燭放在窗臺上，發現窗臺的角落裡堆著幾本發霉的書；塗過油漆的窗臺上也滿是字跡。然而，這些各種各樣的字體，只不過是重複寫著一個名字——凱瑟琳．恩蕭，有些地方變成了「凱瑟琳．希斯克利夫」，然後又是「凱瑟琳．林頓」。

我無精打采地把頭靠在窗戶上，不斷地念著凱瑟琳·恩蕭、希斯克利夫、林頓，直到我閉上了眼睛；可是閉眼不到五分鐘，黑暗中就湧現出一道耀眼的白色字母，像幽靈一樣逼真——整個空中充滿著「凱瑟琳」；我驚跳起來，想驅散這個驟然出現的名字，卻發現我的蠟燭芯斜靠在一本古書上了，發出了一股烤牛皮的氣味。

我剪掉燭芯，感覺又冰冷又噁心，非常不舒服，便坐了起來，把烤壞的書攤開，放在我的膝蓋上。這是一本《聖經》，字體細長，散發著難聞的霉味，扉頁上寫著——「凱瑟琳·恩蕭，藏書」，日期約莫是二十五年前。

我合上它，拿起一本又一本，直到把所有的書都翻了一遍。凱瑟琳的藏書都是精心挑選過的，一副破舊不堪的樣子，明顯是被人翻過很多遍了，儘管讀的時候沒有好好愛惜，幾乎每一章都有鋼筆寫的批注——至少看樣子像是批注——書中的每一塊空白，都寫得滿滿的。

有些是獨立的句子，還有一些看樣子像是普通日記的形式，出於一隻稚嫩如孩子般的小手，寫得潦潦草草。在另外一張空白頁的頂部（也許剛開始發現它時，還會如獲至寶）有一幅絕妙的漫畫，畫的是我的朋友約瑟夫，這讓我非常高興，雖然畫得線條粗糙，卻有力地勾勒了出來。

那一刻，我對這位素未謀面的凱瑟琳產生了興趣，接著我便開始辨認起她那些褪色到模糊不清的文字。

一個可怕的禮拜天！

繼續下文。

真希望我父親還能回來。辛德雷是一個可惡的替代者——他對希斯克利夫太殘暴——我和希準備反抗了——今天晚上，我們邁出了第一步。

一整天都在下大雨；我們沒法去教堂，所以約瑟夫讓大家必須在閣樓上聚會；這時候，辛德雷和他的妻子在樓下的壁爐前，舒舒服服地烤著火——我敢說，他們隨便做什麼也不會去讀《聖經》的，我照做了——希斯克利夫、我，還有那個可憐的小牧童，被命令拿著我們的祈禱書，上樓去了。我們排成一排，站在一袋穀子上，哼唧著、顫抖著，希望約瑟夫也會顫抖，這樣，他即使是為了自己，也可以少給我們講道了。但這也果真只是妄想！禮拜整整持續了三個小時；然而，當我的哥哥看到我們下樓的時候，他居然還有臉驚叫著說：

「什麼，這樣就做完了？」

以前，在禮拜天晚上，還能允許我們玩一會兒，只要別大吵大鬧；但如今，連我們只是偷偷笑一笑，也會被罰去站牆角。

「你沒把主人放在眼裡，」那個暴君說，「誰先惹我發脾氣，我就毀了他！我堅決要求保持絕對的肅靜。哦，孩子！是你嗎？法蘭西絲，親愛的，你走過來時，去抓他的頭髮；我聽到他在打響指呢。」

法蘭西絲用力地抓他的頭髮，然後走過去，坐在她丈夫的膝上；他們倆就像兩個小孩子一樣，一小時接一小時地接吻和閒聊——全是愚蠢的廢話，連我們都感到丟人。

我們躲在碗櫥的拱門裡，盡可能讓自己舒適些。我剛剛把我們的圍裙繫在一起，掛起來當窗簾，這時約瑟夫正好有事從馬廄進來了。他扯下我做的簾子，打了我耳光，然後扯著嗓子說：「主人剛入土，安息日還沒過完呢，福音還在耳朵裡傳著，而你們竟然玩起來了！你們真可恥！給我坐下，壞孩子！如果你願意讀的話，有的是好書。坐下吧，想想你們的靈魂吧！」說這話的時候，他強迫我們坐得端端正正，這樣，我們就可以藉著遠處爐火照過來的那一束微弱的光線，讀他塞到我們手裡的爛書。

我受不了這個差事。我抓起手裡那本髒兮兮的書的封底，一把扔到了狗窩裡，賭咒說我討厭這些個好書。

希斯克利夫也把他的書踢到了同一個地方。

接著是一片混亂！

「辛德雷少爺！」我們的那位牧師喊道，「少爺，快來！凱西[1]小姐把《救世之盔》的書封都扯下來了，希斯克利夫用腳踢開了《毀滅之路》的第一卷。你讓他們這樣下去可不得了！唉！換了老主人的話，可要好好地抽他們一頓——可是他不在了！」

辛德雷從他那天堂般的壁爐邊趕了過來，抓住我們其中一個人的衣領，還有另一個人的手臂，把我們兩個都扔進了後廚房。約瑟夫斷言，「噢，老尼克[2]」一定會把我們活捉的。聽到了這番安慰，我們便各自找一個單獨的角落，等待著老尼克來臨。

我從書架上摸到了這本書和一瓶墨水，推開一點門縫，藉著光，就這樣寫了二十分鐘；但是我的同伴不耐煩了，提議我們應該偷走擠奶工的斗篷，披在身上，到荒原上來一場狂奔。

真是令人愉快的提議——而且，若是那個火爆脾氣的老頭進來，或許還會以為他的預言應驗了——反正我們在這裡待著，比在大雨裡還要陰冷。

* * *

我想凱瑟琳實現了她的計畫，因為下一句話寫的是另一個話題，她流淚了。

我做夢也沒想到辛德雷會讓我哭成這樣！

她寫道：

我頭痛，痛得無法安睡，但我還是止不住地哭。可憐的希斯克利夫！辛德雷罵他是叫花子，再也不讓他和我們坐在一起，也不讓他和我們一起吃飯了；而且他說，他和我不許再待在一起玩了，還威脅說，如果我們違背他的命令，就立刻把他趕出家門。

他曾經抱怨我們的父親（他怎敢怪父親？）對希斯克利夫太好；還發誓說，以後就讓他滾回到原來的位置上去——

---

1 凱瑟琳的暱稱。

2 對魔鬼的一種俗稱。

＊　＊　＊

對著這些模糊不清的書頁，我開始打起盹來；隨後我的目光從手寫字轉移到印刷字體上。我看到一個紅色的花字標題──「七十個七次，第七十一個七次的第一次。傑貝斯．布蘭德漢姆牧師在吉默登．蘇教堂的一次虔誠布道。」[3]當我迷迷糊糊地絞盡腦汁去猜想傑貝斯．布蘭德漢姆將會如何來發揮這個題目時，我卻倒在床上睡著了。

唉，都怪這糟糕的茶，還有這壞情緒！還有什麼能讓我度過如此可怕的夜晚？自從我學會了吃苦，我記不得還有哪一次能和今晚相比。

我開始做夢，幾乎是在還沒忘記自己身在何時何處的時候就開始做起夢了。我以為此刻是早晨，我已動身回家，約瑟夫在給我領路。路上的積雪有好幾碼厚；我們艱難地掙扎著前行，這位同伴不斷地怪我沒有帶一根朝聖的手杖，還說要是沒人幫我，我一輩子也回不了家。他還得意揚揚地揮舞著一根大頭棒，我知道這就是他所謂的手杖。

有那麼一會兒，我覺得還得帶這麼一個武器才能回到自己家，那可真是荒謬。但緊接著一個新的念頭在我腦海中一閃而過，我這並不是回家啊，我們這趟正是為了聽大名鼎鼎的傑貝斯．布蘭德漢姆牧師布道──講〈七十個七次〉；而無論是約瑟夫、這位牧師，還是我犯了「第七十一個七次的第一次」這種不可饒恕之罪，都要被當眾揭發，逐出教會。

我們來到教堂——我平日散步時，真的在那裡走過兩三回：它位於兩座小山之間——一個山谷中——一個靠近沼澤的較高山谷，那裡有幾具屍體，據說沼澤中的溼氣可以發揮防腐的作用。屋頂至今還完好無損，但是，因為牧師的所有津貼也不過每年二十英鎊，加上一處有兩個房間的房子，而且眼下只怕很快決定只給一間了，所以沒有一個神職人員願意來這裡擔任牧師，尤其當下還有小道消息傳來，說他的信徒寧願他餓死，也不願從自己口袋裡多掏一便士來提高他的俸金。然而，在我的夢裡，我看到傑貝斯擁有一群全神貫注的會眾：他講道了——上帝啊——多麼好的一篇講道啊！分為四百九十節，每一節都相當於一篇普通的講道，每一節都在討論一種罪惡！他從哪裡找來這麼多罪，我不知道。他對這些經文有一套自己獨特的講解，似乎會眾弟兄時時刻刻都會在每個場合犯下一種不同的罪來。

這些罪全部都很奇特——都是我之前從未想像過的離奇古怪的罪。

啊，我累壞了。我是怎樣地扭動身子，打哈欠，打盹，又醒過來的！又是怎樣地掐自己，刺自己，揉眼睛，站起來，又坐下的，還用手肘推了推約瑟夫，想問他牧師的布道什麼時候才能結束！

我注定要聽到結束——最後，他講到了「第七十一個七次的第一次」。在這緊要關頭，我突然有了靈感；我不自覺地站起來，譴責傑貝斯．布蘭德漢姆是一個罪人，犯下了任何基督徒都不能寬

3 見《聖經．新約．馬太福音》第十八章第二十一、二十二節：那時彼得進前來，對耶穌說：主啊，我弟兄得罪我，我當饒恕他幾次呢？到七次可以嗎？耶穌說：我對你說：不是到七次，乃是到七十個七次。

恕的罪行。

「先生，」我大聲叫道，「我坐在這四堵牆中間，憋著氣，忍了你那四百九十個題目，也不計較了。有七十個七次，我都想摘下帽子準備走人——而有七十個七次，你卻荒謬地逼我重新坐下。這第四百九十一個實在讓我忍無可忍了。受苦受難的弟兄，給我上！把他拖下去，把他碾碎，讓這個熟悉他的地方人人都認不出他！」

「『你就是那個罪人！』」在一陣嚴肅的停頓之後，傑貝斯從他的坐墊上探出身子大叫，「七十個七次，你張著大嘴打哈欠，一臉怪相——七十個七次，我與我的靈魂商議——瞧，這是人類的弱點；這也是可以赦免的！現在第七十一個七次的第一次來了。各位弟兄，在他身上施行所記錄的審判吧！每個聖徒都有這份榮耀！」

話音剛落，全體會眾便高舉他們朝聖者的手杖，衝著我圍了過來。我沒有武器自衛，開始與約瑟夫搏鬥，去搶他的手杖，他離我最近，也打我最凶。在混亂的人群中，幾根棍棒交叉在一起了；本來衝著我來的棍子，卻落在了別人的頭上。不一會兒，整個教堂都迴盪著乒乒乓乓的聲響。每個人都與身邊的人打成一團；布蘭德漢姆不願意袖手旁觀，他用力敲打著講壇上的木板，情緒激昂，聲音震天，直接把我驚醒了，頓時有一種說不出來的輕鬆。

是什麼引發我夢到這樣劇烈的混亂，在這場騷亂中，誰扮演了傑貝斯的角色？原來，當狂風呼嘯而過時，冷杉樹上的一根樹枝碰到了我的格子窗，它那乾枯的毬果擦在窗玻璃上，發出嘎嘎的響聲！

我疑神疑鬼地聽了一會兒，弄清了是什麼把我吵醒的之後便翻身繼續睡了，又做了一個夢；如果真是夢的話，那這個夢比上一個還要不爽。

這一次，我記得是躺在橡木壁櫥裡，清清楚楚地聽到了外面風雪交加的聲音；還聽到了冷杉樹的樹枝又碰到玻璃的聲音，我知道這是怎麼回事。這讓我非常惱火，所以我決定，如有可能，就得想辦法讓它停止發出聲音；我想了想，便起床試圖去打開窗戶。鉤子被焊到了鉤環上，這一點我醒著的時候注意到了，但這時又忘記了。

「不管怎樣，我非止住它不可！」我咕噥著，用拳頭打穿了玻璃，伸出一隻胳臂抓住那根糾纏不清的樹枝：誰料，樹枝沒抓住，卻抓住了一隻冰冷小手的手指頭！

夢魇的強烈恐懼籠罩了我，我試圖抽回我的手臂，但那隻小手緊緊抓住我不放，有一個憂鬱的聲音抽泣著：

「讓我進去——讓我進去！」

「你是誰？」我問道，一邊拚命想掙脫開。

「凱瑟琳．林頓，」那聲音顫抖著回答道（為什麼我會想到林頓？我有二十遍把林頓念成了恩蕭），「我回家來了，我在荒原上迷了路！」

聽到這話時，我隱隱約約看到一張孩子的臉正在朝窗戶裡望著——我嚇死了，索性狠下心來；我發現試圖甩開這東西是沒有用的，於是我把這孩子的手腕拽到破碎的玻璃上，來回劃著，直到鮮血直流，浸透了床單，但她還在苦苦哀求著說：「讓我進去吧！」而且一直緊緊抓住我不放，簡直把我嚇瘋了。

「我怎麼可以？」我終於開了口，「如果你想讓我放你進來，你先放開我！」

手指鬆開了，我把自己的手從洞裡抽回，匆忙把書堆成一堆，堵住了窗口，又捂住耳朵，讓我不再聽到那可憐的祈求。

捂了大約一刻鐘，然而等我再聽的時候，那淒慘的哭聲還在嗚咽著！

「走開！」我喊道，「就算你求我二十年，我也永遠不會讓你進來！」

「已經二十年了，」那聲音哭著說，「二十年了，我已經漂泊了二十年！」

外面傳來一陣輕微的刮擦聲，那堆書好像被誰往前推開了。

我想跳起來，但四肢僵住了，於是我在極度恐懼中大聲呼喊起來。

令我感到混亂的是，我發現自己的大喊大叫並非虛幻。一陣急促的腳步走近了我的房門口：有人用力推開了門，一束光線從床頂的方洞照射過來。我還坐在那裡，瑟瑟發抖，擦著額頭上的冷汗；闖進來的人似乎躊躇了一下，喃喃自語在說著什麼。

最後，他低聲說，顯然是在自言自語：「有人在嗎？」

我覺得最好承認是我在，因為我聽出這是希斯克利夫的聲音，要是我一直不吭聲，他可能還會繼續尋找。

懷著這種想法，我轉過身推開嵌板——這之後發生的事，讓我久久難以忘懷。

希斯克利夫站在門口，穿著睡衣睡褲，手拿一支蠟燭，燭油滴在他的手指上，他的臉蒼白得像身後的那面牆。那橡木嵌板猛地嘎吱一聲響，他嚇得如同遭了電擊，把手裡的蠟燭拋到了幾英尺遠，他情緒激動，幾乎連蠟燭也撿不起來了。

「只是你的客人，先生，」我喊道，希望他別再因為露出膽小的樣子而覺得自己丟人，「我剛才經歷了一場可怕的噩夢，不幸在睡夢中尖叫了起來。真抱歉，我把你吵醒了。」

「啊，上帝會懲罰你的，洛克伍德先生！但願你在——」我的房東開口說道，並把蠟燭放在椅子上，因為他發現自己甚至無法把它拿穩。

「誰帶你來這個房間的？」他接著說道，握緊了拳頭，牙咬得咯吱響，克制住下頦的抽搐，「是誰？我真想此刻就把他們趕出家門！」

「是你家僕人，齊拉。」我回答著，從床上跳了下來，迅速穿好衣服，「我不在乎你是否這樣做，希斯克利夫先生，她活該。我想她是想利用我，為了再一次證明這個地方鬧鬼——好吧，是的——這裡到處都是鬼和妖精！我敢肯定，你有理由把這些東西關起來。沒有一個人會因為在這樣的窩裡睡過覺而感謝你！」

「你這是什麼意思？」希斯克利夫問道，「你在做什麼？既然你已經在這裡了，就躺下過夜吧；但是，看在上帝的分上！別再發出那奇怪的聲音了——除非有人正要割斷你的喉嚨，再鬧就沒法叫人原諒了！」

「如果那個小妖精從窗戶鑽進來了，她可能會掐死我！」我回答道，「我不會再忍受你那些好客祖先的折磨了——傑貝斯．布蘭德漢姆牧師不是你母親那邊的親戚嗎？還有那個小妖精，凱瑟琳．林頓，或者恩蕭，或者不管她叫什麼——她一定是個被偷換過的孩子[4]——邪惡的小鬼！她告訴我，這二十年來她一直在世間流浪：我毫不懷疑，這是報應，她是罪有應得！」

---

4 西方民間傳說，仙女會常用又醜又笨的孩子偷換走聰明俊秀的孩子。

這些話剛一出口，我就想起了那本書裡，有關希斯克利夫和凱瑟琳這兩個名字的關係，我完全忘了這些，直到此刻才想起來。我為自己的魯莽而臉紅，但是裝作沒有故意冒犯的意思，我急忙補充道：「先生，事情是這樣的，上半夜我——」說到這裡，我急忙住口——我本要說「翻看了那些舊書」，但這樣一來，就會暴露出我已經看過了這些印刷和手寫的內容，所以，我又改口接著說道：「我看見窗臺上刻畫著一些名字，就反覆念來念去，想借助這些單調的東西幫自己催眠，像數一樣，或者——」

「你跟我說這些到底什麼意思！」希斯克利夫憤怒地咆哮著，「你怎麼——你怎麼敢，在我的屋簷下——上帝！他這樣說話真是瘋了！」他憤怒地敲打著自己的額頭。

我不知道此刻是該生氣，還是該進一步解釋；不過他似乎受到了嚴重刺激，我開始同情他，便繼續跟他講我做的噩夢，還聲明我以前從未聽過「凱瑟琳．林頓」這個名字，然而在我念了很多遍之後，就產生了幻想，幻想印進了腦子，當它開始失控，就幻化成了一個人。

我說話的時候，希斯克利夫漸漸地往床的那頭退縮，最後坐了下來，幾乎躲在床後面了。然而，透過他急促不均、斷斷續續的呼吸，我猜他在努力克制著一種洶湧起伏的情緒。

我不想讓他看出我覺察到了他的這種掙扎，於是我繼續梳洗，故意發出很大的聲響，看了看錶，自言自語聊起了這漫漫長夜：

「還不到三點！我本想發誓說已經六點了——時間停滯了——我們肯定在八點鐘就睡了！」

「在冬天，總是九點睡覺，四點起床。」房東抑制著哽咽說。藉著他手臂動作的影子輪廓，我可以猜到他在抹眼淚。

「洛克伍德先生，」他補充道，「你可以到我的房間去；這麼早下樓，你只會礙事：你那孩子氣的喊叫，把我的好夢喊得連鬼影都沒有了。」

「我也沒睡好，」我回答說，「我會在院子裡轉轉，然後等天亮了我就走；你不必害怕我會再次打擾你。不管是在鄉下，還是在城裡，我這熱愛交際的毛病已經治好了。一個明智的人，應該想辦法學會自己獨處。」

「愉快的夥伴！」希斯克利夫嘟囔道，「拿著蠟燭，你想去哪裡就去哪裡吧。我馬上就去找你。不過，不要到院子裡去，狗沒被拴住；還有正屋——朱諾在那裡站崗——還有——不，你只能在臺階和過道裡走——但是，你去吧！我過兩分鐘就來。」

聽了他的話，我便退出了房間。但我並不知道狹窄的走道通向哪裡，只好站著不動，不料，那時我卻目睹房東做了一件迷信的事。真奇怪，他表面看起來並不是這種不理智的人。

他爬上床去，用力擰開格子窗，推開窗櫺的那一刻，只見他早已滿臉淚水。

「進來吧！進來！」他哽咽著，「凱西，一定要來。啊，來——再來這裡一次吧！啊！我的心肝寶貝，聽我的——凱瑟琳，快！」

那幽靈本來就是飄忽不定的，它沒有要現身的意思。但是狂風混著大雪呼嘯而來，直接撲到我站著的地方，吹滅了蠟燭。

這段瘋瘋癲癲的話語裡湧出的綿延不斷的悲慟，使我只覺得同情，也就忽略了其中的愚昧；於是我走開了，既為自己偷聽到這一番話而對自己生氣，又怪自己為何要講述那些荒唐的噩夢，憑空招致他人這麼大的痛苦，儘管我不知曉，也無法理解其原因何在。

我小心翼翼地下了樓，來到了後廚房，看到那裡還有些星星點點的火苗攏在一起，我剛好可以把蠟燭點著了。

沒有一點動靜，除了一隻帶斑紋的灰貓從灰燼中爬了出來，沒好氣地對我叫了幾聲。

兩把長椅擺在一起，圍成了一個半圓，幾乎把壁爐圍起來了；我在其中一把長椅上躺了下來，老母貓跳上了另外一把。這裡沒有其他人進來，我們兩個都昏昏欲睡，直到約瑟夫從天花板的活動門裡放下來一架木梯。木梯藉由活動門連著屋頂，我猜那上面就是他住的閣樓。

他朝我在爐柵裡撥弄起的火苗惡狠狠地瞥了一眼，把貓從牠的那個位置上趕下來，自己坐上去，拿菸草裝進他那三英寸長的菸斗；我顯然是占了他的地盤，他覺得這非常可恥，不屑再提。他默默地把菸斗塞進嘴裡，雙臂交叉，吞雲吐霧了起來。

我讓他自得其樂，不去打擾；吸完最後一口菸，他長長地歎了口氣，站起身來，像來時一樣一本正經地走了。

接著，傳來一陣更輕快的腳步聲，我本來想開口說一句「早安」，但終究沒有吭聲，放棄了打招呼；因為哈里頓．恩蕭正在低聲祈禱，他無論碰到什麼東西都會開始一連串的咒罵——這就是他的禱告，這時他正在一個角落裡找一把鐵鏟或者鐵鍬，準備去鏟門外的積雪。他朝椅背瞥了我一眼，鼻孔張得好大，認為就像對待我的同伴那隻貓一樣，用不著和我打招呼。

從他所做的準備工作看，我猜現在我可以出去了，便離開了我的硬榻，準備跟著他走。他注意到了，便用鏟尖朝一扇門上戳了一下，嘴裡嘟囔了一聲，意思是如果我要換地方，就只能走這裡。

這扇門通向正屋，女人都已經起床忙了。齊拉正用一個巨大的風箱鼓風使火焰直往煙囪裡躥；

希斯克利夫太太跪在壁爐邊，藉著火光看書。

她伸出一隻手遮住了眼睛，擋住了爐火的熱氣，似乎在全神貫注地看書：只有在責備僕人讓火星落了她一身，或者推開一隻時不時用鼻子去蹭她臉的狗時，她才會分一下神。

我驚訝地發現，希斯克利夫也在那裡。他站在爐火邊，背對著我，剛剛對可憐的齊拉大罵了一頓，只見齊拉不時停下手中的工作，扯起圍裙的一角，臉上氣鼓鼓的。

「還有你，你這個沒出息的——」我進去的時候，他突然轉向了他的兒媳婦發作，還用上了像鴨子、綿羊這種無傷大雅的稱呼，但這裡籠統地用破折號來表示。

「你又在玩你的無聊把戲了！其餘的人都是靠自己謀生的——你靠我的施捨！把你的破爛收起來，找點事做。天天在我眼前晃來晃去，不能這麼便宜你了——你聽見了嗎，該死的賤貨？」

「我會把我的破爛收起來的，因為要是我拒絕的話，你照樣會強迫我收起來的，」這位年輕太太回答道，合上她的書，丟到一把椅子上，「不過你罵爛了舌頭也沒有用，除了我願意做的事之外，別的我什麼也不做！」

希斯克利夫抬起了手，對方趕緊跳開了，躥到了一個更安全的距離，顯然她很熟悉那隻手掌的分量。

我無心觀看一場貓貓狗狗的戰鬥，只管快步走上前去，佯裝出急著去壁爐邊烤火的樣子，表示對眼前剛才中斷的爭吵一無所知。這兩個人還算顧及體面，暫時沒有繼續吵下去。希斯克利夫忍住了，把拳頭放在口袋裡；希斯克利夫太太噘著嘴，遠遠地走到一個座位旁，而且果然遵守了諾言，在我停留的那段時間裡，她始終巋然不動，如同一尊雕像。

我沒有過多逗留，並謝絕了和他們一起用早餐的邀請，黎明的曙光才初露，我就抓住機會逃到戶外自由的空氣裡。此時空氣清澈而平靜，冷冽得像一塊無形的冰。

還沒走到花園盡頭，房東就把我叫住了，說願意陪我穿過荒原。幸虧他來了，因為整個山後是一片波浪起伏的白色海洋；眼前的高低起伏並不表示地面上的隆起與凹陷——至少有許多坑被大雪填平了。昨天我在此地經過時，已經在腦海中描繪出了一幅地圖，而眼前這整個山的脈絡、採石場的殘石廢料，全部從我腦海的地圖中抹掉了。

我注意到，在路的一邊，每隔六、七碼就有一排豎立的石碑，連續不斷地貫穿著整個荒原：石碑都豎立著，塗著石灰，可以當作黑夜行路的嚮導；或是，每逢像現在一樣的暴風雪天氣，當兩邊的沼澤和路面難以分辨的時候，石碑可以當作一個醒目的標誌。但是，眼前除了這裡那裡露出的黑點外，這些石碑全都無影無蹤了；當我自以為——沿著彎道走就是正確的路時，我的同伴卻需要時不時地提醒我向左或向右走。

一路上，我們兩人都靜默不語，他在畫眉山莊的園林門口停了下來，聲稱到了這裡我就不會再迷路了。我們匆忙鞠躬，算是告別，之後我便只能靠自己繼續向前趕路，因為那看守園林的門房到現在都沒有人住。

從大門口到山莊是兩英里的路，我確信我走成了四英里；有時在樹林中迷了路，有時又陷在了埋到脖子的雪坑裡，這種困境只有身臨其境的人才能體會。無論如何，不管我怎麼遊蕩，在我進屋時，鐘敲了十二下；按照通常從咆哮山莊出發到這裡的路程計算，我每走一英里都足足花了一個鐘頭。

我的那位山莊附帶的管家和她的手下衝出來迎接我；他們大叫著，嚷嚷著，本來他們對我已經完全不抱希望了：人人都猜我昨晚已經死了，他們正想著該如何找到我的屍體。

如今大家都看到我回來了，我就讓他們安靜些。我連心臟都快凍僵了，拖著沉重的身體爬上樓，換上了乾爽的衣服，又來回踱步三四十分鐘來恢復正常體溫。我被人挪到了書房，虛弱得像一隻小貓，就連僕人為了讓我恢復元氣而準備的暖烘烘的爐火，還有那熱騰騰的咖啡，我都幾乎無力享受了。

第四章

我們人類是多麼自以為是的風信雞啊！我本來下決心要斷絕一切世俗的來往，還慶幸自己運氣不差，終於讓我找到這麼一個幾乎與世隔絕的地方；然而我、一個懦弱的可憐蟲，在與消沉和孤獨苦苦爭鬥一番之後，到暮色降臨，終於舉旗投降，當迪恩太太端著晚飯過來的時候，我便找藉口說想多瞭解一下這所房子，請她在我吃飯的時候順便坐下來聊聊。我巴不得她會講點八卦給我，希望她聊的話題可以讓我提提神，或是能催眠我也好。

「你在這裡住很久了吧，」我開始問，「你不是說有十六年嗎？」

「十八年了，先生；小姐結婚時，我跟來伺候她，她死後，主人留下我做他的管家。」

「是這樣啊。」

接著就是一陣沉默，我擔心她不是一個愛說閒話的人，除非是關於她自己的事情，而那些事我也不會感興趣的。

然而，沉思了一會兒之後，她把拳頭放在膝蓋上，紅潤的臉上籠罩著一層冥想的雲，突然歎息道：

「唉，從此以後，物是人非啊！」

「是啊，」我說，「我猜，你也目睹了不少大風大浪吧？」

「是見過不少，也有很多傷心事呢。」她說。

「哦，我就把話題轉到我房東家吧！」我心想，「這倒是做開場白的好話題——還有那個漂亮的小寡婦，我想知道她的身世；她是不是本地人呢，或者更可能是個外地人，所以她和這些粗暴的當地人格格不入。」

懷著這個想法，我便問迪恩太太，為什麼希斯克利夫要把畫眉山莊租出去，而自己寧可選擇住在一個無論位置或房子都要差得多的地方。

「是因為沒錢好好維護這份家產嗎？」我問。

「有錢，先生！」她回答，「他有，沒人知道他到底有多少錢，而且每年都在增加。是啊，是啊，他這樣富有，本可以住一棟比這更好的房子，但是他又很吝嗇——手裡很緊；而且，即使他打算搬到畫眉山莊來住，一旦他聽說有一個好房客，他就不肯錯過再進帳幾百鎊的機會。真奇怪，有些人孤零零地活在這個世上，竟然還如此貪婪！」

「他好像有個兒子？」

「是的，他有過一個——已經死了。」

「那位年輕的女士，希斯克利夫太太，是他的遺孀嗎？」

「是的。」

「她原本是哪裡人？」

「哦，先生，她是我已故主人的女兒。凱瑟琳．林頓是她的娘家姓名。我把她帶大的，這個可憐的人！我真希望希斯克利夫先生能搬到這裡來，那樣我們就又能在一起了。」

「什麼，凱瑟琳·林頓?!」我驚訝地喊道，但瞬間又想了想，我相信這不是那位化作鬼的凱瑟琳。「那麼，」我繼續說，「我這房子之前的主人是姓林頓？」

「是的。」

「那恩蕭又是誰——哈里頓·恩蕭？就是住在希斯克利夫先生家裡的那位，他們是親戚嗎？」

「沒有，他是過世了的林頓太太的侄子。」

「那麼，是那位年輕太太的表兄弟了？」

「是的，她的丈夫也是她的表親——一個是母親那邊的親戚，另一個是父親那邊的親戚——希斯克利夫娶了林頓先生的妹妹。」

「我看到咆哮山莊的大門前，刻著『恩蕭』。他們是古老的家族嗎？」

「非常古老，先生；哈里頓是他們家族的最後一代，就像我們的凱西小姐是這裡的最後一代——我是指林頓家族。你到咆哮山莊去過嗎？請原諒我這麼問，但是我真想知道她現在怎麼樣了！」

「希斯克利夫太太？她看起來很好，很美；不過我覺得，她不是很快樂。」

「哎呀，這我不奇怪！你覺得那位主人怎麼樣？」

「一個粗暴的傢伙，相當粗暴，迪恩太太。那不就是他的性格嗎？」

「粗暴如鋸齒，堅硬如岩石！你越少跟他打交道越好。」

「他的人生一定是經歷了各種跌宕起伏，才會變成一個如此火爆脾氣的人。你知道他的過去嗎？」

「就跟一隻杜鵑鳥一樣的[1]，先生——這些我全都知道；除了他出生在何處、他的雙親是何人，以及他當初是如何發財的——哈里頓就像一隻羽翼未豐的籬雀一樣，被扔了出去——可憐的孩子，在整個教區裡，他是唯二一個不清楚自己怎麼被騙的人！」

「好吧，迪恩太太，你就行行好，再告訴我一些我鄰居的事——我覺得我現在回到床上也睡不著。所以，還是請你坐下來好好再聊上一個鐘頭吧。」

「哦，當然可以，先生！我去拿點針線活過來，然後你想要我坐多久都行。但是你受涼了，我剛才看見你在打寒戰，你得喝點粥驅驅寒。」

這位可敬的女人匆匆離去了，我蜷曲著身體靠爐火更近一點：我感覺頭在發熱，身子在發冷；此外，我整個大腦的神經都異常興奮，都有點糊塗了。這讓我感到的是一種害怕，而不是不舒服，生怕昨晚和今天的遭遇會嚴重影響我。

她很快回來了，帶來了一碗熱氣騰騰的粥，還有一籃子的針線活；她把粥放在爐架上，又把椅子拉近些，顯然，她很高興看到我這麼能聊。

* * *

在我來這裡住之前——她開始自顧自講了起來——我幾乎總是在咆哮山莊；因為我母親照顧過

1. 指杜鵑鳥在其他鳥類的巢中產卵的行為。

辛德雷．恩蕭先生，也就是哈里頓的父親，我那時候經常和孩子一起玩——我也跑跑腿，幫忙做點乾草，也在農場裡晃來晃去，隨時等著他們安排我做事。

在一個晴朗的夏日早晨——我記得那是開始收穫的季節——老主人恩蕭先生穿戴整齊下樓，準備出門；他告知了約瑟夫這一天該做什麼之後，便轉過身來對著辛德雷、凱西和我——因為我正坐在那裡和他們一起喝粥——對他兒子說：

「嗯，我的好兒子，今天我要到利物浦去……你想要我給你帶點什麼東西回來？你可以隨意選，只要小一點的東西，因為我是要走路來回的，光單程就要走六十英里，這可是很遠啊！」辛德雷說要一把小提琴。然後他問凱西小姐；她還不到六歲，但她能騎上馬廄裡的任何一匹馬了。她提出要一根馬鞭。

他也沒有忘記招呼我，儘管有時很嚴厲，但他心眼很好。他答應給我帶一口袋蘋果和梨，之後吻別孩子就出發了。

在他離開的那三天——我們都覺得度日如年——小凱西老是問起他什麼時候回來。到了第三天晚上，恩蕭太太盼望著他能在吃晚飯的時候到家，她把晚飯一個小時又一個小時地往後延，然而沒有任何他回來的跡象。最後孩子等不及了，就跑到大門口看——天漸漸黑了，恩蕭太太本想讓他們上床睡覺，但他們苦苦哀求，都不願意去睡。就在十一點鐘左右，門被悄悄地打開了，主人走了進來。他一屁股栽倒在椅子上，又是笑又是哼，還叫大家都別走近，因為他幾乎快要累死了——哪怕把英倫三島送給他，他也不想再走一次這樣的路了。

「到了最後，差點被累死！」他說著，把他那件裹在懷裡的大衣打開，「看這裡，太太！我這輩子從來沒被什麼東西搞得這麼為難，但你一定要把這當作上帝賜的禮物，儘管黑得簡直像從魔鬼那裡來的。」

大家湊了上來，從凱西小姐的頭頂望過去，我瞄到了一個衣衫襤褸的黑頭髮髒小孩；這個孩子還滿大的，應該已經會走路會說話了——的確，他那張臉看起來比凱瑟琳還顯大——然而，當把他放在地上站起來的時候，他只是眼睛瞪著四周，嘴裡喃喃地一遍又一遍重複著大家都聽不懂的話。我嚇壞了，恩蕭太太準備把他一把扔到門外去，她快跳起來了，質問恩蕭先生，自己已經有孩子要撫養照顧了，怎麼還把一個吉普賽野孩子帶到家裡來？他帶這小孩過來做什麼，是不是瘋了？

主人試圖解釋這件事，但他真的累得半死了，在她的一片責罵中，我能隱隱約約聽出來一些故事線索：在利物浦的街頭，他看到了這個飢腸轆轆的小孩，無家可歸，幾乎像個啞巴，他帶著他，打聽這是誰家的孩子——沒人知道這孩子到底哪裡來的。他說，當下他時間又緊，口袋裡的錢也差不多快用光了，與其待在那裡到處花冤枉錢，不如馬上把他帶回家；因為遇上孩子的那一刻，他就已經決定不會對他棄之不顧了。

好吧，最後的結果是，我的女主人嘟囔了一會兒後便不作聲了；恩蕭先生叫我給這孩子洗個澡，換身乾淨的衣服，讓他和另兩個孩子睡在一起。

辛德雷和凱西在一旁聽著看著，直到一切恢復平靜。然後，兩個人都開始搜父親的口袋了，去找他答應給他們的禮物。哥哥已經是個十四歲的男孩了，但是，當他從大衣口袋裡拿出一把被壓得粉碎的小提琴時，他大聲哭了起來；凱西這邊，當她知道父親為了照顧陌生孩子弄丟了她的馬鞭時，她齜著牙朝這個愚蠢的小東西身上吐口水，結果惹來了父親給她的一記響亮耳光，教訓她要有得體的禮儀。

他們完全不肯讓這孩子跟他們一起睡，甚至連房間的門都不讓他進。我也不比他們懂事，我把他放在了樓梯平臺上，期待著明天他能離開。不知是湊巧，還是聽到了聲音，這孩子又爬到了恩蕭先生的門前。他一出房門便發現了，於是追問孩子怎麼會跑到這裡來。我不得不承認是我幹的，由於我如此懦弱又太不近人情，我受到了懲罰，被趕出了家門。

這是希斯克利夫第一次走進這個家庭。幾天後我又回來了（因為我並不認為自己是被永遠趕出家門），發現他們已經給他取了個名字，叫「希斯克利夫」；這原本是他們的一個兒子的名字，這個兒子小時候夭折了。從那以後，他就一直叫這個名字，也是這個姓。

凱西小姐和他很親密，但辛德雷很厭惡他。說實話，我也討厭他，我們兩個便可恥地折磨他，處處跟他過不去。我也沒有足夠的理智去感受這種不公，而女主人親眼看他受欺辱，也從不替他說一句話。

他似乎是一個陰鬱又特別能忍耐的孩子，或許對這些虐待都已經麻木了。他能忍得住辛德雷的拳頭，不眨眼，也不流淚，我去掐他，他也只是深吸一口氣，睜大眼睛，好像是他不小心弄傷自己似的，也怨不得別人。

老恩蕭發現他兒子欺辱那個可憐的孤兒，而那孩子卻選擇忍氣吞聲時，他大發雷霆。奇怪的是，他偏愛希斯克利夫，相信他所說的一切（在這件事上，他難得開口，但基本上說的都是實話），對他的寵愛遠遠超過了凱西。凱西太淘氣、太任性了，沒法太寵她。

所以從一開始，他就在這個家裡埋下了一粒不祥的種子。第三年，恩蕭太太去世了，年輕的主人已經學會了把他的父親當作一個壓迫者，而不是朋友；把希斯克利夫當作篡奪他父親的感情，同時又掠走他特權的人；他對這些傷害耿耿於懷。

有一陣子，我也很同情他。後來，當孩子都得了麻疹，我不得不照顧他們，承擔起一個做女僕的責任，這時候我的想法改變了。希斯克利夫病得很嚴重，當他臥床不起的時候，總是讓我在枕邊陪著他；我想他覺得我把他照顧得很好，然而他沒有猜到，其實我是被迫無奈這麼做的。不過，我要說的是，哪個保母也沒有照顧過這麼乖的孩子。他和那兩個孩子太不一樣了，我也不得不少了一點偏心：凱西和她哥哥把我煩得要命，他卻像一隻任勞任怨的羔羊，他很少給人添麻煩，雖說是出於剛強，而不能說是溫順。

他撐過來了，醫生說這都要歸功於我，並稱讚我照顧有加。醫生的誇獎讓我感到洋洋自得，對於那個讓我得到讚美的孩子，我的心自然也就軟了些。如此一來，辛德雷失去了我這個最後的盟友。不過，我還是沒法喜愛希斯克利夫，我經常感到納悶，這個整天悶聲不響的男孩，我的主人究竟喜歡他什麼？在我的記憶裡，對於主人的疼愛，這孩子沒有任何感激的跡象。他倒不是忘恩負義，只是無動於衷，他已經抓住了主人的心，這一點他心知肚明；而且他也知道，只要他有意開口，全家人也都會順從他的意願。

舉個例子，我記得有一次恩蕭先生在教區集市上買了一對小馬，給兩個男孩一人一匹。希斯克利夫拿走了最漂亮的那匹，但牠很快就跛了，他發現後便對辛德雷說：

「你得跟我換馬。我不喜歡我現在的這匹，如果你不願意，我就告訴你父親，這週你打了我三次，讓他看看，我從手臂到肩膀都是瘀青。」

辛德雷吐了吐舌頭，還搧了他耳光。

「你最好馬上給我換，」他不改口，並躲到了門廊下（他們在馬廄裡），「你必須得給我換，如果我對他說你打我了，你還得加倍地挨打。」

「滾開，畜生！」辛德雷喊道，拿一個用來秤馬鈴薯和乾草的鐵秤砣來恐嚇他。

「你扔吧，」他回答，站在那裡一動不動，「然後我會說出來，你是怎麼揚言說，只要他一死，你就把我趕出去；倒是瞧瞧，他會不會直接把你趕出去。」

辛德雷扔了過去，正中他的胸口，他便直接倒地了，但馬上又踉踉蹌蹌地站了起來，氣喘吁吁，臉色蒼白。如果不是我阻止的話，他真的會當場去找主人，剛好他的傷勢可以為自己辯護，好讓主人知道這是誰幹的，這樣也能痛痛快快地報仇了。

「那好吧，給你我的馬，吉普賽人！」辛德雷說，「我祈禱牠會摔斷你的脖子。騎走吧，你這個闖到我家來的乞丐，去死吧！把我父親的東西全部都騙走，然後讓他看看你的真面目，你這個小魔鬼——拿走吧，我希望牠把你的腦袋踢開花！」

希斯克利夫去解馬韁繩，想把牠牽到自己的馬廄裡——他正從馬兒後面經過，不料辛德雷停止咒罵，並給了他一記重拳，把他打倒在馬蹄下了；還沒來得及看一眼目的是否得逞，辛德雷便飛快地跑開了。

我驚訝地目睹了這孩子是如何冷靜地站起來，繼續做他的事，換換馬鞍等，然後坐在一捆乾草上。對於剛才的突然襲擊，他努力平復好那一記重拳產生的不適，之後才進屋去。

我很輕易就說服了他，讓他把身上的傷歸咎於小馬。他不在乎編什麼故事，因為他已經得到了想要的東西。說實話，他很少抱怨，像這樣的風吹草動，我真以為他也不會睚眥必報——我完全上當了，你聽我接著往下講。

第五章

日久年深，恩蕭先生的身體開始衰弱。他原本一向健壯且精力充沛，然而，突然就體力不支了。當他困在壁爐的角落裡動彈不得時，他變得易怒。一些無關緊要的小事也會惹到他，一旦懷疑有人要挑戰他作為父親的權威，他就會大發雷霆。

若是遇到有人試圖為難或欺壓他最偏愛的人時，他的這種表現就會尤其明顯。他痛苦地百般猜忌，唯恐有人對他說錯一句話，似乎他腦子裡有這麼個想法，因為他喜歡希斯克利夫，所以這孩子自然會招所有人恨，大家都一心想害他。

這對孩子來說是不利的。因為我們之中那些溫和體貼的人，都不想惹主人生氣，所以也就遷就了他的偏袒，而這種遷就同時也滋養了那孩子的驕傲和壞脾氣。然而不這樣還不行。有兩三次，父親在眼前的時候，辛德雷表現出對這孩子的輕蔑，惹得老人家大動肝火。他抓住棍子要打兒子，但又打不到他，氣得直發抖。

最後，我們的助理牧師（當時我們有一個助理牧師，他教林頓和恩蕭家的孩子念書，自己又種了一塊地，以此謀生）——建議把這個年輕人送到大學去，恩蕭先生也同意了，心情卻很沉重，因為他說：

「辛德雷一無是處，無論他走到哪裡也不會有出息的。」

我期待著從此可以風平浪靜。想到主人因為做了善事反而把家裡鬧得雞犬不寧，我心裡就很難受。我猜他垂暮之年又體弱多病，自然情緒低落，這些都是因為家中不和造成的，他自己也知道就是那樣——真的，先生，這些心事就藏在他日漸衰老的身體裡。

不過，儘管如此，大家還是勉強過得下去，要不是因為兩個人，凱西小姐和約瑟夫，就是那個僕人，我敢說，你在那邊見過他。他過去是、現在八成還是那副樣子，就是那種最令人厭煩且自以為是的法利賽人[1]，他翻來覆去看一本《聖經》，把有利的話語留給自己，把詛咒都丟給別人。由於他精通布道，又懂得道貌岸然的講道，有意給恩蕭先生留下好印象。主人的身體越衰弱，他在這個家也就越得勢。

他孜孜不倦地想辦法讓老主人焦慮，大談關於他死後的靈魂問題，以及對孩子的嚴格管教問題，他還刺激主人將辛德雷認定成一個敗家子。而且，一晚又一晚地，他持續不斷地嘀咕一連串關於希斯克利夫和凱瑟琳的壞話，還有意迎合恩蕭的弱點，總是把最重的過錯推到凱瑟琳身上。

當然，凱瑟琳向來都是那個樣子，我也從來沒有見過一個孩子像她這樣。她能在一天之內讓全家人崩潰至少五十次以上。從她下樓的那一刻，一直到她上床睡覺，她總是在調皮搗蛋，搞得我們一分鐘也不得安寧。她永遠都情緒高漲，一張嘴巴永遠不會停下來——唱呀，笑呀，還要纏著每個不想陪她玩的人。她就是一個磨人的小妖精——但在整個教區裡，她的眼睛最迷人，笑容最甜美，步伐最輕盈。再說，我相信她沒有什麼惡意，因為一旦把你弄哭了，她又很少不管不問，使你不得

1 法利賽人是猶太教的一個宗派，該宗派強調保守猶太教傳統，反對希臘文化的影響。西方文學中常用來指偽君子。

不安靜下來，回過頭去安慰她。

她太喜歡希斯克利夫了。我們能想出的最大懲罰，就是讓他們兩個分開。可是為了他，她受到的責罵比我們任何人都要多。

玩遊戲的時候，她非常喜歡扮演小小女主人的角色，揮舞著小手，指揮著她的小同伴。她對我也這樣，但我不能忍受她隨意打人和發號施令，便直接向她挑明了。

不過，恩蕭先生已經看不懂孩子的玩笑了，他對孩子一向嚴肅又古板。凱瑟琳則不明白，為什麼父親生病時比他年輕時更容易發怒，也不那麼有耐心了。

他越是惱著責怪她，她越是調皮，故意惹惱他。最讓她快樂的是大家一齊去責罵她，她快言快語，滿不在乎，擺出一副大膽無禮的樣子。她把約瑟夫的宗教詛咒變成荒唐的笑話，捉弄我，還做她父親最討厭的事——裝模作樣地表現出自己的蠻橫在希斯克利夫面前比她父親的仁慈更有影響力：父親信以為真，見這孩子對她唯命是從，而對於自己的命令，他只有合乎心意時才會遵從。

就這樣折騰了一整個白天之後，到了晚上，她又跑來撒嬌求饒了。

「不行，凱西，」老人會說，「我沒法愛你，你比你哥哥還壞。去吧，做禱告去，孩子，祈求上帝寬恕你。我懷疑你母親和我一樣都後悔生養了你！」

起初，她一聽這話便哭；後來，被數落的次數多了，她的臉皮卻越來越厚了，要是我讓她去道個歉，認個錯，請求原諒，她反而會哈哈大笑起來。

然而這一天終於來到了，恩蕭先生在世間煩惱的日子結束了。十月的一個晚上，他坐在爐邊的椅子上，靜靜地死去了。

一陣狂風繞著房子呼嘯而過，在煙囪裡怒吼，聽起來猛烈狂暴，但其實並不冷。我們都在一起——我離壁爐有點遠，忙著織毛衣，約瑟夫靠近桌子旁邊坐著，讀他的《聖經》（因為僕人一天的事情做完後，通常都坐在正屋裡）。凱西小姐病了，只能安靜不動；她依偎在她父親的膝前，希斯克利夫躺在地板上，把頭枕在小姐的腿上。

我記得主人在瞌睡前，撫摸著她美麗的頭髮——很少見她如此溫柔，他十分高興——然後說道：

「你為什麼不能永遠做個好女孩呢，凱西？」

她把臉轉向他，笑著回答：

「你為什麼不能永遠做個好男人呢，爸爸？」

但一看到他又生氣了，她便吻了吻他的手，說要唱歌哄他睡覺。她輕聲唱了起來，一直唱到父親的手指從她手中滑落了下來，頭沉在了胸前。我告訴她要安靜，不要動，怕吵醒他。足足半個小時，我們像老鼠一樣默不作聲，本應還要這麼待下去的，只是約瑟夫讀完了那一章《聖經》，站起來說需要叫醒主人做睡前禱告。他走上前去，叫著主人的名字，碰了碰他的肩膀，但主人一動也不動，所以他拿起蠟燭照照他。

約瑟夫放下蠟燭時，我覺得有點不對勁，便一手抓住一個孩子的手臂，低聲對他們說：「上樓去，別出聲——他們今晚可能得獨自祈禱——他有事要做。」

「我得先向爸爸說晚安。」凱瑟琳說。我們還沒來得及攔住她，她雙手就環住父親的脖子了。這可憐的小東西立刻發現自己失去爸爸了——她發出一聲尖叫：

「啊，他死了，希斯克利夫！他死了！」

他們兩個放聲大哭起來，哭得撕心裂肺。

我也跟著他們哭了起來，哭聲又大又悲痛。但是約瑟夫責問我們，到底在想什麼，非得在一個進入天堂的聖徒面前哭號。

約瑟夫叫我披上斗篷，到吉默屯請醫生和牧師過來。我想不通他喊這兩人來做什麼。但我還是冒著風雨去了，最後請了一位醫生回來，牧師說明天早上會來。

把交代的事宜留給了約瑟夫，我就跑去孩子的房間。他們的門是半掩著的，雖然已經過了半夜，他們根本沒睡著，但是他們平靜多了，也不需要我來安慰了。這兩個小靈魂互相慰藉，比我哄出來的任何話都要好。世上沒有一個牧師像他們那樣，可以天真無邪地描繪著天堂美麗的模樣。當我含淚傾聽時，我不禁希望，讓我們所有人都能平平安安地抵達天堂。

第六章

辛德雷先生回家參加葬禮，然而，有件事卻讓我們大吃一驚，也讓左右鄰居議論紛紛——他帶回來一個太太。

他從來沒有告訴我們她是誰、出生在哪裡。也許，她既沒有錢，也沒有什麼家世可以誇耀，不然他怎麼會將這樁婚事瞞著自己的父親？

她並不是那種為了自己就把家裡搞得雞犬不寧的人。從她進門開始，目之所及的每件東西，都讓她感到喜悅。除了家裡準備的喪事，還有門口那些送葬的人，身邊發生的一點一滴，她都覺得好。

從她在葬禮期間的舉止來看，我感覺到她有點傻。她跑進自己的房間，要我也跟去，雖然那時我應該給孩子穿喪服。她坐在那裡瑟瑟發抖，緊握著雙手，一遍又一遍地問：

「他們走了沒有？」

接著，她歇斯底里起來，說她看到黑色，心裡會有反應，然後驚慌、顫抖，最後她失聲痛哭——我問她怎麼了，她說自己也不知道，只是覺得非常害怕死！

我想她和我一樣，是不像會死的。她身材瘦削，但很年輕，氣色也好，眼睛像鑽石一樣明亮。當然，我也確實注意到了，她上樓梯時呼吸急促，遇到一點聲響都會全身發抖，有時咳嗽得很厲害。但我絲毫不知道這些症狀預示著什麼，也沒有同情她的意思。一般而言，我們這裡的人不太會親近外地人，洛克伍德先生，除非別人先親近我們。

年輕的恩蕭離家三年，變化很大。他瘦了些許，臉龐失去了血色，談吐和衣著都跟之前大不相同。從他回來的第一天，他就吩咐約瑟夫和我，從今以後我們必須待在後廚房，要把正屋留給他。事實上，他本來打算騰出一個小房間，鋪上地毯，貼上壁紙，用作客廳。但是他的妻子看到那白白的地板、燒得很旺的壁爐、白錫盤碟、嵌瓷的櫥櫃，還有那狗窩，以及他們常坐著的寬敞活動空間，都表示非常喜愛，因此他認為沒必要為了她的舒適，而去重新布置房間了，於是放棄了這個念頭。

起初，她也很開心，可以在新認識的人中找到一個妹妹。一開始她就和凱瑟琳閒聊，親吻她，跟著她到處跑，還送給她很多禮物。然而，她很快就失去了熱情。當她脾氣變差的時候，辛德雷也變得暴躁起來。她隨便說幾句話，表示不喜歡希斯克利夫，就足以激起他對這個男孩的所有舊恨。辛德雷不讓他跟大家在一起，把他趕到下人那邊去，不許他去聽助理牧師講道，強迫他去外面做事，逼著他就像農場裡的其他年輕人一樣做苦力。

希斯克利夫一開始也很能忍受這種落差，因為凱西把她學的都教給了他，還能陪著他在田地裡一起做事或者玩耍。他們長大都很有可能像野人一樣粗魯，年輕的主人完全不管他們的行為舉止，也不關心他們做了什麼，他們自然也避開他。甚至連禮拜天他們去不去教堂，他也不在意，只有約瑟夫和助理牧師發現他們不在的時候，會來斥責他疏於管教，這才提醒他下令抽希斯克利夫一頓鞭子，讓凱瑟琳餓一頓中飯或者晚飯。

他們的主要消遣之一，就是一早奔向荒原，在那裡待上一整天，至於事後的懲罰，他們也就一笑了之。儘管助理牧師會任意規定凱瑟琳背誦多少章《聖經》，約瑟夫可以痛打希斯克利夫，打到他手臂發痛，但只要兩人湊在一起，至少，在他們策畫一些惡作劇式的復仇計畫的那一刻，就把這一切拋在腦後了。看到他們鬧得一天比一天放肆，我不敢說上隻言片語，因為我擔心我會失去我在這對沒人疼的小傢伙身上所保留的一點點權威，有很多次，我只能落淚。

一個星期天的晚上，因為他們吵鬧，或是犯了類似的小錯，他們碰巧又被趕出了起居室，等我喊他們吃晚飯時，怎麼找也找不到他們了。

我們上上下下找遍了整個房子，包括院子和馬廄，都沒有蹤影。最後，辛德雷發了火，叫我們把門閂上，並信誓旦旦地說今晚誰也不許放他們進來。

一家人都去睡覺了，我卻很焦急，沒有心思睡，於是打開了格子窗，把頭探出去聽聽外面；雖然外面下著雨，但是如果他們回來的話，我就下定決心不顧禁令，讓他們進家。

不一會兒，我聽到外面有腳步聲，有一盞提燈的光透過柵欄門閃爍著。

我把披肩披在頭上跑了過去，免得他們敲門時吵醒恩蕭先生。只有希斯克利夫一個人在那裡，我看見他獨自一人，心裡一驚。

「凱瑟琳在哪裡呢？」我急忙叫道，「但願沒出什麼事吧？」

「在畫眉山莊，」他回答，「我本來也在那裡，但他們毫無禮貌，沒有留我。」

「好吧，你要挨罵了！」我說，「非要人家打發你走，你才高興走。你們究竟是怎樣遊蕩到畫眉山莊的？」

「讓我先脫下溼衣服，我會全部講給你聽，奈莉。」他回答道。

我囑咐他小心不要吵醒主人。當他脫下衣服，我等著熄滅蠟燭時，他繼續說：

「凱西和我從洗衣房溜出來，想自由自在地閒逛。我們望見畫眉山莊的燭光，就想去瞧瞧，林頓一家人的禮拜天晚上是怎麼度過的，他們家的孩子是不是也站在牆角瑟瑟發抖，而他們的父母則坐在那裡吃吃喝喝，互相說笑，在壁爐前烤火，烤得眼珠子都要著火了。你覺得他們家會是這樣嗎？或者在讀著《聖經》，被家裡的男僕人問訓，如果回答得不準確，就會罰他們背誦一大串《聖經》裡的名字？」

「或許不會，」我回答說，「毫無疑問，他們是好孩子，不會像你們一樣因為做錯事受罰。」

「你別一本正經了，奈莉，」他說，「廢話！我們從山莊高處往下跑，一路不停地跑到畫眉山莊——凱瑟琳光著腳，在這場賽跑中完全跑輸了。明天你得去沼澤地裡找找她的鞋。我們躡手躡腳地爬過一道破籬笆，摸索著走上了小路，在他家客廳窗戶下面的一片小花園裡站住了。燭光從那裡射過來，他們沒有關上百葉窗，窗簾也只是半掩著。我們兩個都站在牆根的石塊上面，緊緊扒住窗戶往裡看，我們看到了——啊！真的太美了——那是一個華麗的房間，鋪著一塊深紅的地毯，椅套和桌布也是深紅色的，純白色的天花板四周鑲著金邊，掛在銀鏈子上的一簇簇玻璃墜子從中間垂下來，被光線柔和的小蠟燭映照得熠熠生輝。老林頓夫婦不在那裡，整個房間都是艾德加和他妹妹的。他們不應該快樂嗎？要是我們，會以為自己到了天堂！可是猜猜，你說的好孩子在做什麼？伊莎貝拉——我想她十一歲了，比凱西小一歲——躺在房間的另一頭大聲尖叫著，好像女巫拿著炙熱的針頭正往她身上刺似的。艾德加站在壁爐邊默默地哭，桌子中間坐著一隻小狗，牠抖著爪子在汪汪叫。從他們兩個的相互指責中，我們知道他們兩個差點把狗扯成兩半。這兩個白癡！那就是他們的樂趣！為了爭奪這毛茸茸的東西，他們兩個最後都哭了起來，兩人拚了命地爭，但到最後全都不想要牠了。這些嬌生慣養的東西讓我們笑出聲來，確實瞧不起他們！你幾時看到我搶過凱瑟琳想要的東西了？或者看到我們哭喊著，大叫著，在地上打滾，一間房間一頭一個，拿這些當作樂趣的？如有可能，哪怕給我一千條命，我都不願意拿我在這裡的處境去換艾德加．林頓在畫眉山莊擁有的一切——哪怕允許我把約瑟夫從屋頂上扔下來，把辛德雷的血塗在大門外面，我也不願意！」

「噓，噓！」我打斷了他，「你到現在還沒有告訴我，希斯克利夫，凱瑟琳是怎麼被丟下了？」

「我告訴過你，我們笑出了聲，」他回答道，「林頓一家聽到了我們的聲音，他們一起像箭一樣奔向門口。先是沒發出聲音，接著突然一聲大喊：『啊，媽媽啊，媽媽！啊，爸爸！啊，媽媽，快來！啊，爸爸啊，啊！』他們就這樣大喊大叫著。我們發出可怕的聲音想要嚇唬他們，隨後我們就從窗臺邊下來，因為有人在拉門閂，我們想還是快點溜之大吉。我抓著凱西的手，拖著她往前跑，她卻一下子摔倒了。

「『快跑，希斯克利夫，快跑！』她低聲說，『他們把鬥牛狗放出來了，我被咬住了！』

「這隻畜生咬住了她的腳踝，奈莉，我聽見牠那可惡的鼻息聲。她沒有喊出聲來——沒有！就算是被挑在瘋牛角上，她也不會喊叫的。但是我喊了！我破口大罵，發出一連串的詛咒，足以把基督教裡的任何一個惡魔都給咒死。我撿起一塊石頭塞到狗嘴裡，並使出渾身解數往牠的喉嚨裡塞。最後，一個畜生一樣的僕人提燈走過來，大喊了起來：

「『咬住，斯庫克，咬住！』

「不過，等他看到斯庫克咬住了什麼時，他的語調就變了。狗被卡住了喉嚨，牠那紫色的大舌頭伸出嘴外有半英尺長，那下垂的嘴唇上淌著血淋淋的口水。

「那人把凱西抱起來，她昏倒了——我敢肯定不是因為害怕，而是因為痛過頭了。他把她抱進屋，我跟在後面，嘴裡還喃喃詛咒著要報復。

「『抓到什麼了，羅伯特？』林頓在門口大聲喊道。

「『斯庫克抓到了一個小女孩，先生，』他回答說，『這裡還有一個小子，』他又加了一句，一把抓住了我，『他看起來像是一個慣犯！很可能，那些強盜讓他們兩個從窗戶爬進來，等我們都睡著了，再幫他們把門打開，然後就能輕而易舉地把我們殺了。閉嘴，你這個噁心的賊，你！你應該上絞刑架。林頓先生，別放下槍！』

「『不，不，羅伯特！』那個老混蛋說道，『那些流氓知道昨天是我收租的日子，他們精明地想算計我。請進吧，我來招待他們。好了，約翰，繫好鏈子。珍妮，給斯庫克喝點水。在安息日，竟敢來家裡冒犯一位地方治安官！這無法無天還有個底嗎？哦，我親愛的瑪麗，看這裡！別怕，只不過是個男孩——可是這個小流氓一臉陰險，趁著他的陰險只顯在臉上，還沒有表現在行動上時，馬上把他絞死，這不就是為鄰里做好事了嗎？』

「他把我拉到吊燈下，林頓太太把眼鏡架在鼻梁上，驚恐地舉起了雙手。膽小的孩子也悄悄地走近了，伊莎貝拉口齒不清地喊道：

「『可怕的東西！把他關在地下室，爸爸。他就像那個算命人的兒子，他偷了我那馴服的野雞。是嗎，艾德加？』

「他們在審問我時，凱西醒了過來。她聽到最後一句話，笑了起來。艾德加．林頓好奇地瞪著她看，總算有眼力把她認出來了。你知道，他們在教堂裡見過我們，雖然我們很少在別處碰到他們。

「『那是恩蕭小姐！』他低聲對母親說，『看看斯庫克把她咬成什麼樣了——她腳上的血流成什麼樣了！』

「『恩蕭小姐？胡說！』太太喊道，『恩蕭小姐和一個吉普賽人在鄉下到處遊蕩！不過，我親愛的，這孩子還穿著喪服呢——那肯定就是了——她可能要瘸一輩子了！』

「『她哥哥太粗心了！』林頓先生叫道，從我這裡轉向了凱瑟琳，『我從希爾德那裡聽說（就是那個助理牧師，先生），他就是任她在完全的異教徒中長大。但這個人又是誰呢？她在哪裡找到這個同伴的？哦！我猜他就是我們過世的老鄰居去利物浦的時候撿來的小怪物——一個東印度小水手，或者一個美國人或西班牙人的棄兒。』

「『不管怎麼說，這是個壞孩子，』林頓太太說，『不適合到體面的人家來！你注意到他剛才說的話了嗎，林頓？我的孩子竟然聽到了那些話，真把我嚇得要命。』

「我又開口罵了起來——別生氣，奈莉——所以他們就吩咐羅伯特把我帶出去——我不能不帶凱西走——他硬把我拖進花園，把提燈塞到我手裡，還聲稱一定要把這事告訴恩蕭先生，命令我馬上滾蛋，隨後又把門鎖上了。

「角落裡的窗簾還拉開著，我又重新像間諜一樣向裡張望，因為要是凱瑟琳想回來的話，我打算把他們的大玻璃窗砸碎成一百萬片，除非他們肯放她出來。

「凱瑟琳靜靜地坐在沙發上。林頓太太幫她脫下了灰色斗篷，那斗篷是我們跑出去時向擠牛奶的女人借來的。她搖著頭，在對凱瑟琳勸著什麼。我猜，她終究是個小姐，他們對待她和對待我的態度有著天壤之別。接著女僕還端來一盆溫水，為她洗腳；林頓先生調了一大杯尼格斯酒；伊莎貝拉把一盤點心端在了她腿上；艾德加站得遠遠的，嘴巴張得好大。後來，他們把她美麗的頭髮弄乾，替她梳頭，給了她一雙大拖鞋，把她移到壁爐邊；她把手裡的食物分給小狗和斯庫克，還一邊吃一邊捏斯庫克的鼻子。見她這樣高興，我就一個人走了。她把林頓一家人那空虛的藍眼睛點亮了——這是她那迷人的臉上的反光——我看到他們都充滿了愚蠢的傾慕。她比他們都出色——比世上任何一個人都出色，是嗎，奈莉？」

「這件事會比你想的更複雜。」我回答，幫他蓋上了被子，熄滅了蠟燭，「你沒救了，希斯克利夫，辛德雷先生可能要走極端了，看看他會不會。」

我說的比我預料的還要準。這場不幸的冒險惹得恩蕭大發雷霆——第二天，為了彌補這件事，林頓先生親自登門拜訪，還對年輕主人講了一通自己的治家之道，讓他認真反省了一番。

希斯克利夫沒有挨鞭子，但他卻得到警告，以後若是再對凱瑟琳小姐說一句話，就一定會把他趕出家門。恩蕭太太答應在小姑回家後看管她。是想辦法周旋，而不是用強制性手段——若是用強制性手段，她會發現是行不通的。

第七章

凱西在畫眉山莊待了五個星期，一直到耶誕節。那時，她的腳踝已經痊癒，行為舉止也大有改觀。在這段時間裡，女主人經常去看她，並開始了她的改造計畫，用漂亮衣裳和讚美的話語來提高她的自尊心，她也欣然接受。因此，她不再是那個披頭散髮地跳進家裡，衝過來把我摟得喘不過氣來的野孩子，而是一個非常高貴的淑女了。她從一匹英俊的黑馬上下來，頭戴一頂插著羽毛的海狸皮帽，棕色的鬈髮從帽簷垂了下來，身穿一襲長長的騎馬裝，用雙手提著下襬，緩步走進屋來。

辛德雷把她扶下馬的時候，高興地喊道：「呀，凱西，你真是個美人！我幾乎認不出你來了——你現在看起來像個大家閨秀——伊莎貝拉．林頓可比不上她了，是嗎，法蘭西絲？」

「伊莎貝拉天生就沒她美呀，」他的太太回答道，「但她必須記住，不能回到家裡又變野了。艾倫[1]，幫凱瑟琳小姐脫掉衣帽——過來，親愛的，你會弄亂你的鬈髮的——讓我幫你解開帽子。」

我幫她脫下了騎馬裝，看到裡面穿得光彩照人，一件華麗的格子絲綢連衣裙，白褲子，鞋子擦得鋥亮。家裡的狗蹦蹦跳跳跑出來迎接她的時候，她的眼睛裡閃爍著喜悅的光芒，卻又不敢去碰牠

1 咆哮山莊女管家艾倫．迪恩（Ellen Dean），又稱迪恩太太、奈莉、奈兒。

們，生怕會弄髒這一身華麗的行頭。

她輕吻了我一下——我正在做聖誕蛋糕，全身都是麵粉，沒法和她擁抱——然後，她環顧四周去找希斯克利夫。恩蕭夫婦在一邊焦急地看著兩人的見面，心想這回就能知道，大概有多大把握可以成功地讓這兩個死黨分開了。

起初，找不到希斯克利夫——如果說在凱瑟琳離開之前，他邋裡邋遢，無人照顧，那麼後來更是糟糕十倍。

除了我，沒人會好心罵他一聲髒孩子，讓他一個星期去洗一次澡。像他這個年齡的孩子，也很少有人天生對肥皂和水感興趣。因此，更不用說他那身衣服了，都在汙泥和塵土裡穿了三個月，還有他那濃密打結的頭髮，就連他的臉和手也都是一副黑漆漆的樣子。如今他看到走進屋來的是一位如此閃亮、優雅的小姐，而不是像他之前所期待的那個蓬頭垢面的、和他相匹配的小同伴，他只好躲到高背長椅後面去了。

「希斯克利夫不在嗎？」她問道，脫下手套，露出手來，這是一雙整天待在室內無須做事的手，又白又嫩。

「希斯克利夫，你可以走過來。」辛德雷先生喊道。他很高興看到他的狼狽樣子，看到這個令人憎惡的流氓硬著頭皮走到大家面前獻醜，這讓他覺得痛快，「你過來，跟其他僕人一樣，一起歡迎凱瑟琳小姐。」

凱西瞥見她的朋友藏在了暗處，便飛奔過去擁抱他。她在一秒鐘之內親了他七、八下，然後停下來，倒退一步，放聲大笑，大聲說：「怎麼，你看起來黑黑的，還滿臉不高興？還多麼——多麼可笑又可怕！不過那是因為我看慣了艾德加和伊莎貝拉．林頓吧。好吧，希斯克利夫，你不記得我了嗎？」

她這句話問得不是沒有理由的，因為羞恥和自尊心在他臉上掠過雙重陰影，他站在那裡，一動不動。

「握個手吧，希斯克利夫，」恩蕭先生居高臨下地說道，「偶爾一次也是允許的。」

「我不！」男孩說道，總算開了口，「我受不了被人嘲笑，我受不了！」

他本想從這群人中衝出去，但凱西小姐又抓住了他。

「我沒有嘲笑你的意思，」她說，「我只是忍不住。希斯克利夫，至少握個手吧！你生什麼氣啊？你只不過看起來有點怪——如果你洗個臉、梳下頭就沒事了。但是你太髒了！」

她很擔心地盯著自己握在手中的黝黑手指，看了看自己的衣服，生怕他把自己身上的衣服碰髒。

「你沒必要碰我！」他回答道，他看到她的眼色，把手掙脫出來，「我愛多髒就多髒，我喜歡髒，我就是要髒。」

說著，他在主人和女主人的笑聲中，在凱瑟琳的恐慌不安中，一頭衝了出去。凱瑟琳不明白，她的話怎麼會惹他發這麼大的火。

服侍完這位「新來的小姐」，我把蛋糕放進烤爐，又生起了熊熊的爐火，頓時客廳和廚房都顯得歡樂起來，有了一種聖誕前夕的氛圍。我準備坐下來放鬆一下，獨自唱起了聖誕頌歌，我可不管約瑟夫非說我唱的是靡靡之音[2]。

約瑟夫已經回到自己的房間獨自禱告去了，恩蕭先生和太太正在用各種各樣的漂亮小玩意兒來逗小姐高興，這些東西本來是替她買來送給林頓家孩子的，算是用來答謝他們家對她的款待。

他們邀請林頓家第二天來咆哮山莊坐坐，對方答應了，但是有一個條件：林頓太太請求，要把她的孩子和那個「調皮搗蛋、愛罵人的孩子」隔開。

如此一來，這裡只剩下我一個人了。我聞著煮熟香料的濃郁香味，欣賞著閃閃發光的廚具，用冬青樹枝裝飾過的優雅的鐘錶，還有那些排列在托盤裡的銀杯，它們是晚餐時用來添加熱麥酒的。我最喜愛的是那乾乾淨淨、一塵不染的——小心打掃過、擦洗過的地板。

我暗自對每一個物件都讚美了一番，想起從前，每次我把所有東西都收拾妥當的時候，老恩蕭總會進來誇我是勤快女孩，然後將一先令塞到我的手裡，當作聖誕禮物。由此，我想起他對希斯克利夫的疼愛，想到他擔心自己死後，這孩子就沒人照管了。這自然讓我想到這個可憐的孩子如今的處境，我本來在唱歌，這時唱著唱著卻哭了起來。不過，我很快意識到，與其在這裡流淚，不如努力彌補一些他所受的委屈，這樣似乎更有意義——我站起身來，去院子裡找他。

他就在不遠處。我發現他在馬廄裡，正在給新來的小馬刷平牠光滑的皮毛，也像往常一樣在餵其他牲口。

「快點，希斯克利夫！」我說，「廚房真舒服——約瑟夫在樓上。快點，趁著凱西小姐出來之前，讓我把你打扮得漂漂亮亮的——然後你們可以坐在一起，整個壁爐都是你們的，你們可以一直聊到睡覺。」

他繼續做他的事，頭都不回。

「來呀——你來不來？」我繼續說，「給你們每人一小塊蛋糕，差不多夠了。你得要半個小時來打扮呢。」

等了五分鐘，但他始終沒有理我，我便只好走開了……凱瑟琳和她的哥哥嫂嫂一同用晚餐。約瑟夫和我一起吃了一頓不愉快的晚飯，我們兩人一個嫌長道短，另一個毫不客氣。他的蛋糕和乳酪整晚都放在桌子上留給仙女了。他繼續工作到九點，然後一聲不吭，陰著臉走進自己的房間去了。

凱西熬到很晚，為了招待她的新朋友，她有數不清的事情要操心。她到廚房來過一次，想和她的老朋友說說話，但希斯克利夫已經走了；然後她只是問了一聲他怎麼了，就回去了。

第二天早上，他起得很早。這天是節日，他索性帶著壞心情跑去了荒原，直到全家人都去了教堂，他才回來。空著肚子獨自反省，似乎讓他的精神更好了。他在我身邊徘徊了一會兒，突然鼓起勇氣大聲說：「奈莉，幫我打扮一下吧，我要成為一個更好的人。」

「是時候了，希斯克利夫，」我說，「你已經傷了凱瑟琳的心。我敢說，她肯定後悔回家了！看起來你好像很嫉妒她，因為她比你更受人重視。」

對他來說，嫉妒凱瑟琳的說法，是無法理解的，但是傷了她的心這件事，他內心非常清楚。

「她說她傷心了嗎？」他問道，表情很嚴肅。

「今天早上，當我告訴她你又走了，她哭了。」

「嗯，昨晚我就哭了，」他回答，「我比她更有理由哭呢。」

2 根據約瑟夫的宗教觀，唱歌的行為是一種無聊且罪惡的消遣。

「沒錯，你有理由帶著那顆驕傲的心和一個空空的胃去上床睡覺，」我說，「驕傲的人總會自生煩惱和痛苦——但是，要是你為自己的莫名生氣感到羞愧的話，記住，等她進來時，你必須要賠禮道歉。必須走上前去，吻她。還要說——該說什麼其實你最清楚不過——熱情一點，不要覺得她穿上了華麗的衣服，就變成陌生人了。現在這個時間，儘管我還要準備晚飯，但我還是會擠出時間來幫你打點，讓艾德加·林頓在你身邊看起來就像個洋娃娃；他確實像個洋娃娃——你更年輕，但是，我敢肯定，你更高，肩膀也比他的寬一倍——你能在瞬間就把他打倒。你不覺得你能做到嗎？」

希斯克利夫的臉色一亮，接著又陰沉了下來，他歎了口氣。

「可是，奈莉，即便我把他打倒了二十次，也不會讓他變得不英俊，或者讓我變得更英俊。我真心希望我有一頭淺色的頭髮和白皙的皮膚，穿著得體，舉止得當，還有機會像他一樣，將來有很多錢！」

「還要像他那樣哭著喊著叫媽媽——」我接著他的話說，「要是一個鄉下孩子向你舉起拳頭，你就嚇得渾身發抖；老天一下雨，你就坐在家裡不敢出門——呀，希斯克利夫，你太洩氣了！來照照鏡子，我讓你看看你應該希望什麼。你留意到你那雙眼中間的兩道皺紋了嗎？還有你這濃密的眉毛，不是向上拱起，而是在中間下垂；還有，那一對深深埋在眉目裡面的黑色小惡魔，它們從來沒有大膽地把窗戶打開過，而是在下面潛伏著、閃爍著，就像惡魔的奸細？你希望學會撫平這些粗暴的皺紋吧，坦率地抬起你的眼皮，把黑色小惡魔變成有自信的純潔天使吧，沒有懷疑和猜忌，不確定對方是不是仇敵，那索性就當作朋友吧——不要學惡狗一樣，明知道挨了踢是罪有應得，卻因為自己吃了苦頭就憎恨踢牠的人，還憎恨起整個世界來。」

「換句話說，我肯定希望能長著艾德加那樣的一雙藍藍的大眼睛和平整的額頭，」他說道，「我真心希望——但那也只是希望罷了。」

「孩子，相由心生，」我繼續說，「哪怕你是一個真正的黑人。一個人心眼若壞，再漂亮也會變得比醜更糟。現在，你已經洗好澡，梳好頭，生過悶氣了——告訴我，你是不是覺得自己有點帥？我告訴你，我覺得是。你像位化裝的王子，說不定你父親是中國的皇帝、你母親是印度的女王，他們中任何一人一週的收入，都可以買下整個咆哮山莊和畫眉山莊，誰知道呢？你也許是被邪惡的水手綁架了，然後帶到了英國。如果換成我，我會想像自己出身高貴；我就有勇氣和尊嚴，來對付一個小農場主人的壓迫了！」

我繼續喋喋不休地說著，希斯克利夫的眉頭漸漸地舒展了，開始變得愉快起來。突然，我們的談話被一陣車輪轆轆的聲音打斷了，馬車從大路進入了院子。他跑到窗前，我跑到門口，正好看見林頓兄妹倆從自家馬車上下來了，緊緊裹著斗篷和毛皮大衣，恩蕭一家人也從馬上下來了——他們經常在冬天騎馬去教堂。凱瑟琳一手牽一個孩子，把他們帶進正屋，安排他們坐在壁爐前，很快他們白白的臉上都泛起了紅光。

我叫我身邊的這位現在趕緊過去，讓大家瞧瞧他親切和氣的樣子，他聽了我的話。但不幸的是，當他打開廚房通往客廳的門的時候，辛德雷從另一邊推門進來了。他們正好打了個照面，主人看到他收拾得乾乾淨淨，又看起來高高興興的樣子，立刻大怒，或者，也許因為一心想遵守他答應過林頓太太的話，猛地伸手把他推了回去，氣沖沖地吩咐約瑟夫：「把這個傢伙趕出這個屋子——

把他送到閣樓裡去，到正餐結束再放出來。如果沒人看住他的話，他會把手指塞在果醬蛋糕裡，還會偷水果。」

「不，先生，」我忍不住回答說，「他不會碰任何東西，不會的——我想，他應該和我們一樣，該有他的一份美食吧。」

「該有他的一巴掌，要是天黑前，我在樓下再抓住他的話，」辛德雷嚷道，「滾，你這個叫花子！怎麼，你想著要當公子哥嗎？等我揪到你這些漂亮的鬈髮——看看我能不能把它們拉得更長！」

「它們已經夠長了，」林頓少爺說，他從門口向裡偷看，「我想知道，這頭髮怎麼沒讓他頭痛，就像小馬的鬃毛垂到了眼睛上！」

他冒冒失失地說出這句話，本來沒有侮辱他的意思，但是希斯克利夫生性暴戾，容不得別人對他有半點無禮，何況在當時，他似乎已經把對方當作一個情敵來看待了。他抓起一碗熱騰騰的蘋果醬，這是他抓到的第一件東西，朝說話人的臉和脖子上猛砸了過去——對方立刻哇哇哭了起來，把伊莎貝拉和凱瑟琳都引過來了。

恩蕭先生當場抓起這個冒犯的人，把他帶到自己的房間。毫無疑問，到了那裡，一定暴打了他一頓，來壓住怒氣，因為恩蕭先生再出來的時候，滿臉通紅，氣喘吁吁。我拿了一塊洗碗巾，狠狠地擦了擦艾德加的鼻子和嘴，說他多管閒事，真是活該。他的妹妹哭著要回家，凱西則在一旁站著，為眼前發生的一切感到羞愧和臉紅。

「你就不應該和他說話！」她埋怨林頓少爺，「他正脾氣不好著呢，這下你們這次做客要掃興了。他還要挨鞭子——我最恨他被鞭子抽！我飯也吃不下了。你幹嘛要跟他說話啊，艾德加？」

「我沒有，」這位少年抽泣著，掙脫了我的手，拿出他的細麻布手絹，把沒擦到的地方擦乾淨了，「我答應過媽媽，一個字都不會跟他說的，我就沒理過他！」

「好了，別哭了！」凱瑟琳輕蔑地回答，「你又不是被人殺死了——不要再惹事了——我哥哥要來了——都安靜！就此打住，伊莎貝拉！有人碰到你了嗎？」

「好了，好了，你們幾個孩子——回到你們的座位上！」辛德雷急匆匆地走進來，大聲嚷道，「那個小畜生給我熱了熱身。下次，艾德加少爺，就用你自己的拳頭上吧——這能讓你胃口大開！」

看到這一桌香氣撲鼻的宴席，這幾個人又恢復了平靜。騎馬後大家都很餓，因此吃起飯來就格外香，何況他們又沒有真正受到傷害。

恩蕭先生切著大盤的肉，女主人也很會活躍氣氛。我在她的椅子後面候著，看到凱瑟琳乾巴巴的眼睛和冷漠的神情，面無表情地切眼前的那隻鵝翅膀，我感到很痛心。

「一個無情的孩子，」我心想，「她這樣輕易地就把自己小時候玩伴的苦惱拋到九霄雲外去了，我真沒想到她竟如此自私。」

她叉了一塊鵝肉，放在嘴邊，然後又放下了。她的臉蛋發紅，眼淚簌簌落下。叉子滑落到了地板上，她匆忙鑽到桌布下，掩飾著自己的情緒。我很快不再罵她無情無義了，因為我看出這一整天她都經受著煎熬，還總是想找個機會自己單獨待著，或者去看看希斯克利夫。那時他已經被主人關起來了，我是在想辦法給他送東西吃的時候發現的。

晚上我們有個舞會。凱西懇求著，希望把他放出來，因為伊莎貝拉．林頓剛好沒有舞伴。可是她的懇求落了空，因為我被指派來頂這個空缺了。

在舞步的興奮中，我們忘卻了所有的不愉快，另外吉默屯樂隊的到來也為我們增添了許多歡樂。那支樂隊有十五個成員——除了歌手之外，還有一個小號，一個長號，幾個單簧管、低音管、法國號和一個低音提琴。每年聖誕節，他們都會到體面人家裡輪流演出，也會收到捐款。我們都將聽他們演奏視為一流的享受。

照例唱完頌歌後，我們要他們演奏民歌和重唱曲。恩蕭太太很喜歡音樂，所以他們為我們演奏了一首又一首。

凱瑟琳也喜歡音樂，但是她說在樓頂上聽才最美，於是摸黑上樓去了，我在後面跟著。他們在樓下把正屋的門關了，那裡人太多了，沒人注意到我們偷偷溜走了。她沒有在樓梯口上停留，而是繼續往上爬，逕自去了希斯克利夫被關的閣樓，喊著他的名字。他剛開始硬是不回應——但是她一直在喊，最後他心軟了，隔著板壁跟她說話。

我先讓這兩個可憐的小東西盡情聊著，直到我估計歌聲快要停下來，歌手要去吃點點心了，才爬上梯子去提醒她。

我在外面沒找到她，反而聽到她在裡面的聲音。這個小猴子從一間閣樓的天窗爬了上去，沿著屋頂爬進另一間閣樓的天窗，我費了好大的力氣才把她哄出來。

她出來時，希斯克利夫也跟著出來了。她執意要我帶他去廚房，因為我那位夥伴約瑟夫去了一個鄰居家，說是為了遠離我們這種「魔鬼的讚美詩」，他喜歡這麼稱呼它。

我把我的打算告訴他們，無論如何，我也不會縱容他們耍花樣。但是自從昨天晚餐後，這個囚犯都還沒進食，所以這一回他背著辛德雷有個小動作，我權當沒看見吧。

他走下樓來，我讓他坐在火爐邊的凳子上，還給了他一些好東西吃。但他病懨懨的，幾乎不能吃東西；我本來想讓他好好吃一頓的，也只能放棄了。他的兩隻手肘支在膝蓋上，雙手托著下巴，滿懷心事。我問他，在想什麼呢，他嚴肅地回答：

「我在打算，怎麼找辛德雷報仇。等多久我都不在乎，只要到最後讓我報了這仇。只希望他不要比我早死！」

「可恥，希斯克利夫！」我說，「懲罰惡人是上帝的事，我們應該學會饒恕他人。」

「不，報仇雪恨的事只能我自己來，上帝不能剝奪我的權利，」他回答，「我只希望自己能找到最好的辦法！讓我一個人待一會兒，我會計畫好的。每每想到這些，我心裡就會好受些。」

* * *

但是，洛克伍德先生，我忘了這些故事不能供你消遣。真惱人，我沒想到自己只顧著喋喋不休。你的粥涼了，你也打瞌睡了！你要聽的希斯克利夫的身世，其實我本來三言兩語就能交代清楚。

這位女管家就這樣中斷了自己的話題，站起身來，正要放下針線，但是我覺得自己離不開壁爐，而且我也沒有睡意。

「坐著別動，迪恩太太，」我喊道，「就坐著，再坐半個小時！聽你娓娓道來這個故事，正合我意呢。你就照這樣的方式講到底吧。對你提到的每個人，我都或多或少地產生了興趣。」

「先生，鐘敲過十一點了。」

「沒關係——我不習慣早睡。對一個躺到十點才起床的人來說，一兩點睡覺就夠早的了。」

「你可不要睡到十點才起床。一日之計在於晨。一個人要是到了十點，還沒有做完當天一半工作的話，那麼另外一半大概也做不完了。」

「不管怎麼說，迪恩太太，你還是坐下來吧，因為我打算明天一覺睡到下午。我預感自己至少會得一場重感冒。」

「我希望不會，先生。好吧，你得允許我把時間跳過大約三年，在那段時間裡，恩蕭太太——」

「不，不，我不答應！如果你一人獨坐著，有一隻母貓在你面前的地毯上舔牠的小貓，你專注地盯著看，以至於母貓漏舔一隻耳朵也會讓你非常掃興，你可曾領會這種心情？」

「我只能說這是一種懶散到極點的心情。」

「恰恰相反，是活躍到令人討厭的心情。我現在的心情就是這樣，所以，請繼續講你的故事吧。我發現這一帶的人跟城市裡的那些形形色色的人相比，活得更有價值，就像是地窖裡的蜘蛛與茅屋裡的蜘蛛相比一樣。然而，並不是我完全處在旁觀者的位置上，才發現這種深深吸引人的地方。他們的確更認真地生活，更專注於自身，而不在乎流於表面和瑣碎的外在事物。我可以想像，矢志不渝的愛情在這裡是存在的。從前我一向不信愛情這東西能夠維持一年——這種情況就像在一個飢腸轆轆的人面前放上一盤菜，那麼他會專心致志地吃下去，好好吃——另外一種情況就是，你給他安排一桌法國廚師烹調的大餐，或許他能從這滿滿一桌上獲取同樣多的享受，但是每一道菜只占有他當時和日後的一小部分回憶罷了。」

「哦！在這點上我們跟其他地方的人沒什麼兩樣，等你和我們熟了，你自然會知道。」迪恩太太說著，對我的話有些迷惑。

「請原諒，」我回應道，「我的好朋友，你就是推翻那段話的有力證據。你除了帶一點無關緊要的鄉土氣息外，我一向認為，那些屬於你這一階層人特有的舉止，在你的身上全然不見。我相信你想的比一般僕人多得多。你不得不培養自己的思考能力，因為你沒有機會把生命耗費在愚蠢的瑣事上。」

迪恩太太笑了。

「我當然認為自己是一個沉著穩重、通情達理的人，」她說，「這倒不一定是因為我住在山裡，一年到頭看到的都是那幾張面孔和那幾套作風，而是因為我受過嚴格的訓練，這些教給了我智慧。還有，洛克伍德先生，你想不到我讀過很多書吧。在這個圖書室裡，你隨便打開一本書，我都翻看過，而且每本書我都從中學到了東西，除了那排希臘文和拉丁文的，還有法文的——我只認得那些書是什麼文。對於一個窮人家的女兒，你也只能要求這麼多了。

「不過，如果真要我用閒聊的方式把這個故事講下去的話，那我還是繼續往下說吧，也不要跳過三年，就從第二年夏天講起好了——一七七八年的夏天，也就是大約二十三年前。」

第八章

六月一個明媚的早晨，第一個由我照顧的寶貝，也就是恩蕭這個古老家族的最後一代出生了。

我們正在遠處的田野裡忙著耙草，那個平常給我們送早餐的女孩跑了過來，比往常早了一個鐘頭，只見她穿過草地，奔上小路，一邊跑一邊喊我。

「啊，好一個胖寶寶！」她氣喘吁吁地說，「從來沒有見過這麼討人喜歡的孩子！但是醫生說，產婦保不住了，他說這幾個月來她一直害癆病。我聽到他對辛德雷先生說的──現在已經無力回天了，她挨不過這個冬天。你趕緊回家。孩子要交給你帶了，奈莉──用糖水和牛奶餵他，日夜照顧著。因為等到太太不在的時候，他就歸你了！」

「她病得很重嗎？」我問道，扔下耙子，繫上帽子。

「我猜是，但她看起來很堅強，」女孩回答說，「她說起話來，就好像她還想活到孩子長大成人。她喜不自禁，孩子真是太漂亮了！我要是她，肯定不會死的。只要朝孩子看一眼，我的病就好了，才不管肯尼斯醫生怎麼說。我對他真生氣。阿切爾太太把這個小天使抱到正屋給主人看，主人剛眉開眼笑起來，誰知這個嘴裡沒有好話的傢伙突然走上前來，說道：『恩蕭，算運氣好了，你太太總歸給你留下一個兒子。她剛進門的時候，我就看出，她這個人我們是留不久的。現在，我得告訴你了，她活不過這個冬天。別難過，也不要過於煩惱，這都是沒辦法的事。再說，你當初不應該看走眼了，選了這樣一個弱不禁風的！』」

「那主人怎麼回答呢？」我問。

「我記得他咒罵了一聲——但是我沒在意，我只顧盯著那個寶寶看了。」她又開始眉飛色舞地描述著。我和她一樣熱心，便急急忙忙趕回去瞧，就我而言，儘管我為辛德雷感到非常難過，他心裡只容得下兩個最愛的人——他的妻子和他自己——他兩個都很愛，但只崇拜那一個。我無法想像，他該如何承受這樣的喪妻之痛。

我們到咆哮山莊時，他正在大門口站著；我經過他身邊進去的時候，問孩子怎麼樣了。

「馬上會跑了，奈莉！」他回答著，一副強顏歡笑的樣子。

「那太太呢——」我鼓著勇氣問，「醫生說她——」

「該死的醫生！」他打斷我的話，臉脹得通紅，「法蘭西絲好好的——下個禮拜的這時候，她就會完全康復。你要上樓嗎？只要她肯答應不講話，我就上去——我走開是因為她不肯住嘴，她必須——告訴她，肯尼斯先生說，她務必保持安靜。」

我把這意思轉達給了恩蕭太太，她看起來精神很好，愉快地回答道：

「我幾乎一句話也沒說，艾倫，他已經哭著跑出去兩次了。嗯，你就告訴他我保證不講話，但這也不能不讓我對他笑呀！」

可憐的人！直到她去世前的一個禮拜，那種輕鬆的心情始終伴隨著她。她的丈夫固執地，不，瘋狂地確信她的身體一天好過一天。肯尼斯醫生提醒他說，病情到了這個階段，用藥也無濟於事了，他不必再為她花冤枉錢請醫生過來了，他反駁道——

「我知道你不用來了——她好了——她不需要你再來看病了！她根本沒有得過癆病，就是發燒而已，現在退燒了。她的脈搏和我的一樣平緩，臉也跟我的一樣涼。」

他跟太太講的也是同樣的話，她似乎也相信了他。可是，一天晚上，當她依偎在他的肩膀上，說她覺得自己明天就可以下床走路的時候，一陣咳嗽打斷了她的話——非常輕微的咳嗽——他把她抱在懷裡，她用雙手摟住他的脖子，臉色一變，死了。

正如那女孩所預料的那樣，孩子哈里頓完全交到我手裡了，恩蕭先生呢，只要孩子身體強壯，聽不到他哭鬧，對他來說就很滿意了。至於他自己，只是變得絕望。他的悲傷不動聲色，他既不哭泣，也不祈禱——只是咒罵和抗爭著——憎惡上帝和人類，他開始放縱自己，並從此一蹶不振。

僕人無法忍受他專橫霸道的行為，不久便都離開了，願意留下來的只有約瑟夫和我了。我捨不得丟給我的這個孩子；除此之外，你知道，恩蕭是我母親帶大的，因此他和我也算得上是姊弟，所以跟外人相比，我更能寬容他一些。

約瑟夫留下來，是因為在這裡他可以對佃農和工人作威作福，也因為待在這裡，有許多事可以讓他挑剌，這就是他的天職。

主人荒唐的行為和他那些荒唐的朋友，為凱瑟琳和希斯克利夫樹立了一個好榜樣。他對希斯克利夫做的那一套，足以使一個聖徒變成一個惡魔。而且，真的，在那段時間，這個孩子似乎被惡魔附身了，他很高興看到辛德雷墮落到無法自拔，而且明顯變得一天比一天蠻橫、消沉又凶狠。

難以形容我們家變成了一個怎樣的人間地獄。助理牧師不肯上門來了；最後，沒有一個像樣的人肯走近我們，除非是艾德加．林頓來拜訪凱西小姐，這可能算是個例外。到了十五歲的時候，她已經長成了這個鄉村女王等級的人物，任何人都無法與她媲美，她也確實變成了一個高傲且任性的人！我承認，自從她過了嬰兒期，我便不再喜歡她了。我經常惹惱她，試圖壓一壓她的氣勢。不過，她從不討厭我，她念舊，對舊情有著驚人的執著，甚至對希斯克利夫的感情也是一如既往。儘管年輕的林頓在各方面都相對優越，但他發現，很難在她心裡取代對方的位置。

艾德加．林頓是我已故的主人，壁爐上方是他的肖像。本來是掛在這一邊，他太太的在另一邊。但是他太太的已經被移走了，否則你可能會看到她的樣子。你能看得清楚嗎？

迪恩太太舉起了蠟燭，我看到一張線條柔和的臉，像極了咆哮山莊的那位年輕女士，但神情更加憂鬱以及和善。這是一幅可愛的畫像。長長的淺色頭髮在鬢角微微捲曲著，眼睛大而真誠，身材優美得甚至有些過分。我並不奇怪凱瑟琳．恩蕭會為了這樣一個人而忘記她第一個朋友。我倒是很奇怪，如果他的內心和他的外表相稱，他怎麼也會懷著我對於凱瑟琳．恩蕭那種難言的想法呢？

「這真是一幅賞心悅目的畫像，」我對管家迪恩太太說道，「像本人嗎？」

「是的，」她回答道，「但在他興致好的時候，會更好看一些。他平常就是這樣的表情，平日裡，他總是缺少一些精神。」

凱瑟琳自從在林頓家住了五個星期後，就一直和他們保持著聯繫。跟他們在一起時，沒什麼能誘發她暴露出自己野性的一面，對方整日以禮相待，她也不好意思撒野，於是便表現得乖巧熱情，不知不覺贏得了老林頓夫婦的歡心，贏得了伊莎貝拉的欣賞，同時也俘獲了她的哥哥——這些收穫從一開始就讓她受寵若驚，她是野心勃勃的人——這使她形成了一種雙重性格，雖然並沒有故意欺騙人的意思。

在那個她聽到希斯克利夫被叫作「下賤的小流氓」和「豬狗不如」的地方，她留意著千萬不要表現出那樣的舉動。但只要待在家裡，她就不自覺地原形畢露，有時候注重禮貌反而落得旁人嘲笑，當這些舉動既不會給她帶來榮譽，也不會給她帶來讚美時，她就不想約束自己那放蕩不羈的天性了。

艾德加先生很少鼓起勇氣公開來拜訪咆哮山莊。恩蕭的名聲使他感到畏縮，因此對他敬而遠之；但是只要艾德加先生來，我們都是禮貌相待，主人自己也避免冒犯他——他知道此人來的目的——如果不能保證自己做一個謙謙君子，那就主動敬而遠之。我倒覺得，他的到訪反而令凱瑟琳反感；她沒有心機，也不賣弄風情，顯然她反對她的這兩個朋友見面。因為當希斯克利夫當著林頓的面，表示看不起他時，她不可能像林頓不在場時那樣附和；同樣，當林頓對希斯克利夫表現出厭惡和反感時，她也不能對他的情緒表現得滿不在乎，就好像有人貶低她的玩伴跟她毫不相干一樣。

她這種左右為難和有口難開的苦惱讓我多次嘲笑，她試圖躲避我的嘲弄，然而躲也躲不過。這聽起來很不厚道——但她那樣驕傲，也實在無從憐憫她的苦楚，除非她自己肯低下頭來。

最後，她終於向我吐露了所有心事。除了我，沒有人可以成為她談心的對象。

一天下午，辛德雷先生出門了，希斯克利夫想藉此機會給自己放個假。我想，那時他已經十六歲了，長得也不醜，智商也不低，但他偏要讓大家由內到外都討厭他；不過現在看他，已經沒有那種跡象了。

首先，希斯克利夫早期受到的教育，已經消失殆盡。日復一日早起晚睡的勞動，已經撲滅了他那曾經對知識的好奇心以及對書本和學習的熱愛。他童年時期得到過老恩蕭的寵愛，那種優越感也全然消失不見。有很長一段時間，他努力想跟上凱瑟琳讀書的節奏，後來他又帶著痛苦和遺憾默默放棄了，而且是徹底放棄了。當他發覺自己肯定會跌到之前的水平線之下時，沒有任何人可以勸服他往上再邁進一步。接著，他的外表連同他的內心一樣墮落了。他變得步伐慵懶，形容粗鄙。他天生性格孤僻，後來就發展成近乎愚蠢似的不近人情。對於身邊少數熟人，他故意激起人家對自己的厭惡而不是尊重，顯然，他可以從中獲得一種病態的快感。

在他工作的空檔，凱瑟琳仍然常伴他左右，但是他已不再用言語表達出對她的喜愛。對於她少女式的撒嬌，他也在憤怒、懷疑中退縮，彷彿意識到在他身上揮霍愛意，也不會讓他感到愉悅。在前面提到的那個下午，希斯克利夫走進了屋子，宣布他不打算工作的時候，我正在幫凱西小姐整理衣服——她沒有料到希斯克利夫今天會有不工作的想法，原以為自己可以獨享這個正屋，之前便通知好了艾德加，說她哥哥今天不在家，此刻她正準備接待艾德加。

「凱西，你今天下午忙嗎？」希斯克利夫問道，「你要去哪裡？」

「不去哪裡，外面下雨了。」她回答道。

「那你為什麼穿這件絲綢連衣裙？」他說，「但願，沒有誰要過來吧？」

「據我所知，沒有啊，」小姐結結巴巴地說，「不過你現在應該在田裡工作啊，希斯克利夫。距離午餐時間已經過去一個小時了，我以為你早出去了。」

「難得辛德雷那個該死的不在眼前晃來晃去了，」男孩說，「今天我不想工作了，我想和你待在一起。」

「哦，可是約瑟夫會告狀的，」她提醒他道，「你還是去吧！」

「約瑟夫正在潘尼斯通峭壁的那邊裝石灰呢，他要在那裡忙到天黑，不會知道的。」

說著，他便懶洋洋地走到爐火邊，坐了下來。凱瑟琳皺著眉頭想了一會兒──她覺得有必要提前給他個心理準備。

「伊莎貝拉和艾德加．林頓說過今天下午會來做客，」她沉默了一會兒後說道，「因為下雨了，我覺得他們不會來了，但也有可能會來，如果他們來了，你可能又要挨罵了。」

「吩咐艾倫告訴他們你有事，凱西，」他堅持說道，「不要為了這兩個愚蠢又可憐的朋友就把我趕出去，有時候我真想抱怨──但我就不說了──」

「抱怨他們什麼？」凱瑟琳大聲道，盯著他看，表情不安，「哦，奈莉！」她生氣地加了一句，把她的頭從我的手裡猛地移開了，「你把我的頭髮梳亂了！夠了，別管我了。你有什麼可抱怨的，希斯克利夫？」

「沒什麼──就看看牆上的日曆吧。」他指著掛在窗邊的一張框好的紙，繼續說道，「打叉的，就是代表你和林頓一家度過的夜晚；畫圓點的，就代表和我一起度過的夜晚──你看到了嗎？我每天都在做標記。」

「是的──蠢死了，好像我會留意這個似的！」凱瑟琳不耐煩了，「這又有什麼意義呢？」

「為了表示我確實在意。」希斯克利夫說。

「那我應該整天陪你坐著嗎？」她反問道，越來越惱火，「我得到什麼好處了──你會聊什麼呢？你對我說過任何逗我開心的話嗎？或者你做過任何讓我高興的事嗎？你簡直是個啞巴或者嬰兒！」

「凱西，你以前從未嫌我話太少，你也從未說過你不喜歡跟我做伴！」希斯克利夫喊了起來，非常激動。

「兩個人在一起，一無所知又一言不發的，這算什麼做伴？」她嘟囔著。

她的夥伴站了起來，但已經沒有時間繼續發洩了，因為他聽見外面石板道上已經傳來了馬蹄聲。隨著一聲輕輕的敲門聲，年輕的林頓進來了。他這次收到了意外的邀約，臉上寫滿了喜悅。毫無疑問，一個人要進來，另一個人正要出去，那一瞬間，兩人的差別在凱瑟琳眼中頓時顯而易見。這種對比，就像你看了一個荒涼而多山的產煤區，場景突然切換到了一個美麗富饒的山谷；林頓的聲音和問候跟他的外表一樣，和希斯克利夫的截然相反——他說話的方式和你一樣，悅耳、低沉，不像我們這裡人講話那樣生硬，也更柔和。

「我來得不算早，是嗎？」他說著，瞄了我一眼。我已經開始擦盤子了，又把櫥櫃底部的幾個抽屜收拾了一下。

「沒有，」凱瑟琳回答道，「你在那裡做什麼，奈莉？」

「我在做事，小姐。」我回答說。（辛德雷先生交代過我，若是林頓私自拜訪，我得在一旁盯著。）

她走到我身後，生氣地小聲嘟囔著：「拿著你的抹布離開吧！有客人在屋子裡的時候，僕人不能當著人家的面打掃環境！」

「趁著主人不在，這正是一個好機會，」我大聲答道，「他最討厭我在他面前收拾東西——我相信艾德加先生不會介意的。」

「我討厭你在我面前收拾東西。」這位小姐蠻橫地喊道，不讓她的客人有開口的機會。她剛和希斯克利夫發生了爭執，還在憤憤不平之中。

「我很抱歉，凱瑟琳小姐！」我就這樣回她，同時只管做自己的事。

這位小姐，本以為艾德加看不見她，就一把從我手裡奪過抹布，然後狠狠地在我的手臂上掐了一把，還擰住不放了。

我說過我不愛她，而且偶爾還會壓一下她的驕橫氣勢，而且她實在把我弄得太痛了，我本來跪在地上，便直接跳了起來，大聲尖叫了起來：

「啊，小姐，這一招太討厭了！你沒有權利掐我，我可受不了這個！」

「誰碰你了，你這個撒謊的傢伙！」她喊道，氣得面紅耳赤，還想用手指繼續戳我。她從來都是一個怒形於色的人，生氣的時候臉總是脹得通紅。

「那這是什麼？」我頂嘴了，指著手臂上那塊青紫掐痕的證據來反駁。

她跺了跺腳，躊躇片刻，緊接著她那蠻橫性情又開始發作，直接朝我的臉上搧了一記耳光，打得我臉上火辣辣的，兩眼充滿淚水。

「凱瑟琳，親愛的！凱瑟琳！」林頓發話了，他對眼前心愛的人任性又虛偽的樣子感到非常震驚。

「離開這個屋子，艾倫！」她渾身發抖地重複道。

小哈里頓是處處跟著我的，此刻他正緊挨著我坐在地上，看到我的眼淚出來，他也哭了，一邊抽泣一邊說：「壞姑姑凱西。」這下子引火上身了，凱西開始朝著這個倒楣鬼發洩。她一把抓住哈里頓的肩膀用力搖，搖到這個可憐的孩子臉色煞白，艾德加不假思索地抓住她的手，想讓她放開這個孩子。但就在那一瞬間，一隻手掙脫出來，給了他一巴掌。這個年輕人一臉震驚，認為這絕不是在開玩笑。

他嚇了一跳，向後退了退——我把哈里頓抱在懷裡，帶著他往廚房那邊走，故意敞著門，我很好奇這兩人接下來該如何處理這局面。

這位被莫名侮辱的客人，將身體移動到他放帽子的地方，臉色蒼白，雙唇發抖。

「這就對了！」我對自己說道，「這就是給你的警告，遠離她！這回讓你瞧瞧她的真面目，簡直太好了。」

「你要去哪裡？」凱瑟琳問，直接朝著門口走來。

他扭過一邊，想試圖出去。

「你不准走！」她大聲喊道。

「我得走，而且這就走！」他回答道，聲音沉了下來。

「不，」她執意攔著，握住門把手，「先別走，艾德加．林頓——你坐下。你不能這樣氣沖沖地丟下我不管。我會難過一整夜的，我才不願意為你難過！」

「你打我了，我還能留下來嗎？」林頓反問。

凱瑟琳頓時啞口無言。

「我真是怕了你了，也為你感到羞恥，」他繼續說道，「我再也不會來這裡了！」

她的眼睛裡閃出了淚光。

「你還在裝！」他說。

「我沒有！」她哭出了聲音，一邊開口說話，「我沒有故意做什麼——好吧，走，請便吧——趕緊走！我現在要哭了——我要把自己哭死！」

她在一把椅子旁跪了下來，一本正經地大哭了起來。

艾德加執意離開，直接走到了院子裡，卻又停在那裡，徘徊了起來。我決定去鼓勵一下他。

「小姐真是太任性了，先生！」我大聲嚷道，「像任何被寵壞的孩子一樣糟糕——你最好騎馬回家去吧，否則她哭出病來，只會折騰大家。」

他這個軟骨頭，往窗戶裡面看了一眼——他是下了決心要走的，就像一隻貓留下了被咬得半死不活的老鼠或者只吃掉一半的小鳥——

唉，我想，這下完了，無藥可救——他注定就是這個命了！

果然如此。他突然轉過身來，再次衝進房間，關上了門。過了一會兒，我進去告訴他們恩蕭到家了，喝得醉醺醺的，準備掀房揭瓦了（他喝醉的時候常常這樣）。我發現這場爭吵反而讓兩個人更親密了——這對年輕人，打破了羞怯，不準備裝模作樣做朋友了，索性就大大方方承認彼此是情人了。

聽到辛德雷先生回來的消息，林頓很快跳上了馬，凱瑟琳也回到了自己的房間。我把小哈里頓藏好，又把主人獵槍裡的子彈取了出來，他發酒瘋的時候喜歡玩槍，這時誰要是惹到了他，或者過分引起他的注意，就會有送命的危險，所以我想到了這個辦法，就是把彈藥取走，萬一他真開槍了，也不至於釀成大禍。

第九章

他進來了，嘴裡罵著不堪入耳的話。我準備把他兒子藏在廚房的碗櫥裡，卻正巧被他碰見。哈里頓被他喜怒無常的脾氣嚇得要死；他像頭動物一樣親暱，也像個瘋子一樣抓狂——有時候前一秒被他親得要窒息了，下一秒又被他丟進火爐，或者被扔到牆上去——所以這個可憐的小東西，無論我把他藏在哪裡，他都大氣不敢出一下。

「在這裡，終於被我找到了！」辛德雷叫道，一把抓住我脖子上的一層皮，像狗一樣往後一拖，「天地作證，你們一定是發誓要殺了這個孩子了！現在我總算明白為什麼老是見不到他了。不過，憑藉魔鬼撒旦之力，我定會讓你吞下這把切肉刀，奈莉！別笑，我剛才還把肯尼斯頭朝下摁進黑馬沼澤裡了，要兩條命跟要一條命一樣——我非要殺了你們這些人才好，不然我誓不甘休！」

「但是我不喜歡這把切肉刀，辛德雷先生，」我回答，「這刀子已經切過紅鯡魚了——如果你願意，我寧願被一槍打死。」

「你還是下地獄吧！」他說，「也必須進地獄——英國法律總不能禁止一個人好好管自己的家，我的家一團糟！把你的嘴巴張開。」

他手裡拿著刀，把刀尖插入我的牙縫。但是，就我而言，我從來不害怕他的變化無常。我啐了一口，這味道著實令人噁心——我無論如何也不會吞掉這把刀的。

「啊！」他鬆開我說道，「我看那個可惡的小壞蛋不是哈里頓——請原諒我，奈兒——要是他的話，那就應該活活剝了他的皮，因為他沒有跑過來歡迎我，還尖叫著，好像我是怪物。狗娘養的小畜生，過來！我要教訓你一下，怎麼敢欺騙一個上了當的好心父親——現在，你不覺得這個小傢伙的耳朵被剪掉會更漂亮嗎？狗剪掉耳朵就會變得更凶猛，我喜歡凶猛的東西——給我一把剪刀——來剪個凶猛又整齊的！再說了，珍惜這耳朵，是魔鬼般邪惡的自負：沒有耳朵，我們也已經夠蠢的了。噓，孩子，噓！好吧，我的乖寶貝！擦乾眼淚——這才乖，親親我吧，什麼？不肯嗎？來親一親，哈里頓！該死的，來親親我！天哪，好像我會願意養這麼個小鬼似的！只要我還有一口氣，我就非要擰斷你這小子的脖子不可。」

可憐的哈里頓在父親懷裡拚命地又哭又踢，後來他父親把他抱上樓，又把他舉過欄杆，他哭得更凶了。我一邊大聲說那樣會把孩子嚇傻的，一邊趕緊跑去救他。

我趕到那裡時，看到辛德雷從欄杆邊探出身子，去聽樓下發出的什麼聲響，他幾乎忘記了當時手裡還拿個什麼東西。

「是誰？」他問，聽到了有人走近樓梯腳下的動靜。

我聽出了這是希斯克利夫的腳步聲，於是探出身來，想示意希斯克利夫不要再往前走了。我的眼睛剛離開哈里頓，那孩子就趁著對方鬆手的間隙掙脫出來，猛地一跳，跌下樓去了。

我們還沒來得及體驗那種驚恐的感覺，就看到這小東西得救了。希斯克利夫在這千鈞一髮之際趕到欄杆下，出於本能的衝動，他伸手接住了那掉下來的孩子，又把他放在地上站好，抬起頭來，看看是誰在鬧事。

當他看到上面站著的是恩蕭時，整個人都傻了。即便是一個守財奴把一張幸運的彩票轉了人家，賣了五先令，第二天發現自己損失了五千英鎊時，其臉上的神情也無法跟希斯克利夫相比——那副表情顯然勝過千言萬語，最痛苦的不過是自己竟成了阻礙自己復仇的工具。我敢說，要是天黑的話，為了挽救這個大錯，他肯定會跑到臺階上把哈里頓的腦袋殼敲個粉碎。但我們也親眼看見孩子是他救的；我急忙趕到下面，把寶貝孩子摟在胸口。

辛德雷鎮定地走了下來。他酒醒了，看起來有點內疚。

「這是你的錯，艾倫，」他說，「你應該把他藏起來，別讓我看見，你應該把他從我這裡抱走！他受傷了嗎？」

「受傷了！」我憤怒地喊道，「就算他沒被摔死，也變成個傻子了！唉！他的母親怎麼不從墳墓裡出來，看看你是怎麼對待這個孩子的。你比異教徒還壞——用這種手段對待你自己的親骨肉！」

他想摸摸孩子，孩子本來在我懷裡安撫了一會兒，沒那麼害怕了，只是低聲抽泣著。然而他父親的手指剛觸碰到他，他又「哇」的一聲哭了起來，聲音比原來的更大了，他拚命掙扎著，像是痙攣了。

「你別碰他！」我繼續說，「他恨你——他們全都恨你——這就是事實！你的家庭原本多麼美滿，卻被你弄得這麼糟糕！」

「我還會弄得更糟糕，奈莉！」這個墮落的人笑了，又恢復了鐵石心腸，「現在，就把他抱走吧——還有你，給我聽著，希斯克利夫！你也趕緊滾蛋，滾到我看不見聽不見的地方去……今晚我不準備要你的命了，除非，我或許會一把火燒了這房子，那還得看我高不高興——」

說著，他從櫥櫃裡拿了一小瓶白蘭地，倒了一些在酒杯裡。

「不，不要再喝了！」我懇求道，「辛德雷先生，聽聽勸吧。就算你一點也不愛惜自己，也可憐可憐這個不幸的孩子吧！」

「對這孩子來說，是個人待他都比我強。」他回答道。

「可憐可憐你自己的靈魂吧！」我說著，試圖從他手裡奪過酒杯。

「我才不會呢！恰恰相反，我正高興把我的靈魂送到地獄去呢，這樣也算是對造物主的懲罰。」這個褻瀆神明的人喊道，「來，為甘願下地獄乾杯！」

他喝了酒，不耐煩地叫我們走開，用一連串的咒罵結束了他的命令，說出口的那些話真是太糟糕了，糟糕到讓人不敢再重複，也不敢去記住。

「真可惜，他喝酒也喝不死，」希斯克利夫將門關上時，嘟囔著回罵，「他這是往死裡喝，但他的體質硬是扛住了——肯尼斯先生說，他願意拿他的母馬打賭，他會比吉默屯這一帶的任何人都活得長，等他走進墳墓的時候，就是一個老不死的罪人了，除非他碰巧遇到什麼意外的事。」

我走進廚房，坐下來哄我的小羊兒入睡。希斯克利夫呢，我原以為他到穀倉去了，後來才發現，他只是躺在靠牆那邊的一條長椅上，離得遠遠的，避開爐火，一言不發。

我讓哈里頓坐在腿上，一邊搖著一邊哼著歌，這首歌是這樣開頭的——

夜深了，娃娃哇哇哭啊，墳裡的媽媽聽見了。[1]

這時候，在房間裡聽到了喧鬧聲的凱西小姐探進頭來，悄悄問：

「就你一個人嗎，奈莉？」

「是啊，小姐。」我回答。

她走了進來，向爐火邊靠近，我以為她有什麼話要講，於是抬起了頭。只見她一臉顧慮重重的神色，嘴巴半張著，像是有話要講。接著她深吸了一口氣，卻只是發出一聲歎息，想說的話又溜走了。

我繼續哼我的歌，她下午做的那些事我可沒忘呢。

「希斯克利夫在哪裡？」她打斷我問。

「他在馬廄做他的事呢。」我回答道。

希斯克利夫也沒糾正我，或許，他已經睡沉了。

緊接著就是一陣沉默。這時，我看到一兩滴眼淚從凱瑟琳眼中流出，順著她的臉頰落在了地板上。

她這是為自己的可恥行為感到羞愧？我問自己。這太稀罕了，但她可能會這樣——我不會幫她的！

不，任何跟她無關的小事，她都根本不會在意的。

「哦，親愛的！」她終於大聲說了出來，「我好難過！」

「真可惜，」我說，「你太難伺候了——你有這麼多朋友，這麼多人關心你，還不能讓你滿意呀！」

「奈莉，你能為我保密嗎？」她說著，便在我旁邊跪了下來，抬起頭望著我的臉。看到她那雙迷人的眼睛和無辜的表情，就算是有天大的理由發再大的脾氣，也都煙消雲散了。

「有那麼值得保守的祕密嗎？」我問她，語氣沒那麼悶悶不樂了。

「是啊，而且它讓我心神不寧，我必須說出來！我想知道我該怎麼做——今天，艾德加．林頓向我求婚了，我也回了他——現在，我先不告訴你我是同意了還是拒絕了，你告訴我該怎麼辦。」

「說真的，凱瑟琳小姐，我怎麼會知道？」我回答，「可以肯定的是，考慮到你今天下午在他面前的表現，我可以說，拒絕他才是明智之舉——因為在你胡鬧了一場後還來向你求婚的人，這個人要不是無藥可救的傻子，就是沒心沒肺的蠢蛋。」

「你要是這麼講，那我就不跟你多說了，」她氣鼓鼓地回答道，站了起來，「我答應了他的求婚，奈莉。快，你說我是不是做錯了?!」

「你答應他了？好吧，這還有什麼好說的？話已出口，那就覆水難收了。」

「可是，你說我是不是該這麼做——你快說啊！」她惱怒地喊了起來，搓著雙手，皺著眉頭。

「要好好地回答這個問題，得先考慮很多事情，」我故作正經地說，「第一點，你愛艾德加先生嗎？」

1 蘇格蘭民謠〈鬼魂的警告〉中的兩句，改編自十九世紀流行的丹麥民謠〈壞繼母〉。該民謠描述了一群孩子在生母去世後，被他們邪惡的繼母虐待，然後，死去的母親從墳墓上站起來，警告其不要虐待自己的孩子。

「誰能不愛他？我當然愛他。」她回答。

然後，我又對她盤問了一番——對於一個二十二歲的女孩來說，這些問題也不能算不合理。

「你為什麼愛他呢，凱西小姐？」

「廢話，我愛他——這就夠了。」

「那不行，你得說出原因。」

「嗯，因為他很帥，和他在一起很愉快。」

「這不行。」我回她。

「因為他年輕又開朗啊。」

「那也不行。」

「因為他愛我。」

「這答案沒什麼區別，再想想。」

「他將來一定會很有錢，我將成為這一帶最厲害的女人，嫁給這樣一個丈夫，我會非常驕傲的。」

「這可是最糟糕的了！現在你說說，你怎麼愛他。」

「跟所有人一樣愛他——你問得真好笑，奈莉。」

「一點也不好笑——你回答我。」

「我愛他腳下的土地，愛他頭上的空氣，愛他接觸到的一切，愛他說的每一句話——我愛他所有的表情，他的一舉一動，愛他的整個人，愛他的一切。這回答得夠不夠！」

「為什麼呢？」

「不——你在跟我開玩笑吧。太壞了！對我來說這可不是玩笑哦！」這位小姐說著，皺著眉頭，把臉轉向壁爐。

「凱瑟琳小姐，我一點也不是在開玩笑，」我回答道，「你愛艾德加先生，因為他英俊、年輕、開朗、富有，而且也愛你。然而，最後一點毫無意義——就算他不愛你，說不定你也照樣愛他，倘若他沒有前面四項吸引人的條件，即使他愛你，你也不見得會愛人家吧。」

「是啊，當然不會——那我只會可憐他罷了——要是他長得醜，是個醜八怪的話，或許我還會厭惡他呢。」

「但是這個世界上還有很多年輕的紳士，說不定比他更英俊，更有錢，那你怎麼不去愛他們呢？」

「就算有這樣的人，我也碰不到啊——反正眼下，我看沒哪個能像艾德加這樣的了。」

「將來你會碰到的，再說他也不會永遠又帥又年輕，而且，也許不會永遠有錢。」

「他現在就是啊，我只管眼前的——我希望你說話能理智點。」

「好吧，那我就無話可說了——要是你只看眼前，那就嫁給林頓先生吧。」

「我並不需要得到你的許可——我就是要嫁給他。但你還沒有告訴我，我這樣做對不對。」

「完全正確。如果說，一個人結婚就只圖眼前是正確的話。現在，讓我們聽聽你有什麼地方不開心。你哥哥會高興的……我想，那兩個老太太和老先生也不會反對的——你會從一個混亂又煩人的家庭逃離出去，去到一個富裕又體面的家。你愛艾德加，艾德加也愛你。一切似乎都順心如意——那麼問題在哪裡呢？」

「這裡！還有這裡！」凱瑟琳回答道，一隻手拍著自己的腦袋，另一隻手捶捶自己的胸口，「是我靈魂的所在啊——在我的靈魂裡，在我的心裡，我相信我做錯了！」

「那就奇怪了！我根本搞不清楚了。」

「這是我的祕密。要是你不嘲笑我，我就講給你聽。我也說不清楚——可是我會讓你感受一下我的感受。」

她又在我身邊坐了下來，神色變得更加憂傷沉重，雙手緊握著，顫抖了起來。

「奈莉，你可曾做過稀奇古怪的夢？」她沉思了幾分鐘後，突然說道。

「是的，有時候會啊。」我回答她。

「我也是。我這輩子做過一些這樣的夢，這些夢一直纏著我，而且還改變了我的想法。它們從我心裡穿過，就像是酒摻在了水中，改變了我心靈的顏色。有一個夢——我想跟你說一說——但不管聽到什麼，你注意都不要笑。」

「啊！別講，凱瑟琳小姐！」我叫道，「我們已經夠悲慘的了，別再讓那些神啊鬼啊的奇怪噩夢來糾纏我們了。來，來，開心一點，像你之前的樣子吧！看看小哈里頓——他的夢裡可沒什麼讓人發愁的。他在睡夢裡笑得多甜啊！」

「是的，他父親在孤獨時，罵人也罵得多開心啊！我敢說，你還記得他小時候。當年，他幾乎就和這個胖嘟嘟的小東西一樣——幼小又無辜。然而，奈莉，你必須聽我說一說——不會講太久的，今晚我是高興不起來了。」

「我不要聽，我不要聽！」我急忙重複說。

那時，我對夢境很迷信，現在依然如此。那天，凱瑟琳的臉上有一種罕見的憂鬱，這讓我更害怕她提到這些夢，怕她的夢讓我產生一種預感，預感將來會有一場可怕的災難發生。

她很氣餒，可是沒有再講下去。過了一會兒她又開口了，顯然開始了另外一個話題。

「奈莉，要是我在天堂裡，我會極度痛苦的。」

「因為你不配進天堂，」我回答，「所有的罪人在天堂都會很痛苦。」

「但不是指這回事。有一次，我夢見我在天堂。」

「我告訴過你了，凱瑟琳小姐，我不會聽你的夢！我要睡覺去了。」我再次打斷了她。

她笑了，把我按了下去，因為我正要起身離開座位。

「這沒什麼的，」她嚷道，「我只是想說，天堂似乎不是我的家。我哭得很傷心，非要回到人間去。眾天使大怒，把我扔了出去，扔到了咆哮山莊上面的荒原最中央，我一下子醒了，喜極而泣。其實，這也就是我的祕密所在了，別無其他。我沒有必要嫁給艾德加．林頓，就像我沒有必要在天堂一樣。要是我們家那個壞蛋沒有把希斯克利夫弄得這麼低賤，我絕不會想到嫁給他的。現在，嫁給希斯克利夫，就降低了我的身分，所以他永遠不會知道，我有多麼愛他。奈莉，當然並不是因為他長得英俊，而是因為他比我更像我自己。無論我們的靈魂是由什麼做成的，我們的靈魂都是同類，而林頓的靈魂跟我們的相比，就像月光和閃電，或冰霜和火焰，是完全不同的。」

這番話還沒說完，我就意識到希斯克利夫是在這屋子裡了。我留意到一個輕微的動靜，於是轉過頭，看到他從長椅上站了起來，不聲不響地走出去了。原來他一直在聽，直到聽到凱瑟琳說嫁給他會降低自己的身分，就不再聽下去了。

我的這位同伴，坐在地上，被高高的椅背擋住了，根本沒看到他在那裡，也沒看到他離開，我卻嚇了一跳，叫她趕緊停下來。

「為什麼呀？」她問道，緊張地環顧四周。

「約瑟夫來了，」我回答道，剛好也聽到他的車輪在路上滾動的聲響，「希斯克利夫要和他一起進來了，此刻說不定他就在門口呢。」

「哦，他在門口是聽不見的！」她說，「把哈里頓交給我，你去準備晚餐，等飯好了，就喊我和你一起吃吧。我良心不安，就自欺欺人吧，寧願讓自己相信希斯克利夫對這些事情一無所知——他也不懂，對嗎？他都不知道愛是什麼吧？」

「我可看不出他有什麼理由不懂，就像你一樣，」我回答道，「如果他看中了你，他將是天底下最不幸的人！你一旦成了林頓太太，他就失去了朋友、愛情和一切！你可曾想過，你將如何忍受這種分離，他又將如何忍受被全世界徹底拋棄？因為，凱瑟琳小姐——」

「他被徹底拋棄！我們兩個人分開！」她喊了起來，語氣十分憤怒，「請問，是誰要拆散我們？他們的命運會像米洛[2]一樣！只要我活著，艾倫——沒人可以把我們分開。這世上所有的林頓都化為烏有，我也絕不會拋棄希斯克利夫的。哦，這不是我的本意——不是我的本意！如果代價這麼大的話，我就不會去做林頓太太！他對我來說，是整個生命的重量。艾德加必須擺脫對他的反感，至少要容忍他。如果他知道我對他的真實感情，他會做到的。奈莉，我現在明白了，你認為我是一個自私的可憐蟲，但是，你可曾想過，如果我嫁給希斯克利夫了，我們就會窮得要飯？而如果我嫁給林頓，我就能扶持希斯克利夫，讓他擺脫我哥哥對他的壓制。」

「用你丈夫的錢，凱瑟琳小姐？」我問，「你會發現，他並不像你想像的那樣好說話。而且，儘管我不敢妄下判斷，但我認為，在你成為小林頓太太的所有動機中，這是最糟糕的一個了。」

「不是，」她反駁道，「這是最好的！其他的都是為了滿足我的一時幻想，而且也是為了艾德加，為了滿足他。而這一切都是為了這樣一個人，在這個人的身上包含了我對艾德加和對我自己的感情。我沒法說清楚這個，可是你肯定和其他人一樣，都有一個這樣的想法吧，那就是在自身之外，還有或者說應該還有一個另外的自己，它存在著。假如在這世上，我的肉身就是我的全部了，那麼上帝把我創造出來又有什麼意義？我在這個世界上最大的痛苦，就是希斯克利夫的痛苦。從一開始，我就觀察並感受到了這一點一滴的痛苦，他是我活著的最大念想。即使全世界都毀滅了，倘若他還活著，我就應該繼續活著；可是，倘若全世界都還在，他卻毀滅了，那麼整個世界對我來說，就是一個巨大的陌生存在，我也不再是這世界的一部分了。我對林頓的愛，就像樹林裡的那一簇簇樹葉。我很清楚，時光會改變樹葉，正如寒冬凋零了樹木，我對希斯克利夫的愛，好比腳下永恆的岩石——這不是一種顯而易見的快樂，卻是必不可少的。奈莉，我就是希斯克利夫——他總是，總在我的腦海裡揮之不去，不是作為一種快樂，就像我不能對自己感到快樂一樣，而是作為我自身的存在——所以，不要再談論我們的分離——這是做不到的。而且——」

她停了下來，把臉埋在了我的裙褶裡，但我用力將她推開了，我對她的愚蠢已經失去了耐心！

2 古希臘神話中的大力士，相傳他用手劈樹，結果卻因為手被夾在樹縫中，不能脫身，被狼吃掉了。

「小姐，如果我能從你的胡言亂語中聽出點什麼意思的話，」我說，「那只能使我相信，你對婚姻中需要承擔的責任一無所知；或者說，你就是一個不懂規矩的壞女孩。但別拿你的什麼祕密來煩我了，我可不會答應替你保守這些祕密。」

「那剛才這個你會保密嗎？」她急切地問道。

「不，我不會答應的。」我重複道。

她正要堅持，約瑟夫來了，我們兩人的談話就此結束。凱瑟琳把她的椅子移到了一個角落裡，她來照料哈里頓，我則去做晚飯。

煮好飯後，我的僕人同伴和我吵了起來：誰該給辛德雷先生送晚飯去？直到飯菜都涼了，我們還沒有解決這個分歧。最後我們達成了一致，要是他想吃飯，就讓他自己先開口，因為我們特別害怕去到他面前，尤其是他長時間將自己關在房間之後。

「都這個時候了，那個沒出息的東西怎麼還沒從田裡回來？他在幹什麼？又去閒晃了？」那老傢伙問道，開始四處尋找希斯克利夫。

「我去喊他，」我回答說，「他一定在穀倉裡，我確定。」

我出去了，也喊了，但是無人回應。一回來，我便小聲對凱瑟琳說，我敢肯定，她說的那番話，他大部分都聽到了。我還告訴她，當她抱怨她哥哥對待他的行為時，我是怎樣看到他溜出廚房的。

她大吃一驚，嚇得跳了起來——把哈里頓扔到了高腳椅上，自己跑出去找她朋友了，連想都來不及想，自己為什麼要這麼慌張，或者他聽了那番話會有什麼反應。

她離開了好長一陣子，約瑟夫提出我們不必再等了。他不安好心地猜想，他們兩個跑到外面去，是為了避免聽到他那冗長的禱告。他認定他們「什麼壞事都能幹得出來」。所以那天晚上，在通常飯前一刻鐘的祈禱外，他又為他們增加了一個特別的祈禱，他本來在這之後還要再添上一段，但年輕的小姐衝進屋裡來，急匆匆地打斷他，命令他必須趕到大路上去，無論希斯克利夫走到哪裡，都必須找到他，要他馬上回來！

「我想跟他說話。在我上樓之前，我必須跟他說到話，」她說，「大門是開著的，他一定跑到哪個聽不見叫喊的地方去了，因為我在羊圈最上面用力大聲喊了，他就是不答應。」

起初，約瑟夫不肯去，但她執意要求，不去就不甘休。最後他把帽子戴在頭上，嘟嘟囔囔地走了出去。

與此同時，凱瑟琳在地板上來回踱步，嚷道：

「我想知道他在哪裡——我想知道他會在哪裡！我說了些什麼啊，奈莉？我都忘了。今天下午我發脾氣，把他惹惱了嗎？親愛的！告訴我，我說了什麼話讓他傷心了。我真想他會回來。我真想他回來！」

「沒什麼好嚷嚷的！」我喊道，儘管我自己也很心虛，「什麼小事都能嚇到你！搞不好希斯克利夫此刻正趁著月光，在荒原上漫步呢，或者他不想理我們，一個人躺在乾草堆裡悶悶不樂呢；用不著那麼驚慌，我敢保證，他就在那裡躲著呢，看我過去不把他給搜出來！」

於是我重新去找他，結果卻大失所望。約瑟夫也去找了，同樣沒找到。

「那小子越來越放肆了！」他一進門就說，「他把大門敞開著，小姐的小馬踩倒了兩排穀物，躥到了草地上。反正，主人明天會非常生氣，走著瞧，對這個粗心的笨蛋，他倒挺有耐心——他太有耐心了！但他不會一直這樣——你們大家都瞧瞧吧！你們不應該無緣無故地惹他發瘋！」

「你找到希斯克利夫了沒有，你這蠢驢？」凱瑟琳打斷了他的話，「你有沒有按照我的吩咐去找他？」

「我寧願去找馬，」他回答道，「那倒還有點意思。不過像這樣的夜晚，我既沒法找馬，也沒法找人——天黑得像煙囪一樣！還有，希斯克利夫也不是一個聽我口哨就會來的人——但是你喊他的話，他搞不好還能聽得見。」

這個夜晚，在夏天顯得尤其黑，烏雲密布，快要打雷的樣子。我說我們最好還是坐下來吧，馬上要下雨了，他肯定會回家的，我們也不用太擔心了。

然而，無論怎麼勸凱瑟琳，她始終無法平靜下來。她不停地來回走動，從屋門走到大門，情緒激動，焦灼不安。最後，她停在了靠近大路的一面牆邊，站在那裡一動不動。她不顧我的勸說，不顧咆哮的雷聲，不顧周圍開始噴濺的巨大雨點，一直呆呆地站在那裡，一會兒呼喚，一會兒傾聽，一會兒又放聲大哭。她哭得比哈里頓乃至任何一個孩子都要凶，都要痛苦。

大約午夜時分，我們都還坐著，暴風雨在山莊上空如同千軍萬馬，一路呼嘯襲來。此刻狂風大作，雷聲大響，屋角的一棵樹不知是被風刮倒了還是被雷劈斷了，一根粗大的樹枝落在屋頂上，東邊煙囪頓時被敲掉了一個角，那些石頭和煤灰嘩啦啦地落進了廚房的爐灶。

我們以為有一道閃電擊落在我們中間，約瑟夫猛地跪下，懇求主不要忘記諾亞族長[3]和羅得族長[4]，就像當初創世一樣，儘管祂擊打不虔敬的人，但要饒恕義人。我有些感慨，這一定是末日審判到了。在我看來，這個約拿[5]就是恩蕭先生，於是我扭動了一下他房間的門把手，確認他此刻是否還活著。他的回應聽得相當清楚，這讓我身邊的約瑟夫叫得比剛才更大聲了，他說像他這樣的聖人和像他主人這樣的罪人之間，隔著一條界線。二十分鐘後，一切風平浪靜，我們都平安無事，除了凱西全身上下都被淋溼了，她不肯躲雨，也沒戴帽子，沒有披肩，只是站在那裡，任憑滂沱大雨淋溼自己的頭髮和衣服。

她走了進來，倒在長椅上，渾身溼透，把臉轉向後面，雙手掩住了臉。

「好了，小姐！」我叫道，摸著她的肩膀，「你並不想尋死，對嗎？你知道現在幾點了嗎？十二點半了。來吧！上床睡覺。再等那個傻小子也沒有用了——他去吉默屯了，留在那裡過夜了。他想我們不會深更半夜了還在等著他，至少，他可能覺得只有辛德雷一個人還醒著，他寧可留在那裡過夜也要避免讓主人幫他開門。」

---

3 見《聖經．舊約．創世記》。上帝懲罰世間的罪人，降下洪水，命令傳講正義的諾亞建造方舟，當洪水淹沒大地消滅惡人時，諾亞的家人和所有留種的動物倖免於難而得拯救。

4 見《聖經．舊約．創世記》。上帝降天火燒毀有罪的所多瑪城，卻救了虔敬的羅得，由天使帶領羅得、他的妻子和兩個女兒離開。

5 見《聖經．舊約．約拿書》。約拿是先知，曾預言以色列國必能收復失地。約拿因不肯聽從上帝的命令，遂起身乘船逃脫，上帝興起大風大浪，船員抓鬮且得知是約拿惹的禍。他們把約拿扔下船，一條大魚將他吞在腹中三天三夜。約拿在魚腹中悔改，向上帝禱告，上帝吩咐魚把約拿吐在岸邊。

「不，不，他不在吉默屯！」約瑟夫嚷道，「就算他被埋進了沼澤地，我也不覺得意外。這次上帝顯靈，不是無緣無故的，我勸你也留點神，小姐，下一個該輪到你了。一切要感謝上帝！萬事都相互效力，讓那些從骯髒世界挑選過來的好人得益處！《聖經》就是這麼講的。」

他開始引用一些經文，又指點我們去查是在哪一章、哪一節。

我請這個執拗的女孩站起來，去換掉她的溼衣服，但是怎麼勸她也不肯聽，我不管約瑟夫怎麼嘮叨，也不管這個女孩在那裡瑟瑟發抖，只顧去哄小哈里頓上床睡覺了，他睡得很香，就好像每個人都圍著他睡熟了。

之後我聽到約瑟夫念了一會兒經文，接著我又聽到了他在樓梯上緩慢的腳步聲，再後來我便睡著了。

第二天，我下樓比平時晚了一些，透過百葉窗縫隙透進來的光，我看到凱瑟琳小姐仍然坐在壁爐旁。房間的門也是虛掩著的，光線從沒有關上的窗戶透了進來。辛德雷已經出來了，他站在了廚房的壁爐前，看起來憔悴不堪，昏昏欲睡。

「你怎麼了，凱西？」我走進來時，聽到他在說話，「你看起來這麼慘，像一隻溺水的小狗──你的衣服怎麼都溼透了，臉色也這麼蒼白，孩子？」

「我淋溼了，」她勉強回答道，「我很冷，就這樣吧。」

「哦，她又淘氣了！」我喊道，覺得主人還算清醒，「昨天晚上，大雨把她淋透了，她又在這裡坐了一整晚，我沒能勸動她。」

恩蕭先生驚訝地盯著我們。「一整晚？」他重複道，「是什麼原因讓她不去睡覺，不會是害怕打雷吧？幾個鐘頭前就不打了。」

我們都不想提及希斯克利夫出走的事，能瞞多久就多久，所以我回答說，我不知道她是怎麼想的，就在那裡坐了一夜，她自己也沒有說什麼。

正值清晨，空氣清新涼爽，我拉開格子窗，花園裡的香味迎面撲來，充滿了整個房間，但凱瑟琳卻沒聲好氣地喊我：

「艾倫，把窗戶關上。我快凍死了！」她的牙齒在打戰，身體蜷縮著，靠在那幾乎熄滅的火爐旁。

「她病了——」辛德雷握住她的手腕說，「我想這就是她不願意上床的原因——該死的！我不希望這裡再有人生病來煩我了——你幹嘛跑到雨裡去？」

「還是老樣子，去追那小子！」約瑟夫哇哇叫著，當時他看我們都沒敢說話，這毒舌就逮到這個機會，忍不住插上一句。

「如果我是你，主人，我就當著他們的面把門關上，所有的人，不管是貴族還是平民，一概不准進！只要你一出門，林頓那隻貓就偷偷摸摸地溜到這裡來——還有奈莉小姐，她是個了不起的女孩呢！她坐在廚房裡把風，你一從這扇門進來，他就從另一扇門出去了——接著，我們的大小姐就跑到外面談情說愛去了。瞧瞧她幹的好事，躲到野地裡，和那個可惡的下流野種希斯克利夫一起鬼混！他們以為我是瞎子，但我才不瞎呢！我看見小林頓，一趟趟進來又出去，我還看見你（他把頭扭向我），你這個沒出息的女人！你一聽到大路上傳來主人的馬蹄聲，就趕緊跳起來，往屋子裡衝。」

「閉嘴，偷聽鬼！」凱瑟琳喊道，「在我面前，不許你胡說八道！艾德加．林頓昨天是碰巧來了；辛德雷，是我叫他離開的，因為我知道你一向不喜歡碰到他。」

「凱西，毫無疑問，你在說謊，」她哥哥回答說，「你是個該死的大傻瓜！但現在別管林頓了——告訴我，你昨晚是不是和希斯克利夫在一起？要給我說實話，立刻。你不用害怕會傷害他——雖然我像以前一樣恨他，但不久前他為我做了一件好事，我還有良心，這回就不掐斷他的脖子了。為了免得再鬧事，我今天早上就會打發他走。他走後，我勸你們都要機靈點，我不會對你們有好臉色的！」

「我昨晚根本沒有看到希斯克利夫，」凱瑟琳回答著，一邊傷心地抽泣，「要是你真的把他趕出門外，那我就跟他一起走。不過，恐怕你永遠不會有機會了——也許他已經走了。」說到這裡，她再也忍不住了，開始放聲大哭，連剩下的話都說不清楚了。

辛德雷對她破口大罵，言語裡滿是輕蔑，命令她立刻回房間去，否則他不會要她白哭這一場的！我逼她快點上樓。我永遠不會忘記，當我們進到她房間時，她那個發作的場景，把我嚇死了——我以為她要瘋了，就求約瑟夫快去請醫生。

果然是精神錯亂的早期症狀，肯尼斯先生一看到她，就說她病情危重。她發高燒了。

他給她放了血，並告訴我只能餵她奶和稀粥，還要提防著她跳樓，或者跳窗。然後他就走了，因為他在教區裡太忙了，而每戶農舍之間，往往相距兩到三英里。

雖然不能說我是一個溫柔的護士，但約瑟夫和主人也沒有好到哪裡去；雖說我們的病人比其他病人都要任性，都更難伺候，但她總算熬過來了。

當然，老林頓太太也前來探望過幾次，把我們這裡好好調教了一番，還責罵並指使了大家。在凱瑟琳恢復的期間，她堅持要把她接到畫眉山莊去。這一來，我們都非常感激。但這位可憐的太太，有理由對她的這番好心感到後悔。她和她的丈夫都傳染上了熱病，沒過幾天，兩人便相繼去世了。

我家小姐回到了我們身邊，她比以往任何時候都更刁蠻、更暴躁，也更囂張了。自從那個雷雨交加的夜晚之後，希斯克利夫便音信全無。有一天，她把我激怒之後，我就把他失蹤的責任怪到了她頭上（她很清楚，這也確實怪她）。我便倒楣了。從此以後，她連續幾個月都不再理睬我，只是保持著主僕關係。約瑟夫也遭到了冷遇，但他還是嘮嘮叨叨，一本正經地教訓她，還把她當作小女孩。而她認為自己是大人了，是我們的女主人，並且她最近生病了，自己理應被體貼、被善待。何況，醫生也叮囑過，別惹她生氣，盡量順著她的心意。在她眼裡，任何一個人敢站出來對她說個「不」字，那就等於想要害她性命。

對於恩蕭先生和他那幫朋友，她一直躲得遠遠的。她哥哥聽了肯尼斯醫生的叮囑，非常害怕她脾氣發作，免得再引起昏厥，因此對她百依百順，盡量避免惹惱她。對於她反覆無常的情緒，哥哥簡直是過於縱容。不是因為兄妹感情，而是因為虛榮心，他熱切地盼著她與林頓家族聯姻，為家族帶來榮光；而且，只要她不煩他，她盡可以像對待奴隸一樣踐踏我們，他才不會管！

艾德加．林頓，就像從前和以後的許多人一樣，被愛情迷住了。父親去世三年後，他便領著她來到了吉默屯的教堂；那一天，他相信自己是全天下最幸福的人。

即使有萬般不情願，我還是聽從了他們的勸說，不得不離開咆哮山莊，陪凱瑟琳來到了這裡。

那時小哈里頓快五歲，我剛開始教他認字。我與他含淚告別，但凱瑟琳的眼淚比我們的流得更有力——剛開始我不肯跟她走，她發現自己無法打動我時，就去找她的丈夫和哥哥哭訴。她丈夫答應給我豐厚的工資，主人則命令我立刻收拾行李走人——他說，既然家裡沒有女主人，他就不希望家裡有女僕；至於哈里頓，助理牧師會來照管他的，這是遲早的事。因此，我別無選擇，只得按命令行事——我告訴主人，他把認真做事的人都趕走了，這個家敗起來就更指日可待了。我吻別了哈里頓，從那時起，他和我就成了陌生人。想起來很奇怪，不用說，他已經完全忘記了艾倫．迪恩的一切，忘記了他曾經是她世上的一切，而她也是一樣。

＊＊＊

故事講到這裡，這位女管家無意間朝壁爐上的時鐘瞥了一眼，她大吃一驚，看到時針已經指向一點半。她一秒鐘也不願意多待了——事實上，我自己也覺得，她的故事應該留到以後再聽。現在她去休息了，我又沉思了一兩個鐘頭，儘管我的腦袋和四肢又痛又累，但我還是鼓起勇氣去睡了。

第十章

這就是隱居生活的開始，多麼美妙！四個星期的折磨，輾轉反側，疾病纏身！哦，這些蕭瑟的寒風、凜冽的北方天空、泥濘不堪的道路，還有那些拖拖拉拉的鄉村醫生！哦，都看不見個人影。還有，最糟糕的是，肯尼斯已經給過我可怕的暗示了，說我別指望著在春天來臨之前走出門了！

很榮幸，希斯克利夫先生剛剛來看了我。大約七天前，他給我送來一對松雞——這個季節最後的兩隻了。壞蛋！我生了這場病，他並非完全沒有關係，而且我真想跟他說一下。但是，唉！人家好心好意地在我床邊坐了足足一個鐘頭，還聊了一些藥丸、藥水、水泡和水蛭以外的其他事，這樣的人我怎麼能得罪呢？

這是一段相當優閒的時期。我太虛弱了，沒法看書，但我覺得似乎可以享受一些什麼有趣的東西。為什麼不請迪恩太太過來，繼續把她的故事講完呢？她講過的那些，我還可以回憶起主要情節。沒錯，我記得她說的男主角出走了，三年來杳無音訊，而女主角也嫁人了。我去拉鈴叫她，她看到我有興致聊天，肯定也很高興的。

迪恩太太來了。

「先生，你還要過二十分鐘才能吃藥。」她一來就說。

「沒事，隨它去！」我回答說，「我是想——」

「醫生說那種藥粉你不能再吃了。」

「謝天謝地！不要打斷我。來吧，坐過來。你的手就不要再摸那些苦藥瓶罐子了。把你的針線活從口袋裡掏出來——好了——現在繼續講希斯克利夫先生的故事，從你上次中斷的地方起，一直講到現在吧。他是在歐洲大陸完成學業，成為紳士回來的呢？還是在大學裡得到了免費生的名額呢？要不就是逃到了美國，在這個第二故鄉榨取了膏血而贏得了榮譽？或者更乾脆些，在英國的公路上打劫發了大財？」

「洛克伍德先生，他或許在這些行當裡都幹了點什麼，但我也沒法胡亂發言。我以前說過，我根本不知道他是怎麼賺到錢的，也不知道他用了什麼方法，把原本那樣野蠻無知的頭腦給喚醒了；不過，如果你不介意，只要你不覺得厭煩，還能解悶的話，我就按照自己的方式把這個故事講下去了。你今天早上感覺好些了嗎？」

「好多了。」

「那就太好了。」

＊　＊　＊

我隨凱瑟琳小姐一同到了畫眉山莊。雖然失望，但讓我欣慰的是，她的表現好太多了，這是我當初想都不敢想的。她似乎對林頓先生喜愛有加，甚至對他的妹妹也表現得十分親熱。當然，他們兄妹對她也足夠體貼。這不是荊棘對忍冬的屈就，而是忍冬對荊棘的擁抱。他們也沒有互相遷就，一個人站得筆直，其他的人就順服了，既不受忤逆，又不遭冷落，誰還好意思整天發脾氣呢？

我觀察到，艾德加先生內心唯恐把她惹惱了。他在她面前隱藏著，但是如果他聽到我頂撞了她，或者看到別的僕人因為她的一些苛刻命令表現出不服氣時，他就會皺起眉頭，一臉不快，雖然他從來沒有為自己的事擺過臉色。有好幾次，他都嚴肅地說我太沒規矩，還說看到自己的太太苦惱，比拿個刀子刺他都痛。

為了不讓這位宅心仁厚的主人傷心，我學會了按捺住自己的脾氣。有半年的時間，這枚火藥就像沙子一樣無害，因為沒有火靠近來引爆它。凱瑟琳也有陰鬱和沉默的時候，每逢這時，她的丈夫總是很體恤她，陪著她一起沉默，以示尊重。他覺得還是由於上次的那場大病，她的情緒才會有起伏。因為在那之前，她從未有過心情抑鬱的時候。等到她臉上重現陽光，他就從心裡發出陽光去歡迎。我相信那段日子，他們真的擁有了日益滋長的深深幸福。

然而幸福終有盡頭。唉，人到頭來總歸是為了自己，那些溫和大度的人，比起那些蠻橫跋扈的人，只不過自私得更合理些罷了——一旦遇上種種情況，讓彼此都覺得對方沒有把自己的利益放在首要位置考慮的時候，這幸福也就結束了。

九月一個微醺的傍晚，我從花園裡走出來，提著剛採摘的一籃沉甸甸的蘋果。天色漸晚，月光順著院子的高牆灑落下來，牆上月影斑駁。我把籃子放在廚房門口的臺階上，徘徊休息一下，順便吸幾口甜美的空氣。我仰望月亮，背對著門，這時，我突然聽到身後有個聲音——

「奈莉，是你嗎？」

聲音低沉，又是外鄉口音，但喊我名字的那種口氣，又彷彿似曾相識。我轉過身去，想看看是誰在說話，心裡有點發慌，因為門是關著的，剛才我走近臺階時，也不曾看到有人在那裡啊。門廊裡有動靜，走近一看，我看到一個高個子男人，他一身深色衣服，黑黑的頭髮，黑黑的臉。他斜靠在牆邊，手指放在門閂上，似乎準備推門而入。

「是誰啊？」我想，「恩蕭先生？哦，不對！這聲音不像他的。」

「我已經在這裡等了一個小時了。」他又說話了，而我也繼續盯著他看，「這麼長時間了，四周死一般寂靜。我不敢闖進去。你不認識我了嗎？看，我不是陌生人！」

一縷月光落在他的臉上，臉頰灰黃，半邊臉被黑色鬍鬚覆蓋，眉毛低垂，眼睛深邃而奇異。我記得那雙眼睛。

「什麼！」我叫道，不確定是該把他當人還是當鬼，我驚訝地舉起了雙手，「什麼！你回來了？但真的是你嗎？是嗎？」

「是我，希斯克利夫。」他回答道，從我身上望向窗戶，那一排玻璃窗上映出幾個閃爍的月影，但裡面並沒有燭光，「他們在家嗎——她在哪裡？奈莉，你不高興啊——你用不著那麼慌張。她在這裡嗎？說話啊！我想和她說句話——跟你的女主人。去吧，就說有人從吉默屯過來，想見見她。」

「她怎麼受得了？」我驚呼道，「她該怎麼辦呢？這太突然了，我都弄糊塗了——她也會昏了頭的！你真是希斯克利夫？但像變了個人！不，想不通了。你去當兵了嗎？」

「去，快去給我傳話過去，」他不耐煩地打斷我說，「你不去的話，我會難受得就像下了地獄那樣！」

他撥開門閂，我就進去了。但當我走到林頓先生和太太所在的客廳時，我頓時挪不開步子了。最後，我決定找一個藉口，問他們是否要點上蠟燭，然後我推開了門。

他倆一同坐在格子窗前，窗櫺打開，貼著牆壁，從窗戶望過去，順著花園的樹木和天然茂密的綠色園林，可以遠遠看到吉默屯的山谷，有一條長長的薄霧蜿蜒到了山頂（你走過小教堂，也許很快就會注意到，從沼澤地流過來的淙淙細流，與沿著山谷彎道流過來的小溪匯成了一處）。咆哮山莊便聳立在這銀白色的薄霧之中，但從這裡是看不見我們的老房子的——它在山的另一邊，在低處。

眼前，此情此景都寧靜無比。我心裡有點不情願開口了。在問過要不要點上蠟燭之後，我就退下了，不準備再提其他事，然而這時，我又感覺這樣做有點傻，於是又強迫自己轉過身來，小聲說道：

「一位從吉默屯來的人想見您，太太。」

「有什麼事嗎？」林頓太太問。

「我沒問他。」我回答。

「好吧，把窗簾拉上，奈莉，」她說，「把茶端上來。我一會兒就回來。」

她離開了客廳。艾德加先生漫不經心地問了一句這人是誰。

「是太太想不到的人，」我回答道，「那個希斯克利夫，您還記得他吧，先生，他曾經住在恩蕭先生家裡。」

「什麼，那個吉普賽人——那個小鄉巴佬？」他叫道，「你為什麼不直接告訴凱瑟琳？」

「噓！您可不能這麼稱呼他，主人，」我說，「太太聽到了會很傷心的。當時他跑掉的時候，她的心都要碎了。我想這次看到他回來，她一定高興死了。」

林頓先生走到房間另一側的窗戶前，在那裡可以看到院子。他打開窗戶，探出身去。我想他們兩個應該就在下面，因為他馬上喊道：

「別站在那裡，親愛的！如果不是外人的話，就帶他進來吧。」

很快，我聽到了門閂的咔嗒聲，凱瑟琳飛奔上樓，氣喘吁吁，欣喜若狂。看她激動的樣子，不知道的還以為發生什麼大事了。

「啊，艾德加，艾德加！」她喘著氣，伸出雙臂，環住了他的脖子，「啊，艾德加，親愛的！希斯克利夫回來了——他回來了！」她把他摟得喘不過氣來了。

「好了，好了，」她的丈夫生氣地叫道，「你別為了這個把我給勒死了！我從來沒覺得他有這麼尊貴啊，沒必要這麼發狂吧！」

「我知道你不喜歡他，」她回答說，稍微收斂了一下狂熱的情緒，「可是，為了我，你們倆現在必須做個朋友。我讓他上來好不好？」

「這裡？」他說，「來客廳？」

「還能在哪裡？」她問。

他看起來有點顧慮，提議說廚房更適合希斯克利夫。

林頓太太瞄了他一眼，表情甚是滑稽——對他的挑剔又好氣又好笑。

「不，」過了一會兒，她又說，「我不能坐在廚房裡。在這裡擺兩張桌子吧，艾倫：一張給你的主人和伊莎貝拉小姐坐，他們是貴族；另一張給希斯克利夫和我，我們低人一等。這樣你該滿意了吧，親愛的？還是我必須再找另外一個地方生起火來？如果是這樣，請吩咐吧。我現在要跑下去招待我的客人了。我真擔心這大喜事不會是一場夢吧！」

她正要再次飛奔過去，但艾德加把她攔住了。

「你去叫他上來，」他對著我說，「還有你，凱瑟琳，高興一會兒就可以了，不要給人看笑話了！用不著全家都看著你把一個離家出走的下人，當作兄弟一樣歡迎。」

我下樓發現希斯克利夫正在門廊下等著，顯然是料到有人會過來請他。他也沒多說，就直接跟我進來了，我把他帶到主人和太太面前，只見主人和女主人都脹紅了臉，分明是剛剛爭吵過的樣子。但是，當她的朋友出現在門口時，她的臉上卻閃現出了另一種神色。她大步走上前，拉著他的雙手，把他領到林頓面前，然後又抓住了林頓不情願伸出的手，硬塞進對方手裡。

那一刻，在爐火和燭光的照耀下，我更加驚訝地看清楚，希斯克利夫完全變了一個人。他已長成一個高大、健壯、身材勻稱的俊男。在他旁邊，我的主人似乎相當瘦削，倒像個少年。他筆直的身軀讓人覺得像是在部隊裡待過。他臉上的表情和整個氣場，看起來比林頓先生成熟得多。那是一副聰慧的面容，完全抹去了曾經潦倒的痕跡。他眉毛低垂，雙眼充滿黑色火焰，暗藏著野性，但被隱去了。儘管過於嚴肅，也算不上優雅，但他的舉止氣宇軒昂，氣質不俗。

主人震驚的樣子顯然超過了我。他愣了一分鐘，不知該如何稱呼他口中的這個「小鄉巴佬」。希斯克利夫放下對方單薄的手，冷冷地站著，看著他，等他開口說話。

「坐下吧，先生，」他終於說了，「林頓太太回想起往日的時光，要我熱情地招待你。當然了，有什麼可以討她歡心的事，我都樂意做。」

「我也樂意，」希斯克利夫回答說，「特別是討她歡心這件事，自然也算我一份。我很願意在這裡待上一兩個鐘頭。」

他在凱瑟琳的對面坐下了，凱瑟琳盯著他看，目不轉睛，好像生怕一轉眼，他就會消失不見。他卻不怎麼抬眼看她，只是時不時飛快地瞥一眼，但每次收回目光時，總是一次比一次更自信，他從對方的眼神裡體會到了毫不掩飾的喜悅。

兩人沉浸在這種共同的喜悅中，無法自拔，絲毫不覺得尷尬。艾德加先生則不然，他已經惱了，臉色煞白，等看到自己的太太站了起來——跨過地毯，再次抓住希斯克利夫的雙手，笑得忘乎所以的那一刻，他感覺自己快要忍無可忍了。

「到了明天，我會覺得這是一場夢呢！」她喊道，「真是難以置信，我又看到你了，還能觸摸到你，跟你說著話——可是，狠心的希斯克利夫！你就不配受到這般歡迎。三年來，你遠走高飛，杳無音信，你從未想過我！」

「比起你來，我還想得多一點！」他喃喃地說，「凱西，不久前，我聽說你嫁人了。剛才我在下面院子裡等著的時候，我原本想——只看你一眼就好了，看看你吃驚的樣子——或許，是裝模作樣高興的樣子——然後，我要去找辛德雷算帳；接著，我想不用等著法律來找我問罪，就乾脆做個自我了斷。可是如今看你如此歡迎我，我頓時打消了這些念頭。不過下次見面的時候，我要當心你會是另外一個樣子！不，你不會再把我趕走了。你真的會為我傷心，對嗎？是啊，一切情非得已。自我最後一次聽到你的聲音之後，我歷盡了這世間的艱難，你一定得原諒我，因為我一生的努力，都是為了你！」

「凱瑟琳，茶都涼了，快把人請到桌邊來吧。」林頓打斷了他們的話，語氣故作鎮定，保持禮貌，「不管希斯克利夫先生今晚在哪裡過夜，人家肯定要走很遠的路吧；再說，我也口渴了。」她在茶桌前坐好。伊莎貝拉小姐聽到打鈴聲，也來了。然後，我把他們的椅子往前面挪了挪，之後便離開了房間。

茶歇的時間還沒持續到十分鐘——凱瑟琳的杯子根本沒有斟過茶，她吃不進，也喝不下。艾德加把茶水濺在了碟子上，幾乎也沒喝下一口。

那個夜晚，他們的客人只逗留了不到一個鐘頭。他離開時，我問他，是不是要去吉默屯。

「不是，去咆哮山莊，」他回答說，「今天早上我去拜訪的時候，恩蕭先生請我過去住。」

恩蕭先生邀請他！他去拜訪了恩蕭先生。他走後，我百思不得其解。難道他變得有點像個偽君子，他來到這鄉間，不會要做一隻披著羊皮的狼吧？我思索著——心底有種預感，他還不如不要回來。

約莫到了半夜，我才睡著不久，就被林頓太太弄醒了，她溜進我的房間，坐在我的床邊，扯住我的頭髮，把我喊醒了。

「我睡不著，艾倫，」她抱歉地說，「我希望有個大活人陪著我，我真的太高興了！艾德加在生悶氣呢，因為這個他根本看不上的事，我卻那麼興奮——他不肯開口講話，不然就說一些賭氣的蠢話。他還說我殘忍、自私，他又睏又不舒服，我還一直嘮叨著，纏著他講個不停。他老是這個樣子，不稱心了就想方設法裝病！我就說了幾句希斯克利夫的好話，他呢，不知道是頭痛還是心裡嫉妒，竟哭了起來。我乾脆起床就走，不理他了。」

「你在他面前讚美希斯克利夫有什麼用呢？」我回答道，「他們倆從小時候起，就彼此看不慣，而且要是希斯克利夫聽到你讚美林頓先生，照樣也會反感——這就是人性。別在林頓先生面前提他了，除非你想讓他們兩個公開打一架。」

「但這豈不是暴露出了很大的弱點嗎？」她追問道，「我是不嫉妒的——伊莎貝拉披著一頭亮晶晶的黃頭髮，皮膚白白的，精緻又優雅，全家人都寵她，我也沒有因為這個心裡感到難受。就連你，奈莉，我們有時發生了爭執，你也總是立刻幫著伊莎貝拉說話。而我就像一個蠢媽媽一樣，馬上讓步——喊她小寶貝，把她哄好。她哥哥看到我們兩個親熱，就很高興，他高興那我也高興。但這兄妹倆非常相似：他們都是被寵壞的孩子，認為全世界都該順著他們的意，雖然我依著他們倆，但我認為巧妙地懲罰他們一下，同樣對他們有好處。」

「你錯了，林頓太太，」我說，「是他們在順從你——要是他們不這樣做的話，我知道這個家會弄成什麼樣！只要他們平日裡對你百依百順，你也能遷就他們一時的小脾氣——不過，你們或許總歸會有為了一件對雙方同樣重要的事情鬧翻的時候。到那時候，那些你覺得平日裡好說話的，也很有可能跟你一樣固執！」

「到時候我們就拚個你死我活了，對嗎，奈莉？」她笑著說，「不！我告訴你，我對林頓的愛就是這麼有信心。我相信，就算我殺了他，他也不會報復的。」

我勸她，他這樣的感情應該格外得到珍惜。

「我珍惜的，」她回答說，「但他也用不著為一些小事哭哭啼啼的，這太孩子氣了。我說了，希斯克利夫現在值得任何人尊重，就算是這鄉間第一等的鄉紳，也會以跟他結交為榮。這些話本該他替我說出來的，而且應該因為贊同這個說法而感到高興才是，而不是淚汪汪的——他必須習慣希斯克利夫，而且也要盡可能去喜歡他。想想，希斯克利夫多麼有理由反對他，我敢說，人家表現得很大方！」

「你對他去咆哮山莊有什麼看法？」我問道，「很顯然，他現在已經脫胎換骨了——簡直是個基督徒——向他周圍的敵人都伸出了友善的右手！」

「他解釋了，」她回答道，「我和你一樣感到奇怪——他說他去那裡是想向你打聽一下我的消息，他還以為你仍然住在那裡呢。約瑟夫通報給了辛德雷，辛德雷就出來了，還問他這些年做了什麼，是做什麼營生的，最後請他進門了——屋子裡有幾個人坐在那裡玩牌——希斯克利夫也加入了。我哥哥輸了一些錢給他，發現他有不少錢，便請他晚上再來，他答應了。辛德雷粗枝大葉的，隨隨便便就交朋友。他根本沒有動腦子想想，自己以前卑鄙地傷害過他，也沒想著要去提防一下人家——不過，希斯克利夫聲明了，他如今跟這位老冤家重歸於好的主要原因，無非希望自己可以安頓在離畫眉山莊不遠的地方，最好走路就能到；而且我們一起生活過的那棟房子，他也感覺到留戀。與此同時，他還希望我可以有更多機會見到他，這比住在吉默屯方便多了。希斯克利夫於是拿出一大筆錢，以便能夠在山莊住下來。毫無疑問，我哥哥見錢眼開，肯定會毫不猶豫地答應下來；他一向貪婪，雖然他這一隻手抓來的錢，另一隻手會馬上揮霍掉。」

「對一個年輕人來說，這是個好住處！」我說，「但難道你沒有後顧之憂嗎，林頓太太？」

「我不擔心我的朋友，」她回答，「他頭腦堅定，不會有事。倒是有點為辛德雷擔心。不過，辛德雷還能道德敗壞到哪裡去？何況還有我在，免得他受皮肉之苦——今天晚上發生的事情，讓我跟上帝和全人類都和解了！我還曾怒罵蒼天呢——哎，奈莉，我已經忍受了多麼痛苦的折磨！如果那個人知道我有多苦，他會感到羞愧的，因為在我痛苦消除的時候，他卻莫名生氣——正是對他於心不忍，所有的事情我才獨自一人默默承受。倘若我經常向他吐露苦水，他就會學著像我一樣，恨不得減輕點痛苦才好——不過，這個事情已經過去了，我大人不記小人過。從今以後，我能吃得苦中苦！如果有小人打了我一巴掌，我要把另一面臉也湊過去，並且還要賠不是——現在，作為證明，我馬上就找艾德加和好去——晚安吧——我是個天使！」

她滿懷信心，沾沾自喜地離開了。第二天，她的決心就立竿見影了——林頓先生不僅看起來不生氣了（雖然他的情緒仍被凱瑟琳那旺盛的活力所抑制），而且居然不反對她下午要帶著伊莎貝拉去咆哮山莊；作為回報，她給了他如夏天般熱烈的甜蜜和愛意，連續好幾天，這座房子都宛如天堂。全家上下都享受在這無窮無盡的暖陽之中。

希斯克利夫——我以後應該稱他希斯克利夫先生——起初他很謹慎，並不隨隨便便探訪畫眉山莊。他似乎在試探，主人對他的到訪能容忍到多大程度。凱瑟琳也察覺到，在接待他時不要表現得興奮過了頭，或許也是個明智之舉。就這樣日復一日，他到這裡做客就變得自然而然了。

他保留了年少時的諸多特質，寡言少語，如今依然喜怒不形於色。我主人的不安暫時平靜下來，然而接下來事情的發展，又讓他陷入了另一種不安之中。

萬萬沒想到的新麻煩出現了，伊莎貝拉．林頓突然迷上了這位勉強被接受的客人，並且一發不可收拾——彼時，她才十八歲，是一位迷人的年輕小姐。雖然有著敏銳的頭腦和感覺，但是舉止尚且稚嫩，如果被惹惱了，也有強烈的脾氣。她的哥哥大驚，自己向來對妹妹疼愛有加，卻沒想到她會荒誕地愛上這樣的人。且不說跟這樣一個沒名沒姓的人結親，辱沒了家門，另外還有一種可能，萬一今後家裡無男嗣，那他的財產將會落入此人手中。最重要的是，他早就摸清了希斯克利夫是什麼貨色——他知道，雖然此人外表看起來改變了，但本性難移，他的本質是不會變的。而且他忌憚也厭惡這種人，把伊莎貝拉交到這樣的人手裡，想想就害怕。

如果意識到妹妹僅是一廂情願，一切只是落花有意、流水無情，那他就更害怕了。在這愛情浮出水面的那一刻，他就認為眼前發生的一切，是希斯克利夫一手設計的。

那段時間，我們都留意到林頓小姐的情緒有點陰晴不定。她的脾氣越來越暴躁，讓人越來越頭痛了，跟凱瑟琳說話總是怒氣沖沖，還常常招惹她，隨時都在挑戰她的極限。我們大家都體諒她幾分，就當她身體不好——我們眼睜睜看著她日漸消瘦——但是有一天，她特別執拗，不肯吃早餐，還抱怨下人沒有按照她的吩咐去做；又說在這個家裡，女主人眼裡根本沒有她，而艾德加對她也是不聞不問，還抱怨說因為門沒關好，才害她著涼的，又指責我們把客廳的爐火熄滅了，是故意給她氣受。怨這怨那，就這樣數落了大家一百多條罪。林頓太太命令她立刻去上床睡覺，把她痛訓了一頓，還嚇唬她說要請醫生來。

一聽說要請肯尼斯來，她立馬大聲說，她身體沒事，好好的，是凱瑟琳太刻薄無情，她才不開心的。

「你怎麼說我太刻薄了呢，你這個淘氣的傢伙？」女主人叫道，對這種沒來由的話感到吃驚，「你肯定弄糊塗了，你倒是說說，我什麼時候對你刻薄無情了？」

「昨天，」伊莎貝拉抽泣著說，「還有現在！」

「昨天！」她的嫂嫂說，「在什麼地方？」

「我們在荒原散步的時候，你打發著叫我隨便走走，但你卻和希斯克利夫先生兩個人閒逛！」

「所以你就認為我對你刻薄無情了？」凱瑟琳說著，笑了起來，「這並不意味著嫌你多餘啊，你跟著我們也好，不跟也好，我們並不在意這些的。我只不過覺得，希斯克利夫的那些談話，你可能覺得沒什麼意思罷了。」

「啊，才不，」小姐哭起來了，「你巴不得我走開，因為你知道我喜歡待在那裡！」

「她腦子沒事吧？」林頓太太向我求救道，「伊莎貝拉，我把我們的談話一字不漏地再給你重複一遍。你指出來，裡面哪些地方吸引你了。」

「我不在乎你們談些什麼，」她回答道，「我是想跟……」

「說吧！」凱瑟琳看出來她有點不好意思說下去。

「要跟他在一起，我不要老是被人打發走！」她繼續說著，情緒激動了起來，「你就是那牛槽裡的狗[1]，凱西，你只想著自己有人愛！」

「你這個無禮的小猴子！」林頓太太驚訝地喊道，「但我不相信你有這麼蠢！你總不會是在貪求希斯克利夫的愛慕——居然還把他當作一個可愛的人吧！我希望我搞錯了你的意思，是嗎，伊莎貝拉？」

「不，你沒有搞錯，」這個癡情的女孩說，「我愛他，勝過你愛艾德加。如果你願意放手，說不定人家也會愛上我！」

「這麼說，就算給我一個王位，我也不願意做你這樣的人！」凱瑟琳語氣堅定——似乎又很真誠，「奈莉，幫我說說，讓她明白自己瘋了。告訴她，希斯克利夫是什麼人——一個野性未改的傢伙，沒有修養、沒有教養——簡直就是一片荒原，只有荊豆和岩石。要我勸你把心交給他，我寧願在大冬天裡把那隻小金絲雀放到園林裡去！你對他這個人一無所知，孩子啊，就是因為這個，才會讓你大夢一場。你不要妄想他外表嚴肅，內心深沉又仁慈！他不是一塊未經雕琢的鑽石，也不是一個粗糙不堪的含珠之蚌；他根本就是一個凶狠無情、如狼一般的人。我從來不會對他說：『放過這個或者那個敵人吧，傷害他們顯得狠心又殘忍。』我只是說：『放過人家吧，我可不答應有誰來傷害他們。』伊莎貝拉，如果他發現你是個麻煩的累贅，他會毀了你，就像捏碎一枚麻雀蛋一樣。我知道他不可能愛上林頓家的人，但他卻有意和你的金錢以及未來有望繼承的財產結婚。貪婪的念頭已然在他心裡滋長，欲罷不能。這就是我所描繪的他，而我也是他的朋友——正因如此，如果他真的想把你弄到手的話，我也許會默不作聲，眼看著你落入他的圈套。」

林頓小姐憤憤不平地瞪著她的嫂子。

「真可恥！真可恥！」她憤怒地重複著，「你比二十個敵人還要壞，你這個惡毒的朋友！」

「啊！你不肯相信我是吧？」凱瑟琳說，「你認為我說這話是出於邪惡的私心？」

「我敢肯定你就是這樣的，」伊莎貝拉反駁道，「你真讓我不寒而慄！」

---

1 出自《伊索寓言》。有一條狗，舒服地躺在牛槽的草料上，牛來吃草，狗就狂吠一陣，不讓對方靠近。最後牛抗議道：「你自己不吃，還不肯讓別人吃，這算怎麼一回事啊？」

「那好！」凱瑟琳喊道，「如果你一意孤行，那你就去試試吧，反正我已經盡力了，對你的蠻橫無理，我也不想多費口舌了。」

「她那樣自私，注定要害我吃苦頭了！」當林頓太太離開屋子時，她抽泣著說，「一切，所有的一切都跟我作對。她毀了我唯一的安慰。但是她在說謊，對不對？希斯克利夫先生不是魔鬼。他有一個可敬的靈魂、一個真誠的靈魂，要不然，他怎麼會對她念念不忘？」

「別想他了，小姐，」我說，「他就是一隻不祥的鳥，配不上你的。林頓太太是言重了一些，可是我無法反駁她。她比我、比任何一個人都更瞭解他的內心，她絕不會把他描述得比他本人更壞。真誠的人根本不會隱瞞他們的行為。他曾經是怎麼生活的？又是怎麼發財的？為什麼要在咆哮山莊住下來，還住在一個他痛恨的仇人家裡？聽他們說，自從他來了以後，恩蕭先生一天比一天墮落。他們整天坐在一起通宵喝酒玩牌；辛德雷為了借錢，還把自家田地抵押了，他除了賭博和喝酒之外，無所事事。我上個禮拜才聽說的——是約瑟夫告訴我的——我在吉默屯碰到了他。

「『奈莉，』他說，『我們這個家，很快可以請驗屍官上門來驗屍了。他們之中有個人的手指差點被切掉了，因為他要擋住另外一個人，不讓他像宰一頭牛一樣把自己給宰了。我說的是主人，你知道嗎，他可以去受末日審判了。他根本不怕法官，也不怕保羅、彼得、約翰和馬太[2]這些人，天不怕地不怕。他很想，想用自己那張厚顏無恥的臉來對付這些人。還有那個好小子希斯克利夫，你要知道，他不一般的。哪怕魔鬼想和他開個玩笑，他也照樣可以做到笑得露齒。他去畫眉山莊的時候，就從來不提在我們這裡做了些什麼事嗎？他是這樣過的——太陽落山才起床，擲骰子、喝白蘭地，關上百葉窗，點上蠟燭，一直玩到第二天中午，然後，那個傻瓜在自己房間裡滿口髒話胡說八道，讓那些正經人都羞得把手指塞進耳朵裡。至於這個惡棍，哼，他算算手裡贏了多少錢，吃飽睡好之後，就跑去鄰居家和人家太太閒聊去了。當然，他會告訴凱瑟琳小姐，她父親的錢怎麼就跑到他口袋裡去了。她父親的兒子正在往墮落的道路上飛奔呢，而他是怎樣趕到前頭，幫他把大門打開的。聽著，林頓小姐，約瑟夫是個老混蛋，但他不會說謊。而且，如果他對希斯克利夫行為的描述是真的，你絕不會想找這樣一個丈夫，對嗎？」

「你和其他人是一夥的，艾倫！」她回答說，「我不會聽你這樣詆毀人家。你們到底安了什麼壞心眼，想讓我相信這個世界上根本沒有幸福可言！」

如果由著她的性子，她是否會從這種幻想中清醒過來，還是一直執迷不悟，我也不好說。她也沒有什麼時間去思考。第二天，鄰鎮有一個審判會議，我家主人不得不去參加。希斯克利夫先生知道他不在，就來得比平時早些。

凱瑟琳和伊莎貝拉坐在書房裡，橫眉怒對，但都保持了沉默。後一個呢，想想自己最近行為太冒失了，一怒之下洩露了自己的祕密，總感覺很忐忑；前一個呢，經過某種深思熟慮之後，真的跟小姑槓上了，而且，如果她再嘲笑她的荒唐時，就打算讓她感受到，這對她來說可不是什麼好笑的事。

她看到希斯克利夫經過窗戶時，真的笑了起來；我正在掃爐子，我注意到她的嘴上有一抹不懷好意的微笑。伊莎貝拉大概正沉浸在她的冥想或者書中，直到有人開門，她還無動於衷，這下她想躲開已經太晚了，如果能躲的話，她巴不得呢。

「進來，來得正好！」女主人高興地喊道，拉了一把椅子到壁爐邊，「這裡有兩個人鬧僵了，我們正愁需要中間人來幫忙調解，你來了正好。希斯克利夫，我很自豪地給你看看，終於有個比我更喜歡你的人了。我希望你受寵若驚才好——不，不是奈莉，別看她！我那可憐的小姑，一想到你是如此身材矯健，靈魂高貴，心都要碎了。要不要成為艾德加的妹夫，全看你了！不，不，伊莎貝拉，你不要跑，」她繼續說著，假裝開玩笑的樣子，一把拉住了那位滿臉驚慌失措而憤然起身的女孩，「希斯克利夫，我們倆為了你，像兩隻貓一樣鬥了起來。說到誰最癡情時，我被比下去了。更可恨的是，對方還通知我，讓我識趣地靠邊站著，我的情敵，她自稱我們是情敵，會一箭射中你的靈魂，讓你永遠死心塌地，還要把我這個人忘得一乾二淨！」

「凱瑟琳！」伊莎貝拉開口了，想起了她的自尊，不屑於跟她拉拉扯扯，「你能做到實事求是，我就感激不盡了，不要造謠，即使開玩笑也不可以！希斯克利夫先生，請你好心叫你的這位朋友放了我吧——她忘了，你和我還不算是親密的朋友，她只是把這種開心建立在我難言的痛苦之上了。」

這位客人並沒有吭聲，而是坐了下來，她對他懷著怎樣的感情，看來他並不關心。她只好轉過身來，向折磨她的人求救，小聲小氣地苦求對方放了自己。

「絕對不行！」林頓太太大聲回答說，「我不會再被稱為『牛槽裡的狗』了。你給我留下來，現在！希斯克利夫，你聽完我這個好消息，怎麼也沒見你表示滿意？伊莎貝拉發誓說，我對艾德加的愛，跟她對你的愛比起來，根本不值得一提。我肯定她說了一些類似的話，是不是，艾倫？自從前天散步回來，她就一直不吃不喝，她覺得是我把她從你身邊打發走了，總覺得無法接受，所以心裡又恨又傷心。」

「我看你是冤枉她了，」希斯克利夫說著，轉過椅子來面對著她們，「不管怎麼說，她現在只想離我遠遠的！」

他狠狠地盯著這位談論的對象，就像盯著一隻奇怪又令人厭惡的動物一樣，比如印度的一條蜈蚣，儘管牠的模樣討人厭惡，但好奇心使然，還是有人忍不住會去研究牠。

這個可憐的東西受不了了。她的臉紅一陣，白一陣，眼中噙滿淚水，她的小手拚命用力，想努力掰開凱瑟琳牢牢抓住她的那隻手；而且伊莎貝拉察覺到，當她把一根手指從手臂上掰開來的時候，另一根手指又扣住了。她無法同時掰開全部手指，於是她就用指甲，她的指甲很尖，很快就在緊抓著她的手指上摳出一個鮮紅色的月牙來。

「好一隻母老虎！」林頓太太喊道，放了她，痛得甩著手，「你滾吧，看在上帝的分上，把你那張潑婦的臉藏起來！當著他的面，把你那些爪子露出來，蠢不蠢？你不想想他會怎麼看你嗎？看看吧，希斯克利夫！這些就是殺人工具——你的眼睛可要留神了。」

「要是它們敢在我面前造次，我就把這些指甲從她的手指頭上拔下來，」他這邊惡狠狠地回答著，她那邊已經關門跑出去了。「可是凱西，你這樣取笑那小東西，到底是什麼意思呢？你說的不是實話吧，是嗎？」

「我向你保證，這些都是實話，」她回道，「這幾週來，她一直苦想著你。今天早上她又為你發了一陣瘋，還大肆謾罵，因為我打擊了她的熱情，如實亮出了你的缺點。不過，不要再理會這些了。我無非是想懲罰一下她的潑辣，如此而已——我太喜歡她了，我親愛的希斯克利夫，可不能讓你把她抓住獨吞了啊。」

「我太不喜歡她了，想都不要想，」他說，「除非用一種非常殘忍的手段。要是讓我跟那張噁心的蠟臉單獨生活在一起，你會聽到好多跌破眼鏡的事。每隔一兩天，她那張白臉就會畫成彩虹一樣的顏色，她的藍眼睛也會搞成瘀青，這都算是家常便飯了，那雙眼睛像林頓的一樣討厭。」

「是太可愛了！」凱瑟琳說，「那一雙是鴿子的眼睛——天使的眼睛！」

「她是她哥哥的繼承人，是嗎？」他稍作沉默之後問道。

「這麼想，我心裡會不高興的，」凱瑟琳回答道，「將來會有五、六個侄子讓她取消這個繼承權，上天保佑吧！現在，請你別把心思放在這個事情上——你太容易覬覦鄰人的財產了。記住，這家財產都是我的。」

「要是這份財產歸我，那還不都是一樣，」希斯克利夫說，「不過，雖然伊莎貝拉．林頓可能沒腦子，但她又沒瘋；還有——總之聽你的，不提這件事了。」

這兩人嘴上確實不提這件事了，也許凱瑟琳也沒把它放心上。可是另一位，我確實感受到，他整晚都對這個事情念念不忘。每當林頓太太離開這個屋子的時候，我都看到他在獨自暗笑——與其說是在笑——不如說是在盤算著什麼。

我決定觀察一下他的動向。我的心向來偏向於主人這邊，而不是凱瑟琳那邊。我想這是有理由的，因為他仁慈、忠厚、令人尊敬，而她呢——雖不能說是截然相反，但她似乎太過於隨心所欲了，我對她的為人處世沒有信心，更不用說同情她的感情了。我盼著發生一些事情，好讓咆哮山莊和畫眉山莊都能夠擺脫這位希斯克利夫先生，讓他不動聲色地離開，讓我們的生活得以恢復到從前的模樣。他的到訪對我來說就是一場持續不斷的噩夢；我懷疑，對我的主人也是如此。他在咆哮山莊住下了，給人一種難言的壓抑感。我覺得上帝拋棄了那隻迷途的羔羊，任由牠自己去流浪，眼下，一隻邪惡的野獸在牠和羊圈之間徘徊著，正準備伺機毀掉這一切。

第十一章

有時候，當我獨自思索這些事情時，會突然感到一陣害怕，猛地站起來，戴上帽子，想跑到山莊看看到底是什麼情況。良心使然，我認為有責任警告一下辛德雷，大家是如何在議論他的；然後我又想到，他這人的壞毛病已經根深柢固了，想勸他改好也是徒然，於是又退縮了，不願再踏入那座死氣沉沉的房子，也懷疑我說的話人家能否聽得進去隻言片語。

有一次，大概就在我的故事講到的那段時期吧。我在去吉默屯的路上，繞了一段路，經過那扇舊門——那是一個有霜的晴朗下午，地面光禿禿的，道路堅硬而乾燥。

我來到一塊石頭前，從這裡開始，大路在你左手邊分岔成一條小路通向荒原。有一根粗糙的砂柱，北面刻著 W.H. 字樣，東面是 G.，西南面是 T.G.。[1] 這便是咆哮山莊、吉默屯和畫眉山莊的指路碑了。

陽光照在灰色柱頂上，黃燦燦的，讓我想起了夏天的模樣。我說不出為什麼，但就一瞬間，一種童年時光的感覺湧進了我的心頭。早在二十年前，我和辛德雷就把它當作最喜歡的地方。

我對著這塊飽經風霜的石頭，久久地凝視著，彎下腰來，發現在底部還有一個洞，裡面仍然放滿了蝸牛殼和鵝卵石。當年我們喜歡把這些東西和一些更容易腐爛的東西放在一起——如同昨日重現，我彷彿看到了那位早年的玩伴正坐在乾枯的草地上，他那黝黑的方腦袋向前俯著，小手裡還拿著一塊石片，正挖著土。

「可憐的辛德雷啊！」我不由自主地喊出聲來。

我嚇了一跳——我的肉眼一時恍惚，彷彿真的看到那孩子猛地抬起了頭，正直愣愣地盯著我！一轉眼，又消失了。然而，我瞬間產生了一種無法抑制的渴望，想去咆哮山莊看一眼。迷信的想法慫恿著我，去遵從這個衝動——說不定他已經死了！我想——可能快要死了！——這不會是一個死亡的徵兆吧！

我越是走近那座房子，心裡就越是不安，等看到房子那一刻，我的四肢都在顫抖。那幽靈比我先到了，它正站在那裡，隔著柵門朝我張望著。這是我在看見一個一頭鬈髮、棕色眼睛的小男孩，小臉紅撲撲的，貼著門欄站著時所產生的第一個念頭。再一想，這一定是哈里頓，我的哈里頓，自從我離開他，這十個月以來，他看起來沒有什麼變化。

「上帝保佑你，親愛的！」我喊道，瞬間忘記了我那愚蠢的恐懼，「哈里頓，奈莉來了——是奈莉，你的保母啊。」

他後退著，不讓我的手碰到他，還撿起一塊大石頭。

「我是來看你爸爸的，哈里頓。」我接著說道，他這個舉動讓我猜想到，即使奈莉還活在他的記憶中，他也不認得我就是奈莉了。

---

1 字母為英文首字母縮寫。「W.H.」即Wuthering Heights（咆哮山莊），「G.」即Gimmerton（吉默屯），「T.G.」即Thrushcross Grange（畫眉山莊）。

他舉起手裡的石頭，準備朝這裡扔。我急忙跟他說好話，但還是沒能攔住他。石頭砸中了我的帽子；接著，從這個小傢伙嘴裡結結巴巴地吐出來一連串罵人的話，不管他懂不懂這些話，他都裝腔作勢地罵得很老練，他小臉稚嫩，卻扭曲成惡狠狠的模樣。

可想而知，這讓我很心痛，而不是憤怒。雖然我幾乎要哭出來了，但還是從口袋裡拿出一個橘子遞給他，想藉此安撫他的情緒。

他躊躇了一下，然後一下子從我手中搶走了橘子，他好像認為我只是想戲弄他，最後讓他失望一場。

我又拿出一個橘子，但不讓他碰得到。

「誰教你說這些好聽話的，我的孩子，」我問道，「是助理牧師嗎？」

「去他娘的助理牧師，還有你！把那個給我。」他回答道。

「先告訴我，你在哪裡念書的，我就給你，」我說，「誰是你的老師？」

「魔鬼爸爸。」他回答說。

「那你從爸爸那裡學到了什麼？」我繼續問。

他跳起來搶橘子，我把它舉得更高，「他教你什麼呢？」我問。

「什麼也沒有，」他說，「就是教我離他遠一點——爸爸受不了我，因為我會罵他。」

「啊！是魔鬼教你罵自己爸爸的嗎？」我問他。

「是——不。」他吞吞吐吐地說著。

「那是誰呢？」

「希斯克利夫。」

我問他，是否喜歡希斯克利夫先生。

「是！」他又回答道。

我想知道他喜歡希斯克利夫的理由，但從他口中聽出來的只是這樣幾句：「我不知道——我爸爸怎麼對我，他就怎麼對我爸爸，爸爸罵我，他就罵爸爸——他說，我想幹什麼就幹什麼。」

「那麼牧師不教你讀書和寫字嗎？」我繼續問。

「不，有人告訴我，如果牧師敢跨過門檻半步——就把他的門牙打到他的——喉嚨裡去——希斯克利夫就是這麼說的！」

我把橘子放在他手裡，讓他去告訴父親，一個叫奈莉·迪恩的女人在花園門口等著，要跟他說話。

他順著門前的石板小路，走進了屋子。然而，出現在門前石板路上的並不是辛德雷，而是希斯克利夫。我直接轉身，用盡了生平的力氣沿著大路狂奔，一步也沒停，直到我走到那塊指路碑，我非常害怕，像是碰上了妖魔。

這與伊莎貝拉小姐的事情並沒有多大關係，只不過那些事促使我下定決心要提高警覺，哪怕是得罪林頓太太，惹來家庭風暴，我也要竭盡所能，去阻止這些惡劣影響在畫眉山莊蔓延開來。

希斯克利夫下次再來的時候，我家小姐碰巧在院子裡餵鴿子。她已經三天沒跟嫂嫂說過一句話了，然而與此同時，她也不再煩躁地抱怨了，這對我們來說，也算是莫大的安慰。

我知道，對於林頓小姐，希斯克利夫向來沒有跟她寒暄的習慣。但是現在，他一看到她，第一個動作就是先掃視一下房子，看看周圍有沒有人。此時我正站在廚房窗邊，但我躲起來了。然後他走過石板小路，走到她面前說了些什麼，她似乎很難為情，想要逃走；他卻攔住她，一把抓住了她的手。她扭過臉去。他顯然是問了一些讓小姐難以啟齒的話。接著他又迅速地瞄了一眼房子這邊，覺得沒有人看見，這個無賴居然厚著臉皮去摟人家了。

「猶大[2]！奸細！」我驚呼道，「你也是個偽君子，不是嗎？一個居心叵測的大騙子！」

「說誰呢，奈莉？」我身邊響起凱瑟琳的聲音——我一直盯著窗外的那對，都不曾察覺有人進來。

「你那沒用的朋友！」我激動地回答，「就是那個偷偷摸摸溜進來的流氓——啊，他看到我們了——他要進來了！我倒是要看看，他會怎麼裝模作樣地找藉口為自己辯解呢，他一邊告訴你，自己厭惡小姐，背地裡卻去找人家求愛。」

林頓太太看到伊莎貝拉把自己掙脫出來，跑進花園裡去了。不一會兒，希斯克利夫打開了門。我一肚子怒火，忍不住想發洩一番。但凱瑟琳生氣地堅持要我住口，還警告我說，如果我膽敢肆無忌憚胡言亂語，她就把我趕出廚房。

「聽你這麼嚷嚷，人家還以為女主人是你呢！」她叫道，「你守好你的本分！希斯克利夫，你這是在幹什麼，鬧出這樣的事來？我說過了，你千萬別去招惹伊莎貝拉！——我求你了，除非你不想來這裡做客了，想讓林頓給你吃閉門羹！」

「他倒是想，上帝還不讓呢！」這無可救藥的壞蛋回答道——我瞬間十分痛恨這個人，「上帝會讓他老實又溫順！我每天都想著把他送上天堂，想得越來越瘋狂了！」

「噓！」凱瑟琳說著，關上了裡面的門，「別來氣我。你為什麼不聽我的話？她是不是故意勾引你？」

「關你什麼事？」他吼道，「只要她情願，我就有權吻她，你也沒有權利反對——我又不是你的丈夫，你用不著為我吃醋！」

「我不是為你吃醋，」女主人回答說，「我是為了愛護你。臉色放開朗些，不要對我皺著眉頭！如果你喜歡伊莎貝拉，就娶她好了。可是你喜歡她嗎？說實話，希斯克利夫！看吧，你不肯回答，我確定你不會喜歡她！」

「況且，林頓先生會同意他妹妹嫁給那個人嗎？」我問道。

「林頓先生會同意的。」我家太太斷然回答道。

「他不用給自己找麻煩了，」希斯克利夫說，「即使沒有他的同意，我也可以好好搞定這件事——至於你，凱瑟琳，既然聊到這裡了，我現在倒想跟你多說說——我想讓你知道，你對我真的狠心——好狠心！你聽到了嗎？如果你自以為是認為我沒有察覺到，你就是個傻瓜；如果你認為還能用甜言蜜語來哄我，那你就是個白癡；如果你幻想著我遭受了非人的待遇，還不去報仇，那我很快就會讓你相信，這恰恰相反！同時，還得好好感謝你，把你這個小姑的心事告訴我了——我發誓，我會好好利用一下她的心事。你靠邊站去吧！」

「這又使起哪番性子來了？」林頓太太吃驚地叫了起來，「我對你太狠了，所以你要報復！你

---

2 耶穌的十二門徒之一，因貪圖金錢而背叛耶穌。

這個忘恩負義的畜生，你準備怎麼報復我？我又是怎麼狠心對待你的？」

「我不是要報復你，」希斯克利夫回答道，語氣緩和了一些，「那不在我計畫之中——暴君壓迫他的奴隸，奴隸並不站起來反抗，反而會欺壓比他們更下賤的人——歡迎你把我折磨到死吧，只要你開心，只求你允許我也以同樣的手段，來自娛自樂一下——盡量別再羞辱我了。你把我的宮殿夷為平地，另外搭了一間破屋賞給我，就算是給我一個家，事後還自鳴得意地誇自己慈悲。要我相信你是真心要我去娶伊莎貝拉，我寧可抹脖自盡！」

「哦，壞就壞在我沒有吃醋，是嗎？」凱瑟琳叫道，「好，我不會再給你說媒了——這就像把一個迷失的靈魂送給撒旦一樣糟糕，你的幸福，跟撒旦一樣，就在於讓人世間充滿苦難——你已證實了這一點。你剛來時，艾德加鬧了脾氣，現在都恢復了，我也剛開始安心平靜；而你呢，就是看不得我們相安無事，看樣子指定要來挑起事端——你去和艾德加鬥吧，希斯克利夫，如果你願意的話，就去欺騙他家妹妹吧！這下你算是找到了報復我的最好方法。」

談話停止了。林頓太太在爐火邊坐了下來，臉頰通紅，神情黯淡，情緒越來越失控。她既不能平息，也無法控制。他站在壁爐旁，雙臂交叉，滿腦子的壞念頭在打轉。就在這情景下，我退了出去，去找主人，主人正在納悶到底發生了什麼事，使得凱瑟琳在下面待了這麼久。

「艾倫，」我一進屋，他便問道，「你看到太太了嗎？」

「看到了，先生，她在廚房裡，」我回答道，「希斯克利夫先生做的那些事，惹得她很不開心。說實話，我確實覺得是時候重新對待他的來訪了。太客氣了反而不好，何況現在已經到了這個地步——」於是我一五一十地把剛才院子裡發生的事情講了出來，還鼓足勇氣把後來吵架的事情也說了出來。我猜想這樣並不會對林頓太太不利，除非她在事後有意袒護自己的這位客人。

艾德加．林頓聽不下去了——從他開頭的幾句話就看得出來，他並不站在太太這一邊。

「這真是讓人忍無可忍！」他歎道，「太可恥了，她把他當作朋友，還硬要我去跟他敷衍！艾倫——給我到大廳裡叫兩個人過來，凱瑟琳不能再和這個卑鄙的流氓多費口舌了——我已經夠遷就她了。」

他下樓時吩咐僕人在過道裡等著，自己朝廚房走去，我跟在後頭。廚房裡，那兩人又激烈地吵起來了。至少，林頓太太正開始新一輪的責罵。希斯克利夫已經走到窗前，垂下了頭，顯然被她激烈的痛罵弄得有些氣餒。

他先瞧見了主人，便急忙打了一個手勢，讓她別再吭聲了。她很快領會到他的意思，頓時就住了嘴。

「這是怎麼回事？」林頓對她說，「那個流氓對你說了那些話，你還留在這裡，這成何體統？我想，因為這就是他平常的談吐，你才毫不在意。你已經習慣了這人的粗俗，也許你還認為我也能習慣！」

「你這是在門口偷聽了嗎，艾德加？」女主人問道，用一種有意激怒丈夫的語氣，表示對他發火這事，她不會在乎，還帶著輕視。

在主人說話的時候，希斯克利夫抬起了眼睛，聽到凱瑟琳後面的那句話時，他直接發出一聲冷笑，看樣子是有意挑釁林頓先生。

他成功了，但艾德加沒有表現出任何激動的情緒，並不打算去跟他鬧。

「一直以來，我都對你很寬容，先生，」他平靜地說，「我並非不瞭解你那可悲和墮落的性格，但我覺得此事也不能全怪你，是凱瑟琳很希望繼續和你來往，我也默許了——這真是太傻了。你的存在，現在看來是一種道德上的毒藥，會汙染最善良的人——出於這個原因，也為了防止產生更糟糕的後果，從今往後，我將謝絕你進入這座房子。現在就通知你，請你立刻離開。如果過了三分鐘還不走人，那只能讓你難堪了。」

希斯克利夫上下打量著說話人的身板，眼神裡充滿嘲諷。

「凱西，瞧瞧你的這隻羔羊，竟然像公牛一樣，膽敢威脅我！」他說，「他的腦袋碰上我的拳頭，只怕會把他的頭蓋骨打開花。上帝啊，林頓先生，我非常抱歉，你還真不配讓我一拳打倒！」

我的主人向過道瞥了一眼，又向我使了個眼色，讓我去喊人——他不打算冒險跟對方一對一硬來。

我聽從了他的暗示，但林頓太太起了疑心，就跟上來了。當我正要打算喊大家時，她硬把我拖了回去，把門關上，還上了鎖。

「手段要光明正大吧！」她說著，面對著丈夫一臉的憤怒和吃驚，「你要是不敢去跟人家鬥，那就道歉，或者準備挨揍。省得你裝模作樣，搞得自己看起來天不怕地不怕的。不，我寧可把鑰匙吞到肚子裡，也不會讓你拿到手！我對你們每個人都是一片好心，我很高興得來這樣的好報！你們一個生性軟弱，一個生性惡劣，兩個我都一味縱容，謝天謝地，如今我得到的卻是一片忘恩負義、愚蠢，與荒唐至極！艾德加，我一直是在捍衛你和你的家人啊。你竟敢把我想歪，我恨不得希斯克利夫用鞭子狠狠抽你！」

接下來，無須用鞭子抽，主人就軟弱了。他試圖從凱瑟琳手中奪過鑰匙。為了保險起見，她一下子把鑰匙扔到了火爐燒得最旺的地方。這時，艾德加先生神經質地渾身顫抖起來，臉色一片煞白。他這輩子還沒有經歷過這種情緒——痛苦夾雜著屈辱，他完全被打倒了。他倚靠在椅背上，雙手捂住了臉。

「哦，天哪！這要是在從前，還能為你贏一個騎士的封號！」林頓太太嚷道，「我們被打敗了！我們被打敗了！希斯克利夫只要對你豎起一根手指，就跟國王率領軍隊對著一群小老鼠開打一樣。行了吧，沒人會來傷害你的！你這種人連隻羔羊都算不上，你就是一隻吃奶的小兔子。」

「我希望你能喜歡這個乳臭未乾的膽小鬼，凱西！」她的朋友說，「我真佩服你的品味。這就是你看中的，這麼個流著口水、瑟瑟發抖的東西，而不是我！我不會用拳頭揍他的，不過踢他幾腳，絕對讓我有快感。他這是在哭嗎，還是嚇得要昏過去了？」

這傢伙走上前去，推了推林頓靠著的椅子。他還不如站遠一些好。我的主人迅速地跳了起來，對準他的喉嚨狠狠地揍了一拳，如果他瘦小一些，早就被這一拳打倒了。

希斯克利夫一時喘不過氣來。趁著他嗆住的時候，林頓先生從後門走到院子裡，然後又從院子裡走到了前門。

「好了！你以後別想再到這裡來了。」凱瑟琳喊道，「快走，立刻，馬上——他會帶著一對手槍和五、六個幫手過來的。當然，如果他真的聽到了我們的對話，他永遠也饒不了你。希斯克利夫，你害了我！可是你走吧——快點走！我寧願看到艾德加走投無路，也不想看到你這樣。」

「我挨了這一拳，喉嚨還火辣辣地發燙，你以為我會這樣一走了之嗎？」他咆哮道，「絕不！

在我跨過門檻之前，我要把他的肋骨搗碎，碎得像個爛榛果！要是我現在不擺平他，日後我也會弄死他，所以，既然你看重他這條命，就得讓我揍他一頓！」

「他不會來了，」我插嘴道，撒了個小謊，「那邊來了一個馬車夫，還有兩個園丁，你肯定不會等著這些人來把你趕到大路上吧！他們每個人都有一根棍子，很有可能，主人正從客廳的窗戶裡盯著，看他們是否執行了命令呢。」

園丁和馬車夫確實在那裡，然而林頓也跟他們一起。他們已經走進了院子。希斯克利夫轉念一想，決定不跟這三個外人打一場。他抓住一把火鉗，砸開了內門鎖，在那夥人踏進屋子的那一刻，他逃走了。

林頓太太情緒非常激動，要我陪她上樓。她不知道，發生這場騷亂我也有分，而我也竭力不讓她知道。

「我快精神錯亂了，奈莉！」她喊道，一頭倒進了沙發，「有一千個鐵錘子在我腦子裡亂敲！告訴伊莎貝拉，讓她離我遠一點——這場爭吵全是她造成的。如果她，或其他任何人再到我這裡火上澆油，我就要瘋了。還有，奈莉，如果你今晚再看見艾德加，你就對他說，我這回怕是要大病一場了——但願真會如此。他把我嚇死了，我好難過！我也想嚇他一下。再說了，他可能還會跑來大罵一通，嘮嘮叨叨。我肯定也會反擊過去，天知道，這要鬧到什麼時候！

「你會去跟他說嗎，我的好奈莉？你是清楚的，這件事不能怪我。是什麼讓他鬼迷心竅來偷聽我們的？你走開之後，希斯克利夫說的盡是不堪入耳的話。但我岔開了話題，讓他不再提伊莎貝拉，那其餘的話就無所謂了。現在，一切都搞砸了，就是這個傻瓜，偏要偷聽別人說他的壞話，就像中了邪一樣！如果艾德加沒有聽到我們的談話，他也不會把事情搞得這麼糟。真的，我為了他，把希斯克利夫罵到聲嘶力竭。當他用那種無理又不高興的語氣跟我說話時，這時候我簡直不在乎他們對彼此做了什麼。我尤其覺得，無論這一幕如何結束，我們都會被迫分開，沒有人知道會有多久！好吧，如果我不能讓希斯克利夫留下來做我的朋友——如果艾德加一味小氣又嫉妒，我就只好讓自己心碎，來讓他們撕心裂肺。在把我逼到極限的時候，這就是結束一切最快的方法！不過，這個方法只有走投無路時才能用——我不會讓林頓措手不及的。在這一點上，他一向都很小心翼翼，唯恐惹惱了我。你必須跟他說清楚，若不按規矩辦事，後果將會不堪設想。除此之外，你還得提醒他一下我這火爆脾氣，一旦發作起來，就會發瘋——你能不能別這樣面無表情，能不能有點為我焦急的樣子！」

她一臉真誠地對著我講了那麼多，然而當我聽到她的囑咐時，又表現出那樣的冷漠，這無疑是相當令人惱火的。但我相信，一個人若是能事先計畫好自己的脾氣會在何時發作，那麼即使在脾氣發作時，也能憑藉自己的意志力，去控制住脾氣。我可不希望像她說的那樣，去「嚇嚇」她丈夫，這只不過是為了滿足她的小心機，反而給他人徒增煩惱。

所以，當我看到主人向客廳走來時，我什麼也沒說，但我也擅自轉身回去，想聽聽他們是否還會繼續吵架。

是他先開口的。

「你就留在這裡吧，凱瑟琳，」他說著，聲音裡沒有任何憤怒，卻帶著些許悲哀和沮喪，「我不在這裡多待。我既不是來吵架的，也不是來講和的，我只想知道，經過了今晚的事情，你是否還打算繼續保持那種親密的關係，和那位——」

「啊，看在上帝的分上，」女主人打斷了他的話，跺著腳嚷了起來，「就看在上帝的分上，我們就此打住吧！你這種冷血的人，都不會發燒——因為你的血管裡流的都是冰水——但我卻是個熱血沸騰的人，看到你如此冷冰冰，我就更上火了。」

「不要逃避——回答我的問題，」林頓先生堅持說，「你必須回答。而且你這種大吼大叫根本嚇不到我。我發現，只要你願意，你可以像任何人一樣坦然。你是準備放棄希斯克利夫，還是準備丟掉我？你不可能跟我們兩人同時做朋友的。我絕對要知道，你到底選哪一個。」

「我要你們全走開！」凱瑟琳憤怒地喊道，「強烈要求！你沒看見我幾乎站不起來了嗎？艾德加，你——你走開！」

她死命拉著鈴鐺，直到鈴鐺「噹」的一聲搖壞了。我不慌不忙地走了進去。她這種毫無意義的惡劣壞脾氣，哪個聖人能受得了！她躺在那裡，把自己的頭衝向沙發的扶手，亂撞一通，嘴裡咬牙切齒，那架勢會讓你覺得她要把整副牙齒都咬個粉碎！

林頓先生站在那裡，看著她，霎時愧疚又驚慌。他要我快去拿點水來。她已經喘得說不出話來。

我端過來滿滿一杯水，她不喝，我就把水灑在了她臉上。過了幾秒鐘，只見她僵直了身體，眼睛翻白，臉色又青又白，一副死人的模樣。

林頓嚇壞了。

「不會有事的。」我悄悄說道。我不想讓他就此屈服，儘管我心裡也不禁感到害怕。

「她的嘴唇上有血！」他說著，顫抖了起來。

「沒事的！」我厲聲回答他。接著我告訴他，在他進來之前，她就準備好表演一番發狂的。我沒留神，說話的聲音大了些，她聽到了，因為她站了起來——她的頭髮散到肩上，眼睛閃著光，脖子和手臂的青筋異常暴起。雖然可能至少要斷幾根骨頭，但我橫下心來，準備挨一頓打了，然而她只是向四周瞪了一眼，就衝出了房間。

主人讓我跟上。我便跟上了，直追到她的房間門口。她把門一關，把我關在了門外。第二天早上，她沒提要下樓吃早餐的事，我便去問，要不要讓人把飯送上來。

「不要！」她決絕地回答。

到了晚飯和喝茶的時間，我又重複了同樣的問題，得到的也是相同的回答；接下來一天也是一樣。

至於林頓先生，他在書房裡消磨時，並沒有詢問太太的情況。伊莎貝拉和他談了一個鐘頭，在這期間，他試圖從她那裡套出一些話來，比如對希斯克利夫的勾引感到恐懼之類的。但她卻閃爍其詞，使他一無所獲，最後只好草草結束問話。然而，他又補了一個嚴肅的警告，如果她瘋狂到去鼓勵那個品格敗壞的追求者，那麼他們兄妹之間的一切關係也就斷絕了。

第十二章

林頓小姐整日待在園林和花園裡悶悶不樂，總是沉默不語，眼中也幾乎總含淚水。她哥哥則把自己埋在書堆裡，這些書卻從未打開過；我猜他不斷隱隱約約地期待著，凱瑟琳會懺悔自己的行為，主動來請求原諒，懇求和好。然而她還在頑強地絕食。她不進食的時候，或許腦子裡盤算著，可能艾德加一日三餐看不到自己的影子，他會咽不下飯，只是出於面子才沒有奔過來撲在自己腳下。我呢，則繼續做自己的事，確信畫眉山莊裡只有一個清醒的靈魂，而那個靈魂就在我的身體裡。

我不曾枉費口舌去寬慰小姐，也沒去勸女主人；主人的唉聲歎氣，我也未加理會，他聽不到太太的聲音，只是渴望著有人提起她的名字。

我斷定這些人早晚會主動來找我。儘管這是一個令人厭煩的緩慢過程，但我很高興在事情的進展中看到了一絲曙光，正如我最初所設想的那樣。

第三天，林頓太太開了門。她把水壺和水瓶裡的水都喝光了，想要添些水來，還想要一大碗燕麥粥，因為她覺得自己快死了。我當這句話是說給艾德加聽的，我才不相信會有那種事，所以也沒吭聲，就給她送來了茶和烤麵包。

她迫不及待地吃著喝著，之後便又一頭倒在枕頭上，兩隻手緊緊握著，呻吟了起來。

「啊，我要死了，」她歎道，「根本沒有人關心我的死活，我還不如不吃那些東西。」然後過了好一會兒，我聽到她喃喃自語道：

「不，我不要死，我死了他會高興，他根本不愛我，也永遠不會想我！」

「你還需要些什麼嗎，太太？」我問道，儘管她的臉色看起來十分令人擔心，舉止也古怪反常，我仍然保持表面上的鎮定。

「那個冷血無情的人在做什麼？」她問道，把濃密打結的鬈髮從憔悴的臉上撥開，「他是睡昏過去了，還是死了？」

「都不是。」我回答說，「如果你是指林頓先生，我想他沒什麼事，雖然他大部分時間都待在書房裡。他也沒有其他人做伴，就一直泡在書堆裡。」

早知道她真的病成那樣，我就不會說那些話了，但當時我腦子裡始終無法擺脫一個想法：她的病，多多少少是裝出來的。

「泡在書堆裡！」她喊道，很受打擊的樣子，「我快要死了！眼看就要進墳墓了！我的上帝啊！他知道我變成什麼樣了嗎？」她繼續說著，盯著對面牆上鏡子裡的自己，「那是凱瑟琳．林頓嗎？他以為我在鬧著玩——或許，在演戲？你就不能告訴他說這事非常嚴重？奈莉，如果還不算太晚的話，讓我知道他心裡是怎麼想的，這樣我就會在這兩個人中選一個——或是立刻絕食，除非他還有良心，否則那也不算懲罰——再不然就快快恢復身體，離開這裡。關於他，你說的那些話可都是真的？你要注意回答了，我是死是活，他漠不關心嗎？」

「哎呀，太太，」我回答說，「主人根本不知道你精神錯亂。當然，他也不擔心你會把自己餓死。」

「你認為不會？你就不能告訴他我會嗎？」她回道，「你去勸勸他——把你想的都說出來——就告訴他，你確定我會！」

「不，你忘了，林頓太太，」我提醒她說，「今天晚上你已經吃一些東西了，胃口很好呢，這樣明天你的身體就會變好。」

「如果我確信這些能讓他活不成，」她打斷我說，「我就直接自我了斷！這三個可怕的夜晚，我從未合過眼——啊，我痛苦難耐！我魂不守舍，奈莉！可是我現在有些懷疑你並不疼愛我了。太奇怪了！我本來覺得，雖然他們每個人都彼此憎恨、彼此鄙視，但他們不能不愛我啊——然而才短短幾個鐘頭，大家就反目成仇了。他們全變了，我敢肯定，這裡的人全變了。馬上要死了，還要被這一張張冷漠無情的面孔包圍著，真是太淒涼了。伊莎貝拉心裡忌憚，又充滿嫌棄，她不敢進房間裡來，看著凱瑟琳死，太可怕了。而艾德加呢，他一本正經地站在一旁，看著這一切結束，然後他向上帝祈禱，感謝他的家如今終於安生了，然後又回到自己的書堆裡去了！他這是安了什麼心，我快要死了，他卻還去找書本纏綿？」

我塞給她的那些想法，說這是林頓先生的一種聽天由命式的哲人態度，她無論如何也接受不了。她輾轉反側，發燒昏迷，神志不清，接近瘋狂，又用牙齒撕咬著枕頭，然後她渾身滾燙地支撐著自己，要我去打開窗子。正值冬天，東北風刮得猛烈，我不肯開窗。

看著她臉上一陣陣閃過的表情，還有她那動盪起伏的情緒，我開始驚慌失措了。我想起她曾經的那場大病，醫生也囑咐過，她萬萬不能受到刺激。

一分鐘前，她還焦躁不安；現在，她也沒注意到我沒有聽她的話，就用一隻手支撐著自己，從剛剛被咬碎的枕頭縫裡，扯出羽毛來，根據不同的種類，一片片排列在被單上，她似乎找到了一個孩童般的樂趣。她的思緒已經遊蕩到別處了。

「那是火雞的，」她喃喃自語道，「這是野鴨的，這是鴿子的。啊，他們把鴿子的羽毛放在枕頭裡——難怪我死不了！[1]我要當心了，等我躺下時，要當心把它扔到地上去。這是公松雞的，還有這個——就算混在一千片羽毛當中，我也認得出它——這是小辮鴴的。漂亮的鳥兒啊，在荒原中，牠在我們頭上飛來飛去，想回牠的巢，因為雲層壓下來了，牠預感要下雨了。並沒有誰去打鳥，這根羽毛是從荒原上撿來的——冬天的時候，我們看到了牠的巢，裡面全是小骨架。希斯克利夫在上面安了一個捕鳥器，那些老鳥就不敢飛進來了。我要他保證，從此以後再也不打小辮鴴了，他果然沒有再打過。是的，這裡還有更多呢！他打死過我的小辮鴴沒有，奈莉？這當中有沒有紅色羽毛的？讓我看看。」

「丟掉那些小孩子的東西吧！」我打斷了她的話，把枕頭拖開，讓破洞對著床墊，因為她正大把大把地把裡面的東西往外掏，「躺下，閉上眼睛吧，你在發昏呢。亂七八糟的！羽絨像雪花一樣亂飛！」

我到處去撿這些羽毛。

---

1 英國習俗，病人臨死的時候，若在枕頭下放鴿子毛，靈魂就不會離去，當親人趕到見了最後一面，然後拿走羽毛，病人才會安心死去。

「奈莉，我看到你了，」她繼續說著，神情恍惚，「一個上了年紀的老太太——你的頭髮花白，肩膀也彎了。這張床是潘尼斯通峭壁下的仙女洞，而你正在收集精靈弩箭[2]，想害我們的小母牛，我到你面前時，你就佯裝正在撿羊毛。再過五十年，你就變成這樣子了，我知道你現在不是這樣子。我沒有昏了頭，是你搞錯了，要不然，我就會真把你當作那個乾癟的老巫婆，我就會真以為自己就在潘尼斯通峭壁下。我清楚現在是晚上，桌上有兩支蠟燭，把那黑壓壓的壁櫥照得像黑玉一樣光亮。」

「黑壓壓的壁櫥，在哪裡啊？」我問，「你在說夢話吧！」

「它靠著牆，就在老地方，」她回答，「確實很怪——我看到裡面有一張臉！」

「這屋裡沒有什麼壁櫥，從來沒有過。」我說著，重新坐了下來，把床幃拉了起來，以便仔細看她。

「你沒看到那張臉嗎？」她問道，認真地盯著那面鏡子。

不管我怎麼說，都沒法讓她明白，那是她自己的臉。於是我站起來，用披肩遮住鏡子。

「它還在那後面！」她焦急地繼續追究，「而且它還在動。它是誰呢？我希望你不在的時候，它不會出來啊！啊！奈莉，這房間裡有鬼！我害怕一個人待著！」

我抓住她的手，讓她保持鎮定，因為她的身體一陣陣顫抖，整個人抽搐了起來，眼睛還是死死地盯著那面鏡子。

「這裡沒有別人！」我堅持說，「那是你自己啊，林頓太太，你剛才還知道的。」

「我自己？」她喘著氣說，「鐘敲到十二下了！那麼，這都是真的，那就太可怕了！」

她的手指緊緊抓起衣服，攏起來蒙住眼睛。我正想偷偷溜到門口，準備去喊她丈夫，但一聲刺耳的尖叫又把我喚了回來——是披肩從鏡框上滑下來了。

「怎麼回事？」我嚷道，「現在，哪個是膽小鬼？醒醒吧！那是鏡子——鏡子，林頓太太，你在裡面看到的是你自己，你看我也在裡面，就在你身邊呢。」

她瑟瑟發抖，驚慌失措，將我緊緊抓住，但她的臉上漸漸沒有了恐懼的神色，原來煞白的臉色，此刻也泛起了羞慚的紅暈。

「啊，天哪！我以為我是在家裡。」她歎了口氣，「我以為我正躺在咆哮山莊的房間裡。因為我身子虛弱，腦子就亂了，就不知不覺叫了起來。你什麼也不要說了，就陪著我吧。我害怕睡覺，我的那些夢讓我害怕。」

「好好睡一覺，對你有好處，太太，」我回答說，「我希望你受了這次的苦後，今後再也不想餓死自己了。」

「唉，要是我現在躺在自己老房子裡的床上，那該有多好啊！」她絞著雙手，痛苦地繼續說著，「那風就在格子窗外的冷杉樹上呼嘯著，讓我感受一下這風吧——它是從荒原上直吹過來的——來，讓我透一口氣！」

為了讓她平靜下來，我把窗戶半開了一下，才過了幾秒鐘，就有一陣寒風襲來。我關上窗，回到原處。

---

2 此處引用了英國民間傳說，邪惡的精靈通常用弩箭來傷害人類和牲畜。

這時，她一動不動地躺在那裡，整個臉都被淚水沖刷著。她體虛乏力，已經完全打不起精神。現在我們火爆脾氣的凱瑟琳並不比一個哭哭啼啼的小孩子好多少！

「我把自己關在這裡多久了？」她問道，突然有了精神。

「是星期一晚上開始的，」我回答說，「現在是星期四晚上，或者不如說是星期五早上了。」

「什麼！還是同一個星期？」她驚呼，「就那麼短的時間？」

「只靠灌冷水和發發小脾氣生活，這幾天也夠長了。」我說道。

「嗯，像是沒完沒了地過了一段惱人的時間，」她疑惑地嘀咕道，「一定比這更久吧——我記得他們吵完架那時候，我還在客廳裡。艾德加狠心來刺激我，我便絕望地跑進了這個房間——我剛把門關上，就眼前一黑，倒在了地上——我沒法向艾德加說個明白，如果他繼續那樣惹我，我敢肯定自己又要舊疾復發了，或者直接瘋了！我的舌頭不聽使喚了，腦子也鈍了，或許他沒有猜想到我的那種極度痛苦。我只知道要躲開他，躲開他的聲音——直到天亮，我也沒有完全恢復過來，眼睛看不清，也聽不見聲音。奈莉，我來告訴你，當時我是怎麼想的，那些念頭一直在我腦海中不停打轉，搞得我害怕自己快瘋了——我躺在那裡，頭頂到了那隻桌腳，眼睛矇矇矓矓辨認出灰灰的格子窗。我覺得自己被困在了老家的橡木鑲板床上。我的內心湧出一股巨大的悲痛，醒來的那一刻，我失憶了——我拚命在想，苦苦思索著，這到底是怎麼了。最奇怪的是，我過去整整七年的生活，全部成了空白！我完全想不起來它曾經是什麼樣子。那時候我還是個小女孩，父親剛下葬，我的痛苦是因為辛德雷勒令我和希斯克利夫分開——生平第一次，我被人孤零零地扔到一邊，哭了整整一夜，在昏昏沉沉中睡了又醒——我抬起手來，想推開床上的嵌板，手卻碰到了桌面！我的手滑過毯子的那一刻，回憶一下子湧了上來，內心的新傷被一陣陣呼嘯而來的絕望淹沒了。

「為何會感到極度心灰意冷，我說不上來：這一定是暫時的精神錯亂，因為幾乎沒有道理。可是，設想一下，我十二歲的時候，就被迫離開了咆哮山莊，切斷了自己多年來的一切聯繫，切斷了所有的所有，就像那時的希斯克利夫；後來，我又變成了林頓太太、畫眉山莊的女主人、一個陌生人的妻子。從此以後，從我原來的世界裡被放逐出來，成了一個亡命天涯的人——你可以想像我沉溺在一個怎樣的深淵裡啊！

「奈莉，隨便你怎麼搖頭，你對我也是火上澆油！你應該跟艾德加說一說，早就應該讓他不要來惹我！啊，我燒起來了！我恨不得身在屋外——我恨不得再回到小女孩時的樣子，肆意生長，勇敢堅韌，自由自在……哪怕受了傷害，也只是一笑而過，而不是發瘋！為什麼我會變成這樣？為什麼隻言片語就能讓我怒火中燒？我敢肯定，如果讓我重新回到那山上的石楠叢裡，我依然會做回我自己……再把窗戶開大一點，打開的窗戶用鉤子鉤上！快啊，你為什麼一動也不動？」

「因為我不能讓你在這裡凍死。」我回答道。

「你是說，你不願意給我一個活下去的機會了，」她悶悶不樂地說，「不管怎樣，我並不是就沒希望了，我自己會開。」

我還沒來得及攔住她，她就從床上滑了下來，踉踉蹌蹌地穿過房間，把窗戶一下子推開，探出身去，全然不顧凜冽的寒風像刀子一樣刺著她的肩膀。

我懇求她，最後想強制把她拖回來。但我立刻發現，在她精神錯亂的時候，力氣卻遠大於我（她的確精神錯亂了，我是從她後來的舉動和一連串的胡話上看出來的）。

沒有月亮的夜晚，眼前的一切都籠罩在朦朧的黑暗之中，無論遠近，沒有一戶人家亮著光；所有的亮光都熄滅了；咆哮山莊的那些光，這裡是從來都看不見的……但她還是口口聲聲說，看到那些光。

「快看！」她急切地喊道，「那是我的房間，裡面點了蠟燭，樹枝在窗前搖曳著……還有一支蠟燭在約瑟夫的閣樓上。約瑟夫睡得很晚，可不是嗎？他在等我回到家，才把大門鎖上……好吧，那他還得等一會兒。這條路坑坑巴巴，走起來真讓人難受，而且走那條路，還非得經過吉默屯教堂[3]！我們經常一起大膽地穿梭在這些鬼魂當中，站在墳墓中間，喊鬼魂出來，互相比一比誰的膽子更大……可是，希斯克利夫啊，如果我現在要跟你比膽量，你還敢嗎？如果你還願意，我必定與你生死相依。我不要一個人躺在那裡，他們會把我埋在十二英尺深的地方，把一座教堂壓在我身上，可是你如果不在我身邊，我不會安息的……永遠不會！」

她停住了，接著，帶著一種異樣的微笑，繼續說道：「他在考慮……他想讓我去找他！那就想辦法吧！不要穿過那座教堂的墓地……你真慢！知足些吧，你一直都在跟著我啊！」

她精神錯亂了，我意識到再跟她爭辯也是徒勞，就盤算著如何才能既不鬆手，又能用一隻手去拿個東西裹住她，因為我不敢放她一個人探著身子站在敞開的格子窗前。這時，我聽到門把手響了，林頓先生進來了，我一下子驚慌失措起來。原來他剛從書房出來，經過走廊時，聽到了說話聲，有些好奇又有些擔心，想看看深更半夜到底發生了什麼。

「哎呀，先生！」我察覺出主人意識到房間裡氣氛不對，眼見他正要開口，我自己就搶先大叫了起來，「可憐我家太太，她生病了，她把我為難死了，我根本拗不過她。請您過來勸勸她吧，讓她上床睡覺去。別再生氣了，別人的話她根本不肯聽，只是由著自己的性子來。」

「凱瑟琳病了？」他說著，急忙衝過來，「把窗戶關上，艾倫！凱瑟琳！怎麼了……」

他沉默了，看到太太憔悴的模樣竟無言以對，只能驚恐地從她身上掃視到我這裡。

「她一直在這裡煩躁不安，」我接著說，「幾乎什麼都不吃，也不肯叫苦，直到今天晚上，才開門放我們進來，所以我們也無法向您報告她的狀況，因為連我們自己也不知道呀，不過這病是沒什麼大礙的。」

連我自己都覺得這話說得太彆扭，主人皺起了眉頭，「這沒什麼，是嗎，艾倫．迪恩？」他厲聲說道，「你給我說清楚，為什麼不讓我知道實際情況！」他把妻子抱在自己懷裡，看著她，一臉痛苦。

起初，她看著他，好像不認識這個人……在她那茫然的目光裡，他如空氣一般。不過，她的精神錯亂也只是一陣一陣的，等她不再凝視著外面的一片漆黑，漸漸地回過神來，才逐漸將注意力集中在他身上。這時，她意識到了自己在誰的懷裡。

「啊！你來了，是你嗎，艾德加．林頓？」她氣鼓鼓地說道，「你就是那種東西，在最不需要的時候偏偏出現，到需要的時候，永遠連影子也見不到！眼下，我覺得我們要有一堆傷心事了……我知道我們會的……但它們卻攔不住我回到我那狹小的家——在春天結束之前，我便要回到我那安息之地！就在那裡，不是在林頓家，注意，不是在教堂裡的林頓家族墓地，是在曠野上，豎有一塊

3 英國的教堂周圍常設有墓地。作者勃朗特故居正面對著一片教堂的墓地。

墓碑。不管你是去找他們，還是來找我，你自己請便！」

「凱瑟琳，你怎麼了？」主人開始問，「我對你來說什麼也不是了嗎？你是愛著那個混蛋嗎，希斯——」

「噓！」林頓太太喊道，「馬上住口！你再提那個名字，我就立刻從窗戶跳下去，一了百了！眼前你能觸摸到的，就算是屬於你的；可是在你的手放到我身上之前，我的靈魂便早已飛到那個山頂上了。我不要你，艾德加。我已經不想要你了……回到你的書堆裡去吧……很高興你還有這樣一個安慰；因為你在我這裡擁有的一切早已蕩然無存。」

「她的腦子在神遊呢，先生，」我插嘴說道，「她一整晚都在胡言亂語。不過，好好照顧著，讓她靜養一下，會好起來的……從今往後，我們得小心點，不能再惹怒她了。」

「我用不著你再給我出主意了，」林頓先生回答，「你知道你家太太的脾氣，還慫恿我去惹她。而且這三天來她是怎麼過的，你也不向我透露一下！就算是病上幾個月，也不至於變成這樣！」

我開始為自己辯護，想著明明是對方野蠻任性，我卻還要挨罵，這太不對了！

「我知道林頓太太生性倔強，」我嚷道，「但我不知道你存心想助長她的壞脾氣啊！我不知道，為了遷就她，就應該對希斯克利夫先生睜一隻眼閉一隻眼。我告訴您這些，是履行了一個忠心耿耿的僕人的職責，也得到了一個忠心耿耿的僕人的工錢！好吧，這下算給了我一個教訓，得注意了，下次您就自己去打探消息吧！」

「下次你再給我搬弄是非，你就要被辭退了，艾倫·迪恩。」他回答說。

「那麼，林頓先生，我想，您寧可對一切都充耳不聞吧？」我說，「希斯克利夫是得到您的允許，來向小姐求愛，每每看準您不在家的時候，就溜過來，存心挑撥太太跟您翻臉的吧？」

凱瑟琳儘管迷迷糊糊，但是我們談話的時候，她卻反應機敏。

「呀！奈莉原來是叛徒，」她激動地喊道，「奈莉是我隱蔽的敵人——你這個女巫！原來，你確實在尋找精靈弩箭來害我們！放開我，我會讓她後悔的！我要讓她哀嚎著收回她說的話！」

她的眉宇間燃起了瘋狂的怒火。她拚命掙扎，想從林頓的懷抱中掙脫開來。我不想再拖延了，便決定自己做主，去找醫生來，因此離開了房間。

經過花園走向大路時，我看到牆上釘著馬韁繩鉤的地方，有個白色的什麼東西在異常地搖擺著，這顯然不是風吹動的。儘管我急匆匆的，但還是停下來仔細察看，免得將來我的腦子會有這樣的念想，以為那是什麼陰間的東西。

我伸手一摸，結果比眼前看到的還要讓人吃驚和困惑，我發現伊莎貝拉小姐的小狗芬妮，正被一方手帕吊著，奄奄一息。

我趕緊把狗放了下來，將牠抱到花園裡。我晚上曾看見牠跟著牠的女主人上樓了，很奇怪牠是怎麼跑到外面來的，又是哪個惡人這樣對待牠。

我解開鉤子繩結的時候，似乎反覆聽到了遠處奔跑的馬蹄聲。但是當時腦子裡有那麼一大堆事情，我也沒顧得上細究，在那樣一個地方，又是凌晨兩點，這聲音其實是很詭異的。

真巧，當我走到大街上時，剛好看到肯尼斯先生從他家裡出來，準備去看村裡的一個病人。我跟他描述了凱瑟琳．林頓的病情，他便馬上跟著我往回走了。

他是那種有話直說的人。他毫不顧忌地說，她這是舊病復發，怕是性命難保了。除非這次她好好聽他的指示，不像上回那樣。

「奈莉・迪恩，」他說，「我總覺得肯定還有別的緣故吧。最近山莊發生了什麼事情嗎？我們這裡有很多風言風語。像凱瑟琳這樣健壯結實的女孩不會因為一點小事就發病。再說了，這種人一般情況下不會動不動就生病的。他們一旦發燒就很難熬過去。這次是如何發病的？」

「主人會告訴你的，」我回答說，「不過，你是知道恩蕭這家人的火爆脾氣，林頓太太只會有過之而無不及。我可以這麼說，這始於一場爭吵，她一下子情緒失控，隨後病情突然發作。至少她自己是這麼說的。她在情緒最激動的時候奪門而去，接著將自己反鎖，之後又拒絕進食。如今，她時而狂躁不安，時而半夢半醒，現在她還認得出自己身邊的人，但腦子裡充滿了各種各樣奇怪的想法和幻覺。」

「林頓先生會很難過吧？」肯尼斯試探地問道。

「難過？如果有什麼三長兩短，他會心碎的！」我回答說，「要是沒有必要，可別把他嚇壞了。」

「好吧，我早就告訴他要小心，」肯尼斯先生說，「他不聽勸，現在只能自食其果了！他最近不是和希斯克利夫先生走得很近嗎？」

「希斯克利夫三天兩頭到畫眉山莊來，」我回答說，「不過這無非是因為女主人和他從小就認識，倒不是因為主人歡迎他。現在，再也不用勞煩他上門了，因為他竟然對林頓小姐想入非非。我認為以後肯定不會再讓他上門了。」

「那林頓小姐是否對他很冷淡？」醫生接著問。

「她不會跟我推心置腹講這些的。」我回道，不願意繼續這個話題。

「對，她很狡猾呢，」他搖著頭說道，「她不會說的！但她是個真正的小傻瓜。我聽說了一個可靠的消息，昨晚，那是一個美麗的夜晚！她和希斯克利夫在你家後面的植物園裡閒逛了兩個多小時。他硬要她別再回家了，乾脆跳上馬和他一起私奔！我還聽人家說，她當時鄭重許諾，等她準備好一切，下次兩人見面時，就直接離開。到底什麼時候走，人家沒有聽到，但你得提醒林頓先生提防著點！」

這個消息讓我的心再次充滿了新的恐懼。我趕在肯尼斯前面，幾乎一路小跑著回到家。小狗還在花園裡狂吠，我停下來一會兒，為牠打開柵欄，但牠沒有往屋門前跑，而是在草地上來回嗅著，要不是我一把抓住牠，把牠帶進屋子裡，牠可能還會逃到大路上去。

當我走上樓，來到伊莎貝拉的房間時，我的懷疑被證實了：房間裡空無一人。如果我早來幾個鐘頭，林頓太太的病情可能會阻止她採取這個輕率的行動。但現在能有什麼辦法呢？即便是立即去追趕，也不見得能追得上他們。總之我不能去追。我也不敢驚動一家人，讓這裡變得一片混亂，更不敢向我的主人報告這件事，因為他正沉浸在眼前的災難中，沒有心力去承擔第二次悲痛！

我眼看自己無能為力，只得一聲不吭，聽天由命。肯尼斯來了，我神情凝重地進去通報。凱瑟琳在不安的睡夢中，她的丈夫總算成功地安撫了她那極度的狂躁。現在，他俯身在她枕上，看著她痛苦的表情，臉上的每一個陰影和每一個變化，他都看在眼裡。

醫生檢查了病人之後，滿懷希望地對他說，如果大家能夠待在凱瑟琳身邊，保持這樣完美的平靜狀態，她的這場病還能好起來。他又對我說，此病的危險並不在於是否致命，而在於是否會讓她永遠都精神錯亂。

那一夜，我沒有合眼，林頓先生也沒有。事實上，我們根本沒上床睡覺。僕人比平常起來得更早，他們躡手躡腳地在屋子裡走動，工作的時候相互碰見了，也只是輕聲細語地交談。每個人手頭都忙著，唯獨不見伊莎貝拉小姐。大家開始議論她今天為什麼睡得這麼香——她的哥哥也問她是否起床了，似乎等她等得有些不耐煩，她對自己嫂子表現得如此不在意，這讓他心寒。

我戰戰兢兢，生怕他派我去喊她。還好我免了這個痛苦，第一個宣告她私奔的人不是我，是一個女僕、一個沒心眼的女孩，一大早被差去吉默屯跑腿，她氣喘吁吁地上樓，張著大嘴，衝進房間，大聲嚷著：

「天哪，不好了，不好了！往後還要鬧成什麼樣子啊？主人、主人，我們家小姐——」

「別吵了！」我急忙喝住她，她這樣大喊大叫，我也怒了。

「小聲點，瑪麗——怎麼了？」林頓先生問，「小姐她怎麼了？」

「她跑了，她跑了！希斯克利夫帶著她跑了！」女孩喘著氣說。

「有這回事?!」林頓驚呼，激動地站起來，「不可能的，你怎麼會想得出來？艾倫．迪恩，快去找她——太不像話——這不可能。」

他一邊說著，一邊把僕人帶到門口，不停地盤問她這話到底從哪裡來的。

「哎呀，我半路上遇見一個到這裡取牛奶的小子，」她結結巴巴地說，「他問我畫眉山莊是不是遇到麻煩了——我以為他是指太太的病，所以我回答說，是的。然後，他又說：『我猜有人去追他們了吧？』我一頭霧水。他看我對此一無所知，就告訴我說，有一位先生和小姐路過離吉默屯兩英里的一家鐵匠鋪，停下來要緊一緊馬掌，而且是剛過午夜不久！鐵匠家的小姐爬起來想看看他們是誰。她一下子認出了這兩人。她注意到那個男的——就是希斯克利夫，她很肯定，沒有人會認錯他——在付帳的時候，在她父親手裡放了一個金鎊。那位小姐用斗篷遮住了臉。但是她想喝水，喝著喝著，斗篷就滑下來，她看清楚了這位小姐的模樣。他們騎馬向前走了——希斯克利夫抓住兩匹馬的轡繩。他們轉過臉，離開村莊絕塵而去，道路崎嶇，他們能跑多快就跑多快。小女孩什麼都沒對她父親說，但今天早上，她把這件事傳遍了整個吉默屯。」

為了裝樣子，我還跑到伊莎貝拉房間偷看了一眼，接著我再出來，證實了女僕說的都是對的——林頓先生又回到床邊坐了下來，我再進來時，他抬起了眼睛，讀懂了我一臉茫然的表情，然後垂下了眼睛，沒有吩咐任何事，也沒說一句話。

「我們要不要試試用什麼辦法把她追回來？」我問道，「我們該怎麼辦呢？」

「她是自己願意走的，」主人回答說，「如果她願意，她也有這個權利——不要再拿她的事煩我了。從今以後，她只是我名義上的妹妹，並不是我不認她，而是她不認我。」

對於這件事，他只願意談到這裡，沒有進一步追問，也不再提到她，只是囑咐我，不管她的新家在哪裡，只要有了她的地址，就把她留在這個家裡的一切東西都給她送去。

第十三章

兩個月來，私奔的人一直都沒有露面。在那兩個月中，林頓太太經歷了一場被稱為腦膜炎的重病，也熬過來了。沒有哪位母親照顧自家獨生子能比艾德加照顧她更盡心盡力了。日日夜夜，他都在守候著，耐心忍受著對方無常的易怒與理智的喪失給他帶來的一切煩惱。而且，肯尼斯說過，儘管他把人從墳墓裡搶救出來，未來回報這一切的，也不過是無窮無盡的擔憂和焦慮——事實上，艾德加正在犧牲自己的健康和體力，來保全一個虛弱的軀殼，當他聽到凱瑟琳脫離了生命危險時，他感激至極，又高興至極。他坐在她身邊形影不離，一個鐘頭接著一個鐘頭，看著她的身體一點一點地好起來；他還抱有樂觀的幻想，一心幻想她的神志會恢復到清醒的狀態，用不了多久，她就會完全恢復成從前的樣子。

她第一次走出臥房，是在那年的三月初。當日清晨，林頓先生在她的枕頭上放了一束金黃色的番紅花；長久以來，她的眼睛對任何快樂的光芒都是陌生的。這一天她醒來，一眼看到了那些花兒，便急切地將之攏在一起，此時此刻，她眼神喜悅，發出光來。

「這些是山莊上開得最早的花！」她感歎道，「它們讓我想起了柔和的暖風、和煦的陽光，還有那將要融化的雪——艾德加，不是在刮南風嗎，雪是不是快化完了？」

「這裡的雪已經全部融化了，親愛的，」她丈夫回答說，「我只看到整片荒原上有兩個白點。

天空好藍，雲雀在歌唱，小溪和小河都漲滿了水。凱瑟琳，去年春天這時候，我渴望你能走進這座房屋，渴望擁有你；可是現在，我卻希望你是在那一兩英里之外的山上。風吹得這樣輕柔，我覺得這能療癒你。」

「再去一次，我就永遠不會回來了！」病人說，「然後你就要離開我，而我會永遠留在那裡。到了明年春天，你又會渴望我來到這座房屋，到時候你再回過頭看，就會發現還是今天幸福。」

林頓親切地愛撫著她，並用深情款款的話語試圖哄她開心。但是她茫然地看著那些花，淚水斂聚在她的睫毛上，順著臉頰簌簌而下，她也毫不在意。

我們知道她真的好多了，因此都認為是長期被封閉在一個地方，她才產生了那麼多的憂鬱情緒，如果換換環境，或許會好一些。

主人讓我在荒廢多日的客廳裡生起爐火，並在靠窗的陽光下擺上一張安樂椅，然後他把她抱下樓來。她坐了很久，享受著舒適的溫暖，正如我們預料的那樣，周圍的東西讓她恢復了活力。這些東西雖然熟悉，卻不像討厭的病房一樣讓她心生憂鬱。

到了晚上，她看起來非常疲憊，可是怎樣都沒法勸她回到自己的房間，我只得安排客廳的長沙發作為她的床，直到收拾好另一間屋子。

為了避免上下樓梯的勞累，我們把她安置在客廳的同一層，就是你現在睡的地方。不久她又有了些體力，可以攙扶著艾德加的手臂，從這一間走到另外一間了。

哎，我想著，她被照顧得如此周全，或許會好起來的。我們有雙重的理由來期待，因為另一個小生命還要依賴她呢。我們都暗暗期待著，在不久之後，林頓先生就會心花怒放，他的家產將會後繼有人，而不至於落入外人手中。

我應該提一下，伊莎貝拉在離開大約一個半月時，給她哥哥寄了一封短信，宣布她與希斯克利夫結婚的事。信寫得乾巴巴、冷冰冰的，但是在信的底部用鉛筆潦潦草草加了幾行道歉的話，說是如果她的行為冒犯了哥哥，懇求他追憶美好往昔，並與她和解；還說當時她是情不自禁，如今事已至此，也無法挽回了。

我相信林頓沒有回信。又過了兩個星期，我收到一封長信，要說這封信出自一個剛度完蜜月的新娘之手，我覺得有些奇怪。現在我來念一念，因為我還保留著呢。人活著的時候受人珍視，死後留下的遺物也總是珍貴的。

信是這樣開始的：

親愛的艾倫：

昨晚我到了咆哮山莊，才第一次聽聞凱瑟琳生了一場大病，且至今未癒。我想我不能給她寫信了，我的哥哥不是太過生氣，就是太過難過，我給他寫的信，他也沒有回覆。即便如此，我必須給一個人寫信，除你之外，我別無選擇。

告訴艾德加，如果可以再見他一次，我願意付出一切代價——離開畫眉山莊不到二十四小時，我的心就回到了那裡，此時此刻，我的心就在那裡。對他、對凱瑟琳充滿了熱烈的感情！可是我身不由己（這些話有底線）。他們不必期待我回來，隨他們如何想我，但是要注意，這一切不要歸咎於我意志薄弱或者冷漠無情。

以下這封信是寫給你一個人的。我想問你兩個問題：第一個問題是——當初你住在這裡的時候，你是如何設法與人保持同理心的？我找不到周圍和我有情感共鳴的人。

第二個問題是我非常關心的，就是：希斯克利夫先生，他是人嗎？若是個人的話，他是不是瘋了？若不是，他可是魔鬼？我不會告訴你，我為什麼這麼問，但是我懇求你，如果你知道，請跟我解釋一下，我到底嫁了一個什麼東西——你來看我的時候，說給我聽。艾倫，請你務必盡快來看我。不要寫信，只要你來，順便給我帶點艾德加的話。

現在，你聽一聽，我在新家受到了怎樣的接待，我不得不把咆哮山莊當作我的新家了。如果我聊到物質生活並不舒適的話題，也只是為了解悶而已。其實除非在我懷念從前的舒適的時候，平日裡我從未在意這些——假如我發現我的全部痛苦只有眼前的不舒適，而剩下的只是一場奇異的夢境，那我真應該高興得手舞足蹈了。

當我們轉向荒原時，太陽已經落在畫眉山莊後面了。我看了看天色，猜想當時是六點。我身旁的人停了下來，花了半個鐘頭，看了看園林和花園，可能還有這整個山莊，他都用心地看了一遍，所以當我們在山莊的石鋪院子裡下馬時，天已經黑了。

你的老朋友，約瑟夫出來了，他端著一支蠟燭，藉著燭光來接我們。迎接我們時的那種禮貌，真為他的面子增光。他的第一個動作是把燭火舉到和我的臉一樣高，惡狠狠地斜瞄我一眼，下嘴唇撇了一下，就轉身離開了。

然後他牽過兩匹馬，把馬帶進馬廄。隨後又出現了一次，是為了給柵門上鎖，彷彿我們住在一座古老的城堡裡。

希斯克利夫留下來跟他說話，我走進廚房——一個又髒又亂的洞穴罷了。我敢說，你肯定認不出來了，比起你掌管它的時候，如今已面目全非。

爐火旁站著一個凶凶的孩子，四肢健壯，衣著骯髒，他的眼睛和嘴角都有凱瑟琳的樣子。

「這就是艾德加的侄子吧，」我想了想，「那也可以說是我的侄子。我得跟他握握手，還有——對了——我還得親親他。一開始就把關係弄好些是不會錯的。」

我走上前，試圖去握住他那胖嘟嘟的小拳頭，說道：

「你好嗎，親愛的？」

他用了一種我聽不懂的話回答了我。

「可以和我交個朋友嗎，哈里頓？」我再次嘗試著問了問。

我的堅持問候換來的回報就是一聲咒罵和一句威脅，意思是如果我不「滾蛋」，就要放那隻狗斯羅特勒來咬我了。

「嘿，斯羅特勒，好小子！」這個小壞蛋低聲說，把一隻雜種的鬥牛犬從角落的狗窩裡喚了出來，「現在，你走不走？」

他威風凜凜地問道。

我怕死，只好聽他的。我退到門檻外面，盼著有什麼人進來。希斯克利夫先生不見了蹤影。而約瑟夫，我跟著他到了馬廄，請他陪我進屋去，他瞪了我一眼，嘴裡自言自語嘟囔著，皺著鼻子回答道：

「米姆！米姆！米姆！有哪個基督徒聽過這樣講話的？扭扭捏捏、哼哼唧唧的！叫我怎麼知道你在講些什麼東西？」

「我說，我想讓你跟我一起進屋去！」我喊道，以為他是耳朵聾了，但對他的無禮感到十分厭惡。

「別找我！我還有別的事要做。」他回答說，然後繼續做他的事，同時移動著他瘦削的下巴，帶著絕對蔑視的樣子打量著我的衣服和面容（我的衣服過於華麗，可是表情正如他看到的那樣，一臉悲傷）。

我繞過院子，穿過一扇門，來到另一扇門前，鼓起勇氣敲了敲門，期待著能有其他管事的人出現。

等了一小會兒，一個高大瘦削的男人開了門，他沒有打領巾，一副邋裡邋遢的樣子；蓬鬆凌亂的頭髮披散在肩上，臉都被遮住了；眼睛也像一個幽靈版的凱瑟琳，已經完全捕捉不到原先的漂亮模樣了。

「你來這裡幹什麼？」他面無表情地問道，「你是誰？」

「我曾叫伊莎貝拉·林頓，」我回答說，「您以前見過我的，先生。我最近嫁給了希斯克利夫先生，是他把我帶到這裡的——想必是得到過您的允許吧。」

「那他回來了嗎？」這位隱士問道，他瞪大了眼睛，猶如一頭惡狼。

「是的，我們現在剛到，」我說，「但他把我留在了廚房門口。我本想進去，不料你家兒子在那裡站崗，用一隻鬥牛犬把我嚇跑了。」

「這個不得好死的混蛋說話算話，還不錯！」我這位未來的房東一邊咆哮著，一邊張望著我身後的一片漆黑，想找到希斯克利夫的影子。然後他便自言自語地咒罵了一通，還威脅說如果那個「混蛋」欺騙了他，他將要怎樣怎樣。

我真後悔第二次進來。本想著在他罵完之前溜走，但是我還沒來得及行動，他就勒令我進去，並關了門，上了鎖。

爐火燒得很旺，偌大的房間，除了這片爐火就再也沒有其他光亮了，房間的地板也全變成了灰色。這些白鑞盤碟曾經那般閃亮，記得我還是個小女孩的時候，它們總引我注目，如今早已黯然失色，布滿了汙漬和灰塵。

我問了一聲，能否叫個女僕帶我去臥房。恩蕭先生沒搭理我。他雙手插在口袋裡，踱來踱去，顯然忘記了還有我這個人，看他那樣出神，一副拒人於千里之外的樣子，我不敢再去打擾他。

艾倫，你不會感到驚訝吧？我坐在那冷漠的壁爐旁，心情比孤獨還難受，想起四英里外就是我幸福的家，那裡有我在這個世間最愛的人。然而，彷彿不是隔著四英里，而是隔著大西洋。我跨不回去了！

我問自己——我應該到哪裡去尋求安慰？還有，切記不要告訴艾德加或凱瑟琳——拋去所有的悲傷不說，最重要的是——因為找不到一個能夠或是願意站在我這一邊的人，去共同對付希斯克利夫，我好絕望！

本來，我是懷著近乎喜悅的心情來咆哮山莊安頓的，因為這樣一來，我以為就不必跟他單獨住在一起了；可是他很清楚和我們一起住的都是些什麼人，他不怕人家會管閒事。

我坐在那裡思考良久，痛苦難熬。時鐘敲了八下，又敲了九下，我身邊的那位仍然在房間裡來回踱步，頭垂在胸前，一言不發，只是偶爾發出一聲呻吟或者痛苦的歎息。

我仔細聽著，想聽聽這間屋子裡有沒有女人的聲音，就在那一刻，我驀然悲從中來，悔恨萬分。最後，我終於沒能抑制住自己，哭出了聲音。

我沒有意識到自己是在外人面前哭泣，直到後來，恩蕭在對面停下了腳步，驚訝地望著我，如夢初醒的樣子。趁著他恢復了注意力，我喊道：

「我一路過來好累，我想去睡覺！女僕在哪裡？要是她不肯來我這兒的話，就領我去找她！」

「我家沒有女僕，」他回答道，「你就自己伺候自己吧！」

「那我該到哪裡去睡？」我抽泣著——已經顧不上體面了，完全被疲倦和狼狽打敗。

「約瑟夫會帶你去希斯克利夫的房間，」他說，「打開那扇門——他就在裡面。」

我正準備過去，但他突然又喊住了我，還用奇怪的語調補充道：

「請把門鎖上，插好門閂——別忘了！」

「好吧！」我說，「但這是為什麼呢，恩蕭先生？」我並不喜歡特意把自己和希斯克利夫關在一起。

「看這裡！」他回答說，他從背心裡掏出一把結構很奇特的手槍，槍管上有一把雙刃的彈簧刀，「對一個絕望的人來說，這是個很大的誘惑，不是嗎？每天晚上，我總忍不住拿出這個，上樓去試試他的門。萬一被我發現門是開著的，他就完蛋了！我一直都這樣幹的，儘管前一分

鐘，我還想了一百個理由來把持住自己——是有魔鬼逼著我推翻自己的計畫，去殺了他——你

為了愛，盡可能地與那個魔鬼爭鬥，愛鬥多久就鬥多久。等時候一到，天上所有的天使也救不了他！」

我好奇地打量著這件凶器，一個可怕的想法在腦海中襲來。要是我擁有這麼一件凶器，我該變得多強大啊！我從他手裡拿過槍，摸了摸刀刃。短短一秒鐘，他捕捉到我臉上的表情，嚇了一跳；我的表情不是驚恐，而是眼紅。他滿懷戒備地奪回了手槍，把刀刃合上，藏回了原處。

「我根本不在乎你會不會告訴他，」他說，「叫他保持警覺，你也幫他提防著點吧。我看出來了，你知道我們之間的關係。他身處危險，但你並不驚慌。」

「希斯克利夫對你做了些什麼？」我問道，「他有什麼對不起你的地方，讓你這樣對他恨之入骨？那讓他離開你家豈不是更明智？」

「不行，」恩蕭吼著說，「他要是想走，就死定了。如果你慫恿他這樣做，你就是殺人犯！難道我失去了這一切，沒有機會再找回了嗎？哈里頓是不是要變成乞丐了？哦，真該死！我一定要拿回來，我還要拿回他的金子，還有他的鮮血，讓他的靈魂下地獄吧！地獄裡有了他這個客人，從此會比以前黑暗十倍！」

艾倫，你舊主人的習性，你曾對我說過。他分明已經到了瘋狂的邊緣——至少昨晚是這樣的。靠近他，我頓覺不寒而慄，跟他比起來，僕人的那種粗魯陰鬱還算是討人喜歡的。

現在，他又開始了那悶悶不樂的踱步，我打開門閂，逃進了廚房。

約瑟夫正俯身在火爐前，盯著爐火上方掛著的一口大鍋，一個盛著燕麥片的木盆放在旁邊

的高背椅上。鍋裡的東西開始沸騰，他轉身把手伸到木盆裡。我猜，這可能是為我們準備的晚餐，當時我飢腸轆轆，就決定讓這些燒得能吃下去才行，便急著喊道：「我來煮粥！」我把木盆挪開，不讓他碰到，然後摘掉帽子脫下騎馬裝。「恩蕭先生，」我接著說道，「既然讓我自己伺候自己——我就這麼辦了——我才不打算在你們這裡裝什麼小姐，我怕自己會餓死的。」

「上帝啊！」他咕噥著坐下來，一邊撫摸著自己的螺紋長襪，從膝蓋到腳踝，「如果有新的吩咐下來——我剛習慣同時有兩個主人，現在頭上又多了個女主人，看樣子該逃跑了。我從來沒有想過，有朝一日我要離開這個老地方——不過，只怕這一天離我不遠了！」

他的哀歎並沒有引起我的注意，我只顧加快手腳做事。我歎息著回憶，在過去，本來把這些當作很有趣的事，但又不得不將自己從回憶中抽離出來。回憶過去的幸福，讓我飽受折磨。腦海中的幻影越要拚命出現，我手裡的攪拌棒就越攪越快，飛速地將一把一把的燕麥片放入水中。

約瑟夫看到我做飯的樣子，很是氣憤。

「啊！」他喊道，「哈里頓，你今晚就別想吃到粥了。燒出來的東西，除了像我的拳頭一樣大的麥片團，其他的什麼都沒有。瞧瞧！如果我是你，我就把木盆裡所有的東西都扔進去！好了，然後把浮沫撥掉，飯就搞定了。砰，砰。鍋底沒破就算是謝天謝地了！」

將粥倒進碗裡的時候，我承認做得的確很糟糕。我分好了四人份。有人從牛奶棚裡送來一加侖壺的新鮮牛奶，哈里頓一把抓住，大口大口地喝了起來，牛奶從他那張開的大嘴裡淌了出來。

我勸他用杯子來喝奶，還明確地告訴他，牛奶被他這樣喝過了，接下來我是沒法喝的。處處挑我刺的老頭對此十分不滿，他一遍接一遍地嘮叨著，「那個小東西沒有哪一處不和我一樣好」、「一樣健康」，他搞不懂我為何如此自負。與此同時，這個小流氓只管繼續吧唧吧唧地喝奶，他一邊往裡面吐著口水，一邊挑釁地看著我。

「我要到另外一個房間去吃飯，」我說，「你家沒有叫『客廳』的地方嗎？」

「客廳！」他冷笑著應道，「客廳！不，我們沒有客廳。要是你不喜歡跟我們待在一起，那就去主人那裡；如果你不喜歡主人那裡，就只能來我們這裡。」

「那我上樓去，」我回答說，「帶我到臥室去！」

我把碗放在托盤上，自己又去拿了點牛奶。

這老傢伙發了一頓牢騷，才站起身來領我上了樓。我們爬上了閣樓，他時不時地推開我們經過的房門，朝裡面望望。

「就這間屋子吧，」最後他說，把一塊裝著鉸鏈的古怪木板往後一推，「這間屋子夠你喝幾口麥片粥了。角落裡有一袋穀粒，相當乾淨，如果你怕弄髒你那華麗的絲綢衣裳，就把手帕鋪在上面好了。」

這間「屋子」簡直是個木頭洞穴，散發著濃烈的麥芽和穀物的味道。周圍堆滿了各種各樣的麻袋，中間留出了一大塊光禿禿的地方。

「天哪，你這人！」我一臉憤怒地對著他喊道，「這不是人睡覺的地方。我要到我的臥室去。」

「臥室！」他重複我的話，語氣中帶著嘲弄，「所有的臥室你都看過了啊。那邊一間是我的。」

他指了指第二間閣樓，與第一間唯一的不同是牆上更空一些，而且有一張又大又矮的床，也沒有裝床幃，床頭放著一條靛藍色的被子。

「我要你的房間做什麼？」我反問道，「我想希斯克利夫先生不至於住在閣樓上吧，對嗎？」

「哦！原來你要的是希斯克利夫的房間啊？」他叫道，像是有了新發現，「難道你不能早說嗎？那樣我就可以告訴你，別白費力氣了，偏偏是這間房，你別想看到──他總是把它鎖起來，除了他自己，誰也不會碰。」

「你們這座房子可真好啊，約瑟夫，」我忍不住說了一句，「還有這家人，也真好啊。我覺得，我把自己的命運跟他們的連在一起的這天，世界上所有瘋狂的念頭都聚集到我腦子裡來了！不管怎樣，說這些都無濟於事了──還有其他房間吧？看在上帝的分上，快一點，把我在什麼地方安頓下來！」

他沒有理會我這個請求，只是固執地拖著蹣跚的腳步走下木樓梯，在一個房間門口，停了下來。我看他停下了腳步，又看到房間裡的高品質家具，就猜這是最好的一間房了。

房間裡鋪著一塊地毯，質地很好，但是積滿了灰塵，上面的圖案都被掩蓋了；壁爐上糊著壁紙，斑駁破碎，掉落在地上；一個漂亮的橡木床架，掛著寬大的深紅色床幃，料子昂貴，而且款式也是新的，但它們顯然被粗暴地使用過：床幃拉脫了環，撕扯下來，掛床幃的鐵杆有一端已經彎成了弧形，床幃拖在了地板上。椅子也壞了，有許多還破損得很嚴重；牆板上有深深的凹痕，已經變形了。

我正想下定決心走進去，準備把這間房占了，這時候，我那愚蠢的嚮導卻宣布說：

「這間屋子是主人的。」

此刻，我的晚飯已經涼了，胃口也沒了，耐心也耗盡了，我執意要求他立即為我找一處安身之所來休息。

「要去什麼鬼地方？」這個虔誠的老頭開始說，「上帝保佑我們！上帝寬恕我們。你到底要去哪裡？你這個被寵壞的，又令人厭煩的東西！除了哈里頓的那個小房間外，所有的房間你都看過了。整座房子裡沒有別的窩可以躺下了。」

我惱了，把托盤和上面的東西都摔在了地上，然後坐在樓梯口，雙手捂住臉，大哭起來。

「哎喲！哎喲！」約瑟夫喊道，「幹得好，凱西小姐[1]！幹得好，凱西小姐！不管怎樣，主人只要在那些破瓷片上摔一跤，我們就有好戲看了，我們等著瞧就是了。你這個一無是處的瘋子。你大發脾氣，把上帝賜的珍貴禮物扔到腳下，活該讓你這樣餓到聖誕節。但是，如果你一直使性子，那我就搞不懂了。你認為希斯克利夫會容忍你這樣子嗎？我只希望他能抓到你耍脾氣的時候。我巴不得他看見呢。」

就這樣，他邊罵邊回到樓下他自己的窩，把蠟燭也帶走了，將我留在了一片黑暗之中。

這個愚蠢的行為發生後，迫使我反思了一陣。我不得不承認，有必要收斂一下自己的嬌氣，先忍氣吞聲，並且振作起來收拾殘局。

這時，一個意想不到的幫手出現了，牠就是那隻狗斯羅特勒，我現在認出了牠，牠正是我們原來的老狗斯庫克的兒子。牠小時候是在畫眉山莊長大的，後來被我父親送給了辛德雷先生。我想牠也認出了我——牠用鼻子頂了頂我的鼻子，算是敬禮，然後趕緊狼吞虎嚥地舔光了粥，而我則一步步摸索著，收拾那些碎片，掏出手帕把濺在欄杆上的牛奶擦掉。

我們剛把事情做完，就聽到恩蕭在過道裡的腳步聲。我的這個幫手夾著尾巴，緊緊地貼在了牆邊。我偷偷溜到最近的門口。這隻狗很想努力躲過他，卻未成功。我這樣猜，是因為我聽到了慌忙跑下樓的聲音，還有那拖著長長尾音的淒慘叫聲。我的運氣更好一點。他走了過去，進了自己的臥室，關上了門。

緊接著，約瑟夫帶著哈里頓上來了，送他去睡覺。原來我是躲在了哈里頓的屋裡，老頭看見了我，說道：

「現在，我想有地方可以容得下你的嬌蠻了；那裡空出來了，全歸你，還有他[2]，他總是作為第三者陪伴你們這樣的組合。」

聽他這麼一說，我欣然接受了。我一頭倒在壁爐旁的椅子上，便開始打瞌睡，睡著了。我睡得又沉又香，儘管很快醒了。希斯克利夫先生把我叫醒了，他才剛剛進來，充滿愛意地問我在那裡幹嘛呢。

1 約瑟夫把伊莎貝拉喊成第二個凱西小姐。

2 原文為「Him」，此處似指魔鬼。

我告訴他我這麼晚還沒睡的原因——我們房間的鑰匙還在他口袋裡。

我提到了「我們的」這個詞，這引起了他極大的反感。他信誓旦旦地聲稱這房間不是我的，也不該是我的；而他要——但我不打算把這話再重複一遍，也不會描述他那一貫的行為。他費盡心思，又無休止地激起我對他的憎恨！

有時候，我對他感到不解，不解到顧不上去怕他。可是，我對你明說，哪怕一隻老虎或者一條毒蛇，也不會讓我這般害怕。他告訴我凱瑟琳病倒了，還指責說這些都是我哥哥一手造成的。他發誓一定要讓我成為艾德加的代罪羔羊，直到有一天他親手逮到艾德加。

我對他恨之入骨——又苦不堪言——實在愚蠢至極。記住，務必不要把這些透露給山莊裡的任何一個人。每一天，我都在盼著你——可不能讓我失望啊！

伊莎貝拉

第十四章

我讀完這封書信，馬上就去找了主人，告訴他，他的妹妹已經到了咆哮山莊，還給我寫了信，表示對林頓太太的病情感到哀傷，她迫切希望可以見到哥哥，總盼著他能盡早派我傳話給她，表達對她的寬恕。

「寬恕！」林頓說，「我沒有什麼可以寬恕她的。艾倫，如果你願意，今天下午你就可以到咆哮山莊去，告訴她我並不生氣，只是失去了她我很難過。尤其是，我絕不認為她能過得幸福。不過，要我去看她是不可能的，我們徹底斷絕關係了，如果她真想為我好，那就讓她勸一勸她嫁的那個壞蛋滾出這個地方吧。」

「那你不給她寫張便條嗎，先生？」我懇切地問道。

「不用了，」他回答，「沒有必要。我與希斯克利夫兩家人之間，本應保持距離，也不該有什麼來往！」

艾德加先生如此冷漠，這讓我非常沮喪。從畫眉山莊走出來，一路上我都在絞盡腦汁地想，在我傳話的時候，如何在他的話裡加進一點感情；他連寫幾行字安慰伊莎貝拉都不肯，我該如何將這些說得委婉點呢？

想必她從一大早就守在那裡等我了。當我出現在花園小徑上，看到她正透過格子窗張望著時，我朝她點了點頭，她卻縮了回去，似乎害怕被人看到。

我沒敲門就進去了。曾經歡快明亮的院子，如今一副陰鬱淒涼的景象！我必須承認，如果我是這位年輕太太，我至少會掃掃壁爐，用抹布擦擦桌子。但她已經被周圍彌漫的那種什麼都不在意的氣氛浸染了。她那張美麗的臉蒼白又憔悴，她的頭髮沒有捲著，有些垂了下來，有些亂七八糟地纏在了頭上。或許從昨天晚上開始，她就沒打理過自己。

辛德雷不在那裡。希斯克利夫先生坐在一張桌子旁，正翻著他筆記本裡的一些紙片。但我一出現，他就站了起來，問我過得怎麼樣，態度很友善，還請我坐下。

他是那裡唯一看起來體面的人，我想他從未如此光鮮過。環境已經大大改變了他們的地位，以至於一個陌生人乍一看，肯定認為他就是一個土生土長的紳士，而他的太太則是一個徹頭徹尾的邋遢黃臉婆。

她急切地走過來迎接我，還伸出一隻手來想要那封期待已久的信。

我搖了搖頭，她不明白我的暗示，只管跟著我走到一個餐具櫃前。其實我只是去那裡放下我的帽子，她還小聲地懇求著，讓我把我帶來的東西快點給她。

希斯克利夫猜到了她的舉動是什麼意思，就說道：

「奈莉，很明顯，如果你有什麼東西要給伊莎貝拉，那就給她吧。你不需要遮遮掩掩的，我們兩個之間沒有祕密可言。」

「啊，我什麼也沒帶來啊，」我回答著，心想最好立刻實話實說，「我的主人讓我告訴他妹妹，她現在不能期望他會寫信給她，或者去看她了。太太，他叫我向你問好，也祝你幸福，你傷了他的心，他也原諒了。但他認為從此以後，兩家人不必再有任何來往了，因為相互來往不會有什麼好結果。」

希斯克利夫太太的嘴唇微微顫抖著，她挪回到窗前的座位上。她的丈夫站在壁爐旁，走近我，開始詢問凱瑟琳的情況。

關於她的病情，我把我認為可以講的盡量跟他說了，他卻一再盤問，逼得我說出了與她得病有關的大部分事實。

我怪她自作自受，只能自食其果。最後我希望他參照林頓先生的意思行事，今後不管是好是壞，還是要避免打擾他的家庭。

「林頓太太正在康復，」我說，「她再也不會像從前那樣了，不過總算是保住了命。如果你真的關心她，就不要再和她有瓜葛了。不，你得徹底搬離這個地方。為了避免你後悔，我還得告訴你，如今的凱瑟琳·林頓和你的老朋友凱瑟琳·恩蕭是完全不同的了，就像這位年輕的太太跟我是完全不同一樣！她的相貌變了很多，性格也大有不同。而那個不得不與她為伴的人啊，今後只能憑著對她往昔的回憶，還有那普通的人性以及責任感，來維持這些感情了！」

「那倒也是有可能的，」希斯克利夫說著，強迫著讓自己看起來還算平靜，「很有可能，你的主人除了普通的人性和責任感外，沒有其他東西可以支撐了。但你覺得我會把凱瑟琳交給他的責任和人性嗎？你能拿我對凱瑟琳的感情和他的相提並論嗎？在你離開這所房子之前，你必須先答應我，你得讓我見她一面。你同意也好，拒絕也罷，我都要見到她的人！你說怎樣？」

「我說，希斯克利夫先生，」我回答說，「你萬萬不能——也永遠別想透過我來約見她。你和主人再鬧一場的話，就會徹底把她害死的！」

「有你幫忙的話，這些都可以避免，」他繼續說著，「如果有這樣的危險——如果他就是使她的生活增加痛苦的原因——哼，我想，我就完全有理由走極端了！我希望你誠心誠意地告訴我，若是失去了艾德加，凱瑟琳會不會非常痛苦。我正因為怕她痛苦，才一直忍住。從這一點，你就可以看出我們感情上的區別了吧——如果他處在我的地位，而我處在他的地位，雖然我對他恨之入骨，我也絕不會對他動手。你要是不信，那隨你的便吧！只要她還想要艾德加的愛，我就絕不會把他從她的身邊趕走。一旦她不再把他放在心上，我就會把他的心挖出來，喝他的血！可是，在那之前——如果你不相信我，你就是不瞭解我——在那之前，我寧可慢慢死去，也不會碰他一絲一毫！」

「可是，」我打斷了他的話，「你毫無顧忌地完全破壞了她恢復健康的一切希望。如今，在她幾乎要忘記你的時候，你卻強行闖入她的記憶，讓她陷入新的紛爭和痛苦的混亂之中。」

「你認為她快要把我忘記了？」他說道，「哦，奈莉！你知道她不會的！你和我一樣清楚，她每想念林頓一次，就會想我一千次！在我生命中最悲慘的時期，我有過這樣的念頭。去年夏天我回到這附近時，這個念頭仍一直縈繞在我心頭，可是除非她親自開口，才能讓我再次接受這個可怕的想法。到那時，林頓就什麼也不是了，辛德雷也不算什麼了，我過去做過的一切夢也都不算什麼了。有兩個詞可以概括我的未來——死亡和地獄——失去她之後，活著就是地獄。

「可是，我一時糊塗，竟然有那麼一刻認為她把艾德加．林頓的愛看得比我的還重——就憑他那手無縛雞之力的樣子，就算他用盡所有的力量，去愛她八十年，也不及我愛她一天。何況，凱瑟琳有一顆和我一樣深沉的心。如若她的感情可以全部被他獨占，那大海豈不是輕而易舉地就被裝入馬槽裡了。呸!他對她來說，還比不上她的狗和馬珍貴。其實他沒什麼值得愛的，並不像我那樣被人愛著；她怎麼能去愛他身上沒有的東西呢？」

「凱瑟琳和艾德加跟別的成雙成對的夫婦一樣，他們相親相愛！」伊莎貝拉突然激動地叫了起來，「任何人都沒有權利講這些話，我不想聽到我哥哥被人貶低，我還能默不作聲！」

「你哥哥也非常喜歡你，不是嗎？」希斯克利夫輕蔑地說道，「但他現在心安理得地任由你在這世上漂泊，真出乎意料。」

「他不知道我受的苦，」她回答，「我沒有告訴他。」

「那麼，你一直在告訴他一些事情：你寫過信，是嗎？」

「說我已經結婚了，我確實寫了。你也看到了那張紙條。」

「那之後呢？」

「沒有。」

「我家小姐，因為換了個環境，憔悴成這般模樣了，」我說，「在這種情況下，分明是缺少了誰的疼愛，我能猜到是誰，但不便說出來。」

「我猜應該是她自己，」希斯克利夫說，「她墮落成一個邋遢的黃臉婆了!她這麼早就厭倦嘗試著來取悅我了——你很難相信，就在我們新婚後第二天，她就哭喊著要回家了。不過，她邋遢成這樣也更適合這所房子，而且我也會當心，不讓她在外面閒逛，給我丟臉。」

「好吧，先生，」我回道，「我希望你能考慮到，希斯克利夫太太是習慣有人照顧和伺候的人，而且她從小就像一個獨生女，每個人都圍著她轉——你得讓她有個女僕，來幫她收拾東西，而且你也得善待她——不管你對艾德加先生有什麼看法，你不能懷疑她對你是有強烈感情的，否則她不會放棄家裡優雅舒適的生活和親友，心甘情願地和你待在這樣一片荒原裡。」

「她是抱著錯覺才拋棄那些東西的，」他回答說，「她把我想像成了一個浪漫的英雄，並期待著我懷有騎士般的忠誠，可以無限寵溺她。我很難把她看成一個理性的動物，對於我的性格，她如此頑固地填補了一個神話般的概念，還根據她的錯覺行事。但是到最後，我想她開始瞭解我了。

「起初，我並沒有理會她那些讓我噁心的傻笑和怪樣子；當我直言不諱地告訴她，我是怎樣看待她的癡情和她本人時，她竟毫無知覺，也無法辨別——發現我不愛她這件事，真是一個了不起的努力。我曾相信，任何教訓都無法教會她這一點！然而，這一點也學得不怎麼樣，因為今天早上，她還將此當作一件令人震驚的消息，向我宣布道，我已經成功地做到讓她恨我了！我向你保證，這可真是花了九牛二虎之力。如果做到了，我真有理由感激不盡了呢。

「我能相信你的話嗎，伊莎貝拉？你確定你恨我嗎？如果我拋下你半日，你不會唉聲歎氣地用甜言蜜語來哄我吧？我敢說，她寧願我在你面前表現出萬般溫柔的樣子，讓真實情況暴露出來，只會傷害了她的虛榮心。但我才不在乎讓別人知道，這感情向來都是一廂情願，而且我也從未對她說過一句謊話。她不能指責我說，我表現過半點虛情假意。

「從畫眉山莊出來後，她看到我做的第一件事，就是把她的狗吊了起來；當她為那隻狗向我求情的時候，我第一句話就是恨不得把她一家大小都吊起來，除了一個人，很可能她把這個人想成了自己。可是，行為再殘暴，也沒有讓她感到厭惡——我猜她對這種暴力行為有一種與生俱來的偏好吧，只要她自己貴重的身子不受傷害就好了！現在，對於這個可憐兮兮、奴顏婢膝，又卑鄙無恥的狗東西來說，幻想著我能夠愛她，這難道不是荒誕透頂——純粹的白癡嗎？

「奈莉，告訴你的主人，我這輩子還從未遇到過像她這樣的賤人——她甚至讓林頓這個名字蒙羞。但我有時也會手軟，因為沒有別的招了，我就試試看她究竟能受得了多少折磨，誰知每次她都恬不知恥又搖尾乞憐地爬著找回來！不過，還要告訴他，為了叫這位當治安官的兄長放下心來，我會嚴格遵守法律的規定——到目前為止，我一直避免給她任何要求分居的藉口[1]；而且更重要的是，她不會因為我們分開了而感謝任何人——若是她想走，她可以走——她在我眼前帶給我的厭惡，遠超過了折磨她時帶給我的滿足！」

「希斯克利夫先生，」我說道，「你講這種話是瘋了吧，還有你家太太，也很有可能覺得你瘋了，而且正是這個緣故，她才一直忍你到今天。如今既然你說她可以走了，有了這個許可——她無疑會走的。太太，你不會被蠱惑了吧，你就心甘情願要留在他身邊？」

「小心點，艾倫！」伊莎貝拉回答說，她的眼睛裡閃著怒火。從兩人的表情來看，無疑，她的這位伴侶存心想讓對方恨他，這努力完全成功了，「不要相信他說的任何一句話。他是一個滿口謊言的魔鬼，是一個怪物，他不是人！他早就告訴過我，我可以走。我也試過，但我不敢再試一次了！只是，艾倫，你要答應我，不要向我哥哥和凱瑟琳提到他說的那些無恥的話，一個字也不要提——不管他怎麼裝，他無非是想激怒艾德加，把他逼到拚命——他說了，他娶我就是為了要脅對

---

1 英國當時的法律規定，若是女方提出離婚，必須承擔高昂的訴訟費用，且須證明是男方遺棄了自己，或有極端虐待行為。

方。他不會得逞的。我會自己先死！我只是渴求著、祈禱著，他能忘了他的陰謀詭計，把我殺了！我能想像的唯一快樂就是去死，或者看著他死！」

「好——夠了！」希斯克利夫說，「奈莉，如果你被傳上法庭，要記得她講的這些話！好好看看那張臉——差不多快合我心意了。不，伊莎貝拉，你現在不適合做你自己的監護人。而我，既然是你的合法監護人，你就必須由我來看管，不管這個責任多麼令人討厭——上樓去，我有一些話要跟艾倫．迪恩私下說。不是這邊的路。上樓去，聽見沒有？喂，這才是上樓的路，小東西！」

他一把抓住她，把她從房間裡推了出去，轉身回來後嘀咕著說道：

「我不懂憐憫！我沒有憐憫！蟲子越是蠕動，我就越想把牠們的內臟擠出來！這是一種道德上的磨牙期，越是痛得厲害，我就越是磨得起勁。」

「你懂不懂什麼叫『憐憫』？」我說著，趕緊戴上帽子，「你這輩子可曾感到過半點憐憫？」

「把帽子放下！」他意識到我準備離開，便打斷了我，「你還不能走，奈莉，你過來。勸說你也好，強迫你也罷，我一心要見到凱瑟琳，你必須幫我實現，而且馬上就要實現。我發誓，我並沒有惡意。我不想鬧事，也不想招惹或是侮辱林頓先生，我只想聽她親口告訴我，她還好嗎，還有，她為什麼一直在生病。還得問問，我可以做點什麼對她有用的事。

「昨晚，我在山莊的花園裡待了六個小時，今晚我還會到那裡去。每個夜晚，我都在那裡徘徊著，每個白天也是，直到我相準機會可以進得去。如果艾德加．林頓碰見我了，我會毫不猶豫地把他打倒在地，讓他吃夠拳頭；在我逗留的時候，這樣能保證他老老實實地動彈不得——如果他的僕人阻攔我，我就用手槍來嚇唬他們——不過，若能避免我跟這些人，還有他們的主人接觸，豈不是更好嗎？而且你也能很輕易地辦到這些！我過去的時候，會先提醒你，然後等只有她一個人在的時候，你就可以神不知鬼不覺地放我進去，而你就在那裡把風，直到我離開——你是心安理得的，因為你這樣做防止了一場大鬧。」

我反對，我不要在主人家裡做奸細。除此之外，我還強烈反對，只為他的一己之私就破壞林頓太太的安寧，這殘忍又自私。

「一丁點的風吹草動都能把她嚇得膽戰心驚，」我說，「她精神恍惚，根本承受不住這種驚嚇。我萬分確信——不要再一意孤行了，先生！否則，我就不得不把你的計畫報告給我家主人，他會採取手段來保護他的房子和家人，不讓任何不速之客闖進來！」

「既然如此，我就採取手段來保護你，你這個女人！」希斯克利夫嚷道，「明天早上之前，你不得離開咆哮山莊。說什麼凱瑟琳看見我會受不了，完全是胡說八道。至於讓她受驚，也並非我的本意。你必須讓她有個準備——問她我可不可以過來。你說她從未提及我的名字，也從來沒有人向她提及過我。如果我是家裡的一個禁忌話題，她應該跟誰談起我呢？她認為你們全是她丈夫的眼線。

「啊，我毫不懷疑，她在你們當中過著地獄般的生活！她沉默不語，我也能猜得出來，她一切的感受，我都能感同身受。你說她經常坐立不安，神情焦慮，這算是她平和寧靜的證明嗎？你說她精神恍惚，她處在可怕的孤獨中，還能怎麼辦呢？而那個無趣又無用的人照顧著她，只是憑藉著責任和人性！憑藉著憐憫和慈悲！他想像著在自己淺薄的關懷中，她能夠恢復活力，那他還不如把橡樹種在花盆裡，巴望著它茁壯成長呢！

「我們得馬上決定：你是要留在這裡，而我去制服林頓和他的僕人以見到凱瑟琳；還是如往常那樣，做我的朋友，按我的要求去做？做個決定吧！如果你還堅持你那一根筋的倔強脾氣，我便沒有理由再多耽擱一分鐘！」

唉，洛克伍德先生，我吵著、怨著，也斷然拒絕了他足足五十遍，但終究還是被迫答應了他。我答應把他的一封信捎給我的女主人；如果她同意，我得向他透露下次林頓不在家的消息，那時他就會趕過來，乘機進入——屆時我不能在場，其他僕人也同樣要回避。

這到底是對是錯？我只怕這是錯的，雖然是權宜之計。我當時認為，順從他，是免去了另外一場亂子；我還認為這可能會給凱瑟琳的精神疾病帶來有利的轉機。然後，我又想起了艾德加先生對我搬弄是非的嚴厲呵斥；我試圖消除這個事情帶來的所有不安。我一再申明，要是言重一點，這種行為也算是背信棄義了，那我就下不為例。

儘管如此，我回家的行程比來時更煎熬。在我說服自己把信交到林頓太太手裡之前，我還有許多顧慮。

* * *

但肯尼斯來了——我要下樓去，告訴他你好很多了。我的故事就像我們所說的那樣，很令人沮喪，還可以再消磨一個早晨。

乏味，又沉悶！當這位好心的女士下樓接待醫生的時候，我心裡想。何況，我不會選這種故事來給自己消遣。不過沒關係！我會從迪恩太太的苦草藥中提取出良藥來。首先，我得小心提防著潛藏在凱瑟琳．希斯克利夫那明亮眼睛裡的魅力。如果我的心被那個年輕女人俘獲了，我就會陷入一種奇怪的境地，那個女兒正是她母親的翻版啊！

第二部

第一章

又一個星期過去了——我離春天和健康又近了一些時日！這位管家總是會從手頭重要的工作中騰出時間，來我這裡坐一坐，當下我已經聽完了鄰居的所有過往。我就用她的話把故事繼續講下去，只是略微壓縮了一些。總而言之，她是一位說故事的高手，我認為自己沒法改進她的風格了。

她說道——

* * *

那個晚上，也就是我去山莊的那個晚上，我知道，就像我親眼看見了一樣，希斯克利夫先生就在這附近；我避免走出去，因為我的口袋裡還藏著他的信，我不想再被威脅，也不想再被糾纏。我早已下定決心，等我的主人出門之後再把信交給她；因為我無法預料，收到這封信會對凱瑟琳造成什麼影響。結果，三天的時間過去了，這封信還是沒有遞到她手裡。第四天是禮拜天，在全家都去了教堂後，我把信帶到了她的房間。

有一個男僕留下來和我一起看家。我們有一個慣例，就是在做禮拜的那幾個鐘頭裡，把門都鎖上，但這一天，天氣非常溫暖宜人，我就把門都敞開著。我明知誰會來；為了履行我的約定，我告訴我的同伴，女主人非常想吃橘子，他需要跑到村裡去買一些來，明天再付錢。他出去了，接著我上了樓。

林頓太太身穿寬鬆的白色連衣裙，肩上披著一條輕薄的披肩，像往常一樣坐在窗臺邊，窗戶敞開著。她那一頭濃密的長髮，在生病之初就被剪掉了一些，現在她只是簡單地梳了梳，讓頭髮自然地披在額角和脖子上。正如我對希斯克利夫說過的，她變樣了，可是當她平靜下來的時候，似乎有一種超凡脫俗的美。

她那閃亮的雙眸，如今蒙上了一層夢幻般憂鬱的溫柔：眼睛不再注視著周圍的東西，似乎總是凝視著遠方，那遙遠的遠方——也可以說是塵世之外。還有，她蒼白的臉色、憔悴的面容，隨著她身體的恢復而消失了；而且從她的精神狀態所流露出的異常神態，儘管讓人痛苦地想起了她發病的原因，卻增添了幾分楚楚動人。我知道，對我來說、對任何見過她的人來說，我想——她並沒有真正康復的跡象，注定要香消玉殞了。

在她面前的窗臺上，展開著一本書，幾乎察覺不到的微風，偶爾吹動一下書頁。我相信這本書是林頓放在那裡的，因為她從不想讀書，或者做點別的事來消遣一下自己；而他會花很多時間來找一些她曾經感興趣的事情，試圖吸引她的注意。

她明白他的用心，在她心情好的時候，平靜地忍受著他的努力，只是時不時地壓抑著一聲疲憊的歎息，表示這些是無用的，最後用最悲傷的微笑和親吻來打斷他。其他時候，她會任性地轉過身去，把臉埋在手心裡，甚至憤怒地推開他。那時他明知一切皆是徒勞，只好小心翼翼地放她獨自待一會兒。

吉默屯小教堂的鐘聲還在敲著。山谷中溪水潺潺流淌的聲音傳入耳中，讓人心曠神怡。這美妙的聲音，代替了還沒到來的夏日樹葉的低語，當樹木長滿樹葉時，樹葉沙沙的聲音就會淹沒了山莊的潺潺水聲。在咆哮山莊，在解凍或雨季之後，溪水聲總是在寧靜的日子裡響起——凱瑟琳邊聽邊想，想的是咆哮山莊——如果說，她確實是在聽在想的話。可是她有我之前提到的那種茫然而縹緲的眼神，這表示，不管是她的聽覺還是視覺，都已經飄到天上去了。

「林頓太太，這裡有你的一封信。」我把它輕輕地塞進她擱在膝蓋上的一隻手裡，「你必須馬上讀一讀，因為還在等回音呢。要我拆封嗎？」

「好。」她回答，視線並沒有挪動一下。

我打開了它。信非常短。

「現在，」我繼續說道，「看吧。」

她把手抽了回去，任由這封信滑落在地。我把它放回她的腿上，站在那裡等著，等她樂意往下看。但這一情景持續了很久，最後我說道：

「要我念嗎，太太？這是希斯克利夫先生寫的。」

霎時，她吃了一驚，想起一些令人不安的事情，又掙扎著整理自己的思緒。她拿起信，似乎在仔細閱讀，當看到簽名時，她歎了口氣。但我還是發現她沒有領會信的內容，因為當我想聽聽她的回音時，她只是指著那個名字，帶著一種哀傷而疑惑的殷切神情凝視著我。

「嗯，他想見你，」我說，猜到她需要有人向她解釋一下，「他此刻已經在花園裡了，還迫不及待地想知道我會給他帶去什麼樣的回音。」

就在我說話的時候，我看到下面陽光明媚的草地上，一隻大狗躺在那裡，牠豎起耳朵，好像要叫起來，然後又把耳朵放平，搖著尾巴表示有人進來了，牠不認為這是陌生人。

林頓太太俯下身子，屏息凝神地聽著。過了一會兒，一陣腳步聲穿過大廳。四門大敞的房子對希斯克利夫來說太誘人了，他忍不住走了進來；他很可能認為我有意違背諾言，所以下決心斗膽自己試一試。

凱瑟琳直盯著自己的房門口，帶著渴望和不安。他沒有直接衝進她的房間，而她示意我去領他進來；但我還沒有走到房門口，他就找到了，三步併作兩步地來到她身邊，把她緊緊地摟在了懷裡。

他沒有說話，也沒有把手鬆開，就這樣持續了大約五分鐘。在這段時間，我堅信他給她的吻，比他生平任何時候都要多。不過我的女主人先吻了他，我清清楚楚地看到，他心痛得無法呼吸，不忍心望著她的臉！從看見她的那一刻起，他心裡就和我一樣有數了，她這病是好不了了——命中注定，她要死了。

「啊，凱西啊！啊，我的命啊！叫我怎麼受得了？」這是他開口喊出的第一句話，語氣中難掩絕望。

眼下，他如此用力地凝視著她，他目光強烈，我覺得他的眼淚馬上就要流出來了。但那雙眼睛只是燃燒著痛苦，並沒有形成淚水。

「我們該怎麼辦？」凱瑟琳說著，身子向後一仰，對視著他的眼睛，臉色沉了下來——她的情緒一向喜怒無常，「希斯克利夫！你和艾德加把我的心都傷透了，還都來向我哭訴，好像你們才是最可憐的人！我不會可憐你們的，我不會。你害死了我——我想這下你該滿意了。你多堅強啊！我死了之後，你還打算再活多久？」

希斯克利夫單膝跪地，摟住她。他試圖站起身來，但她一把抓住他的頭髮，把他按住了。

「我想抱著你，」她痛苦地繼續說，「直到我們兩個人都死去！我不應該在乎你受了什麼苦，我也不關心你受的這些苦。為什麼你就不該受苦呢？受苦的是我！你會忘了我嗎——我死了，你會高興嗎？你會不會在二十年後說：『那是凱瑟琳·恩蕭的墳墓。很久以前，我愛過她，失去她我痛不欲生。但這一切，早已隨風而去了。從那以後，我又愛過許多別的人——如今我的幾個孩子，對我來說比曾經的她更親。有一天，當我垂垂老矣，人之將死，我不會因為要去見她了，就覺得好高興；而是想到要離開我的孩子了，心裡好難過！』希斯克利夫，你會不會這麼說呢？」

「不要折磨我，我快要和你一樣瘋了。」他叫道，並把頭掙脫出來，緊緊地咬著牙。

在一個冷眼旁觀的人看來，這兩個人構成了一幅奇異又可怕的畫面。很有可能，凱瑟琳認為，天堂對她來說是流放之地，除非她在丟下自己肉身的同時，把凡人的性格也丟棄。這時她面色煞白，雙唇沒有一絲血色，眼睛閃閃發光，露出一副想要報仇雪恨的狂野神情，她的手指裡還緊緊握著一縷撕扯下來的頭髮。至於她身邊的這位，用一隻手支撐著自己的身體站起來，另一隻手抓住了她的手，動作一點也不溫柔，完全沒有考慮到她是病人。在他鬆手的時候，我看到她毫無血色的皮膚上，留下了四個明顯的青紫印痕。

他粗暴地追問著：「你是不是被魔鬼附身了，你快死了，還對我說這樣的話？你有沒有想過，你走了之後，所有的話都會在我的記憶中打上烙印，還要我用一生的時間，來咀嚼、消化？你說我把你害死了，你明知道自己在撒謊。還有，凱瑟琳，你明白的，我若忘了你，等於我也忘了我自己！如今你要一死了之，倒是解脫了，卻要我受著地獄般的折磨和煎熬，這難道還不夠滿足你的狠心、你的自私嗎？」

「我會死不瞑目的。」凱瑟琳呻吟著說道，她的情緒過於激動，身體支撐不住了，她的心怦怦跳得厲害，心臟像是要跳了出來。

她不再說下去，直到身體平息下來，她才接著說，語氣更加緩和了：

「希斯克利夫，我不要你比我受更大的折磨！我只盼著我們永遠不要分開——如果我有什麼話讓你日後感到痛苦了，那麼我在地下也會感到同樣痛苦的。原諒我吧，就當是為了我！你過來，再過來跪下！你一生中從未傷害過我。不，如果你生起氣來，那會比我的惡言惡語更讓人記恨！你不肯過來嗎？來啊！」

希斯克利夫走到她的椅子背後，俯下身子，但沒有讓她看到他的臉，那張臉因為激動而變得鐵青。她側過身去看他，他不讓她看。他突然轉過身去，走到壁爐旁站在那裡，背對著我們一言不發。

林頓太太用狐疑的目光追隨著他，每一個動作，都在她內心喚出一股新的情緒。在一陣沉默和長久的凝視之後，她用氣憤而失望的語氣又對我說話了：

「哦，奈莉，你看！他一刻也不肯發發慈悲，非要我死！我就是這樣被愛的！好吧，沒關係！那不是我的希斯克利夫。我仍然愛著我心裡的那一個，我還要帶著一起走——他就在我的靈魂裡。還有，」她沉思著又補充道，「最讓我厭煩的，終究是這個破碎的牢籠。我厭倦了，厭倦了在這裡被關著。我渴望逃到那個極樂世界，永遠待在那裡。那個世界，不是透過模糊的淚水望著的，也不是透過疼痛的心渴望著的。它真真切切地存在著，就在那裡。奈莉，你認為你們比我好多了，也比我更幸運，身強體健，精力充沛。你們為我感到難過——這種情況很快就會轉變的。我反倒會為你們難過。我將會超脫凡俗，無與倫比，凌駕於眾人之上。我很驚訝，他居然不肯靠近我！」她喃喃自語道，「我以為他會。希斯克利夫，親愛的！你別愁眉苦臉了。快點過來，希斯克利夫。」

她竟然迫不及待地站了起來，將自己支撐在椅子的扶手上。聽到這真摯的懇求，他轉過身來，看起來無比絕望。他睜大雙眼，噙著淚水，終於把目光狠狠地射向了她，胸口劇烈地起伏著。起初，他們是分開站著的。接著，我還沒有看清楚，兩個人又擁抱在了一起，但凱瑟琳跳了起來，他一把抓住了她，兩個人緊緊地擁抱著。我當時想，只怕我的女主人要死在這人的懷裡了。實際上，在我看來，她似乎立刻就要不省人事了。她倒在了最近的一個座位上，當我急忙走過去，想去看看她是不是暈倒了的時候，他對我咬牙切齒，像一條瘋狗一樣咆哮著，將她一把攏到身邊，一副凶狠貪婪的樣子。我覺得眼前這個人似乎不是我的同類：看來，儘管我和他在說話，他也聽不太懂；所以我只好住嘴，站在了一旁，不知如何是好。

凱瑟琳的一個動作讓我稍稍鬆了口氣：她抬起雙手，環住他的脖子，他抱起她，她把臉貼到他的臉上；而他，則用瘋狂的愛撫來迎合她，又狂熱地說道：

「你現在讓我懂了，你是多麼的殘忍——冷酷無情，又口是心非。你為什麼看不起我？你為什麼要背叛自己的心，凱西？我沒有一句安慰的話了——你活該如此。是你害了自己，是的，你可以一邊吻我一邊流淚，也榨乾了我的吻和淚。這些吻和淚會毀了你——會詛咒你。那時你愛我——但你憑什麼又要棄我而去？你有什麼權利——回答我——為了你對林頓抱有的可憐幻想？因為苦難、窮困和死亡，哪怕上帝或是撒旦，任何力量都不能將我們分開，而你，出於你自己的意願，卻這樣做了。我沒有傷你的心——是你傷了自己的心——傷自己心的同時也把我的心傷透了。因為我堅強，於我來說才會更痛。我還想苟且偷生嗎？當你——哦，上帝！你願意帶著你的靈魂走進墳墓嗎？」

「不要再說了，不要再說了，」凱瑟琳抽泣著說，「如果我做錯了，我這就去死。這就夠了！你也曾拋棄我，但我沒有怪你！我原諒你。你也要原諒我！」

「原諒一個人，哪有這麼容易？看著這一雙眼睛、摸著這一雙瘦弱的手，」他回答著，「再吻我一次吧，別讓我看到你的眼睛！你對我做的一切，我都原諒。我愛傷害了我的人——可是傷害了你的人呢！要我怎麼寬恕？」

他們沉默不語——臉貼著臉，被各自的淚水沖刷著。反正，我猜兩個人都在哭。在這樣一個情不自禁的時刻，連希斯克利夫也會流淚。

這時候，我感到非常不安，因為下午的時間很快就過去了，我之前打發走的那個人，也辦好事情回來了。日頭漸漸地向西落去，餘暉照耀著山谷，我隱約看到吉默屯教堂的門廊外，人也越來越多。

「禮拜結束了，」我通知他們說，「再過半個小時，主人就會回來的。」

希斯克利夫低聲罵了一句，又把凱瑟琳抱得更緊了——她一動不動。

沒過多久，我看到一群僕人從大路上走了過來，朝著廚房那邊走去。林頓先生就在後面不遠處；他自己打開大門，優閒地走了進來，可能在享受這個如夏日般風和日暖的宜人下午。

「他要來了，」我驚呼道，「看在上帝的分上，趕緊下來吧！你從前面的樓梯下去，不會碰到任何人的。快一點吧！先在樹叢中待一會兒，直到他進屋你再走。」

「我必須走了，凱西，」希斯克利夫說，想要從他同伴的懷抱中掙脫出來，「可是，只要我還活著，我就會在你睡著之前再來看你。我不會離開你的窗戶五碼以外的。」

「不許你走！」她回應道，用盡自己的全部力氣，緊緊地抱住他，「我告訴你，你不許走。」

「就一個小時。」他急切地懇求道。

「一分鐘也不行。」她回答說。

「非走不可了——林頓馬上要過來了。」這個驚慌的不速之客堅持著。

他本想站起身來，好順勢鬆開她的手——她摟得更緊了，喘息著。她的臉上流露出一股瘋狂的決心。

「不行！」她尖叫道，「啊，不要，不要走。這是最後一次了！艾德加不會傷害我們。希斯克利夫，我要死了！我要死了！」

「該死的傻瓜，他來了！」希斯克利夫喊道，又倒在了他的座位上，「安靜，我親愛的！噓，別說話，凱瑟琳！我會留下來。要是他開槍打我，那我會在嘴唇上帶著祝福死去的。」

他們又緊緊地摟在了一起。我聽到主人上樓的聲音——冷汗在我頭上直冒，我嚇壞了。

「你要聽她胡言亂語嗎？」我激動地說道，「她都不知道自己在講什麼。因為她神志不清，無法自顧，你就要毀了她嗎？起來！你一下子就能掙脫。這是你做過最惡毒的事。我們全都完蛋了

——主人、女主人，還有僕人。」

我絞著手，大聲喊著。林頓先生聽到房間裡有聲音，加快了腳步。就在我驚慌失措的時候，我看到凱瑟琳的手臂滑落了下來，頭也垂了下來，我真心高興。

「她是暈倒了，還是死掉了？」我想，「這樣還好一些。最好是死了，總比給別人製造痛苦，成為大家連綿不斷的負擔要好。」

艾德加衝向這個不速之客，他臉色發白，又驚又怒。我不知道他想做什麼，不過，對方把那個看起來死氣沉沉的人送到他的懷裡，他立刻就停止了衝動。

「看看吧，」他說著，「除非你是魔鬼，要不然，救她要緊——然後你再找我算帳！」

他走進客廳，坐了下來。林頓先生把我叫過去，我們費了九牛二虎之力，用盡千方百計才使她恢復知覺。然而她完全神志不清了，她歎息著、呻吟著，誰也認不出來。而艾德加，只顧為她焦急著，忘記了她那個可恨的朋友。我卻沒有忘記。我一有機會就去找他，懇求他離開，告訴他凱瑟琳已經好些了，她今晚將會怎樣，不妨明早再從我這裡打探吧。

「我不會賴著不走的，」他回答說，「但我會守在花園裡。而且，奈莉，明天你要記住遵守你的諾言。我在落葉松樹下面等你。記住！否則，不管林頓在不在，我都會再闖進來的。」

他朝半掩著的房門迅速掃了一眼，確定我說的話都是真的，這個不祥的人才算離開了房子。

第二章

那天午夜十二點左右，小凱瑟琳出生了，這個凱瑟琳就是你在咆哮山莊看到的那位，一個才懷了七個月的嬰兒，因此十分瘦小。兩小時後，她的母親去世了；她的神志一直沒有清醒過，沒有辦法去想念希斯克利夫，也認不出艾德加了。

艾德加承受了巨大的喪妻之痛，這種痛苦難以言說，亦不便再提。日後看來，這場痛苦對他的影響是非常深的。

此外，在我看來，他今後沒有繼承人也是一件更大的難事。我一邊打量著這個虛弱的孤兒，哀歎著，一邊還在心裡埋怨老林頓，因為他把遺產傳給自己的女兒，卻不傳給他兒子的女兒，這自然是偏袒。

真可憐，這個嬰兒並不受歡迎！在生命的最初幾個小時，哪怕她哀號著死去，也沒人會在乎。後來我們總算彌補了這個疏忽。但是，這種生命的開場，似乎正如它的結局一般，自始至終都無依無靠。

第二天清晨——室外燦爛明媚——陽光透過寂靜房間的百葉窗，悄然照了進來，溫暖和煦的陽光籠罩在床上，也籠罩在躺在床上的人身上。

艾德加·林頓把頭靠在枕頭上，閉著眼睛。他那年輕漂亮的面容如同死去了一般，和躺在他身旁的人一樣，幾乎紋絲不動。但他的臉上是極度的痛苦，而她的臉上是完美的平靜。她的眉毛平滑，眼瞼緊閉，嘴角帶著微笑。天堂裡的天使，也沒有哪位比她更美麗。她躺在那裡，這種無限的平靜也感染了我。當我凝視著這幅神聖寧靜的無憂畫面時，我的心境從未如此聖潔。我本能地回味著她幾小時前說過的話。「超凡脫俗，無與倫比，凌駕於眾人之上！不管她如今是在人間還是在天堂，她的靈魂都與上帝同在！」

不知道這是不是我的一種特異功能，如果沒有人在一旁痛哭流涕或是歇斯底里地哀悼，我在死人房間裡守靈時，很少有不喜悅的時刻。我看到了一種人間和地獄都無法打破的平靜；我確信有一種無窮無盡的來世——他們已經進入了永恆——在那裡，生命永不止息，愛是情投意合，喜樂也是充盈豐盛。在那樣的時刻，我感覺即使像林頓先生這樣的愛情，多少也夾雜著自私之處，對於凱瑟琳圓滿的超脫，他竟如此地痛心！

當然，大家可能會懷疑，她生前如此任性又急躁，最後是否配得上升到天堂。在大家冷靜思考的時候，或許會有所懷疑，然而當面對著這樣的屍體，所有的疑慮都煙消雲散了。躺著的這具軀殼，保持著自己的安靜，這似乎是給先前在軀殼中住過的人一個同樣寧靜的交代。

「先生，你相信這樣的人在另一個世界會幸福嗎？我真想知道啊。」

我拒絕回答迪恩太太的問題，這讓我感覺到了某種異樣。她接著說：

「回顧凱瑟琳．林頓的一生，恐怕我們沒有權利認為她是平靜喜樂的。不過，我們就讓一切歸於上帝吧。」

主人看起來睡著了，太陽剛剛出來，我就斗膽離開了房間，偷偷跑到外面去呼吸清新的空氣。僕人都以為我是長時間守夜太累了，出來是為了透透氣。實際上，我主要是為了見希斯克利夫先生。如果他整夜都待在那一叢落葉松裡，那他就聽不到山莊的動靜，除非他能捕捉到信使前往吉默屯的馬蹄聲。如果他曾經走近一點，他就會看到來回閃動的燭火，以及大門在不停地開了又關，關了又開，他就會覺察到，裡面的一切都不對勁。

我想找到他，但又害怕找到他。我覺得必須把這個可怕的消息告訴他，我渴望這一頁早點翻過去，但又手足無措。

他果然在那裡——反正在離園林幾碼遠的地方。他靠著一棵老梣樹，帽子摘掉了，頭髮也被露水浸溼了，露水凝聚在抽芽的樹枝上，簌簌地滾落在他身上。他在此處駐足良久，動也不動，之所以這麼說，是因為我看到一對烏鶇在離他不到三英尺的地方來回跳動，忙著築巢。顯然，這兩隻鳥把他當成了一塊木頭。我一走近，鳥就飛走了，他抬起眼睛，開口了——

「她死了！」他說，「沒等你來，我就知道了。把你的手帕拿開——別在我面前哭哭啼啼的。你們都該死！她不稀罕你們的眼淚！」

我為他哭泣，也為她哭泣。我們有時候，的確會同情那些對自己和他人都沒有絲毫同情的人。當我第一眼看見那張臉，我就意識到他已經知道這噩耗了。還有一個愚蠢的念頭向我襲來，我覺得他的心平息了，他在祈禱，因為他的嘴唇在動，兩眼只盯著地面。

「是的，她死了！」我回答說，壓抑住自己的抽泣聲，擦乾了臉頰，「我希望她去了天堂，到了那裡。如果我們接受告誡，遠離罪惡，一心向善，到時候，我們每個人都可以和她相會！」

「那麼，她有沒有接受應有的告誡？」希斯克利夫問道，試圖冷笑一聲，「她像聖人一樣死去了嗎？來，跟我說說事情的真實經過。究竟——」

他努力想說出這個名字，卻說不出來。他緊閉著嘴，與內心的痛苦無聲地抗爭，同時用一種堅定而凶狠的目光藐視著我的同情。

「她是怎麼死的？」他終於問道——儘管他如此剛強，但也希望背後有個支撐，一番掙扎之後，他全身上下都在不由自主地顫抖著，連指尖都在抖。

「可憐的傢伙！」我想，「你們這些人的心思全都一樣！為什麼要這麼急著隱瞞呢？你再驕傲，也瞞不過上帝的眼睛！是你刺激上帝來折磨你的，直到有一天，你會不得不在祂面前發出屈服的懇求聲！」

「像小羊一樣安靜！」我大聲地回答，「她歎了一口氣，伸了一個懶腰，就像一個孩子甦醒過來，又沉沉地睡去。五分鐘後，我感覺到她的心臟跳動了一下，然後，就再也不跳了！」

「那麼——她可曾提起我？」他猶猶豫豫地問著，似乎害怕對這個問題的回答，會引出一些他不忍聽到的細節。

「她的神志一直都沒有恢復——自從你離開她以後，她誰也不認得了，」我說，「她躺在那裡，臉上帶著甜蜜的微笑；她最後在腦海裡又徘徊到了先前快樂的日子。她的生命在一個溫柔的夢裡結束了——願她在另一個世界醒來時，也同樣美好！」

「願她在苦痛中醒來！」他喊道，情緒激動得可怕，跺著腳，整個人都失控了，突然又呻吟起來，「為什麼，她就是個徹頭徹尾的騙子！她在哪裡？不在那裡——不在天堂——也沒有消亡——在哪裡？哦！你說過你毫不關心我的痛苦！我只想求一個禱告——我不停地禱告，直到我的舌頭僵硬——凱瑟琳．恩蕭，只要我還活著，你就休想得到安息！你說過是我把你害了——那你就纏著我吧！我相信被害的人確實會纏著他們的凶手，陰魂不散，我知道——鬼魂曾在人間遊蕩。請永遠與我同在——不擇手段——把我逼瘋！只求不要把我留在這個深淵裡，讓我找不到你。啊，上帝！這真是無法言說了！我的生命沒有了，要怎麼活！我的靈魂沒有了，要怎麼活！」

他把頭往多節的樹幹上直撞；接著，抬起眼睛，號叫著，不像是一個人，倒像是快被刀子和長矛捅死的野獸。

我看到樹皮上有幾處血跡，他的手和額頭都被血染紅了。也許我看到的這一幕，已經上演過一次了。這很難引起我的惻隱之心——倒令我膽戰心驚。但我仍然不願意就這樣放任他不管。但當他回過神來，注意到我在看他的時候，他大吼大叫著命令我滾蛋，我也照辦了。我沒有辦法讓他安靜下來，也沒有辦法安慰他。

林頓太太的葬禮定在了她去世後的星期五舉行。在此之前，她的棺材一直放在大客廳裡，沒有蓋上，撒滿了鮮花和芳香的樹葉。林頓在那裡不眠不休地守著，度過了他的日日夜夜。而且——除了我之外，所有人都不知道——希斯克利夫，不管怎樣都夜夜守在外面，同樣是一個不眠之人。

我和他沒有交流，但我還是意識到，如果有可能的話，他還是盤算著想進來。星期二那日，天黑之後，我的主人累得撐不住了，不得不回房去休息幾個鐘頭。這時候，我就去打開了一扇窗戶；我是被他的恆心感動了，想給他個機會，讓他對自己心上人的遺體做最後的告別。

他沒有放過這次機會，謹慎而迅速。他太小心了，生怕發出一點輕微聲響，生怕暴露了自己。事實上，要不是死者臉上的那層布弄亂了，而且我留意到地板上有一綹淺色的頭髮，我也不會發覺他進來過。那一綹頭髮用一根銀線繫著，仔細一看，我確定這是從掛在凱瑟琳脖子上的小金盒中取出的。希斯克利夫把小盒打開，扔掉了裡面的東西，把他自己的一綹黑頭髮裝了進去。我把這兩綹頭髮纏在一起，將它們一同封了起來。

當然，恩蕭先生被邀請來參加他妹妹的葬禮；他沒有推辭，但也始終沒有來。因此，除了她的丈夫，送葬的全是佃戶和僕人。伊莎貝拉沒有被邀請。

令村民驚訝的是，凱瑟琳下葬的地方，既不在教堂裡林頓家族的雕刻墓碑下，也不在外面她自家親戚的墳墓旁，而是在一個青綠的斜坡上，在教堂墓地的一個角落裡；那裡的牆很低，石楠和山桑子都從荒原上爬了過來，泥炭幾乎把牆掩埋了。如今，她丈夫也躺在了同一個地方。他們的墳墓上面各立了一塊簡單的墓碑，腳下有一塊不起眼的灰色石塊，用來標記墳墓。

第三章

那個星期五，是一個月來最後一個晴朗的日子。傍晚時分，天氣大變，南風轉成了東北風，先是下雨，之後是雨夾雪。

第二天早晨的天氣，令人難以想像夏天已經到來三週了：報春花和番紅花還藏在冬天的寒風下；雲雀沉默了，那些幼小樹木的嫩葉被凍得發黑——就這樣在陰沉、寒冷、淒涼中熬了一個早晨！主人待在房間裡不出來。我占了冷冷清清的客廳，將它當作育兒室。我坐在那裡，把一個哭得哇哇叫的寶寶放在膝蓋上，來回搖晃著，同時望著漫天飛舞的雪花，紛紛落在了那沒有窗簾的窗戶上。這時候，門開了，有人進來了，正上氣不接下氣地笑著！

有那麼一刻，我的憤怒超過了驚訝。我以為是女僕呢，於是喊道：

「夠了！你怎麼敢如此輕狂？如果給林頓先生聽見了，他會說什麼？」

「對不起！」一個熟悉的聲音回答道，「我知道艾德加在睡覺，但我自己沒忍住。」

說著，那個人便走到了壁爐前，氣喘吁吁，用手撐著腰。

「我從咆哮山莊一路跑過來的！」她停頓了一下，繼續說道，「除了一路飛奔——我數不清一路上摔了多少跤——啊，我渾身都在痛！別慌別慌——我喘口氣就給你一個解釋——只是請你好心出去一下，安排馬車把我送到吉默屯，順便叮囑傭人，去我的衣櫃裡找幾件衣服來。」

闖進來的人正是希斯克利夫太太——看她那個狼狽樣子，當然讓人笑不起來：她的頭髮散落在肩上，滴落著雪水；她穿著一件過去常穿的衣服，這衣服當下看起來已經與她的年齡和身分不符了——是一件低胸短袖連衣裙，頭上頸上什麼也沒有佩戴。連衣裙是輕薄的絲綢，溼漉漉地緊貼在她身上，腳上只穿了一雙單薄的拖鞋。此外，她的一隻耳朵下面有一道深深的傷口，因為天氣寒冷，才不至於大量出血，一張白淨的臉被打得傷痕累累，而且她的身體由於過度疲憊，幾乎無法支撐自己。你可以想像，當我得空仔細打量她時，還沒有從起初見她的驚嚇中緩過來。

「我親愛的小姐，」我叫道，「我哪裡也不去，什麼也不聽，直到你脫下這全身的衣裳，換上乾的；而且你今晚當然不能回吉默屯去，所以不必叫馬車了。」

「我當然要回，」她說，「走路也好，騎馬也好——但我不反對把自己打扮得漂漂亮亮的。還有——啊，看，這血怎麼順著我的脖子流下來了！一烤火，傷口就痛起來了。」

她堅持要我聽她的安排，不然不肯讓我碰她，直到備好了馬車夫，一個女僕開始收拾必需的衣服，這時候我才得到她的同意，幫她包紮傷口和換衣服。

「好了，艾倫，」她說道，在我做完這些後，她坐在壁爐旁的一張安樂椅上，面前擺著一杯茶，「你坐到我對面去，把凱瑟琳可憐兮兮的孩子放一旁去——我不喜歡看到她！你不要因為我進來時的這副愚相，就認為我對凱瑟琳毫不在乎——我也哭過，哭得很痛苦——是的，比任何人都有理由哭。你還記得嗎，我們當時鬧得不歡而散，我不會原諒我自己的。但儘管如此，我還是不打算同情他——那個畜生！哦，把火鉗給我！這是我身上最後一樣他的東西了！」

她從無名指上摘掉金戒指，一把扔在地上。

「我要砸碎它！」她一邊說著一邊猛砸著，帶著孩子氣的洩憤，「然後再把它燒了！」她又拾起這枚錯付了的戒指，丟在了爐火裡。「好了！如果他要把我弄回去，他得再買一個。他有本事來找我，來糾纏艾德加——我不敢留下來，以免他邪惡的腦袋裡會產生這個念頭！再說了，艾德加並不仁慈，不是嗎？我不會來求他幫忙，也不會給他添麻煩——我走投無路了，只得來這裡暫避一下。不過，要不是我知道他不在這裡，那我就會待在廚房裡，洗洗臉、暖暖身子，讓你去拿我想要的東西，接著再次上路，去我能去的任何地方，只要能去一個讓他找不到的地方——遠離那個人面獸心的傢伙！啊，他是那般大發雷霆——萬一讓他抓住了我！可惜恩蕭在力氣上不是他的對手——要是辛德雷有能力弄他，我是不會跑的，我要親眼看到他被人打得落花流水！」

「好吧，小姐，不要說得這麼快！」我打斷了她的話，「你會弄散我繫在你臉上的手帕，傷口又要流血了——喝口茶，喘口氣，別再笑了。在這個房子裡，你這種情況——笑這麼大聲太不合時宜！」

「這倒是真的，」她回答，「聽那孩子的聲音！她一直在哇哇大哭——別再讓我聽見了，就一個小時；我不會待很久的。」

我拉了一下鈴，把孩子交給一個僕人照看；接著我問她到底發生了什麼事，讓她在這樣的千難萬險中逃出咆哮山莊——還有，既然她不願意留下來，那又打算去哪裡呢。

「我本來是想的，而且我也希望留下來，」她回答說，「為了兩件事，我想讓艾德加高興一下，也照顧一下孩子。再說畫眉山莊本來就是我家——但我告訴你，他不會讓我留下的！你認為他甘心看著我在這裡變得心寬體胖嗎？眼看著我們在這裡過著歲月靜好的日子，他能不橫下心來破壞我們的安逸？如今，我很滿意地確定，他對我的嫌棄已經到了一定程度，只要一聽到我的聲音，或者看到我的身影，他就已經開始不耐煩了——我注意到，當我走近他時，他臉上的肌肉會不自覺地扭曲起來，一副有深仇大恨的樣子。這一部分是因為他清楚自己這個樣子會刺激我，一部分是因為他原本就討厭我——他對我如此厭惡，這也讓我相當確定，即使我想方設法逃了出去，他也不會跑遍全英格蘭來追趕我，所以我必須逃。最初，我還想著被他殺死，現在我已經打消了這個念頭；我寧願他去死！他真有辦法，把我的愛完全撲滅了，所以我心裡很踏實。我還能想得起來，我是多麼愛他，也隱隱約約覺得我依然愛著他，如果——不，不！即使他對我寵愛有加，他魔鬼般的本性也會透過某種方式暴露出來的。凱瑟琳的口味真是無比變態，那麼瞭解他，還能做到如此愛他——怪物！但願他在人間蒸發，從我的記憶中消失！」

「噓！噓！他是一個人呢，」我說，「要有點慈悲心，還有比他更壞的人呢！」

「他不是人，」她反駁道，「他也沒有資格要求我的慈悲——我把我的心給了他，他卻把它捏死，然後又丟給我——人都是將心比心的，艾倫，既然他毀了我的心，我就沒有能力同情他了，我也不會同情，哪怕他從此痛苦到死，為凱瑟琳流血流淚！不，真的，真的，我不會！」說到這裡，伊莎貝拉開始哭了，但是，她立刻把眼淚從睫毛上抹掉，繼續說道：

「你問我，是什麼逼得我最後逃跑的？我是迫不得已才這麼做的，因為我激起了他的怒火，超過了他平時作惡的底線。用燒紅的火鉗抽打神經，比敲打腦袋更需要冷靜呢。他被激怒了，忘記了他平日吹噓的魔鬼般的謹慎，準備開始施暴了。能夠激怒他，我很高興，這種快感喚醒了我自我保護的本能，所以我乾脆逃了出來。如果我再次落入他手中，那他迫不及待要狠狠報復了。

「就在昨天，你知道，恩蕭先生本要參加葬禮的。為了這事，他特意讓自己保持清醒——相當清醒，不像往常一樣六點就發著酒瘋上床，十二點又醉醺醺地起床。結果這回他起床後，精神萎靡不振，像要自殺似的，不適合去教堂，就跟不適合去跳舞一樣；他就坐在爐火旁，大杯大杯地灌下杜松子酒或白蘭地。

「希斯克利夫——一提到他的名字，我都不寒而慄！從上週日到今天，他就像這家裡的一個陌生人——是天使還是他地下的親人餵養了他，我不知道，但有將近一個星期，他沒和我們一起吃過一頓飯了——他天亮才到家，一回來就上樓到自己的房間，把自己反鎖在裡面——好像有人夢想著要去陪他一樣！在房間裡，他像衛理公會教徒一樣不停地祈禱，只是他祈求的神靈是毫無意義的塵土和灰燼；而當他和上帝對話時，很奇怪，像是跟他自己的黑魔鬼父親融為一體了！在結束了這些做作的禱告之後——這些禱告一般會持續到他的嗓子變嘶啞，聲音卡在喉嚨裡發不出來——他會再次離開，總是直接去畫眉山莊！我很奇怪艾德加沒有叫個巡警，把他關起來！對我來說，儘管我為凱瑟琳的事感到悲痛，但這是從奇恥大辱的壓迫中解脫出來的日子，我不可能不把它視為一個節日呢。

「我恢復了一點精神，也不哭哭啼啼地聽約瑟夫無休無止的講道；我在房子裡走來走去，不像以前那樣，連走路都要躡手躡腳的，像做賊一樣。你不會認為不管約瑟夫說什麼我都會哭吧，但是他和哈里頓真是可惡的夥伴。我寧願和辛德雷坐在一起，聽著他可怕的話，也不願意和『小主人』還有他忠誠的跟班、那個可憎的老傢伙在一起！

「希斯克利夫在家的時候，我常常不得不躲到廚房去找他們，或者在沒有人住的潮溼房間裡挨餓。他不在的時候，就像這個星期一樣，我就在爐火旁的一個角落裡放一張桌子、一把椅子，從不關心恩蕭先生在做些什麼，他也不干涉我的安排。如果沒有人惹他，他比從前更安靜、更鬱鬱寡歡，也不那麼暴躁了。約瑟夫肯定他已經洗心革面，主已經觸動了他的心，他得到了『如火的救贖』。看到他這種改好的跡象，我卻感到困惑，不過這不關我的事。

「昨天夜裡，我坐在我那角落裡讀一些舊書，一直讀到快十二點。這時候上樓去太淒涼了，外面大雪紛飛，我的思緒不斷地回到教堂的墓地裡，還有那座新墳！我幾乎不敢把目光從眼前的書頁上移開，因為那淒慘的畫面一下子就浮現在了眼前。

「辛德雷坐在對面，頭靠在手上，也許在沉思著同一個問題。他如今已經不再喝酒喝到神志不清了，兩三個小時內，他一動不動，也一言不發。屋子裡沒有任何聲音，只有不時搖晃窗戶的呼呼風聲，爐火輕微的劈啪聲，還有我每隔一段時間剪下長長的蠟燭燭芯時發出的咔嚓聲。哈里頓和約瑟夫或許已經在床上快睡著了。一切非常非常悲涼，我一邊讀書一邊歎氣，因為似乎所有的快樂都從這世間消失了，再也無法恢復。

「終於，廚房的門閂聲打破了這種悲哀的沉寂——希斯克利夫守夜回來了，比平時早些，我猜是因為暴風雪突然來了。

「那扇門是閂住了，我們聽到他繞了過來，想從另一扇門進來。我神情緊張地站了起來，感覺連嘴唇都帶著一種抑制不住的情緒，這讓我身邊一直盯著門口的那位轉過身來看著我。

「『我讓他在外面多待五分鐘，』他叫道，『你不反對？』

「『不，為了我，你可以讓他在外面待一晚上，』我回答道，『就這麼辦！把鑰匙插進鎖裡，把門閂拉上。』

「這位客人還未走到前面，恩蕭就把門鎖住了。然後他走了過來，把他的椅子搬到我桌子的一旁，斜靠在那裡，眼睛中的仇恨燃燒了起來，他盯著我的眼睛，看我是否可以領會這種恨意。此刻他看起來像殺手，他自己也覺得像殺手，他在我眼睛裡沒有找到我要殺人的跡象；不過，他所發現的足以鼓勵他開口了。

「『你和我，』他說，『都跟門外的人有一筆大債要算！如果我們都不是懦夫，我們就可以聯合起來報仇。你和你哥哥一樣懦弱嗎？你願意忍到底，也不願意去報仇了嗎？』

「『我現在忍無可忍了，』我回答說，『可以報仇，又不會被反擊，我高興都還來不及，但背叛和暴力是兩頭尖銳的矛——利用它去傷害敵人，有時候反倒重傷了自己。』

「『以其人之道，還治其人之身！』辛德雷叫道，『希斯克利夫太太，我要求你什麼都不要做，只是靜靜地坐著，做個啞巴——現在告訴我，你可以做到嗎？我相信你會和我一樣，高興地見證這個魔鬼的結局：除非你先下手為強，否則他會送你去死——他也會把我毀了——該死的惡棍去下地獄吧！他在敲門，好像他已經是這裡的主人了！答應我不要吭聲，在那口鐘敲響之前——就差三分鐘，就打一點鐘了——你就是一個自由的女人了！』

「他從胸前取出了我在信中向你提過的凶器，還想把蠟燭滅掉——然而，我搶走了蠟燭，並抓住了他的手。

「『我不會不吭聲的！』我說，『你千萬別碰他……就讓門關著吧，都不要出聲！』

「『不！我已經下定決心了，老天作證，我會辦成的！』那個絕望的人叫道，『我會為你做件好事，還哈里頓一個公道！你不必費心思掩護我，凱瑟琳走了——活著的人沒有一個會為我感到痛惜或者羞恥，哪怕我現在就割斷自己的喉嚨——是時候做個了結了！』

「我還不如和一隻熊搏鬥，或者和一個瘋子講道理。我剩下的唯一辦法，就是跑到一扇格子窗前，警告那個他要蓄意謀害的人，說他大難臨頭了。

「『你今晚最好到別的地方去躲起來！』我得意地喊道，『如果你硬要進來的話，恩蕭先生會開槍打你的。』

「『你最好把門打開，你這個——』他回答道，用「好聽」的稱呼喊著我，我才不願意重複一遍呢。

「『我不會多管閒事的，』我再次反駁道，『如果你願意被人一槍打死的話，你就進來吧！我已經盡了我的責任。』

「說完這句話，我關上了窗戶，回到了我爐火旁的位子，我沒有半點裝腔作勢，無法做到為他的危險裝出一臉焦慮的樣子。

「恩蕭對我破口大罵，說我還愛著那個惡棍，說我的表現卑鄙無恥，各種罵人的話都講出來了。而我呢，在我內心深處（從未良心不安過）想著，如果希斯克利夫把他從痛苦中解救出來，這對他來說是多麼幸福啊；如果他把希斯克利夫送到他該去的地方，這對我來說，又是多麼大的福氣！當我坐在那裡思索這些時，我身後的一扇窗戶被人一拳打碎，掉到了地上，露出一張陰沉沉的黑色面孔。窗戶欄杆間距太近，他的肩膀鑽不進來。我笑了，幻想著這下安全了，於是高興了起來。他的頭髮和衣服都被大雪覆蓋，白白的一層，他那尖利的吃人一般的牙齒，因為寒冷和憤怒齜露著，在黑暗中閃閃發光。

「『伊莎貝拉，放我進去，否則我會讓你後悔的！』他像約瑟夫所說的那樣『咆哮著』。

「『我不能犯下殺人罪，』我回答說，『辛德雷先生拿著刀子，還有裝滿子彈的手槍，正站在門口等著呢。』

「『讓我從廚房的門進去！』」他說。

「『辛德雷會趕在我之前去到那裡，』我回答說，『你不能忍受一場大雪嗎！那你的愛情也太可憐了！夏天、月光皎潔的夜，你還可以讓我們安安穩穩地躺在床上；但是冬天一到，你卻跑著躲回來了！希斯克利夫，如果我是你，我會躺倒在她的墳墓上，像一隻忠誠的狗一樣死去……如今這個世界肯定不值得活下去了，對不對？很顯然，你給我一個這樣的印象，凱瑟琳是你生命中的全部快樂——我無法想像，你失去她了，該如何苟活下去。』

「『他在那裡，是他嗎……』我的那位同伴驚呼道，衝向了窗戶缺口那裡，『如果我能把手伸出去，我就能揍他！』

「艾倫，我擔心你會認為我是真正的惡人——但你並不瞭解全部的情況，所以不要妄下定論！無論如何，我都不會為了任何事情，去幫助或教唆別人謀害他的性命——我多希望他死，我肯定盼著他死。所以，當他向恩蕭撲過去，又把武器從他手中奪走的那一刻，我感到萬分失望，也為我剛才說的那番嘲諷的話感到害怕。

「手槍裡的彈藥突然爆炸了，刀刃一下子回彈，正好扎進了手槍主人的手腕。希斯克利夫用盡全力把它往回一拉，對方頓時皮開肉綻，他又把血淋淋的武器塞進了自己的口袋。然後他撿起一塊石頭，打掉了兩扇窗戶之間的隔板，接著衝了進來。他的對手因為疼痛過度，還有動脈或主靜脈失血過多，已經昏倒在了地上。

「這個惡棍，對他又踢又踩，按著他的頭，反覆往地板上撞，同時還用一隻手抓住我，防止我去喊約瑟夫。

「他真的使出了超人的自我克制力，並沒有完全弄死他。但他喘不過氣來，才終於停了下來，並把這具顯然沒有生命跡象的軀體拖到了地上。

「在地上，他撕掉了恩蕭先生的大衣袖子，粗暴地幫他包紮了傷口，一邊罵著，一邊朝他吐口水，就像他之前踢人一樣起勁。

「我趁機跑了出來，就趕緊去找那個老僕人。他漸漸聽懂了我匆匆忙忙講的話，就一邊喘著氣，一邊一步兩級臺階地趕下樓來。

「『這該如何是好？這該如何是好？』

「『就這麼回事，』希斯克利夫大聲說，『你的主人瘋了，如果他再發酒瘋一個月，我就把他送到精神病院去。你這隻老掉牙的狗，你怎麼把我鎖到外面了？別站在那裡嘀嘀咕咕的。來吧，我不打算管他。把那灘東西洗掉。注意你蠟燭的火花——那血一半以上是白蘭地！

「『所以，你把他殺了！』約瑟夫叫道，驚恐地舉起手，抬起眼睛，『我還沒有目睹過這樣的罪！願主——』

「希斯克利夫推了他一把，使他跪在了血泊之中，又甩給他一條毛巾。但他沒有動手去擦血跡，而是雙手合十，開始祈禱，他古怪的措辭讓我覺得可笑。當時的我，對任何事情都不感到害怕了。事實上，我就像一些在絞刑架上的罪犯一樣，表現得對一切都肆無忌憚了。

「『哦，我把你給忘了，』那暴君說，『這事應該你來做。你跪下。你和他密謀起來對付我，是嗎，毒蛇？好了，你就適合幹這個！』

「他搖晃著我，直到我的牙齒發出咯吱咯吱的響聲，又把我推到約瑟夫身邊。約瑟夫不慌不忙地結束了他的禱告，然後站了起來，發誓說他會馬上動身趕到畫眉山莊去。林頓先生是地方治安官，哪怕他死了五十個太太，也應該來調查此事。

「他已經鐵了心要去，所以希斯克利夫認為，有必要逼著我把剛才的事情講出來。當我不情願回答他的問題時，他站在我身邊，惡狠狠地看著我。

「要讓這位老人相信不是希斯克利夫先下的手，要費很大的力氣，尤其因為我的回答都是一句句硬擠出來的。不過，恩蕭先生很快就讓他相信了，他還活著。約瑟夫趕緊給他主人灌下一杯烈酒，一杯下肚，他的主人很快就動彈了，也恢復了意識。

「希斯克利夫意識到，他的對頭昏迷時並不知道自己被人拳打腳踢了，便告訴恩蕭，他剛才發酒瘋了；並說他不會追究他那謀殺的行為，還勸他去睡覺。讓我高興的是，他提出了這個明智的建議後，就離開了我們；辛德雷在壁爐前的石板上躺下了。我回了自己的房間，感歎著，自己竟如此輕易地脫身了。

「今天早上，大約還有半個小時就到中午了。我下樓時，恩蕭先生正坐在爐火旁，病得很重。他那惡魔死對頭，幾乎同樣地憔悴不堪，倚在煙囪上。兩個人似乎都不願意吃飯，等到桌上的飯菜都涼了，我才開始獨自用餐。

「沒有什麼能阻止我吃得飽飽的。我體會到了某種滿足感和優越感，因為我不時地向那兩個一聲不吭的同伴瞥上幾眼，內心有種問心無愧的舒坦。

「吃完後，我就大膽地走近壁爐，繞過恩蕭的椅子，在他旁邊的角落裡跪了下來烤火。

「希斯克利夫沒有朝我這邊看一眼，我抬起頭來，從容地凝視著他的臉，彷彿那張臉已經變成了一塊石頭。他的額頭，我曾經認為很有男子氣概，如今卻覺得很邪惡，又籠罩著一層烏雲。他那雙蛇怪般的眼睛，由於徹夜不眠，也幾乎黯淡無光了——也許剛哭過，因為當時睫毛是溼的；他的嘴唇沒有了猙獰的冷笑，而被定格在一種難言的悲傷之中。如果這是另一個人，在這樣的悲痛面前，我一定會捂住臉。然而現在是他，我就很滿意了：雖然侮辱一個倒下的敵人似乎很無恥，但我不能錯過趁機放一支冷箭的機會。他軟弱的時候，是我唯一能夠嘗到以牙還牙樂趣的時候。」

「呸，呸，小姐！」我打斷了她的話，「人家還以為你這輩子從未打開過一本《聖經》呢。如果上帝懲罰你的敵人，你應該滿足了才對。在他身上再加一層你的折磨，這既卑鄙又放肆！」

「艾倫，總而言之，我承認你說得對，」她繼續說道，「但是，除非我也能讓希斯克利夫受點苦，不然他現在的那點痛，我能滿意嗎？如果我能叫他吃些苦，我寧願他遭受得少些，而他也知道，這苦是我給他的。唉，我欠他太多了。只有在一種情況下，我才有希望原諒他。如果我能以眼還眼、以牙還牙，他每一次扭痛我，我就扭回去，讓他也嘗嘗我受的罪。因為是他先下手的，所以讓他先求饒；然後——到那時候，艾倫，我可能會表現得寬宏大量一些。但我是根本報不了仇的，所以我就不能饒恕他。辛德雷想要點水，我遞給他一杯水，問他怎麼樣了。

「『沒有我想的那麼嚴重，』他回答道，『但除了手，我渾身上下都像跟一群小鬼打過架一樣疼痛！』

「『是的，這也不奇怪，』我又接了一句，『凱瑟琳生前曾經誇口，如果有人傷害你，她會站在你前面——她的意思是，某些人是害怕惹她不高興，才不敢傷害你。好在死人不會真的從墳墓裡爬出來，否則，昨天夜裡，她可能會親眼看見令人噁心的一幕！你的胸部和肩膀上沒有擦傷和割傷吧？』

「『我也不知道，』他回答，『但你這是什麼意思？我暈倒的時候，他還敢打我嗎？』

「『他踩你、踢你，把你按在地上，』我低聲說，『他的嘴裡吐著口水，恨不得用牙齒撕咬你，因為他只能算半個人——不算一個人。』

「恩蕭先生和我一樣，抬起頭來，看著我們共同敵人的臉。他沉浸在痛苦之中，似乎對周圍的一切都無動於衷：他站得越久，我們就越清楚地透過他的五官看到他的陰暗。

「『哦，在我一生最後的痛苦中，如果上帝能賜我力量，讓我掐死他，我就會快快樂樂地下地獄。』這個不耐煩的人嘴裡念著，扭動著身子，想站起來，又絕望地往後退了，他確信自己鬥不過人家。

「『不，他殺了你們中的一個人已經夠了，』我大聲說，『在畫眉山莊，人人都知道，要不是因為希斯克利夫先生的話，你妹妹現在還活著。說到底，被他憎恨總比被他愛上要好。當我回憶起我們當初多麼快樂——他來之前，凱瑟琳是多麼快樂——我真要詛咒如今的日子。』

「很有可能，希斯克利夫注意到我所說的事實，卻也沒在意說話人的口氣。我看到他的注意力被喚醒了，因為有眼淚順著他的睫毛直流，他喘息著，發出了哽咽的歎息。

「我死盯著他，朝他輕蔑地笑了笑。他那雙眼睛如烏雲密布的地獄之窗，朝我閃了一下；然而這個平日裡神氣活現的惡魔，此刻卻如此暗淡無光，被淚水淹沒，因此我又毫不畏懼地發出一聲嘲笑。

「『站起來，滾出我的視線。』這個哀傷的人說。

「我猜，他說的就是這類話，因為他的聲音幾乎是含糊不清的。

「『請見諒，』我回答道，『但是我也愛凱瑟琳。她的哥哥需要人照顧，看在她的分上，我也要來幫忙。如今她不在了，我在辛德雷身上看到了她的影子；辛德雷的那雙眼睛跟她長得一模一樣，如果你沒有試圖把它們挖出來，並且把眼角打得紅一塊紫一塊；還有她的——』

「『站起來，可憐的白癡，別等我一腳踩死你！』他大叫著，做了一個動作，惹得我也移動了一下。

「『不過，』我繼續說著，並準備逃跑，『如果可憐的凱瑟琳相信你，並接受了希斯克利夫太太這個可笑、可鄙、又丟人現眼的頭銜，要不了多久，類似的畫面也會在她身上重現！她才不會默默忍受你可惡的行為，她的憎惡和厭惡一定會發洩出來。』

「在我和他之間隔著一把長椅，還有恩蕭，所以他沒有試圖接近我，而是從桌子上抓起一把餐刀，朝我頭上扔了過來。刀子落在了我的耳朵下面，頓時把我正在說的那句話打斷了。但是，我拔出了刀子，衝到門口，又補了一句，希望這句話比他剛才的刀子扎得更深一點。

「我最後一眼看到他，是他怒氣沖沖地朝我衝過來，結果被他的房東一把抱住了。兩人扭在一起，一併倒在壁爐前。

「我一路逃過廚房的時候，吩咐約瑟夫趕快去找他的主人。我撞倒了哈里頓，他正在門口把一窩小狗吊在椅背上。我像一個從煉獄中逃出來的靈魂一樣幸福，我蹦著、跳著，一路飛向那條陡峭的道路；接著，走過彎彎曲曲的小路，直接穿過荒原，翻過河岸，涉過沼澤。事實上，我正朝著畫眉山莊的亮光走去。我寧願被打入地獄，永無天日，也不願再回到咆哮山莊的屋簷下，哪怕住上一晚也不願意。」

伊莎貝拉不再說話，喝了一口茶，然後站起來，吩咐我給她戴上帽子，披上我帶來的大披肩。我懇求她再待一小時，她充耳不聞，踩在一把椅子上，親吻了艾德加和凱瑟琳的畫像，又向我行了一個類似的禮，然後在小狗芬妮的陪同下上了馬車。芬妮因為找回了牠的女主人，欣喜地大叫。馬車帶著她走了，從此再也沒有回過這一帶。但在情況穩定下來後，她和我的主人有了定期的書信聯絡。

我相信她的新住處是在南方，靠近倫敦。在她逃跑後的幾個月，她在那裡生了一個兒子，取名林頓。從一開始，她就來信說他是個體弱多病、暴躁易怒的傢伙。

有一天，希斯克利夫在村裡遇見我，就盤問我她住在哪裡。我拒絕回答。他說，這並不重要，只是她必須當心，別去找她哥哥；如果他還得做她丈夫的話，她就不該跟他哥哥在一起。

雖然我不願意透露任何風聲，但他從別的僕人那裡打聽到了她的住處，也知道了孩子的存在。然而他並沒有打擾她。我想，她可能還會感謝他對自己的厭惡，因為這個，他才放了他們母子一馬。

他每每見到我，總會問起那個嬰兒。聽到小孩的名字時，他冷笑了一下，說：

「他們想讓我也恨他，是嗎？」

「我認為，他們不希望你知道任何事情。」我回答道。

「但等到我想要他時，」他說，「我一定能得到他。他們等著瞧吧！」

幸虧，孩子的母親在那一刻來臨之前就去世了。那是在凱瑟琳去世後的大約十三年，當時林頓十二歲，或者更大一點。

伊莎貝拉突然來訪的第二天，我沒有機會和我的主人說起這事。他避免跟人說話，沒有心思討論任何事。在我總算能跟他說到話的時候，我看得出來，他很高興妹妹離開了希斯克利夫；他對她丈夫恨之入骨，這似乎有悖於他溫和的本性。他這厭惡是如此痛徹和敏感，以至於任何有可能看到或聽到希斯克利夫的地方，他都避而不去。悲傷，疊加著這些情緒，使他變成了一個徹徹底底的隱士：他放棄了地方治安官的職位，甚至不再去教堂，避開村子裡的任何場合，在他的園林和院子裡，過著與世隔絕的生活。他的生活偶有變化，都是他在荒原上獨自漫步，還有去他妻子墳墓的時候，而且通常是在晚上，或是在清晨沒有人的時候。

可是他太善良了，不可能一直不快樂。他沒有祈禱凱瑟琳的靈魂纏著他：時間讓他漸漸懂得了聽天由命，那是一種比普通快樂更甜美的憂傷。他懷著熱切而溫柔的愛思念著她，滿懷希望地憧憬著一個更美好的世界；他毫不懷疑，她早已經去了那個世界。

他也有塵世的安慰寄託。我說過，有那麼幾天，他似乎對亡妻為他留下的弱小後代不聞不問，不過那種冷漠像四月的雪一樣，迅速融化了。在這個小東西還沒能咿呀呀地說話或者蹣跚學步的時候，在他心裡，她就是一個揮著權杖的小暴君了。

小東西取名凱瑟琳，但他從未叫過她的全名，就像他從未喊過前面那位凱瑟琳的小名；可能是因為希斯克利夫向來叫她小名的緣故。他總是喊這個小傢伙「凱西」，對他來說，她與母親有區別，但又有聯繫；他對女兒的寵愛，與其說是出於骨肉之情，還不如說源於她與母親的這種聯繫。

我過去總拿他和辛德雷．恩蕭做比較，他們倆的處境相似，行為卻截然相反，對此我很費解，也想不出個究竟。他們都是很好的丈夫，都很愛自己的孩子，不管是好是壞，我看不出為什麼他們不走同樣的路。但我心裡想，辛德雷雖然表面上看起來意志更堅定，可悲的是，事實證明他是一個更糟糕、更沒出息的人。當他那艘船被擊中時，船長放棄了他的職守，船員也都沒有試圖去拯救，而是陷入了騷動和混亂之中，這艘不幸的船就再也沒什麼希望了。相反，林頓拿出了真正的勇氣，展現出一個忠誠可靠的靈魂。他相信上帝，而上帝也撫慰了他。一個滿懷希望，另一個陷入絕望：命運是他們自己選擇的，注定要自己承受。

但你不會想聽我說教的，洛克伍德先生，對這些事情，你會像我一樣自有判斷。無論如何，你會認為自己可以做出判斷，這也都一樣。

恩蕭的死，是可以預料到的，他緊跟著他妹妹的腳步：這中間幾乎不到六個月。我們在畫眉山莊的人，始終沒有聽到過任何關於他的簡單情況。我所瞭解到的，都是後來去幫忙準備葬禮的時候打聽來的。肯尼斯先生來向我主人報喪。

「唉，奈莉，」一天早晨，他騎馬進了院子，對我說道，他來得太早了，我立即有種不祥之感，不由得心中一驚，「現在輪到你和我去參加葬禮了。你認為這回是誰離我們而去了？」

「誰？」我急忙問道。

「啊哈，你猜猜看！」他下了馬，把馬轠繩掛在門邊的一個鉤子上，「還有，捲起你的圍裙角，我肯定你用得到。」

「不會是希斯克利夫先生吧？」我叫道。

「什麼?!你會為他哭泣嗎？」醫生說，「不，希斯克利夫是個健壯的年輕人；我剛看到他——他今天看起來很有精神。自從他失去了那位太太以後，他很快地長胖了。」

「肯尼斯先生，那會是誰呢？」我不耐煩地重複道。

「辛德雷．恩蕭！你的老朋友辛德雷——」他回答說，「也是講我壞話的朋友——雖然這麼長一段時間，他對我太張狂了。好了！我說過我們會掉眼淚的吧——振作起來吧！他死得很有個性，醉醺醺的，像個貴族一樣——可憐的孩子。我也很難過。一個人總是會忍不住懷念他的老朋友。儘管他總是使一些大家想不到的最糟糕的伎倆，還對我做過許多卑鄙的事——好像他才二十七歲吧，跟你同歲，誰會想到你們兩個是在同一年出生的！」

我承認，這個打擊對我來說比林頓太太的死更大，舊日的種種回憶縈繞在心頭。我坐在門廊上哭著，像在哭一個有血緣關係的親人，要求肯尼斯另找一個僕人向主人通報。

我禁不住思考一個問題——「他受到公平對待了嗎？」無論我做什麼，這個想法總在困擾著我，拚命糾纏著我。後來我決定請個假到咆哮山莊去，還要幫助料理一下後事。林頓先生極不情願放我去，但我苦苦哀求著，說他現在的處境已經是無親無友了。我說我的舊主人是跟我一同吃奶長大的，他有權要我為他效勞，也有權要林頓先生效勞。此外，我還提醒他，那個孩子哈里頓是他妻子的侄兒。在沒有親人的情況下，他應該充當孩子的監護人，他也必須去過問一下遺產的情況，還要瞭解一下他大舅子的想法。

他當時不便於處理這種事情，但他讓我跟他的律師談一談；最後他准許我去了。他的律師也曾是恩蕭的律師，我到了村裡，請他陪我去。他搖了搖頭，建議別惹希斯克利夫，還肯定地說，如果真相大白了，到時候就會發現哈里頓和乞丐沒什麼兩樣。

「他父親死的時候負債累累，」他說，「全部的財產都被抵押了，自然繼承人的唯一辦法是讓他有機會贏得債權人的一些好感，如此一來，在處理的時候，人家或許會對他手下留情。」

我來到咆哮山莊時，解釋說我是來看看一切的操辦是否得體。愁眉苦臉的約瑟夫對我的出現表示滿意。希斯克利夫先生說，他看不出這裡有要我幫忙的地方，但如果可以的話，我可以留下來安排葬禮的事。

「沒錯，」他說，「這個傻瓜的屍體應該埋在十字路口，[1]沒有任何儀式。昨天下午，我碰巧離開十分鐘。就在那個時候，他把房子的兩扇門關上了，不讓我進去。他整晚都在喝酒，故意把自己灌死！我們今天早上聽到他像馬一樣喘著氣，就破門而入，他就在那裡，躺在長椅上——即使狠狠地鞭打他、揭他的頭皮，也弄不醒他了。我派人去請肯尼斯，他來了，可是這畜生已經變成了屍體——他死了、冷了，也僵了，所以你得承認，哪怕再折騰，也是沒有用的！」

老僕人證實了這一說法，但嘀咕道：

「我寧願他自己去請醫生來！我應該留下來照顧主人，總比留下他好——我走開的時候，他還沒死，根本沒那回事呢！」

我堅持要把葬禮辦得體面點——希斯克利夫先生說，這事可以由我做主，只是，他要我記住，辦喪事的錢是從他的口袋裡掏出來的。

他保持一種冷酷又漠然的姿態，不悲亦不喜；如果一定要說他有什麼情緒的話，那就是對成功搞定一件困難的事，有一種輕蔑的滿足。有一次，我確實在他的臉上看到了一種類似得意的神情，那就是在人家把棺材從屋子裡抬出來的時候，他很虛偽地跟著哀悼了；在跟著哈里頓走之前，他把那個不幸的孩子抱到桌子上，用一種罕見的語氣喃喃地說：

「現在，我的好孩子，你是我的了！我們來瞧瞧，刮著同樣的風，一棵樹會不會和另一棵樹一樣長歪了！」

這個毫無戒心的小東西聽到這種話，還滿高興的；他玩弄著希斯克利夫的鬍鬚，撫摸著他的臉頰。但我猜到了他話中有話，便尖銳地說：

「先生，那個男孩必須和我一起回到畫眉山莊——哪怕全世界都是你的，這孩子也不屬於你！」

「林頓說的嗎？」他問道。

「當然——他命令我把他帶走。」我回答說。

「好吧，」這個無賴說，「我們現在不爭論這個問題了，但我有一個想法，準備試著養一個小

1 一八二三年前，英國的法律規定，罪犯尤其是自殺者，須埋葬在十字路口（埋在十字路口是為了消滅死者惡靈的影響，因十字路口可向四方擴散）。參見羅伯特·哈利迪（Robert Halliday），《犯罪墳墓和鄉村十字路口》，《英國考古學》（二一七）一九九七年六月。

傢伙；對你的主人說，如果他試圖把孩子領走的話，我必須要回我自己的孩子。我不同意放哈里頓走；這是無可爭論的，不然我一定要確保另外一個過來！記得告訴他。」

這個條件足以讓我束手無措。我回來時，又重複了這番話，而艾德加・林頓本來就沒有什麼興趣，因此就再也不提干涉的事。就算他真想去爭，我也不覺得他能達到目的。

在咆哮山莊，如今希斯克利夫反客為主：他牢牢地掌握著所有權，並向律師證明，而律師又向林頓先生證明，恩蕭已經把擁有的每一吋土地都抵押出去了，為了滿足他賭博的狂熱；而希斯克利夫，就是接受抵押的人。

就這樣，哈里頓本應是周邊一帶的一流紳士，卻淪落到徹底依賴他父親多年的仇敵來養活的地步；在自家的房子裡變成了僕人，連報酬都沒有。而且他舉目無親，也意識不到自己受了欺侮，再也無法翻身了。

第四章

「過了那段陰鬱的日子，之後的十二年，是我一生中最快樂的時光。」迪恩太太接著說，「在那段日子裡，我最大的煩惱來自我們家小姐那無足輕重的小病。她和所有孩子一樣，無論貧富，都必須經歷這些小病。」

剩下的時光都是好的。她半歲之後，像一棵落葉松一樣漸漸長大；在林頓太太墳上的石楠再度盛開之前，她就開始牙牙學語，蹣跚學步了。

她是最討人喜歡的小東西，給淒涼的房子帶來陽光——她是真正的美人——生著恩蕭家族漂亮的黑眼睛，還有林頓家族白皙的皮膚、精緻的五官、金黃色的鬈髮。她精力旺盛，但並不粗野，而且在感情上，有一顆過度敏感而活潑的心。這種強烈的依戀讓我想起了她的母親。但她並不像她，因為她可以像鴿子一樣柔軟溫和。她的聲音柔和，表情沉靜。她的憤怒從來都不是暴怒，她的愛也不狂熱，而是深沉又溫柔。

然而，必須承認的是，為了襯托她的優點，她也有缺點。調皮是其一，還有就是執拗任性。被嬌慣的孩子總是如此，無論脾氣好壞。如果有僕人碰巧惹惱了她，她總會說：「我要告訴我爸爸！」如果他責備她，哪怕只是一個眼神，你都會覺得她的心要碎了。我不相信他曾對她說過一句重話。

他完全靠自己來教育她，並把這當作一種樂趣。幸運的是，她求知若渴又聰明伶俐，這使她成了優秀的學生；她學得很快，也保持熱情，給他的教導增添了光彩。

她長到十三歲了，還不曾獨自走出過園林一次。林頓先生偶爾會帶她到外面走一英里左右的路，但他不放心把她交給別人。吉默屯在她的耳中，不過是一個虛幻的名字。除了她自己的家，教堂是她唯一接近或進入過的建築。咆哮山莊和希斯克利夫先生對她來說並不存在。她是徹徹底底隱居的人，而且，她顯然沉浸其中。有時，當她從育兒房的窗戶向外眺望這個鄉間時，她會說：

「艾倫，還要多久，我才能爬上那些山頭呢？我想知道山的另一邊是什麼——是海嗎？」

「不，凱西小姐，」我會回答，「還是山，跟這一樣的山。」

「當你站在那些金色的岩石下時，它們是什麼樣子的？」她曾經問道。

潘尼斯通峭壁的陡坡特別吸引她的注意，尤其是當夕陽照耀著峭壁和山頂，山外的整個風景都藏在陰影當中的時候。

我解釋說，潘尼斯通峭壁是光禿禿的石塊，裂縫中的泥土幾乎種不了一棵矮小的樹。

「為什麼這裡已經是傍晚了，潘尼斯通峭壁還這麼亮？」她追問道。

「因為潘尼斯通峭壁那裡比我們高得多，」我回答說，「你不可能爬上去的，太高太陡了。冬天的時候，那裡總是比我們這裡先下霜。還有，盛夏的時候，我還在東北面那個黑洞裡發現過雪呢！」

「啊，你已經上去過了！」她高興地叫道，「那等我成了一個大女孩，我也可以去。爸爸去過嗎，艾倫？」

「小姐，你爸爸會告訴你的，」我匆忙地回答，「那裡不值得去看。你和他一起散步的荒原，要比那更好，而且畫眉山莊的園林是世界上最好的地方。」

「但我瞭解園林，卻還不瞭解那些地方啊。」她喃喃自語道，「要是能站在那個最高的山頂上望一望四周，我會很高興的——總有一天，我的小馬米妮會帶我上去的。」

有一個女僕說起仙女洞時，她一心想去，為此纏住了林頓先生。他也答應她，等她再長大些，就可以到那裡去玩一次。但是凱瑟琳小姐以月來計算她的年齡，並且嘴上一直掛著一個問題——

「現在我已經長大，可以去潘尼斯通峭壁了嗎？」她總問。去那裡的路，必經咆哮山莊。艾德加打心裡不想經過它，所以她經常得到的回答是：

「還不行，親愛的，還不行。」

我說過，希斯克利夫太太離開她丈夫後，又活了十幾年。他們全家的體質都很弱，她和艾德加都缺乏你們這種常見的紅潤健康。我不確定她最後得了什麼病，我想他們都是死於同一種病、一種熱病，開始時發展緩慢，但無法治癒，到了後期，很快喪命。

她寫信告訴哥哥，她生病已有四個月，大約離大去之日不遠了，並懇求哥哥，如有可能，請來看她，因為她有很多事情要處理，她希望向他告別，並把小林頓妥善地交給他。她的願望是，把小林頓留給舅舅，就像從前他們兄妹在一起一樣。她心知肚明，孩子的父親並不想承擔起撫養或教育他的責任。

主人毫不猶豫地答應了她的請求。平日裡為了一般事情喊他，他不大願意走出家門，但這回他迅速地答應了。他出門的時候，要我格外管住凱瑟琳，並一再重申，即使有我陪同，她也不能走出園林。他沒有料到，她會孤身一人走出家門。

他離開了三個星期。頭一兩天，這孩子坐在書房的一個角落裡，心裡太難過，既不看書也不玩。她安安靜靜的，沒給我添什麼麻煩。但接下來的一段時間，卻是一連串的不耐煩和焦躁。當時我太忙了，年紀也大了，沒辦法跑上跑下去逗她玩，於是我想到了一個辦法，讓她自己去玩。

我常常送她去繞著園林轉一轉——有時候是步行，有時候是騎著小馬。等她回來時，我就耐心地聽她分享那些真實的和想像中的冒險經歷。

盛夏時節，她喜歡上了這種外出獨自遊蕩的感覺，因此經常是從早餐到下午茶的時間，她都待在外面，晚上則在講述她的奇幻故事中度過。我並不擔心她會越界，因為大門通常都是鎖著的，我想就算大門敞開著，她也不敢冒險單獨出門吧。

不幸的是，我錯信了人。有一天早上八點，凱瑟琳過來找我，說那天她要做一個阿拉伯商人，準備帶著商隊穿越沙漠，我必須幫她準備好充足的乾糧，供她自己和牲畜使用，有一匹馬和三頭「駱駝」，也就是一匹小馬、一隻大獵犬和兩隻短毛犬。

我準備了很多好吃的，然後把這些東西放在馬鞍一側的筐子裡。她像仙女一樣快樂地跳起來，用她的寬邊帽和薄薄的面紗遮住了七月的陽光，然後歡快地笑著跑開了，我小心翼翼地叮囑她別跑太快，早些回家，她還嘲笑我。

這個淘氣的小東西直到下午茶時間都沒有出現。在那隊人馬中，只有獵犬、那隻貪圖安逸的老狗回來了，但凱西、小馬和兩隻短毛犬，卻四處都看不到他們的影子。我派人沿著這條路走走、順著那條路去找找，最後，我親自出發去尋她。

在山莊旁邊，有一個工人正在園林四周築籬笆。我問他，是否見過我家小姐。

「我早上看到她了，」他回答說，「她要我給她剪一根榛樹枝，然後她跳上她的加洛韋馬，越過那邊的矮樹籬，飛快地消失了。」

你可以想像我聽到這個消息時的感受。我瞬間想到，她肯定去了潘尼斯通峭壁。

「她會不會出事？」我大叫一聲，從那人正在修補的缺口中擠了過去，直奔大路而去。

我彷彿跟人打賭似的，走了一英里又一英里，直到拐了一個彎，我看到了咆哮山莊，但不論遠近我都沒有看到凱瑟琳的影子。

峭壁離希斯克利夫先生住所約一英里半，離畫眉山莊有四英里遠，所以我開始擔心，只怕我還沒趕到那裡，天就已經黑了。

「萬一她爬山的時候，失足滑倒了怎麼辦？」我想，「她會不會摔死，或者把骨頭摔斷？」

這些擔心真讓人痛苦。起初，當我匆匆經過咆哮山莊時，一眼看到最凶猛的指示犬[1]查理正躺在窗下，腦袋腫了，耳朵流血，這讓我鬆了一口氣。

我打開門，跑到門前，用力敲著門，叫人快點開門。一個女人開了門，這個女人我認識，以前就住在吉默屯。自從恩蕭先生去世後，她一直是那裡的僕人。

「啊，」她說，「你是來找你家小主人的！別怕。她在這裡安全得很呢——我很高興進來的不是主人。」

---

1 狩獵時如果發現獵物，指示犬會用身體姿勢提醒獵人獵物的方向。指示犬今天依然活躍在犬場競賽和狩獵活動中。

「那他不在家，對嗎？」我氣喘吁吁地說，由於跑得太快又驚慌失措，簡直喘不過氣來。

「不，不，」她回答說，「他和約瑟夫都出去了，我想他們一個小時或者更長的時間內都不會回來。進來吧，休息一下。」

我走了進去，看見我那迷途的羔羊坐在壁爐旁，正在一張小椅子上搖晃呢，這曾經是她媽媽小時候的椅子。她的帽子掛在牆上，她看起來很自在，興致勃勃地和哈里頓聊著天，有說有笑。哈里頓現在是個十八歲的壯丁了，他正好奇又驚訝地盯著她看。她滔滔不絕地說了一連串的話，問了一連串問題，他卻幾乎聽不懂。

「好得很啊，小姐，」我喊道，心裡高興，卻裝作憤怒，「在你爸爸回來之前，這是你最後一次騎馬了。我再也不信你，再也不放你跨過門檻一步了，你這個淘氣的女孩。」

「啊哈，艾倫！」她高興地叫道，跳了起來，跑到我的身邊，「今晚我會有一個美麗的故事可以講——而且你已經找到我了。你以前來過這裡嗎？」

「戴上帽子，馬上回家，」我說，「我真為你難過，凱西小姐，你犯了大錯！噘嘴哭也沒用，沒法彌補我為了找你吃的苦頭。想想，林頓先生是如何讓我看住你的，而你就這樣溜了出來。這說明你是一隻狡猾的小狐狸，沒有人肯再相信你了。」

「我做了什麼？」她抽泣了一下，馬上又忍住了，「爸爸沒囑咐過我什麼——他不會罵我的，艾倫——他從來不會像你一樣發脾氣！」

「走吧，走吧！」我重複道，「我去把帽帶綁上。現在，不要再嬌裡嬌氣了。唉，真不害臊。你都十三歲了，還像個小孩一樣！」

她把帽子從頭上推開了，自己退到煙囪那邊，不讓我碰到她，於是我才講了這番話。

「別這樣，」僕人說，「迪恩太太，不要為難這位漂亮的女孩。是我們讓她停下來的——她很想騎馬往前走，我們生怕你不放心。哈里頓提出要和她一起去，我想也是應該的。這條翻山越嶺的路很難走。」

在聊這些的時候，哈里頓站在那裡，雙手插在口袋裡，尷尬得說不出話來，雖然他看起來似乎不喜歡我闖進來。

「我還要等多久？」我繼續問道，不理會那女僕的勸告。「再過十分鐘就天黑了。凱西小姐，小馬在哪裡？費尼克斯又在哪裡？你再不快一點，我就走了，所以你請便吧。」

「小馬在院子裡，」她回答說，「費尼克斯關在那邊。牠被咬了——查理也被咬了。我本來想告訴你這些的，但你發那麼大的脾氣，我才不要告訴你呢。」

我撿起她的帽子，走過去想給她戴上，但她看出來房子裡的人都站在她那邊，就繞著房間亂蹦亂跳了起來。我追著趕著，她像一隻老鼠，在家具的前後左右竄來跑去，她一邊跑我一邊捉，那樣子也很可笑。

哈里頓和那個女僕笑了起來，她也跟著笑了，並且更加放肆，直到我非常憤怒地喊道：

「好吧，凱西小姐，如果你知道這是誰的房子，你會巴不得快點出去的。」

「這是你父親的房子，是嗎？」她說，轉身看向哈里頓。

「不是。」他低著頭說，臉色羞紅。

他無法忍受她雙眼的凝視，雖說那雙眼睛長得真像他自己的。

「那是誰的呢——是你主人的？」她問。

他的臉脹得更紅了，帶著一種異樣的感覺，喃喃地咒罵了一句，然後轉過身去。

「他的主人是誰？」這個討人厭的女孩繼續問道，求我回答，「他談到了『我們的房子』和『我們的家人』，我以為他是主人家的兒子。而且他從來不喊我一聲『小姐』，如果他是僕人，就應該這樣稱呼我的，不是嗎？」

哈里頓聽了這番幼稚的話，臉色陰沉了下來，像蒙上了一層烏雲。我悄悄地搖了搖那個向我發問的人，最後，我總算幫她穿戴整齊，準備出發了。

「現在，把我的馬牽來，」她對著這個素未謀面的親人說，就像對待畫眉山莊的一個馬夫一樣，「你可以跟我一起去。我想去看看妖精獵人在沼澤裡出現的地方，也想聽聽你說的那些仙女的情況——但要快一點！怎麼了？我說，去把我的馬牽來。」

「要我做你的僕人，你先給我見鬼去吧！」年輕人吼道。

「你要我見什麼？」凱瑟琳驚訝地問。

「見鬼——你這個放肆的巫婆！」他回答道。

「好了，凱西小姐！你看你交了一個多好的朋友啊，」我插嘴道，「對一位小姐居然說出那樣的好話！求求你，別跟他扯了——來，我們自己去找米妮，然後走。」

「可是，艾倫，」她叫道，瞪大了眼睛，驚訝地定住了，「他怎敢這樣對我說話？難道不能讓他按我的吩咐做嗎？你這個壞傢伙，我要告訴爸爸你說的這些話——好，行了！」

對於這種威脅，哈里頓滿不在乎；於是，憤怒的淚水湧入她的眼眶。「你去把小馬牽來，」她轉身對女僕喊道，「現在就去把我的狗放了！」

「客氣點，小姐，」那女僕說，「你以禮待人，不會有什麼損失的。雖然哈里頓先生不是主人的兒子，但他是你的表哥；而我，也從來不是雇來伺候你的。」

「他，是我的表哥?!」凱西叫道，輕蔑地笑著。

「是的，確實如此。」那位責備她的女僕回應道。

「啊，艾倫！不許他們說這種話，」她心煩意亂地接著說，「爸爸去倫敦接我的表弟了——我的表弟是個紳士的兒子。那我的——」她停了下來，放聲大哭；一想到和這樣一個不入流的人扯上親戚關係，就好失望。

「噓，噓！」我低聲說，「大家可以有很多表兄弟姊妹，各種各樣的，凱西小姐，這沒有什麼大不了的。只是如果他們是討厭的，或者很壞，那就不必跟他們來往了。」

「他不是，他不是我的表哥，艾倫！」她繼續說著，悲從中來，一下子撲到了我的懷裡，想逃避這個想法。

聽到她和那女僕相互洩露了消息，我非常惱火。毫無疑問，小林頓要來的事，經這位這麼一說，肯定要傳到希斯克利夫的耳朵裡了。同時我也確信，凱瑟琳在她父親回來後，肯定會第一時間就去追問女僕口中的這個粗魯親戚的事。

哈里頓之前被人誤當作僕人，惱了好久，現在緩了過來，看她這麼傷心，似乎也很可憐她。他把小馬牽到門口，為了安慰她，又從狗窩裡牽出一隻漂亮的瘸腿獵犬，把牠交到她手裡，要她別再哭了，因為他沒有什麼別的意思。

她停止哭泣，用敬畏和惶恐的目光打量著他，然後又大哭了起來。

看她對這個可憐的傢伙如此反感，我忍不住想笑。這是一個身材勻稱又健壯的年輕人，長相英俊，體格健碩，然而穿的衣裳只適合在農場裡工作，或打過野兔後在荒原裡遊蕩。不過，我想還是能從他的相貌中看出，他的素質明顯優於他父親。毫無疑問，好苗子被埋沒在生滿雜草的荒原中了，雜草長勢凶猛，大大覆蓋了這個被人忽視的幼苗。然而，儘管如此，有了其他有利的條件，肥沃的土壤總會收穫頗豐。我相信希斯克利夫先生並沒有在身體上虐待過他。這要感謝他天生無所畏懼，不會招惹人家欺負。在希斯克利夫的心裡，這孩子看起來也並不膽怯敏感，否則反而更易激起他虐待的欲望。希斯克利夫似乎不安好心，有意要把他培養成粗鄙的人：從不教他讀書或寫字；從不指責他的壞習慣，只要不惹惱他的主人就行；從不引導他培養美好德行，也沒有立過一條規矩以防他沾染不良惡習。據我所知，約瑟夫對他的墮落發揮了推波助瀾的作用，因為他心胸狹窄又偏心，對這孩子從小就奉承和寵愛，因為他是這古老家族的老大。就像在凱瑟琳．恩蕭和希斯克利夫小的時候，他就習慣說這兩人的壞話，稱他們倆為「異教徒的行為」，讓老主人失去了耐心，不得不整日借酒消愁，所以如今，他把哈里頓的全部過錯都歸咎於那個篡奪他家財產的人身上。

如果這個小子說了髒話，他不會糾正他；即使他行為惡劣，他也不過問。顯然，看著他走上極端，約瑟夫感到很滿意。他承認這孩子是被毀了，靈魂也陷入了深淵。不過，後來他又想，希斯克利夫必須為此負責。是他一手毀了哈里頓原有的良好家世。如此一想，他感到十分欣慰。

對於他的家族和血統，約瑟夫給他灌輸了一種自豪感。如果他敢，他也會挑起哈里頓和目前的山莊主人之間的仇恨，只不過，他非常害怕主人，到了近乎迷信的程度，也只敢壓住自己的情緒，在私底下含沙射影地嘀咕幾句罷了。

我並不想裝作對咆哮山莊那段日子的生活方式有多清楚。我也只是道聽塗說，畢竟親眼見到的很少。村民都咬定希斯克利夫先生為人吝嗇，而且是個對房客殘酷苛刻的房東。但是房子內部，因為有了女人來打理，已經恢復了它過去的舒適模樣。辛德雷在世的時候，家中那種混亂的場景如今已經不再上演。主人太陰鬱了，不願和任何人來往，無論這人是好是壞，直到今天，他依然如此

——

我講了這麼多，把剛才的故事扯遠了。凱西小姐拒絕了別人的求和，不要那條獵犬，要回了自己的狗：查理和費尼克斯。兩隻狗一瘸一拐地回來了，看起來垂頭喪氣；接著，我們就出發回家了，兩個人都悶悶不樂。

我無法從我那小姐口中得知她是如何度過這一天的。我只是猜測，她這次出發的目的地是潘尼斯通峭壁，她一路順利地來到了咆哮山莊門口，這時候，哈里頓恰巧出來，一些看家狗就攻擊了小姐的狗。

兩隊狗激烈地對打了一場，後來主人把這些狗分開了：於是就不打不相識了。凱瑟琳告訴哈里頓她是誰、她要去哪裡，還請他指路，最後又懇求他陪自己一起去。

他揭開了仙女洞以及其他二十個奇異之所的神祕面紗。不過，因為失去了她的歡心，未能聽到她分享自己所看到的有趣事物。

但是，我可以猜到，她一直很喜歡這位領路人，直到她拿他當作僕人來稱呼，才傷了他的感情；而希斯克利夫的女管家又聲稱他是她的表哥，也傷了她的感情。

隨後，他對她說的那些話又刺痛了她的心。在畫眉山莊的時候，每個人都是「寶貝」、「親愛的」、「女王」、「天使」地叫著她，如今卻遭到一個陌生人如此駭人的羞辱！她不明白。我費了好一番工夫才得到她的承諾，不會在父親面前訴說這種委屈。

我解釋了他父親是如何反感咆哮山莊那一家的，若是被他發現她去過那裡，他會有多麼難過。我再三強調，如果她讓父親得知我疏忽了他的命令，他也許會非常生氣，那樣我就不得不走人了。凱西可不願這種事情發生：她為了我，保證會信守承諾——畢竟，她是一個可愛的女孩。

第五章

一封帶黑邊的信件[1]宣告了我家主人回來的日子。伊莎貝拉死了。他在信中讓我給他的女兒準備喪服，還要為他的小外甥安排一個房間和準備其他東西。

凱瑟琳一想到要歡迎她父親回來，就欣喜若狂，並認定這位「真正的」表弟一定具備無數優點，對此她胸有成竹。

那個晚上，他們如期到達。從大清早開始，她就一直在忙著安排自己的小事；現在，她穿上了新的黑色連衣裙——可憐的小東西！她姑姑死了，她看起來明顯不是很悲傷——還不厭其煩地纏著我，要我陪她一起穿過院子去迎接他們。

「林頓只比我小六個月，」她絮絮叨叨地說著，在樹蔭下，我們優閒地漫步在長滿苔蘚、起伏不平的草地上。「有他作玩伴，那可真好啊！伊莎貝拉姑姑把他的一綹漂亮頭髮寄給了我爸爸，比我頭髮的顏色更淡一點——是亞麻色的，很細。我把它小心地保存在一個小玻璃盒裡。我時常想，能見到這綹頭髮的主人，會多麼讓人高興——啊！我真高興——還有爸爸，親愛的，親愛的爸爸！

1「帶黑邊的信件」為維多利亞時代的噩耗信。在當時，信封用紙通常是奶油色或灰色的，帶有黑邊，是為了向收件人透露，信件內容包含親人死亡的信息。

來吧，艾倫，我們跑起來吧！快跑！」

她向前跑去又跑回來，如此反覆。在我穩重的腳步到達大門之前，她跑了很多次，然後坐在路邊的草地上，準備耐心地等待，但那是不可能的，她一分鐘也靜不下來。

「他們要多久才來啊！」她叫著，「啊，我看到路上揚起了灰塵——他們來了！不是！他們什麼時候到啊？我們不能走一段路嗎——半英里，艾倫，就走半英里？你說個『好』，我們就走到轉彎處的那叢白樺樹那裡！」

我堅定地拒絕了。最後，她那一顆懸著的心終於落地了：她已經看見那輛長途馬車滾滾而來。凱西小姐尖叫起來，她一眼看到父親從窗口望過來的臉，就伸出了雙臂。父親下了車，幾乎和她一樣迫不及待。父女倆旁若無人地只顧彼此，過了好大一會兒，他們才想到這裡還有其他人。

當他們互相親熱的時候，我偷偷看了一眼林頓。他在一個角落裡睡著了，身上裹著一件溫暖的毛皮斗篷，像是在過冬。一個蒼白、嬌小，而柔弱的男孩，可能會被當成我主人的弟弟，他們的相貌如此相似。但他看起來有一種病態的乖戾，這是艾德加．林頓所沒有的。

主人看到我在望著他，和我握過手後，建議我把車門關上，不要去打擾他；因為這一路顛簸過來，他已經很疲憊了。

凱西本來也很想看一眼，但她父親讓她過去，他們一起步行穿過園林，而我則趕到前面去安排僕人。

「現在，親愛的，」他們在門前的臺階下停了下來，林頓先生對他的女兒說，「記住，短時間內，你的表弟不像你那麼健壯，也沒你那麼快樂，況且他剛剛失去了媽媽，因此，不要指望他馬上就和你一起玩啊跑啊，也不要總是找他說話打擾他——至少，今天晚上讓他安靜一下，好嗎？」

「好的，好的，爸爸，」凱瑟琳回答，「但我確實想看看他，而且他還沒朝窗外望過一眼呢。」

馬車停了下來，睡著的人被叫醒，被他的舅舅扶下了車。

「林頓，這是你的表姊凱西，」他說著把他們的兩隻小手放在一起，「她已經很喜歡你了。記住，你今晚可不要哭了，不然她也會傷心的。現在試著開心起來。我們的旅途結束了，你就好好休息、好好放鬆，其他的什麼也不用做。」

「那就讓我去睡覺吧。」男孩回答，躲開了凱瑟琳的問候；眼看眼淚又要掉下來了，他迅速用手指抹去。

「來吧，來吧，真是個好孩子。」我低聲說著，把他領了進去，「你也會把她弄哭的——看看她多為你難過！」

我不知道凱瑟琳是不是為他難過了，她的臉看起來和他一樣悲傷，接著她回到了父親身邊。三個人都進了屋，來到書房，那裡的茶已經準備好了。

我把林頓的帽子和斗篷脫下來，把他安頓在桌子旁的椅子上，但他剛坐下，又開始哭了。我的主人問他怎麼了。

「我不能坐椅子上。」男孩抽泣著說。

「那就坐沙發上吧，艾倫會給你端茶來的。」他的舅舅耐心地回答。

我確信，這孩子一路煩躁不安又身體不適，艾德加這一路肯定沒少受罪。

小林頓慢慢地拖著身子，躺了下來。凱西搬了一個腳凳，端著自己的茶杯，來到他身邊。起初，她靜靜地坐著，但這不能持久。她決定把她的小表弟當作寵物，就像她希望他成為的那樣；她開始像對待一個嬰兒一樣，撫摸他的鬈髮，親吻他的臉頰，用她的茶壺給他倒茶。這讓他很高興，因為他不比嬰兒好到哪裡去。他擦乾了眼淚，臉上露出了淡淡的微笑。

「哦，他會好起來的。」主人看了他們一會兒，對我說，「很好，艾倫，只要我們能留住他。讓他跟同齡的孩子一起玩，很快就會給他注入新的活力，而且只要他願意，他就一定能變得強壯起來。」

「是啊，只要我們能留住他！」我喃喃自語道，心裡湧出一種強烈的隱憂，只怕這希望太渺茫。接著我又想，這個弱不禁風的孩子將來如果住到咆哮山莊去，在他父親和哈里頓之中，他該如何生活呢？他們會是怎樣的玩伴和老師啊？

我們的疑慮很快就見分曉，甚至比我預期的還要早。喝完茶後，我剛把孩子帶到樓上，看著小林頓睡著——他不願意讓我走開，直到他睡著了——我下樓來，正站在門廳的桌子旁，為艾德加先生點燃臥室的蠟燭，這時，一個女僕從廚房走出來告訴我，希斯克利夫先生的僕人約瑟夫就在門口，要見主人。

「我要先問問他有什麼事，」我說著，心裡惶恐極了，「他們剛剛一路奔波回來，這個時間來打擾人家真不合適。我覺得主人不會見他。」

我說這些話的時候，約瑟夫已經穿過廚房，出現在門廳。他身著他週日做禮拜時的衣服，臉上掛著一副道貌岸然和酸溜溜的表情，一隻手拿著帽子，一隻手握著手杖，開始在入門地墊上蹭他的鞋子。

「晚安啊，約瑟夫，」我冷冷地說，「今晚什麼風把你吹到這裡來了？」

「我找林頓先生有話說。」他回答，輕蔑地揮揮手讓我走開。

「林頓先生要睡了，除非你有什麼特別的事要講，否則我敢肯定他不會見你的，」我繼續說，「你最好先坐下來，把你要帶的口信先跟我說說。」

「哪一間是他的屋子？」那傢伙繼續追問，打量著一扇扇緊閉的房門。

我意識到他堅決不讓我在中間插手，只好很不情願地走進書房，向主人通報了這位不速之客的到來，還勸主人叫他走，第二天再說。

林頓先生還沒來得及吩咐我這麼做，約瑟夫就後腳緊跟著我過來了，他推門而入，遠遠地站在桌子的另一端，兩隻拳頭緊握住手杖柄，似乎預料到會有人反對，他有意提高聲調說：

「希斯克利夫派我來要回他的孩子，要不到人，我是不會回去的。」

艾德加．林頓沉默了一分鐘，他的臉上籠罩著一種極度悲傷的表情。就算為了自己，他也會憐惜這個孩子；但是，想起伊莎貝拉的希望和擔憂、她對兒子的熱切盼望，以及將孩子託付給他的信任，再想到要放棄他，他感到萬分痛苦，並尋思著，如何才能避免這一切發生。他無計可施了，越是硬留下來，對方越是強硬，除了放棄，別無選擇。然而，他並不打算把孩子從睡夢中喚醒。

「告訴希斯克利夫先生，」他平靜地回答，「他的兒子明天會到咆哮山莊去。他已經在床上了，也太累了，不能走遠路。你也可以告訴他，林頓的母親是希望由我來照管他。還有，目前他的健康狀況還非常不穩定。」

「不行！」約瑟夫說，用他的手杖在地板上重重地敲了一下，並擺出一副權威的嘴臉，「不行！說這些沒有意義——希斯克利夫不管他的母親是誰，也不管你是誰——但他就是要自己的孩子；還有，我必須帶走他——現在你明白了吧！」

「你今晚不可以！」林頓果斷地回答，「給我馬上下樓，向你的主人重複我說的話。艾倫，帶他下樓去。走——」

然後，他抓起這個怒氣沖沖的老頭的手臂，把他推出了房間，順手關上了門。

「好了！」約瑟夫喊道，他慢慢地走了出來，「他明早會親自過來，如果你敢的話，就把他推出去！」

第六章

為了避免希斯克利夫上門威脅，林頓先生安排我一早就用凱瑟琳的小馬把這個男孩提前帶回家，他還說：

「無論是好是壞，這孩子的命運我們如今不能做主了，你千萬不要對我女兒說他去了哪裡。從此她不能跟這孩子來往了。最好別讓她知道他就在附近，免得她不安，急於去咆哮山莊拜訪——只需要告訴她，他父親突然派人來找他，他不得不離開我們了。」

五點鐘，小林頓很不情願地被從床上叫醒了，聽說還得準備出發去下一站，他大吃一驚。但我把事情淡化了，說他的父親希斯克利夫先生要和他相處一段時間，他非常希望見到他，等不及他一路長途跋涉還沒歇息好，就迫不及待地要跟他團聚呢。

「我父親？」他叫了起來，感到莫名其妙，「媽媽從來沒跟我說過我有一個爸爸。他住在哪裡？我寧願和舅舅待在一起。」

「他住在離畫眉山莊不遠的地方。」我回答說，「就在那些小山的後面——但不是很遠，等你好一點了，你就可以走著過來。你應該高高興興地回家，高高興興去見他。你應該努力去愛他，就像你對你母親那樣，然後他也會愛你的。」

「可是為什麼我以前沒有聽說過他？」林頓問道，「為什麼媽媽和他沒有住在一起，就像其他人那樣？」

「他有事情要做，只能留在北方，」我回答，「而你媽媽為了身體健康，需要住在南方。」

「那為什麼媽媽不跟我提起他呢？」孩子堅持著，「她經常談起舅舅，而我老早就學會了愛舅舅。我怎麼會愛爸爸呢？我又不認識他。」

「哦，所有的孩子都愛他們的父母，」我說，「你母親也許認為，如果她經常向你提到他的話，你會想和他在一起。我們把握時間吧。在這樣一個美麗的早晨騎馬出門，比多睡幾個小時要好多了。」

「她要和我們一起走嗎？」他問道，「我昨天看到的那個小女孩？」

「現在不行。」我回答。

「舅舅會嗎？」他繼續問。

「不去，我會陪你去的。」我說。

小林頓重重地倒在枕頭上，陷入了沉思。

「沒有舅舅，我是不會去的，」他終於哭了起來，「我不知道你打算把我帶到哪裡。」

我試圖說服他，不願意見自己父親的孩子不是好孩子。他仍然倔強地拒絕穿衣服，我只好叫主人過來，一起哄他下床。

這個可憐的小傢伙終於被打發走了，他最後得到了幾個欺騙性的保證，說他不會離開太久，艾德加先生和凱西會去看他，還有其他一些同樣沒有保障的承諾。這些承諾都是我編造出來的，還一直在路上時不時地重複著。

在路上走了一會兒，清新的空氣中彌漫著石楠的香味，明媚的陽光，還有米妮輕快的馬蹄聲，這些都減輕了他的沮喪。他顯得越來越有興致，開始問起他的新家和家裡人的情況。

他問道：「咆哮山莊是一個和畫眉山莊一樣好玩的地方嗎？」他轉過身來，最後看了一眼山谷，那裡升起了一層淡淡的薄霧，在蔚藍天空的邊緣形成了一朵飛翔的雲。

「它不像畫眉山莊那樣，掩映在茂密的樹木之中，」我回答說，「也沒有那麼大，但你可以看到四周美麗的鄉間，而且空氣對你來說更健康——更清新，更乾燥。也許剛開始你會覺得那棟房子又老又暗——雖說它是一棟很體面的房子，是附近數一數二的房子了。你會在荒原上自由自在地漫步！哈里頓．恩蕭——凱西小姐的另一個表哥，所以也算是你的表哥——會帶你去所有好玩有趣的地方。天氣好的時候，你可以帶一本書，把綠色的山谷當作你的書房。而且，你舅舅也會時不時地和你一起散步，他經常在山上散步。」

「那我父親是什麼樣子的？」他問，「他和舅舅一樣年輕、一樣英俊嗎？」

「他也一樣年輕，」我說，「但他的頭髮和眼睛都是黑色的，看起來更嚴厲，而且個子也更高大些。一開始，你可能覺得他沒有那麼溫柔和親切，因為這不是他的作風——儘管如此，你要注意，對他保持坦誠和熱情，他自然會比任何一個舅舅都更喜歡你，因為你是他親生的。」

「黑頭髮、黑眼睛！」林頓沉思著，「我沒辦法想像。那麼我長得不像他，是嗎？」

「不太像，」我回答，心裡卻感到一點也不像。我遺憾地打量著身邊這個孩子白皙的皮膚和纖弱的身材，以及他那雙無精打采的大眼睛——是他母親的眼睛，卻絲毫沒有她那閃閃發光的活力，除非情緒異常的時候，才會瞬間閃出光來。

「真奇怪，他從來沒有來看過我和媽媽，」他喃喃道，「他見過我嗎？如果他見過，一定是在我嬰兒的時候——我不記得關於他的任何事情！」

「哎呀，林頓少爺，」我說，「三百英里是很遠的距離，對一個成年人來說，十年時間的長短，跟你想像中的是不一樣的。可能希斯克利夫先生也想去看你們，從夏天到另一個夏天，但從未找到過合適的機會，何況現在也為時已晚——這件事就不要問他了，這會讓他心煩的，沒什麼好處。」

在接下來的路途中，男孩完全沉浸在自己的心事中，直到我們在農莊的花園前停了下來。我仔細看他臉上的表情，想知道他對這裡印象如何。他鄭重其事地打量著有雕花的房屋正面和低矮的窗，散亂的醋栗樹叢和彎曲的冷杉樹，然後搖了搖頭，他的內心深處，對這個新住處的表面是完全不滿意的。但他有意識地按捺住心裡的不滿和抱怨——房子裡面或許很好，可以彌補一下。

當時是六點半。他下馬之前，我去開了門。這一家人剛剛吃完早餐，僕人正在收拾餐桌，約瑟夫站在他主人的椅子旁，講著關於一匹瘸腿馬的故事，哈里頓正準備去乾草場工作。

「喂，奈莉！」希斯克利夫先生看見我便喊道，「我本來擔心我應該親自下來去拿我的『私人物品』——你已經把它帶來了，是嗎？讓我們來瞧瞧，能把它變成一個什麼樣的東西。」

他站起來大步走到門口，哈里頓和約瑟夫一臉好奇地跟在後面。可憐的小林頓用驚恐的目光掃了一眼這三個人的臉。

「當然，」約瑟夫嚴肅地看了一番後說，「他調包了，先生，這是他家的女兒！」

希斯克利夫直盯著他的兒子看，盯得他驚慌打戰，希斯克利夫發出了輕蔑的笑聲。

「上帝啊！多麼漂亮！多麼可愛、迷人的東西！」他感歎道，「奈莉，他們該不會用蝸牛和優酪乳把他養大的吧？哦，真是見鬼！我從來沒有想過會這麼糟——鬼都知道我不是樂觀的人！」

我把這個瑟瑟發抖、不知所措的孩子弄下馬，然後進屋去。他並沒有完全弄懂他父親說這話的意思，也不明白這是不是在說他。事實上，他還不確定眼前這個面目猙獰、冷嘲熱諷的陌生人，究竟是不是他父親。但他緊緊貼著我，越來越害怕。當希斯克利夫先生坐下來，對他喊一聲「過來」時，他把臉埋在我的肩膀上哭了。

「嘖嘖嘖！」希斯克利夫說著，伸出一隻手，把他粗暴地拖到雙膝之間，然後托起他的下巴，「別胡說八道了！我們不會吃掉你的，林頓——這是不是你的名字？你裡裡外外都是你媽親生的！哭哭啼啼的小雞，身上都沒一處我的影子？」

他摘下男孩的帽子，撥開他濃密的亞麻色鬈髮，摸了摸他纖細的手臂和小手指。在他這樣檢查的時候，林頓停止了哭泣，抬起他那雙藍色的大眼睛，又打量起這個打量著他的人。

「你認識我嗎？」希斯克利夫問道，他已經確信這孩子的四肢都是非常虛弱的。

「不！」林頓說，用一種茫然恐懼的目光看著他。

「你聽說過我吧，我敢說？」

「沒有。」他再次回答。

「沒有？你的母親太丟人了，從來沒有喚起你對我的孝心！那麼，讓我來告訴你，你是我的兒子。你母親就是個惡毒的賤人，竟然不讓你知道自己有個什麼樣的父親——現在，不要畏畏縮縮的，別臉紅！不過倒也可以看出，你身上流的不是白人的血——做個乖孩子吧，我會對你好的——

奈莉，如果你累了，可以坐下來休息一下，如果不累，那就趕快回家去——我料到你會把你聽到的、看到的，全都報告給畫眉山莊的那個窩囊廢。再說，你在這裡猶猶豫豫不肯走，這小東西是不會安定下來的。」

「好吧，」我回答，「希斯克利夫先生，我希望你能善待這個孩子，否則你不會留他很久，世界這麼大，他是你唯一的親人了——記住。」

「我會對他很好的，你不必擔心！」他說道，笑了起來，「只是，不許有別的人待他好——我要獨占他的感情——而且，我從現在就開始對他好，約瑟夫！給這孩子拿點早餐過來。哈里頓，你這頭該死的小牛，快去工作吧。是的，奈莉。」等他們都走開時，他又說，「我兒子有望做你們家未來的主人，而且在我確定他能做繼承人之前，我不希望他死掉。此外，他是我的，我希望看到我的後代能名正言順地成為他們的山莊主人。我的孩子雇用他們的孩子，他們的孩子耕種自家父親的土地來賺錢——這是唯一能讓我忍受這隻小狗的地方——我鄙視他，他喚起了我的記憶，我恨他！但有了剛才那些打算，其餘的也就算了。他在我這裡很安全，會像你家主人照顧自己孩子一樣，被小心照顧著——我在樓上準備好了一個房間，為他布置得很漂亮——我還請了一個家庭教師，每週三次，從二十英里遠的地方趕來，會教給他自己喜歡學的東西。我還命令哈里頓要聽從他的吩咐。實際上，我所安排的一切，都是為了培養他身上的優越感和紳士風度，讓他凌駕於普通人之上——不過，我很遺憾，他不值得我這麼操心——如果我在這個世界上，還奢望著有什麼幸福的話，那就是看到他成為一個值得我驕傲的人，而眼前這個臉色蒼白哭哭啼啼的可憐蟲，真是讓我感到失望！」

在他說話的時候，約瑟夫回來了，他端著一大碗牛奶麥片粥，放在小林頓面前。小林頓帶著厭惡的神色攪動著這家常便飯，他肯定是吃不下的。

我看這個老僕人，也跟他的主人一樣，是看不起這個孩子的，但他不得不把情緒壓在心裡，因為希斯克利夫顯然是想讓他的下人都尊敬自己的兒子。

「吃不下嗎？」他重複道，盯著林頓的臉，把聲音壓得很低，生怕被人聽見了，「但哈里頓少爺他小時候都是吃這個。我想，他能吃的東西，你也能吃！」

「我不會吃的！」林頓沒好氣地答道，「把它拿走。」

約瑟夫憤憤不平地把粥奪過來，拿到我們面前。

「這粥有什麼不好嗎？」約瑟夫問道，把托盤推到希斯克利夫的鼻子下面。

「這能有什麼不好呢？」他說。

「就是！」約瑟夫回答說，「你這個漂亮的小子說他不能吃。也對，他媽當年也這樣——我們種了麥子，給她做了麵包，她還嫌我們髒。」

「別跟我提他媽媽，」主人生氣地說，「給他弄點他能吃的東西，就這樣。奈莉，他平時都吃什麼？」

我建議給他弄點熱牛奶或者茶，管家聽了就去準備了。

好吧，我想，他父親的自私可能會讓孩子的日子好過一點。他察覺到孩子嬌弱的體質，感覺有必要順著他一點。我要安慰一下艾德加先生，讓他知道希斯克利夫的脾氣變了。

我沒有理由再逗留下去了，於是溜了出去，當時一隻熱情的牧羊犬正向林頓示好，他正膽怯地推開牠。但他太警覺了，不可能被騙——我關上門的時候，聽到一聲哭喊，他瘋狂地重複著一句話：

「不要離開我！我不要留在這裡！我不要留在這裡！」

接著門閂被抬起來，又落下了——他們沒有放他出來。我騎上米妮，催牠快跑。就這樣，我短暫地看護過這個孩子，並到此為止了。

第七章

那天，小凱西可讓我們傷透了腦筋：她興高采烈地起床了，渴望著和她的表弟一起玩；接著得知表弟離開的消息，她激動地大哭著、哀號著。艾德加只好安慰她，說他很快就會回來的，不過，他又補充了一句，「如果我能找到他」，這當然是不可能的事。

這一承諾很難安撫到她，但時間的流逝在這方面更有效果。儘管她仍不時地詢問父親，林頓什麼時候回來，但漸漸地表弟的模樣在她的記憶中變得模糊了起來，後來果真再見面時，她都已經認不出他了。

每當我前往吉默屯辦事，偶然遇到咆哮山莊的女管家時，我常問起他們家小主人過得怎麼樣，因為他的生活幾乎和凱瑟琳一樣，與世隔絕，從不被人看見。我從她口中得知，他的身體一直很虛弱，在家裡很難伺候。她說希斯克利夫先生似乎越來越不喜歡他了，儘管他費盡心思在掩飾自己。他一聽到孩子的聲音就很反感，和孩子在同一個房間裡坐一會兒，他就覺得受不了。

他們之間也很少說話。林頓每晚都在一間他們稱為客廳的小房間裡做功課，打發他晚上的時光，或者整日躺在床上，因為他老是咳嗽、感冒，還有各種這裡痛那裡不舒服的毛病。

「我從來沒有見過這麼膽小的人，」女人又說道，「也沒有見過這麼小心自己的人。他會不停地嘮叨。啊！吸一絲夜風，就會要了他的命！他在大夏天還要生爐火；約瑟夫的菸斗，對他來說就是毒藥；他總是要有糖果和點心，總是喝牛奶，永遠要有牛奶——我們其他人在大冬天裡是如何挨餓的，他毫不在意。他就往那裡一坐，在火爐邊的那張椅子上，裹著一身皮草斗篷，爐架上放著烤麵包、水，或者其他能供他一口一口喝的東西。要是哈里頓可憐他，過來逗他玩——哈里頓雖然很粗暴，但人並不壞——他們一定會一個罵、一個哭，兩人最後又不歡而散。我相信，要不是自己親生兒子，主人恨不得恩蕭把他打成殭屍。我敢肯定，要是主人知道他兒子是這樣被伺候著的，哪怕只知道一半細節，也會把他趕出家門的。不過，主人不會有這種情緒發作的危險，他從來不進客廳，要是林頓在家裡的任何一處表現出這副德行，主人會馬上叫他上樓去。」

從這番話中我推測，這個小希斯克利夫由於缺乏同情，變得自私又討厭，即使他原來不是這樣的人；我對他的關心自然就慢慢地減弱了，儘管我依然可憐這孩子的命運，也希望他當時可以留在我們這裡。

艾德加先生鼓勵我去打探消息，我覺得他是非常想念外甥的，也願意冒著一定的風險去見他。有一回他還讓我去問管家，他是否來過這個村子。她說他只來過兩次，是和他父親一同騎著馬來的。而且每次回來後的三、四天裡，他都裝作疲憊不堪的樣子。

如果我沒記錯的話，那個女管家在他來到這裡的兩年後就離開了，另一個接替她的人我不認識，她現在還在他們家呢。

在畫眉山莊，時光如曾經那般愉快地流逝著，轉眼凱西小姐已經年滿十六歲了。她出生後的每年生日，我們從未表現出任何歡慶的跡象，因為這日子也是我們已故女主人的忌日。這一天，她的父親往往在書房裡獨自度過；到了黃昏時分，他會走出來，一直走到吉默屯教堂的墓地，每每在那裡駐足良久，直到後半夜才回來。因此，凱瑟琳在這一天也只能自娛自樂。

三月二十日是一個美麗的春日，她的爸爸回房後，我家小姐穿戴整齊地走了下來，說她想要我陪她在荒原邊緣散散步。林頓先生答應了她，只要我們走得不遠，能在一小時內回來就好。

「那就快點吧，艾倫！」她喊道，「我知道我要去哪裡，有一大群松雞在那裡聚集。我想看看那些雞是不是已經築好了巢。」

「那一定是很遠的地方，」我回答，「那些雞不在荒原邊緣下蛋的。」

「不，不是的，」她說，「我跟爸爸去過，離得很近呢。」

我戴上帽子出發了，不再想這件事。她在我前面跳躍著，一會兒回到我身邊，一會兒又像一隻小灰狗一樣跑開了。起初，我發現了很多樂趣，聽著雲雀在耳邊忽遠忽近地唱歌，享受著甜蜜、溫暖的陽光。看著她，我的寶貝和我的快樂，她金色的鬈髮在身後飄逸著，那明亮的臉頰，像盛開的野玫瑰一樣柔軟、純潔，她眼睛裡散發著無憂無慮的快樂。在那些日子裡，她是一個快樂的小東西，也是一個天使。可惜對她來說，這些是遠遠不夠的。

「好吧，」我說，「你的松雞在哪裡呢，凱西小姐？我們應該看到那些雞了——山莊園林的籬笆現在已經離我們很遠了。」

「啊，艾倫，再走遠一點——只要一點點，」她總是這樣回答，「爬上那座小山，過了那道斜坡，等你到山那邊的時候，我就能把松雞找到了。」

但是有這麼多的小山要爬、有那麼多的斜坡要過，終於，我開始感覺累了，就告訴她，我們必須停下來，原路返回。

她已經走在我前面很遠了，我朝她大喊起來。她不是沒聽見，就是不在意，仍舊繼續往前走，我只得跟在她後面。最後，她鑽進了山谷之中，等我再次看到她的時候，她離咆哮山莊比離她自己家還近了兩英里。我看到有幾個人抓住了她，其中一個人，我確定就是希斯克利夫先生。

凱西被抓住，或者是因為偷獵，或者至少是因為她動了松雞的巢。山莊是希斯克利夫的地盤，而他正在斥責那個偷獵的人。

「我什麼東西也沒拿，也沒有找到任何東西，」她說，在我努力向他們走去時，她正攤開雙手來證明自己，「我不是有意來拿什麼的，但爸爸告訴我這裡有很多鳥蛋，我只想看看那些蛋。」

希斯克利夫瞥了我一眼，露出了不懷好意的笑容，表示他已經知道了眼前這個女孩是誰家的了，他自然對她打起了壞主意，於是追問她「爸爸」是誰。

「是畫眉山莊的林頓先生，」她回答道，「我以為你不認識我，否則你就不會那樣跟我說話了。」

「你以為你爸爸是個受人敬仰和尊敬的人嗎？」他話中帶刺。

「你是什麼人？」凱瑟琳問道，好奇地盯著說話的人，「那個人我見過。他是你兒子嗎？」她指著哈里頓，他也在那裡，又長大了兩歲，除了增加一些塊頭和力氣之外，沒什麼長進。他看起來還跟以前一樣，笨拙又粗魯。

「凱西小姐，」我打斷了她，「我們現在出來快三個鐘頭了，已經不是一個鐘頭了。我們真的必須回去了。」

「不，那人不是我的兒子，」希斯克利夫回答道，把我推到一邊去了，「但我有一個兒子，你之前也見過他。儘管你家保母很著急，但我想你們兩人最好還是稍稍休息一下。你能不能繞過這個長滿石楠的陡坡，然後走到我家去？休息一下再上路，這樣你就能早點到家，而且你還會受到款待的。」

我小聲地告訴凱瑟琳，無論如何，她都不能接受這個邀請，想都不要想。

「為什麼？」她大聲地問道，「我已經跑累了，地上又有露水——我都沒法坐在這裡。艾倫，我們就去吧！還有，他說我見過他的兒子，我想他弄錯了，但我能猜出他住在哪裡——那個農莊，就是我從潘尼斯通峭壁回來時去過的那個農莊。不是嗎？」

「沒錯。來吧，奈莉，閉上你的嘴——讓她來看看我們，她會高興的。哈里頓，帶著小女孩一起往前走。奈莉，你應該跟我一起走。」

「不，她不能去這樣的地方。」我喊道，想掙脫被他抓住的手臂，但凱西正飛快地繞過那個陡坡，就快跑到門前的石階了；被指定來陪她的那個同伴不樂意去護送她，他從路邊溜走，一會兒就消失了。

「希斯克利夫先生，這是很不妥的，」我繼續說，「你安的什麼心，你自己心裡清楚。到了那裡，她就會見到林頓，只要我們一回家，所有的事情都會被說出來，那我肯定要挨罵了。」

「我想讓她去見林頓，」希斯克利夫回答，「這幾天他氣色好多了。他很少有適宜見人的時候。而且我們等等就說服她，讓她對這次見面保密——這有什麼不好呢？」

「這樣做的壞處就是，如果她父親發現我讓她進了你的家門，他會恨死我的。而且我也相信，你慫恿她上門來，就是居心不良。」我回答說。

「我這樣安排是誠心誠意的。我開誠布公地告訴你，」他說，「這對表姊弟未來可能會相愛，會結婚。我對你的主人很大方的。他的小女兒沒有任何指望了，如果她順了我的心意，她就可以和林頓一起成為共同繼承人，馬上就有了依靠。」

「如果林頓死了，」我回答，「而且他能活多久可說不定，那凱瑟琳小姐就會成為林頓的繼承人。」

「不，她不會的，」他說，「遺囑中沒有任何條款來保證這一點。他的財產將歸我所有。但是，為了防止糾紛，我有意讓他們結合，也下決心達到這個目的。」

「我也下了決心，再也不會和她一起走近你們家了。」當我們走到柵欄門口時，我回了他一句。這時候，凱西小姐正在那裡等著我們過來。

希斯克利夫命令我閉嘴，他走到我們前面，迫不及待地把門打開了。我家小姐連續看了他好幾眼，好像她拿不定主意該如何對待這個人。但是現在，當他看到她的眼睛時，他笑了，在和她說話時，他的聲音也變得柔和了。我真是傻，居然以為，即使他有心害她，可是因為有著對她母親的懷念，這種念頭也會煙消雲散吧。

林頓正站在壁爐邊。他剛從田野裡散步回來，他頭上的帽子還戴著，正在叫約瑟夫給他拿一雙乾淨的鞋子。

他還差幾個月才滿十六歲，可是個子比實際年齡要高一些；五官還算漂亮，眼睛和膚色比我記憶中的更明亮，儘管那只是從清新的空氣、和煦的陽光中短暫借來的光澤罷了。

「看看，他是誰？」希斯克利夫先生轉過身來向凱西問道，「你能告訴我嗎？」

「你的兒子？」她說道，先是疑惑地看了看這個人，接著又看了看另外一個人。

「是啊，是啊，」他回答道，「可是，這難道是你唯一一次看見他嗎？想一想！啊！你記性真不好。林頓，你難道不記得你的表姊了嗎，你不老纏著我們要見她嗎？」

「什麼，林頓?!」凱西叫了起來，聽到這個名字她又驚又喜，「那是小林頓嗎？他長得比我還高！你是林頓嗎？」

年輕人走上前去，承認他就是林頓。她熱情地親吻了他，時間過去了那麼久，兩個人都變了樣，他們驚奇地凝視著彼此。

凱瑟琳已經長得很高了；她的身材豐滿又苗條，像鋼絲一樣富有彈性，她身體矯健，神采奕奕，整個人看起來閃閃發光。而林頓呢，神情和舉止都顯得很懶散，體形也非常瘦弱；但他舉手投足之間有一種優雅，彌補了這些缺陷，使他不至於讓人覺得討厭。

兩個人互相表達了歡喜之情，之後，他的表姊走到希斯克利夫先生面前。彼時他正在門邊徘徊著，注意力在屋內和屋外來回；他假裝在操心屋外的事，其實是盯著屋內的那兩位。

「這麼說，你就是我的姑丈了！」她喊道，伸過手去向他行禮，「我本來就滿喜歡你的，雖然你剛開始有點凶。你為什麼不和林頓一起去畫眉山莊做客？這麼多年來，住得這麼近，卻從未見面，真是奇怪，你們為什麼要這樣呢？」

「在你出生之前，我去個一兩次就已經很奢侈了。」他回答道，「好啦——該死！如果你還有多餘的吻，都去給林頓吧——給了我算是白糟蹋了。」

「淘氣的艾倫！」凱瑟琳叫道，接著又突然跑過來朝我狂親了一番，「壞壞的艾倫！還想不讓我進來。但我以後每天早上都要過來散步——我可以嗎，姑丈——偶爾帶上我爸爸行嗎？你不高興見到我們嗎？」

「當然！」姑丈答道，因為對兩位說要來訪的客人深惡痛絕，他的臉上帶著一副難以抑制的苦相。「但請留步，」他轉過身來對小姐說道，「現在我想起來了，我最好還是告訴你吧。林頓先生對我有偏見，之前的日子裡，我們一度吵得不可開交。何況，如果你跟他說你來過這裡，他將來肯定不許你再來了。所以，你千萬別提，除非以後見不見得到你表弟你都無所謂了。如果你還想見面——你可以來，但你千萬不能跟他提這件事。」

「你們為什麼爭吵？」凱瑟琳問道，相當沮喪。

「他認為我是個窮光蛋，不配娶他妹妹，」希斯克利夫回答，「我得到了他妹妹，他心裡很難受——他的自尊心受到了傷害，永遠也不會原諒這件事。」

「那是不對的！」小姐說，「有機會的話，我會對他這樣說。但你們兩個人的衝突，和我跟林頓沒有關係。那我不來這裡了，他應該到畫眉山莊去。」

「那對我來說太遠了，」她的表弟喃喃地說，「要我走四英里，會要了我的命。不，來這裡吧，凱瑟琳小姐，偶爾來一下，不是每天早上，每週一到兩次就行。」

那位父親向他的兒子投去極其蔑視的目光。

「我擔心啊，奈莉，我要白費工夫了。」他對著我嘟囔道，「凱瑟琳小姐——這傻瓜就是這樣稱呼她的——會發現他一文不值，接著會叫他見鬼去。哎，如果換成哈里頓就好了——即便他如此墮落，我一天都要羨慕他二十次呢，你可知道？如果他是別的什麼人，我一定會喜歡這個小子。但我認為他不會被她看中的。我會用哈里頓來刺激這個沒出息的，讓他趕快振作起來。我們估計他很難活到十八歲。唉，這沒出息的東西真讓人沒辦法。他只顧著擦自己的腳，看都不看她一眼——林頓！」

「是的，父親。」男孩回答。

「這附近沒什麼可以帶你表姊看的嗎？甚至一隻兔子，或者一個黃鼠狼的窩也沒有嗎？換上你的鞋子，把她帶到花園去，再到馬廄裡，去看看你的馬。」

「難道你不想坐在這裡嗎？」林頓問道，他的語氣表示自己動也不想動。

「我不知道。」凱西回答，向門口投去渴望的目光，顯然期待著有一些活躍的氣氛。

林頓坐在那裡紋絲不動，又往爐火旁縮了縮。

希斯克利夫站起身來，走進廚房，又從廚房走到院子裡，呼喚著哈里頓。

哈里頓回應了，不一會兒，兩人走進了屋。這個年輕人臉頰光亮，頭髮溼漉漉的，顯然他剛把自己梳洗乾淨。

「啊，姑丈，我問你，」凱西小姐想起了管家的那番話，喊道，「那不是我的表哥吧，他是嗎？」

「他是啊，」他回答，「是你母親的親侄子。你不喜歡他嗎？」

凱瑟琳的神情很異樣。

「他不是一個英俊的年輕人嗎？」他繼續說。

這個沒禮貌的小東西踮起了腳尖，在希斯克利夫耳邊輕聲說了一句什麼話。他大笑，哈里頓的臉色變了。我發現他異常敏感，總懷疑別人看不起他，而且他顯然也隱約察覺到了自己的卑微。但他的這位主人或者說監護人大聲說了一句話，讓他的眉頭舒展了開來——

「哈里頓，你會成為我們之中最受歡迎的人！她說你是個——什麼來著？嗯，非常討人喜歡的東西——來！你陪她去農場轉轉。要表現得像個紳士，注意！不要說髒話。小姐沒看你的時候，不要死盯著人家看；當她看你的時候，你就準備躲過臉去；還有，開口說話的時候，要慢一些，手不要插在口袋裡。去吧，要盡可能好好地招待她。」

他看著那對年輕人從窗前經過。恩蕭徹底將臉別過去，躲著他的同伴。他似乎變成了一個陌生人或者藝術家，饒有興致地研究著眼前熟悉的風景。

凱瑟琳狡黠地看了他一眼，並沒有流露出絲毫的賞識。然後她把注意力轉移到自己感興趣的東西上，歡快地向前走去；即使沒人說話，她的嘴巴也沒有閒著，哼起了輕快的曲子。

「我已經把他的舌頭綁住了。」希斯克利夫說，「他自始至終都不會斗膽多說一個字！奈莉，你記得我在他這個年紀時——不，比他還小幾歲——我有沒有像約瑟夫所說的那樣，看起來又蠢又笨？」

「更糟，」我回答，「因為那時候你更加鬱鬱寡歡。」

「我對他很滿意，」他繼續大聲說著，「他已經滿足了我的期望——如果他天生是個傻瓜，我的樂趣就連一半也享受不到了——但他並不傻。我同情他的所有感受，因為我也感同身受——比如說，我知道他現在所受的痛苦——確切地說，這只是他未來無休止痛苦的開頭。他永遠也無法從他那粗俗和無知的泥潭中走出來。我已經拿捏住了他，比他那無賴的父親拿捏我還要緊，而且我把他壓得更低，讓他如此粗鄙，還沾沾自喜。我教他蔑視獸性以外的一切東西，認為它們愚蠢又軟弱——倘若辛德雷還活著，看到他兒子，你覺得他會以兒子為榮嗎？幾乎就像我為我兒子感到驕傲一樣吧——但這有不同之處，一個是金子，用來當作鋪路石子；另一個原本是錫，卻磨得像仿銀器一樣。我兒子沒有什麼價值，可是我的優點就是盡量把爛泥扶上牆。他兒子有一流的素質，但這些優點已經流失了，他變得更糟糕，一無是處。我沒有什麼可遺憾的；比任何人都痛心的是他，除了我，誰也不曾留意到吧——最重要的是，哈里頓非常喜歡我！你得承認，我在這方面遠勝辛德雷——如果那個死去的惡棍能從墳墓裡爬出來，罵我虐待他的後代，我會很高興看到他的後代憤怒地把他打回去，他竟然膽敢辱罵他在這個世上唯一的朋友！」

想到這裡，希斯克利夫發出了魔鬼般的笑聲。我沒有理他，因為我知道他也並不期待別人回應他。

這時，我們的年輕人，因為坐得離我們有些遠，也聽不清楚我們在說什麼，在那裡坐立不安，可能是覺得當時不應該為了怕自己受累，就拒絕出去陪凱瑟琳玩，並因此而後悔。

他父親注意到他那不安的目光在窗外游離著，手也猶豫不決地伸向自己的帽子。

「起來吧，你這懶惰的孩子！」希斯克利夫假惺惺地喊道，「快去追他們……他們就在轉角處，在蜂巢的旁邊。」

林頓打起精神，離開了壁爐。格子窗是開著的，他走出去時，我聽到凱西正在問她身邊那個落落寡合的同伴，門框上刻的是什麼字。

哈里頓瞪大了眼睛，抓著頭，酷似小丑。

「這是些見鬼的字，」他回答道，「我看不懂。」

「看不懂？」凱瑟琳叫道，「我能看懂……是英文……但我想知道這些字為什麼刻在那裡。」

林頓咯咯地笑了起來——這是他第一次表現出開心的樣子。

「他不識字，」他對自己的表姊說，「你相信世上有這麼大的傻瓜嗎？」

「他是不是有什麼毛病？」凱西小姐一臉認真地問，「難道他弱智……不正常？我已經問過他兩次話了，每次他都表現出很蠢的樣子，我覺得他是聽不懂。我敢肯定，我也聽不懂他在講什麼！」

林頓又一次大笑了起來，帶著嘲弄的神情，瞥了一眼哈里頓；哈里頓當時還沒搞清楚發生了什麼。

「除了懶惰，沒有什麼毛病，是嗎，恩蕭？」林頓說，「我表姊認為你是個白癡……你老是嘲笑別人『啃書本』，現在嘗到滋味了吧……凱瑟琳，你有沒有注意到，他有一口可怕的約克郡腔調。」

「哼，到底有什麼鬼用？」哈里頓咆哮起來，對著他平日的夥伴回嘴就流利多了。他準備接著講下去，但那兩個年輕人爆發出一陣狂笑。我那心浮氣躁的小姐很高興地發現，原來她可以把他那古怪的話變成一個個笑料。

「你這句話裡的『鬼』又有什麼用呢？」林頓竊笑道，「爸爸告訴過你，不能說髒話，你別開口不就行了……學著做紳士，現在就得做！」

「幸虧你像個小女孩而不像個真正的男子漢，要不然，我現在就把你打趴下，我肯定會。你這弱不禁風的瘦皮猴！」這個憤怒的鄉巴佬反駁道，退了出去，但他又惱又羞，整張臉脹得通紅，因為他意識到自己受到了侮辱，又尷尬得不知道該如何反駁。

這番對話，希斯克利夫先生和我都聽到了。看到哈里頓離開了，他笑了笑，但緊接著，他又對那對輕浮的人投去異常厭惡的目光，他們仍在門口喋喋不休：男孩興致勃勃地討論著哈里頓的缺點和毛病，分享了很多他的糗事，覺得很有意思；而那女孩，則對他那些尖酸刻薄的話聽得津津有味，並沒有想到那些話所表現出的惡意。但那一刻起，我開始不喜歡林頓了，厭惡已經超過了同情，同時多少也理解了他父親對他的蔑視。

我們一直待到了下午，我沒能把凱西小姐拉走。但幸運的是，其間我家主人不曾離開他的房間，也不知道我們久久未回。

我們走回家的時候，我本想對這位歸我看管的小主人說一說，讓她知道剛才我們離開的都是些什麼人，她卻執意認為我對他們有偏見。

「啊哈！」她叫道，「你站在爸爸那一邊，艾倫——你偏心，我就知道。否則你不會騙了我這麼多年，告訴我林頓住得離這裡很遠很遠。我真的氣極了，但我又太高興，也氣不起來了！不過不許你再對我姑丈說三道四了……他是我姑丈，記住，我爸爸和他吵架的事，我還要說說爸爸呢。」

就這樣，她繼續說著，我也放棄了，不再想把她的錯誤想法扭轉過來。

那天晚上她沒有提起我們這次的拜訪，因為她沒有見到林頓先生。第二天，她卻和盤托出了，這讓我很懊惱，但我依舊沒有覺得難過。我覺得由他來擔負起指導和告誡小姐的責任，效果要比我好得多。可是他過於膽小怕事，沒能找到一個合適的理由，來避免女兒跟咆哮山莊那邊的人往來；而凱瑟琳一向被人嬌慣著，想要約束她的想法，總得給出一個合適的理由。

「爸爸！」她問候了早安後喊道，「猜猜我昨天在荒原上散步時，見到了誰呢……啊，爸爸，你嚇一跳了吧！你做得可不對哦，是吧，嗯？我見到了——但是聽著，你聽聽我是如何識破你的，還有艾倫，她和你是一夥的，卻假裝這麼可憐我，而我卻總是盼著林頓可以回來，一直盼望著，又一直失望著！」

她一五一十地把外出遇到的事都講出來了。而我家主人，儘管他不止一次地向我投來責備的目光，卻一言不發，直到女兒把話說完。然後他把她拉到身邊，問她知不知道為什麼他要把林頓住在附近的事瞞著她，難道她認為，這是存心不讓她享受那無憂無慮的快樂？

「那是因為你不喜歡希斯克利夫先生。」她回答。

「那麼，你認為我關心自己的感受勝過關心你的，凱西？」他說，「不，不是因為我不喜歡希斯克利夫先生，而是因為希斯克利夫先生不喜歡我。他這人非常壞，只要給他一絲機會，他就會見機毀掉那些他所恨的人。我知道你不可能繞過他去跟表弟來往。我也知道他會因為我的緣故而恨你。所以，為了你好，而不是別的，我留了一手，不能讓你再去見林頓——我打算在你長大後的某個時候再解釋這些，很抱歉，我說晚了！」

「但是希斯克利夫先生很熱情啊，爸爸。」凱瑟琳說著，一點也不相信，「他不反對我們見面。他說只要我高興，隨時可以去他家，只不過不能告訴你，因為你和他吵過架，不肯原諒他娶了伊莎貝拉姑姑這件事。你不肯——你才是應該受到責備的人。他至少是願意讓我們兩個做朋友——

林頓和我——但你偏不肯。」

主人意識到，關於她姑丈性格惡劣的那番話，她是不會相信的，就匆匆講了他對伊莎貝拉的所作所為，還有他是如何將咆哮山莊占為己有的。自從林頓太太死後，他很少談到這些，儘管如此，他也不忍心在這個話題上展開太多。對當年的這個死對頭，他仍然感到同樣的恐懼和痛恨，並且這種感覺時時盤踞在他的心頭。「要不是因為他，她可能還活著！」這是他腦中反覆盤旋的痛苦念頭；另外，在他眼裡，希斯克利夫簡直是殺人犯。

凱西小姐對這世間的險惡一無所知，她所知道的，只有她平日裡因為暴躁和魯莽導致的不聽話、不講道理和發脾氣之類，而且往往當天也能知錯就改。而如今，得知居然有人可以多年來醞釀和隱藏著復仇大計，蓄謀良久，一步一步將計畫付諸行動，卻從無悔恨之意，她對人性陰暗的一面感到震驚。這種對人性的新看法，深深地印在了她的腦海裡，讓她如此震動——刷新了她的認知——所以艾德加先生認為沒有必要再繼續這個話題。他只是又補充了一句：

「親愛的，你以後會知道，我為什麼希望你避開他的房子和那一家人——現在，找回你之前做的事，好好玩吧，不要再想他們了！」

凱瑟琳親吻了她的父親，照例安靜地坐了下來，做了幾個小時的功課；隨後她陪著父親進了院子，整個白天就像往常一樣過去了。但是到了晚上，當她回到房間，我去伺候她脫衣服時，發現她正跪在床邊哭。

「啊，哎呀，傻孩子！」我喊道，「要是你有過真正的悲傷，你會羞於在這種小彆扭上浪費一滴眼淚。凱瑟琳小姐，你從來沒有體會過一點真正悲傷的影子。假如主人和我一下子都死了，只有你一個人在這世界上——那你會是什麼感覺？把眼下的情況與那樣的苦難相比，你還是感激眼前擁有的人吧，也別渴求過多了。」

「我不是在為自己哭，艾倫，」她回答說，「是為他——他希望明天能再見到我，但到時候他會非常失望——他一直等著我，我卻去不了！」

「胡說！」我說，「你以為他也一樣念著你嗎？他不是有哈里頓做伴嗎？只見過兩次面的親戚，在一起總共才兩個下午，失去了就哭哭啼啼，一百個人當中也不會有一個人像你這樣——人家林頓會猜到是什麼情況，才不會為你自尋煩惱呢。」

「但是，我可不可以寫一張便條，告訴他我為什麼不能去？」她站起身來問道，「那就把我答應借給他的那些書送去吧——他的書沒有我的好，當我告訴他這些書多有趣時，他非常想要呢——這不行嗎，艾倫？」

「不行，不行，當然不行！」我果斷地回答，「那他就會給你回信，接著就永無休止了——凱瑟琳小姐，不可以的，你們必須徹底斷絕來往——這是你爸爸期望的，我也會照辦！」

「但是，一張小便條怎麼能——」她再一次開口，擺出一副懇求的模樣。

「安靜！」我打斷了她的話，「別再提你那小便條了——上床睡覺吧！」

她瞪了我一眼，那賭氣的模樣，一開始搞得我都不願意吻她道晚安了。我給她蓋好被子，氣沖沖地關上了房門——但是，我半路後悔了，又輕輕地回去了。瞧！這位小姐正站在桌前，面前放著白紙，手裡拿著筆，看見我又進來了，就趕緊心虛地把筆藏了起來。

「凱瑟琳，就算你寫了，」我說，「你也找不到人幫你送信。現在我要把蠟燭熄滅了。」

我把滅燭罩蓋在火苗上時，手背挨了一巴掌，還聽到氣鼓鼓的一聲：「你這個討人厭的東西！」接著我又走開了，而她則氣急敗壞地閂上了房門。

信還是寫了，是由村子裡來的一個送奶工幫忙送到了那地方，但我是過了一段時間才知道的。幾個星期過去了，凱西平復了情緒，只不過她越來越喜歡一個人溜到角落裡去，而且經常如此。如果她看書時，我突然走近了，她就會嚇一跳，俯身在書上，顯然是想把它藏起來。我還發現有一些散頁的紙從書裡露了出來。

她還有一個小伎倆，就是一大早就下樓，在廚房裡徘徊，好像等著什麼東西的到來。在書房的櫃子裡，她有一個小抽屜，她會在裡面翻弄幾個小時，離開的時候，總是小心翼翼地把鑰匙拿走。

有一天，她查看這個抽屜時，我發現抽屜裡的小東西和飾品，最近統統變成了一張張折疊起來的紙片。

這讓我起了疑心，也好奇了起來，我決定偷看一眼她的神祕寶藏。於是，到了晚上，她和我的主人都上樓回房後，我就去找了。很快，我在那串管家的鑰匙中，找到了一把可以打開那個抽屜的鑰匙。抽屜打開後，我就把裡面的東西全部倒在了圍裙裡，帶回了我自己的房間，好整以暇地檢查了起來。

雖然我早有懷疑，但還是大吃一驚，我發現這是一大批信件，幾乎每天都有，這肯定是林頓．希斯克利夫給她寫的回信。早期的信寫得很短，也很羞澀；然而，漸漸地，這些信變成了滔滔不絕的情書。他們這個年齡，寫出來的東西自然都有點傻傻的，但時不時地也有一些動人的句子，我認為這些情書是從更有經驗的人那裡抄來的。

其中有一些信讓我覺得簡直古怪，字裡行間混雜著熱情和平淡，非常彆扭；開頭感情強烈，結尾卻做作囉唆，好比一個小男生在給自己幻想中虛無縹緲的情人寫情書。

這些是否可以討到凱西的歡心，我不知道，但在我看來，它們就是一堆毫無價值的垃圾罷了。翻看了幾封後，我覺得差不多了，就把這些信用手帕包好，將之放在了一邊，重新鎖上空空的抽屜。

按照老規矩，我家小姐提前下了樓，來到廚房。在一個小男孩來到的時候，我看著她走到門口，趁著擠奶女工給他灌牛奶那時候，把什麼東西塞進了他的上衣口袋，然後從裡面又掏了什麼東西出來。

我繞過花園，等著捎信的人。這孩子奮力捍衛著交給他的東西，還勇敢地跟我抗爭了一番，結果兩個人扯著扯著，牛奶還灑了一地。不過我終究搶到了書信，還威脅他說如果不趕緊回家，就後果自負。我留在牆角，把凱西小姐的情書看完了。這封信比她表弟寫得更樸素、更流暢——寫得很美，也很傻。我搖了搖頭，心事重重地回到屋裡。

外面的天溼漉漉的，她無法在園林裡散步。所以，結束了晨讀之後，她就去抽屜裡尋找慰藉。她的父親坐在桌邊看書。我則去打理窗簾上那些扯不開的流蘇，一邊故意找事做，一邊用眼睛盯著她的一舉一動。

就連母鳥飛回自己的鳥窩後，發現那些嘰嘰喳喳的幼鳥早被洗劫一空時，在痛苦中撲打著翅膀發出的一聲哀鳴，也比不上凱西意識到自己的抽屜被人掏空時的那一聲「哎呀」更絕望。林頓先生抬起了頭。

「怎麼了，親愛的？你受傷了嗎？」他說。

透過他的語氣和神情，她確信爸爸沒發現她有寶藏。

「沒有，爸爸——」她喘著氣說，「艾倫！艾倫！上樓來——我不舒服！」

我聽從了她的召喚，陪她上去了。

「啊，艾倫！你把它們拿走了，」等現場只有我們兩個人的時候，她立馬跪在了地上，開口說，「啊，把信還給我吧，我再也不會這麼做了！不要告訴爸爸——你還沒有告訴爸爸吧，艾倫，說你沒有！我這次實在淘氣，但我今後不會再這樣做了！」

我一臉嚴肅地讓她站了起來。

「好哇，」我喊道，「凱瑟琳小姐，看來你的翅膀似乎長硬了——你知不知羞恥！毫無疑問，你閒暇時讀的是這樣一堆垃圾啊——好啊，這些東西好得可以出版了！我要是拿給主人看，你覺得他會怎麼想？我還沒有拿給他看，但你別指望著我會替你保守這可笑的祕密。太丟人了！一定是你帶頭寫這種荒唐東西的；我敢肯定，不會是人家先開始的。」

「我沒有！我沒有！」凱西泣不成聲，心都快碎了，「我從來沒有想過要愛他，直到那次——」

「愛？」我喊道，盡量輕蔑地說出這個詞，「愛！有人聽過這樣的話嗎？我還不如說愛那個每年一次來買我們玉米的磨坊老闆呢。好一個『愛』，真是，你這輩子就見過林頓兩次，加起來還不到四個小時！好，這就是些幼稚的垃圾。我要帶著這些東西去書房，看看對這種愛，你父親會怎麼說。」

她朝著自己寶貴的書信撲了過來，但我將之舉過了頭頂；接著，她又發瘋一樣，懇求我把信都燒掉——怎樣處置都行，無論如何都不能讓人看見。我真是很想笑，又很想罵她，因為我覺得這些都是少女虛榮心的表現，最後我也心軟了，就問道：

「如果我同意把信燒掉，你能不能誠實地保證，今後不會再跟人家有書信往來，也不再寄書——我知道你已經給他寄了書——也不送幾綹頭髮、戒指，或者玩具？」

「我們不送玩具！」凱瑟琳叫道，她的自尊心壓倒了她的羞恥感。

「那就什麼也不送，我的小姐！」我說，「除非你心甘情願，要不然我就走了。」

「我保證，艾倫！」她喊著，一把抓住我的裙子，「啊，把信放在火裡燒了，燒了吧，燒了吧！」

我用火鉗撥開一個地方，但這種犧牲真的太痛苦了，令她無法忍受——她苦苦地哀求我給她留下一兩封信。

「就一兩封，艾倫，看在林頓的分上，留著吧！」

我解開手帕，開始把信從手帕的一角往火爐裡倒，火焰直沖上煙囪。

「我要留一封信，你這個殘忍的傢伙！」她尖叫了起來，一手伸進火裡，抓出一些燒了一半的碎紙，也顧不上燒到了自己的手指。

「很好——我也要留一些給你爸爸欣賞一下！」我回答，把剩下的信抖回包裡，再次轉身走向門口。

她把手裡燒焦的碎紙重新扔回火中，示意我把這些信都葬完。信都燒乾淨了，我把灰攪一攪，裝滿一鏟子煤，將之埋在下面。她一言不發，傷心欲絕，回到了她自己的房間。我下樓告訴主人，小姐已經沒事了，不過我認為她最好躺下休息一會兒。

她不願意吃飯，但在下午茶時，她又出現了，只見她臉色蒼白，眼圈紅紅的，表面上克制得驚人。

第二天早上，我用一張便條回了信，上面寫著：「請希斯克利夫少爺不要再給林頓小姐寫信了，她也不會收的。」

從那以後，那個小男孩來的時候，口袋裡都是空空的了。

第八章

夏末秋初——已經過了米迦勒節[1]，但那年收割得很晚，我們有幾塊田地還沒有收割完畢。林頓先生和他女兒經常穿梭在收成的人之中。搬運最後一批穀子的時候，他們一直待到黃昏，而晚上恰恰陰冷潮溼，主人得了重感冒。這種感冒很頑固，侵入了他的肺；一整個冬天，他都只能待在室內，一天也沒出門。

可憐的凱西，被她那場小小的愛情驚到了，自從放棄了那段感情，她變得更加鬱鬱寡歡。她的父親執意要她少讀書，多運動。她不再有爸爸陪著；我覺得自己有責任來填補這個空缺，盡可能地陪陪她。只是我這個替補也不合格，因為每天我只能從繁忙的家務中抽出兩三個小時，出去跟她走走，而且我的陪伴顯然不如他爸爸那樣高品質。

十月的一個下午，抑或十一月初，一個清新又潮溼的午後，草地和小路上落滿了潮溼的枯葉，沙沙作響，天空又冷又藍，被雲層半遮著，深灰色流動的雲從西邊迅速升起，預示著大雨將至——我勸我家小姐不要出去散步了，因為確定會下陣雨。她拒絕了，我也不得不披上斗篷，拿起雨傘，陪她向著園林深處走去。每逢她情緒低落時，通常都會出來走一圈；每逢艾德加先生的身體比平時更糟糕的時候，她總是這樣。主人從來不承認自己病情加重，但他越來越沉默，神色也越來越憂鬱，我和小姐也都能猜得出來。

她悲傷地往前走著，不跑也不跳，儘管寒風很可能推著她走得快一些。有很多次，我從眼角瞥見她抬起手，抹掉臉頰上的什麼東西。

我環顧四周，想找一些方法來轉移她的注意力。路的一側，有個崎嶇不平的高坡，那裡有榛樹和矮小的橡樹，根都半露在外面，不確定還能活多久：土壤對橡樹來說太鬆了；強風把一些樹刮得幾乎貼到地面上了。夏天的時候，凱瑟琳小姐喜歡沿著這些樹幹爬啊爬，然後坐在樹枝上蕩來蕩去，離地面有二十英尺高。她機靈敏捷，總有一顆輕盈的童心，我為她感到高興，然而每次我看到她爬得這麼高時，都覺得應該罵罵她。但這樣罵她的話，她就知道沒有必要下來了。從晚餐到喝茶的時間，她都會躺在那微風搖曳的搖籃裡，什麼也不做，只是對自己哼著老歌——都是我當年唱給她的兒歌，或者看著和她一同棲在枝頭的鳥兒，餵養和引誘牠們的幼鳥學飛，或者閉著眼睛窩在那裡，半醒半夢著，那種快樂，無法言說。

「看，小姐！」我指著一棵扭曲的樹的樹根下的一個角落，驚叫道，「冬天還沒到，那邊有一朵小花。七月的時候，這些草皮臺階布滿了密密麻麻的藍鈴花，像是籠罩著一層淡紫色的薄霧。這是最後一朵了。你要不要爬上去，把它摘下來給爸爸看？」

那朵孤獨的小花躲在泥土裡瑟瑟發抖，凱西盯著它看了很久，最後回答說：

「不，我不會碰它——但它看起來很憂鬱，不是嗎，艾倫？」

「是的，」我說，「就像你一樣，凍僵了，又消沉——你的臉沒有一絲血色。讓我們手拉著手

1 在英國是九月二十九日，是基督教紀念天使長米迦勒的節日。在這一天，大家習慣設宴以慶祝收割季節告一段落。

跑起來。你這麼沒精打采，我敢說我能跟得上你。」

「不。」她又一次說，然後繼續向前走著，有時停下來，對著一片苔蘚，或一叢發白的草，或在一堆棕色樹葉堆中露出來的黃澄澄的蘑菇發呆，時不時地抬起手來，掩著自己轉向一旁的臉。

「凱瑟琳，你為什麼哭啊，親愛的？」我問道，走近她，摟著她的肩，「你不能因為爸爸得了感冒，就這樣哭啊。沒碰到什麼更糟糕的情況，就已經謝天謝地了。」

她一下子放聲大哭起來，哽咽得喘不過氣。

「哦，那就更糟糕了，」她說，「要是爸爸和你都離開我，只剩我獨自一人，我該怎麼辦呢？我忘不了你的話，艾倫，這些話一直在我耳邊迴盪著。等爸爸和你都死了，生活會發生多大變化，世界會變得多淒涼啊。」

「誰也不知道，你會不會比我們先死。」我回答，「盼著災來，這可不祥啊——希望還有很多很多年，才輪到我們中的某個人死——主人很年輕，我也很強壯，還不到四十五歲。我的母親活到了八十歲，到死還是個活蹦亂跳的老太太。小姐，假設林頓先生能活到六十歲，那也比你想像的活得要久。你提前二十年就開始哭喪了，是不是太傻？」

「但伊莎貝拉姑姑當時比爸爸年輕。」她強調說，抬起頭怯怯地望著我，希望我還能繼續哄哄她。

「伊莎貝拉姑姑身邊沒有你和我來照顧。」我回答，「她不像主人那樣幸福，她的生活裡沒有什麼盼望。所有你要做的，就是好好伺候你父親，讓他看到你快快樂樂的，那樣他就會快樂。不管什麼事情，都避免讓他操心——記住，凱西！我不會裝模作樣哄你，如果你執意任性，對一個正巴望著他早進墳墓的人的兒子，懷有愚蠢且空想的感情——你父親要你們斷絕來往，認為這是為你好，卻發現自己女兒在忍受相思之苦，如此一來，你非把他活活氣死不可。」

「除了我爸爸的病，世界上的任何事情都不會讓我難過，」我的這位同伴回答，「和爸爸比起來，我什麼事都不在乎。只要我還有知覺，我永遠不會——永遠——啊，永遠不會做哪件事，或者說哪句話，來惹他煩心。我愛他勝過愛自己，艾倫，我知道這一點——我每天晚上都在祈禱，希望我可以比他晚死，因為我寧願自己痛苦，也不願讓他痛苦——這就證明，我的確愛他勝過愛自己。」

「說得好，」我回答，「但要說到做到。等他好了之後，記住，不能忘了你在擔驚受怕時下的決心。」

我們說著說著，就走近了一扇門，這扇門通向大路。我家小姐瞬間又明朗了起來，她爬上去，坐在牆頭，在大路一側的陰影下，伸手去摘野玫瑰樹上結的鮮紅色果子。樹下面的果子已經不見了，也只有鳥兒才能碰得到上面的，除非像凱西那樣坐在很高的位置上才能碰得到。

伸手去摘果子的時候，她的帽子掉了下來。由於門是鎖著的，她打算爬下去找回來。我讓她小心點，別摔倒了，她機敏地消失得無影無蹤。

但重新爬上來就沒那麼容易了。牆頭太滑，砌的是結結實實的水泥，那些玫瑰花叢和黑莓的枝蔓只會讓人爬起來更艱難。而我，像個傻瓜一樣，沒有注意到這些，直到我聽到她笑著說：

「艾倫！你得去拿鑰匙，要不然我得繞到門房那邊去了。我爬不上這邊的牆！」

「待在原地，」我回答，「我的口袋裡有一串鑰匙，我來想辦法打開；要是不行，我就回去拿。」

凱瑟琳在門前跳躍著自娛自樂，而我則接連試了所有的鑰匙。我試了最後一把，發現全部不行。於是，我又強調了一次，要她留在那裡。我正打算以最快的速度趕回家，這時，耳邊傳來一個忽遠忽近的聲音，那是一路小跑的馬蹄聲。凱西停了下來，不一會兒，馬也停了下來。

「是誰？」我低聲問道。

「艾倫，我想要你把門打開。」我這位同伴低聲回答，非常焦急。

「呵，林頓小姐！」一個低沉的聲音（騎馬的人）喊道，「我很高興見到你啊。不要急著進去，我有一件事情要問，想得到一個解釋。」

「我不會和你說話，希斯克利夫先生！」凱瑟琳回答著，「爸爸說你是壞人，你恨他，也恨我，艾倫也這麼說。」

「那跟這事毫無關係，」希斯克利夫（此人正是）說道，「我想，我並不恨我的兒子，我要你注意，這是關於他的事。是的！你有理由臉紅。兩三個月以前，你不是還有給林頓寫信的習慣嗎？把感情當兒戲，嗯？你們兩個人都應該為此受到鞭打！事實證明，尤其是你，還是個姊姊，結果是比他還薄情。你的信都在我手裡，如果你對我有任何的無禮，我就把這些信都送給你父親。我想你這邊是玩膩了，就放棄了，是不是？好吧，你把林頓也丟了，丟進了『絕望的泥潭』。而他是認真的——愛上了——真實的。就像我現在活著一樣真實，為了你，他快死了——你那樣善變，他的心都碎了，這不是在打比方，而是實際情況。雖然哈里頓這一個半月來一直拿他開玩笑，我也用了一些嚴厲的手段試圖嚇唬他，讓他不那麼癡情，但他還是一天不如一天；除非你來救他，要不然在夏天之前，他就會被埋在地底下！」

「你怎麼能如此明目張膽地對這個可憐的孩子撒謊！」我從裡面叫道，「拜託你快騎著馬走吧！你怎麼能故意胡編亂造這麼卑鄙的謊話？凱西小姐，我用石頭把鎖砸開。你才不要相信這一套鬼話呢。你自己也能想到，為了一個陌生人的愛，就要死要活的，沒有這樣的事。」

「我不知道牆裡有人，」那個被戳穿的壞蛋嘀咕道，「尊敬的迪恩太太，我喜歡你，但我不喜歡你的兩面三刀，」他大聲補充道，「你怎麼能明目張膽地撒謊，說我恨這個可憐的孩子？還編造可怕的故事來嚇唬她，讓她不敢踏進我的家門？凱瑟琳．林頓（這個名字讓我感到溫暖），我可愛的小女孩，這個星期我都不在家。去看看我說的是不是真話。去吧，好孩子！想像一下，假使你父親是我、你是林頓；然後再想一想，若是你父親親自上門求救，對方卻無動於衷，不肯安慰你，你會如何看待這個薄情的戀人呢？不要因為愚蠢透頂就陷入同樣的錯誤。我敢發誓，他快不行了，除了你，沒有人可以救他！」

門鎖打開了，我衝了出去。

「我發誓，林頓快死了。」希斯克利夫又說了一遍，用力地盯著我，「傷心加上失望，會讓他死得更快。奈莉，如果你不讓她去，你可以自己過去看看。但我要到下週的這個時候才會回來，我想你家主人倒也不大會反對女兒去看自家表弟的！」

「進來吧。」我說著，拉住凱西的手，半推著讓她進來，因為她徘徊不定，用不安的眼神看著那說話的人；他一臉嚴肅，看不出心裡到底打什麼主意。

他騎馬靠近，彎下腰來，說道：

「凱瑟琳小姐，坦白說，我對林頓沒有什麼耐心了——哈里頓和約瑟夫更沒有。我得承認，他生活在一群冷漠的人當中。他渴望得到善待，也渴望得到愛。你一句好聽的話，對他來說就是最好的良藥。別管迪恩太太狠心的警告，大方一點，想辦法去見見他。他日日夜夜都在夢著你，你既不來信，也不上門，說你不恨他，他是不會相信的。」

我關上了門，滾了一塊石頭頂住門，因為門鎖已經鬆開了。我撐開雨傘，把小姐拉到傘下。雨絲開始穿過沙沙作響的樹枝，提醒我們要趕緊回去了。

我們匆匆走了，一路往家趕，也顧不上談剛才碰到希斯克利夫的事。但我的直覺告訴我，此時凱瑟琳的心籠罩了雙層的陰雲。她的臉看起來如此悲傷，像是換了一個人。今天聽到的一字一句，她全都深信不疑。

我們趕到家時，主人已經回房休息了。凱西偷偷溜到他的房間去看看他，他已經睡著了。她回來後，要我和她一起坐在書房裡。我們一起喝了茶；之後她躺在地毯上，告訴我不要說話，因為她累壞了。

我拿了一本書，假裝在閱讀。她以為我在全神貫注地讀書，自己又開始默默流淚。此刻，這似乎是她解壓的最佳方式。我讓她獨自哭了一陣子，然後勸解她：把希斯克利夫說的關於他兒子的話嘲笑了一番，好像我說了她就會信一樣。唉！他說了那些話，把事情弄成這樣，我也沒有本事扭轉，而這正是他的本意。

「或許你是對的，艾倫，」她回答說，「但除非我知道事情的真相，否則我怎樣也不會安心——我必須告訴林頓，我不寫信給他，不是我的錯；我也要他相信，我不會變心。」

她傻傻地相信了，我再憤怒、再爭論，有什麼用呢？那天晚上我們不歡而散；但第二天，我又踏上了通往咆哮山莊的路，走在我那任性小姐的小馬旁。我不忍心看她那樣悲傷，她臉色蒼白，神情沮喪，眼神哀切；我只能弱弱地希望，林頓可以正常接待我們，若他好好的，那就證明希斯克利夫所說的一切都是胡編亂造。

第九章

下了一整夜的雨，迎來了一個霧濛濛的早晨——一半是霜，一半是雨，匯成了小溪，從高處潺潺流過，路上積滿了水。我的腳全溼透了；我的心情很差，情緒低落，這種狀態最適合做這種討人厭的事。

因為我不太相信希斯克利夫先生的話，所以我們是從廚房進入山莊的，以確定他是不是真的外出了。

約瑟夫坐在熊熊燃燒的爐火旁，似乎在獨享極樂世界。他嘴裡叼著黑色的短菸斗，身旁的桌子上有一大杯麥芽酒，上面堆滿了大塊的烤燕麥餅。

凱瑟琳跑到壁爐前取暖。我問他主人在不在。

約瑟夫好長時間沒有理我，我以為這老頭子聾了，就提高嗓門又問了一次。

「不在，不在！」他咆哮著，或者說更像用鼻子哼出來的，「不，不！你從哪裡來的就回哪裡去。」

「約瑟夫！」一個帶著怨氣的聲音從屋裡傳來，幾乎跟我是同時喊的，「我喊了你多少次了？現在只剩一點點小火星了。約瑟夫！馬上來啊。」

他猛吸一口菸，直盯著爐柵，就當自己沒聽到這聲呼喊。管家和哈里頓都不見人影；一個出去辦事了，另一個可能在工作。我們聽出來是林頓，就進去了。

「哦，我巴不得你死在閣樓上，活活餓死！」男孩罵著，他誤以為是怠慢他的僕人在走近。

他一看到弄錯人就停住了，他的表姊飛快地跑到他身邊。

「是你嗎，林頓小姐？」他說著，從他躺著的那把大椅子的扶手上抬起頭，「別——別親吻我，我喘不過氣來——親愛的！爸爸說你會來的。」從凱瑟琳的懷抱中稍稍緩過氣後，他繼續說道。她就站在一旁，一臉懊悔。「請你把門關上，好嗎？你沒關門；那些——那些可惡的傢伙不會帶煤來生火的。太冷了！」

我自己去弄來一斗煤，把煤渣攪拌起來。病人抱怨說身上落滿了灰；但他咳嗽得很厲害，看起來還生病發燒了，所以我也沒有怪他發脾氣。

「好了，林頓，」凱瑟琳見他那皺巴巴的眉頭放鬆下來了，便喃喃地說，「見到我，你高興嗎？我能讓你感覺好些嗎？」

「前些日子，你為什麼不來？」他說，「你應該來，而不是寫信。寫那些長信讓我很累。我寧願和你說說話。現在，我連談話也受不了了，什麼都受不了了。我想知道齊拉在哪裡，你能不能（他看著我說）到廚房去看看？」

我剛才的服務沒有聽到一聲感謝，當然也不願意聽從他的命令跑來跑去，我回答說——

「除了約瑟夫，沒有人在外面。」

「我想喝水，」他急躁地喊道，把頭轉了過去，「自從爸爸出門以後，齊拉就老是往吉默屯跑。真是夠慘的！我還不得不待在樓下——在樓上的話，他們總是裝作聽不見我的聲音。」

「你父親對你很細心嗎，希斯克利夫少爺？」我問道，察覺到凱瑟琳的熱情態度被抑制了。

「細心？他無論如何應該讓他們更細心一點，」他叫道，「這些壞蛋！你知道嗎，林頓小姐，那個畜生哈里頓嘲笑我！我恨他——事實上，我恨他們所有人——他們全是可惡的傢伙。」

凱西去找水，她在食櫥裡找了一個壺，倒了一大杯水，端了過來。他讓她從桌上的瓶子裡倒了一勺酒，喝下小半杯後，他平靜了下來，還說她非常善良。

「見到我，你高興嗎？」她又問了一遍剛才的問題，高興地發現，他已經面露喜色了。

「是的，我高興——能聽到你這樣說話的聲音，覺得真新鮮！」他回答，「但我一直很苦惱，因為你不肯來——爸爸罵我，說全怪我。他罵我是個可憐兮兮、笨手笨腳又一無是處的東西；還說你瞧不起我；如果他換成是我，此刻他早已是畫眉山莊的主人了，比你父親更像畫眉山莊的主人。但你並沒有瞧不起我，是嗎，小姐——」

「我希望你能喊我凱瑟琳，或者凱西！」我家小姐打斷了他，「瞧不起你？不！除了爸爸和艾倫之外，我最愛你了。但我不愛希斯克利夫先生；他在家時我不敢來，他會出門很多天嗎？」

「不會很久，」林頓回答，「不過自從打獵季節開始後，他經常到荒原去。他不在家的時候，你可以陪我一兩個鐘頭——答應我！告訴我你會來！我想我不會對你發脾氣的，你也不會惹我生氣的，並且總會隨時隨地幫助我，對嗎？」

「對，」凱瑟琳撫摸著他柔軟的長髮，「只要我能得到爸爸的同意，我願意花一半的時間和你在一起——漂亮的林頓！我希望你是我的親兄弟！」

「然後你會像喜歡你爸爸一樣喜歡我嗎？」他說道，看起來更高興了，「但爸爸說，如果你是我的妻子，你會愛我勝過愛他和全世界——所以我寧願你是我妻子！」

「不！我不會愛任何人勝過愛爸爸，」她嚴肅地回答，「有時候，一個人會恨自己的妻子，但不會恨自家兄弟姊妹。如果我們是姊弟，你就會和我們生活在一起，爸爸也會像喜歡我一樣喜歡你的。」

林頓不承認世上會有人恨自己的妻子；但凱西肯定有這種人，還自作聰明地舉了個例子，說林頓的親生父親就厭惡她的姑姑。

我試圖堵住她那沒有分寸的嘴巴——沒攔住，她一下子把自己知道的全吐出來了。希斯克利夫少爺大為惱火，一口咬定她在胡說八道。

「爸爸告訴我的，爸爸從不說謊！」她斬釘截鐵地說。

「我爸爸才看不起你爸爸呢！」林頓叫道，「他說他是個縮頭縮腦的傻瓜！」

「你爸爸是壞蛋，」凱瑟琳回了他一句，「你真是可惡，竟敢把他的話重複一遍——他一定是壞透了，伊莎貝拉姑姑才棄他而去的！」

「她沒棄他而去，」男孩說，「你別給我回嘴！」

「她就是！」我家小姐叫道。

「那好，我也跟你說一件事！」林頓說，「你的母親恨你父親，這下好了吧？」

「啊！」凱瑟琳驚叫道，憤怒得說不出話來。

「還有，她愛的人是我爸爸！」他又補了一句。

「你這個小騙子！我現在恨死你了。」她喘著氣說，惱羞成怒，滿臉通紅。

「她就愛我爸爸！她就愛我爸爸！」林頓吆喝道，一屁股坐進他的椅子裡，仰著頭，欣賞著那個站在身後跟自己吵架的人是如何激動。

「噓，希斯克利夫少爺！」我說，「我想，這也是你父親給你編的故事吧。」

「才不是——你住嘴！」他回答，「她就愛我父親，她就愛我父親，凱瑟琳，她就愛我父親，她就愛我父親！」

凱西發狂一樣朝他的椅子猛地一推，他摔倒在一隻扶手上，立刻狂咳了起來，差點窒息，很快結束了他的勝利。

他咳了好久，差點把我嚇壞了。至於他那位表姊，早已哭得死去活來，被自己闖的禍嚇壞了，儘管她什麼也沒說。

我一直摟著他，直到他咳嗽止住了。然後他把我推開，低下頭，沉默不語——凱瑟琳也停止了哭泣，在對面坐了下來，神情凝重地望著爐火。

「你現在感覺如何呢，希斯克利夫少爺？」等了十分鐘，我問他。

「但願她也能嘗嘗我所受的滋味，」他回答，「可惡又狠心的東西！哈里頓都從來沒有碰過我，他這輩子都沒有打過我——而且我今天剛好一些——但偏偏——」他嗚咽著，說不出話來了。

「我沒打你！」凱西喃喃地說著，咬著嘴唇，忍住了情緒。

如同忍受著巨大的痛苦，他一邊歎息一邊呻吟，足足持續了一刻鐘，顯然是有意讓他表姊難受。因為每聽到她抽泣一聲，他就會在他那抑揚頓挫的呻吟中，再添加幾分痛苦的聲音。

「對不起，我傷了你，林頓！」最後，她被折磨得無法忍受，終於開了口，「但就那麼輕輕地一推，我覺得不會有事的；而且我也沒想到竟會傷到你——你不嚴重吧，林頓？別讓我回到家，腦子裡還想著是自己害了你！你回答我，跟我說句話吧。」

「別理我，」他嘟囔著說，「你把我傷得很重，我整晚都沒法睡了，會被這咳嗽嗆得喘不過氣來的！要是你得了這種病，你就會知道是什麼滋味——你倒好，舒舒服服地睡著了，我卻在受折磨——而且身邊一個人也沒有！我想知道，你願不願意度過這一個個難熬的漫漫長夜！」說到這裡，他覺得自己好可憐，號啕大哭起來。

我說：「既然你習慣了度過這一個個可怕的漫漫長夜，就不能怪我家小姐破壞了你的安寧；若是她這次沒來，你也會是一樣——不過，她不會再來打擾你了——也許我們走了，你會清靜一些。」

「我非走不可嗎？」凱瑟琳傷心欲絕，俯下身來問他，「你想讓我走嗎，林頓？」

「你這潑出去的水，是收不回來的。」他氣沖沖地回答，躲著她，「除非你想火上澆油，再把我弄發燒了！」

「好吧，那我必須走了？」她重複道。

「至少讓我一個人待著吧，」他說，「你一說話，我就受不了！」

她徘徊不定，我勸她快走，她執意不肯，磨蹭了一會兒。可是眼看著對方既不抬頭看她，也不理她，最終，她只得向門口走去，我跟了上去。

一聲尖叫把我們喚了回去——林頓從椅子上滑了下來，滾到了壁爐旁邊，躺在那裡扭動著，像一個耍賴的孩子，存心要折磨人，故意裝出痛苦難受的樣子。

我一眼看穿了他那一套把戲，立刻明白，這時候要是馬上去哄他，那才傻呢。我身邊的小姐可不這麼想，她嚇得趕緊跑回去，跪在地上，哭著、安慰著、懇求著，直到他沒有力氣喊了，才算安靜下來；這絕不是因為看她這般痛苦，心裡內疚了才停下來的。

「我把他抱到長椅上去，」我說，「他愛怎麼滾就怎麼滾。我們不能停下來就這樣看著他——凱西小姐，這下你滿意了吧，你是不能給他帶來什麼好處的；何況，他不會因為依戀你，身體就好起來。現在，就讓他躺在那裡吧！走吧，只要他意識到周圍沒人在乎他胡鬧，他就會乖乖躺著不動了！」

她在他頭下放了一個靠墊，又給他端了一些水；他拒絕喝水，還在靠墊上不停地翻滾著，好像這是一塊石頭或木塊。

她試著把靠墊放得更舒服一些。

「這個靠墊不行，」他說，「還不夠高！」

凱瑟琳又拿來另一個靠墊，鋪在了它上面。

「又太高了！」這個討厭的東西嘴裡嘟囔著。

「那要我怎麼弄才好呢？」她絕望地問道。

他挪著身子向她靠去。她半跪在長椅邊，他就用她的肩膀支撐著自己。

「不，這可不行！」我說，「希斯克利夫少爺，你有這個墊子就夠了！小姐已經在你身上浪費了太多時間，我們不能多待了，連五分鐘也不能。」

「不，不，我們可以多待一會兒的！」凱西回覆了我，「他現在好了，也安靜了下來。他開始意識到，如果我認為我的來訪加重了他的病情，我今晚就會比他還要痛苦，今後我也不敢再來了。

說實話吧，林頓，如果我傷了你，我就不能再來了。」

「你非來不可，得為我治病，」他回答道，「你應該來，因為你已經傷了我。你知道的，你把我傷得很重！你剛進來的時候，我還沒有病成這樣子——不是嗎？」

「但是你哭了，又發脾氣，才把自己弄病的。我根本沒有傷害你，」他的表姊說，「不過，我們現在可以做朋友了。你也需要我——你希望偶爾可以見到我，是真的嗎？」

「我告訴過你了，是真的！」他不耐煩地回答，「坐在這長椅上，讓我靠在你的膝蓋上——就像媽媽以前那樣，一整個下午都靠在一起：靜靜地坐著，不說話，但如果你會唱歌，你可以唱一首歌；或者你可以哼一首好聽又有趣的長歌謠——你答應教我的那些歌謠；或者講個故事。不過我更想聽一首歌，開始吧。」

凱瑟琳把她記得的最長的一首歌唱了一遍。他要她唱，她便唱，兩個人都很歡喜。儘管我極力阻攔，林頓還是聽了一首又一首。就這樣，到了十二點的鐘聲響起，他們還是意猶未盡。接著，我們聽到了院子裡有哈里頓的聲音，他回來吃飯了。

「明天，凱瑟琳，你明天會來這裡嗎？」她不情願地站起來，小希斯克利夫扯著她的連衣裙問道。

「不行！」我回答，「後天也不行。」然而，這位小姐顯然給出了一個不同的答覆，因為當她俯下身來，在他耳邊輕聲嘀咕了一句悄悄話時，他的額頭舒展開了。

「記住，小姐，你明天不會來的！」等我們走出這個房子時，我開始說，「你不會做夢也想來吧，會嗎？」

她笑了笑。

「哦，我會好好留神的！」我繼續說道，「我要叫人把鎖修好，讓你沒辦法溜出去。」

「我可以翻牆啊，」她笑著說，「畫眉山莊又不是監獄，艾倫，你也不是我的獄卒。還有，我已經快十七歲了。我是個女人。而且我敢肯定，如果林頓有我照顧，他會很快康復的。你知道的，我比他大、比他聰明，也沒那麼幼稚，不是嗎？而且只要稍微哄他一下，他很快就會聽我的話——他乖的時候，是個漂亮的小可愛。如果他是我的親人，我肯定會非常寵他；等我們習慣了彼此，應該就不會吵架了，對嗎？你不喜歡他嗎，艾倫？」

「喜歡他？」我感歎道，「這個病貓，脾氣那麼壞，已經掙扎著勉強活了十幾年了！幸好，就像希斯克利夫先生所料，他不可能活到二十歲！實際上，我懷疑他能不能熬到春天。不管他什麼時候死了，對他的家庭都算不上大的損失——他父親當年把他領走，對我們來說很幸運。越是待他好，他就越是討人厭，越是自私！凱瑟琳小姐，我很高興，你沒機會讓他做你的丈夫！」

聽到這番話，我身邊的小姐神情嚴肅了起來。我如此滿不在乎地談論著他的死，大大傷害了她的感情。

「他比我年輕，」她沉思良久，回答說，「他應該活得最久，他將會——他必須和我活得一樣久。他現在和剛到北方時身體一樣強壯，這一點我很肯定！他只是受了風寒，和我爸爸一樣。你說爸爸會好起來的，為什麼他就好不了呢？」

「好吧，好吧，」我嚷道，「畢竟，我們不必自尋煩惱；聽著，小姐，記住，我說到做到——如果你試圖再次去咆哮山莊，不管有沒有我陪著，我都會通知林頓先生；還有，除非得到他的允許，否則別想著跟你表弟舊情復燃。」

「已經舊情復燃了！」凱西悶悶不樂地嘟囔道。

「那就不許再繼續了！」我說。

「走著瞧！」她回答後，騎馬疾馳而去，丟下我跟在後面，一路苦苦狂追。

我們兩個在晚飯前趕到了家。我家主人還以為我們在園林裡閒逛，就沒有刻意問我們為什麼不在。我一進門，就趕緊換掉了溼透的鞋襪。但我在咆哮山莊坐得太久了，結果惹上了麻煩。第二天早上，我就病倒了。在接下來的三個星期，我一直無法正常工作——在那之前，我從未經歷過這樣的折磨。謝天謝地，自那之後再也沒有過。

我的小女主人表現得像個天使，她來照顧我、安慰我，讓我不那麼孤獨。躺在病床上動彈不得，使我的情緒非常低落——對一個忙慣的人來說，這樣非常難熬——然而我又有什麼理由抱怨呢？凱瑟琳一離開林頓先生的房間，就出現在我床邊了。她一天的時間全分給了我們倆，沒有讓任何娛樂活動占據她一分鐘：她忽略了吃飯、看書和玩耍，是有史以來最貼心的小護士了。她一定有一顆溫暖的心，如此愛她的父親，同時又這麼關心我！

我說過，她一天的時間全被我和主人瓜分了。但主人很早就休息了，而我通常在六點以後也沒什麼需要，所以，晚上的時間都是她自己的。

可憐的人，我從沒想過，她茶餘飯後都在做些什麼。雖然她進來給我道晚安時，我經常留意到她的面頰有著紅暈，纖細的手指也是紅通通的。我原以為是書房裡的爐火太旺了，卻怎麼也沒有想到，那是她在冰冷的夜裡，騎馬穿過荒原時凍紅的。

第十章

三個星期已快過去，我能走出臥室，在房子裡走動了。我第一次在晚上可以坐起來的時候，就請凱瑟琳讀書給我聽，因為我的眼睛還不太好。我們在書房裡，主人已經上床睡覺了。她答應了，但我覺得她很不情願。我還以為這些書不對她的口味，就請她選自己想讀的。

她挑了一本自己喜歡的書，老老實實地讀了大約一個小時，然後開始不停地發話。

「艾倫，你不累嗎？你最好還是上床去吧。這麼長時間不睡覺，你會不舒服的，艾倫。」

「不，不，親愛的，我不累。」我一次又一次這樣回答她。

看到我無動於衷，她想了另一個花招來表示自己不想讀了。她開始打哈欠，伸懶腰，還有——

「艾倫，我累了。」

「那就不讀了，聊聊天吧。」我回答道。

這就更糟糕了。看看錶，已經到八點鐘了，她急得唉聲歎氣，最後只得回房去了。她臉上寫滿了不耐煩，表情沉重，還不停地揉眼睛，看來已經睏得不行了。

到了第二天晚上，她似乎更不耐煩了；第三天，她本該來陪我，卻抱怨說頭痛，索性離開我走了。

我覺得她的行為很奇怪；我獨自待了好長一會兒後，就決定去問問她是否好些了，還想讓她到沙發上躺著，別待在黑漆漆的樓上。

我沒有尋到凱瑟琳的影子，樓上沒有，樓下也沒有。僕人也眾口一詞說沒有看見她。我在艾德加先生的門口聽了一下——一切靜悄悄的。我回到她的房間，熄滅了蠟燭，坐在窗前。

此刻，窗前月光皎潔，地上鋪了一層銀色的雪，我以為她可能是想在花園裡走走，放鬆一下。我確實發現一個人影沿著園林的內圍欄小心行進，但那不是我家小姐；當靠近亮處時，我認出了其中一個馬夫。

他在那裡站了很久後，穿過園林，望著馬車道；然後快步走去，好像發現了什麼，很快又出現了，牽著小姐的小馬。小姐就在那裡；她剛下馬，走在小馬一旁。

那人帶著小姐悄悄地穿過草地，向馬廄走去。她從客廳的落地窗進來，躡手躡腳地上了樓，溜到了我正等她的地方。

她輕輕地把門關上，脫下沾滿雪的鞋子，解開帽子。她沒有意識到我在暗中觀察，正準備把她的斗篷放在一邊；這時候，我突然站了起來，出現在她面前。她萬萬沒想到，瞬間嚇呆了，發出一聲模模糊糊的驚叫，然後整個人定住了。

「我親愛的凱瑟琳小姐，」我開始說，她最近待我這麼好，我都記在心裡了，所以也不忍心責罵她，「這個時候了，你騎著馬到哪裡去了？為什麼要胡編亂造來欺騙我呢？你到哪裡去了？說！」

「到了園林深處，」她結結巴巴地說，「我沒有胡編亂造。」

「沒有去別的地方嗎？」我問道。

「沒有。」她喃喃地回答。

「哦，凱瑟琳，」我悲痛地喊道，「你知道你一直在做錯事，要不然，你就不會硬著頭皮對我撒謊了。這確實讓我很傷心。我寧願病上三個月，也不願聽到你故意撒謊。」

她向我撲過來，摟著我的脖子，淚流滿面。

「好了，艾倫，我好怕你生氣啊，」她說，「答應我，你不要生氣，我把真實情況都講給你聽，我也討厭遮遮掩掩的。」

我們在窗邊坐了下來。我向她保證，無論她有什麼祕密，我都不會罵她。當然，我也猜到了。

於是她開始講——

「我去了咆哮山莊，艾倫，自從你生病以來，我一天也沒有漏掉。在你臥床的時候，有三次沒去，之後又有兩次沒去。我送給邁克爾一些書和畫，讓他每天晚上幫我裝備好米妮，然後等我辦完事再把牠牽回馬廄。記住，你千萬不要責罵人家。我六點半就到了咆哮山莊，通常待到八點半，然後再騎馬飛奔回家。我去那裡不是為了好玩，我總是感到很痛苦。我也有高興的時候，也許一個星期就只有一次吧。那天我們離開的時候，我曾經跟林頓說好第二天會去看他，我要遵守自己的承諾，然而如果要說服你答應我，我覺得難上加難；但是，你第二天生病不能下樓，我就僥倖過去了。那天下午，邁克爾把園林的門重新上了鎖，我拿到鑰匙，就告訴他，我的表弟生病了，不能來畫眉山莊；但他是多麼希望我去看他，而爸爸又那麼反對我去。然後我又和他商量了一下小馬的事。他喜歡讀書，而且他考慮到自己也要成家了，不久就會離開這裡，所以他提出，如果我肯把書房的書借給他，他就可以按照我說的去辦。而我寧願把自己的書送給他，這樣他就更滿意了。

「我第二次去拜訪時，林頓似乎很有精神。齊拉，也就是他們的管家，給我們收拾好乾乾淨淨的房間，還把爐火生得很旺。她告訴我們，約瑟夫出去參加禱告會了，哈里頓．恩蕭也帶著他的狗出去了，後來我聽說是去抓我們樹林裡的野雞了；我們在家裡愛怎麼玩都行。

「她給我端來了一些暖酒和薑餅，看起來非常和善。林頓坐在扶手椅上，我坐在壁爐旁的小搖椅上，我們笑得很開心，聊得很開心，有聊不完的話。我們計畫著夏天能去哪些地方、去做些什麼。這些我就不必重複了，因為你會說這很傻。

「然而有一次，我們差點吵了起來。他說，度過炎熱七月的最佳方式，就是置身於荒原之中，在石楠叢生的高坡上平躺，從早上一直躺到晚上，蜜蜂在花叢中嗡嗡作響，如同一場夢，百靈鳥在頭頂上高聲歌唱，天空蔚藍，陽光明媚，萬里無雲。那是他心中關於幸福天堂的最完美想像。而我理想中的是，坐在一棵綠葉繁茂的樹上搖晃著，西風吹拂，樹枝沙沙作響，明亮的白雲在天上輕快地飄過；不僅有百靈鳥，還有畫眉、烏鶇、紅雀和布穀鳥在四周歌唱，遠遠望去，荒原變成了一片一片清冷昏暗的山谷，可是走近一看，有大片長長的青草，隨著微風起伏；還有那樹林、那潺潺流水，整個世界都甦醒過來了，欣喜若狂。他希望一切都沉浸在平靜的喜悅中；而我，想要所有的一切都閃閃發光，在燦爛的歡呼中，翩翩起舞。

「我說他的天堂是半死不活的，他說我的天堂是醉醺醺的；我說，在他的天堂裡，我都要昏昏欲睡了，而他則說在我的天堂裡，他要喘不過氣來了，接著他開始變得非常暴躁。最後，我們兩個商定，一旦天氣好了，就兩種天堂都試一試；然後我們互相親吻，重歸於好。靜靜地坐了一個小時後，我望著那個大房間，光滑的地面沒有鋪地毯，就想著如果我們把桌子搬走，在上面玩耍該有多好。於是我讓林頓把齊拉叫來幫忙，我們來玩盲人摸象的遊戲——她設法抓住我們。你知道這個遊戲的，艾倫，你常常玩。但他不願意，他說這樣沒意思，不過他同意和我玩球。我們在一個櫥櫃裡找到一大堆舊玩具——陀螺、鐵環、鬥牛士和鍵子，從其中又找到了兩個球。一個寫著『C』，另一個標著『H』。我想要那個帶『C』的球，因為那代表凱瑟琳，而『H』可能是希斯克利夫的名字。但『H』球裡面的糠跑出來了，林頓不喜歡。

「我不斷地打他，他又開始發火，接著咳了起來，坐回自己的椅子上。不過那天晚上，他很快就恢復了好心情，他被兩三首優美的歌曲迷住了——你的歌，艾倫。當我非走不可的時候，他懇求連帶著乞求，要我第二天晚上再來。我答應了。

「米妮和我像一陣風一樣，輕快地飛奔回家。那晚我夢到了咆哮山莊，還有我那可愛的、親愛的表弟，一直夢到早上。

「第二天，我很難過，一部分是因為你的身體不好，一部分是因為我希望父親知道，並同意我外出。不過茶點過後，但見月色唯美，我騎馬一路向前，心情也舒朗了起來。

「我心想，我又會擁有一個美妙的夜晚了。更讓我高興的是，我那心愛的林頓也將如此。

「我一路騎馬小跑，趕到他們的花園，正準備繞到後院去，那個叫恩蕭的傢伙看見了我，拉著我的馬轡繩，叫我從前門進去。他拍了拍米妮的脖子，說牠是一隻漂亮的馬兒，看樣子想要引我搭理他一下。我只跟他說，不要碰我的馬，不然牠會踢人的。

「他用他那土裡土氣的口音回答說：

「『就算牠踢了，也傷不了人。』然後微笑著打量牠的腿。

「我半信半疑地想讓牠試試，然而，他走過去幫我開門了。他抬起門閂時，抬頭看了看門上刻的字，帶著一種難為情又得意的蠢樣子說——

「『凱瑟琳小姐！我現在念得出來了。』

「『太棒了，』我驚歎道，『我們來聽聽你念的——你變聰明了！』

「他拖長了音調，一個音節一個音節地念了出來，拼出了一個名字——

「『哈里頓·恩蕭。』

「『那數字呢？』我叫道，發現他停了下來，就鼓勵他繼續。

「『我還認不出來。』他回答道。

「『哦，你這個笨蛋！』我說，看他受挫了，我開懷大笑。

「這個傻瓜瞪大了眼睛，咧嘴笑著，眼裡閃過一絲不悅，似乎不確定自己是否可以跟著我一起笑，弄不清楚我這一笑，是在跟他示好呢，還是其實在鄙視他。

「我打消了他的疑惑；因為我突然嚴肅起來，叫他走開，我是來見林頓的，不是來看他的。

「他臉紅了——我在月光下看得一清二楚——他的手從門閂上垂了下來，悄悄溜走了，一副羞愧又心虛的樣子。我想，單單憑藉著能拼出自己的名字，他就覺得可以和林頓相提並論了；結果尷尬的是，我可不這麼覺得。」

「停，凱瑟琳小姐，親愛的！」我打斷了她的話，「我不會罵你，但我不喜歡你在那裡的態度。如果你還記得哈里頓是你的表哥，跟希斯克利夫少爺是你表弟一樣親，你就會覺得，自己那樣對人家有多麼不妥。至少，他渴望可以像林頓一樣有才華。人家上進是值得鼓勵的，而且他肯學習可不是為了炫耀。我毫不懷疑，以前因為他的無知，你曾經讓他難堪；他想要彌補，想要取悅你。對他這種不完美的嘗試，你卻嗤之以鼻，這非常沒有修養。如果你在他那個環境中長大，你就會不那麼粗魯嗎？他和你一樣，原本是個聰明伶俐的孩子；就因為那卑鄙的希斯克利夫如此不公正地對待他，他如今才被人瞧不起，這讓我很難受。」

「好吧，艾倫，你不會為這事哭一場吧？」她見我如此認真，十分驚訝地叫道，「但是等等，你待會兒就會聽到，他死記住那幾個ＡＢＣ，是不是為了來取悅我的；還有，這個畜生不值得我對他客氣。我進了屋，林頓正躺在長椅上，欠起身來迎我。

「『今晚我生病了，凱瑟琳，親愛的，』他說，『你只能一個人說話，我聽著。來，坐在我身邊——我確信你一定說話算話，在你走之前，我還會讓你再保證一次。』

「他病了，我知道不能逗他；我說話很輕，也沒問他什麼，避免以任何方式刺激他。我給他帶了幾本我最好看的書，他讓我拿一本來念。我正準備開口，恩蕭就突然把門打開，憋了一肚子氣的模樣。他直接走到我們面前，一把抓住林頓的手臂，把他從椅子上拎了起來。

「『滾回你自己的房間去！』他情緒激動，幾乎說不出話來，一臉怒氣，整張臉都鼓起來了。『如果她是來找你的，就帶著她走吧——不能把我攔在外面。滾，你們兩個都滾！』

「他咒罵著我們兩個，沒給林頓回嘴的機會，幾乎是把他扔進了廚房。我跟在後面，他握緊了拳頭，像是要把我也一拳打倒。我很害怕，就在那一瞬間，有一本書從手裡掉了下來，他一腳把書朝我踢了過來；把我們關在了門外。

「我聽到爐火那邊傳來一陣惡狠狠的大笑。轉過身來，就看到那個可惡的約瑟夫正站在那裡，搓著他那乾枯的雙手，笑得渾身顫抖。

「『我就知道，他會讓你們嘗嘗他的厲害！活該！他是好樣的！有骨氣！他明白——跟我一樣心知肚明，誰才是這家的主人——、呃，呃，呃！他讓你們愛去哪裡就去哪裡！』

「『我們該去哪裡呢？』我對表弟說，不理會那個老傢伙的冷嘲熱諷。

「林頓臉色煞白，渾身顫抖。艾倫，他頓時不漂亮了。哦，不！他看起來簡直恐怖！他那瘦削的臉和大大的眼睛，扭曲成一副瘋狂卻又無力的憤怒表情。他抓住門把手，拚命搖著——裡面卻被鎖住了。

「『如果你不讓我進去，我就殺了你！你不讓我進去，我就殺了你！』他不是在說話，而是在嘶吼，『魔鬼！魔鬼！我要殺了你，我要殺了你！』

「約瑟夫又發出了他那嘎嘎的笑聲。

「『哈，真像他爹！』他叫道，『跟他爹一樣！人的身上總有自己爹娘的影子。別理他，哈里頓，年輕人——怕什麼——他不能把你怎麼樣！』

「我抓住林頓的手，試圖把他拉開，但他一聲聲的尖叫如此嚇人，我不敢再繼續。最後，他狂咳一陣，哭聲被淹沒了，一股鮮血從他嘴裡噴出，他倒在了地上。

「我害怕極了，跑到院子裡，拚命呼喚著齊拉。她很快聽到了，當時她正在穀倉後面的一個棚裡擠牛奶，趕忙丟下手裡的工作，問我要做些什麼。

「我喘不過氣來，話都來不及說就扯著她進來，四處尋找林頓。恩蕭出來看見自己闖的禍，把這個可憐的東西抱起來就往樓上送。我和齊拉跟著他上了樓，但他在樓梯口攔住我，說我不應該進去，我必須回家。

「我喊道，是他殺了林頓，我就要進去。

「約瑟夫把門鎖上了，要我休想『幹這樣的蠢事』，還問我是否『生來就跟他一樣瘋狂』。

「我站在那裡哭，管家又過來了。她肯定地說，他馬上就會好起來，但不能再大吵大鬧，他會受不了的。她拉著我，幾乎是拖著我進屋的。

「艾倫，我恨不得把頭髮從頭皮上扯下來！我用力哭啊哭啊，眼睛都快哭瞎了，而那個你很同情的壞蛋，他就站在對面，時不時地要我『別吵，別吵』，還不承認是自己的錯。最後，我說要向爸爸告狀，他應該被關進監獄，被絞死。他嚇壞了，自己也哭了起來，為了掩飾自己的懦弱，還急忙逃了出去。

「不過，我仍然沒能擺脫他。最後他們強迫我離開，在我走到離房子大約幾百碼遠的時候，他突然從大路邊的陰影中走出來，攔住了米妮，一把抓住我。

「『凱瑟琳小姐，我好難過，』他說，『但這也太糟糕了——』

「我心想他可能要謀殺我，就用鞭子抽了他一下——他鬆開了手，發出一聲可怕的咒罵。我朝著家的方向一路狂奔，嚇得魂不守舍。

「那天晚上，我沒有向你道晚安。第二天，我也沒有去咆哮山莊——我想去，非常非常想，但又有一種莫名的緊張，有時害怕聽到林頓死了；有時一想到要遇到哈里頓，就不寒而慄。

「第三天，我鼓起勇氣，無論如何，我再也無法忍受這種長時間的不安，就又一次偷偷跑了出去。我五點就出發了，是走路去的；我盤算著到時候可以設法溜進房子裡，然後神不知鬼不覺地鑽到林頓的房間。然而，我還沒走近，那些狗就叫了起來。齊拉接待了我，還說『那孩子恢復得很好』。她帶我進入一個鋪著地毯的乾淨小房間。在那裡，我看到林頓正躺在一張小沙發上，在讀我的一本書，這讓我有一種說不出來的高興。可是，艾倫——整整一個小時，他一句話都不跟我說，也不看我一眼，他這脾氣真是怪——而且更讓我無語的是，等他開口時卻歪曲事實，硬說是我闖的禍，不怪哈里頓！

「我無法平心靜氣地回答，便站起身走出房間。他在我身後微弱地叫了一聲『凱瑟琳！』他沒有料到會得到這樣的回應——我沒有回頭。第二天，我在家裡又待了一天；當時我幾乎下定決心，再也不會去看他了。

「但是沒有他的任何消息，睡前和醒來都變得非常痛苦，所以之前我還沒完全下定的決心，就又拋到九霄雲外去了。開始是錯的，現在想結束，似乎也是錯的。邁克爾來問我，他是不是要給米妮備上馬鞍，我說『好』。當牠帶著我翻過小山時，我認為自己是在盡一份責任。

「我只能經過前面的窗子進入院子，偷偷摸摸是沒用的。

「『少爺在屋裡。』齊拉看到我正往客廳走去，便說道。

「我走了進去，恩蕭也在那裡；但他一看我進來，便離開了房間。林頓坐在大扶手椅上，半睡半醒。我走到火爐前，一臉嚴肅，半認真地對他說，我說的那些，大部分是真心話。

「『林頓，既然你不喜歡我，既然你認為我是存心來傷害你的，而且還自認為我每次都這樣，那這就是我們最後一次見面——讓我們說一聲再見吧。還有，告訴希斯克利夫先生，你不想看到我，關於這件事，以後他休想再編造任何謊言。』

「『凱瑟琳，把帽子摘下來，坐下，』他回答，『你比我幸福得多，你應該過得更好。我爸爸整日數落我的缺點，整日看不起我，所以我當然會懷疑自己。我經常懷疑，我是不是真如他所說的那樣一文不值；然後我就越想越生氣、越痛苦，恨所有人！我沒有出息，脾氣也壞，又死氣沉沉的，幾乎總是這樣；如果你願意，你可以說再見了——這樣你就會甩掉一個討厭的人。只是，凱瑟琳，請你平心而論：若是我能像你一樣可愛、善良、美好，那麼請相信，我會成為——也更願意做一個像你這樣幸福、健康的人。你要相信，你的善良讓我更加深深地愛上了你，超過了你的愛，如果我配得上你這般愛的話。可是我曾經無法克制，而且如今也克制不住，向你暴露我的本性，但為此我感到內疚又悔恨，會後悔到死！』

「我覺得他說的是實話，我也覺得有必要原諒他。哪怕下一秒又一言不合吵起來了，我還是要再原諒他。我們重歸於好了，但我們哭了，兩個人都哭了，一直哭到最後。不完全是因為心裡委屈，我還覺得痛心，林頓的天性被扭曲成這樣。他永遠不會讓他的朋友安心，而他自己也永遠不會安心！

「從那晚起，我總是去他的小客廳；因為第二天，他的父親回來了。大約有三次，我覺得我們很快樂，又充滿希望，就像第一個晚上那樣。其餘的時間都是沉悶又煩心的——有時候是因為他的自私和怨恨；有時候是因為他的病痛。好在我已經學會了忍耐，對於他的自私和怨恨，我就當他病了一樣，也幾乎很少反感了。

「希斯克利夫先生故意避開我。我幾乎沒碰到過他。上週日，事實上我去得比往常早一些，我聽到他在狠狠地痛罵可憐的林頓，就因為前一天晚上他故意找事。我不知道他是怎麼知道的，除非他偷聽了。林頓表現得確實很過分，不過，這是我自己的事，跟別人有什麼關係？我就進去這麼說了，打斷了希斯克利夫先生的訓斥。他突然大笑著走開了，說我有這樣的想法，他很高興。從那時起，我就叮囑林頓，他心情不好的時候，說話要小聲點。

「好吧，艾倫，全都告訴你了。阻止我去咆哮山莊是不行的，只會讓兩人都痛苦——只要你不告訴爸爸，那麼我到那裡去，就更不會礙到其他人什麼事了。你不會告訴他的，對吧？如果你告密，那就太狠心了。」

「凱瑟琳小姐，關於這件事，我明天自會做個決定，」我回答，「這需要斟酌一下；所以你好好休息吧。我得走了，我再仔細考慮一下。」

我把事情統統告訴了主人；我從小姐的房間直接走進主人的房間，當著主人的面，將整個故事從頭到尾說了一遍，只是沒提她和表弟的談話，也沒提哈里頓。

林頓先生大驚，十分發愁，即使他表面上沒說什麼。第二天早上，凱瑟琳知道我辜負了她的信任，她也清楚，自己的祕密約會自此告終了。

對於父親的禁令，她哭哭啼啼，懇求父親可憐林頓。但一切都是徒勞：父親只是安慰她說，他會親自寫信給林頓，也允許他在他高興的時候到畫眉山莊來。但與此同時，他還特意聲明，以後林頓別指望在咆哮山莊和凱瑟琳見面了。或許，如果他知道自己外甥的那種性格和身體情況，他就連這種小小的安慰也不會給予了。

第十一章

「這些都是去年冬天的事，先生，」迪恩太太說，「還沒到一年。去年冬天，我還不曾想到一年後的一天，我會把這些事情講給與這家不相干的一個陌生人聽！可是，誰知道你要當多久的陌生人？你還這麼年輕，不會一直享受單身生活的，而且我還覺得，誰看到凱瑟琳．林頓都會愛上她。你笑了，但為什麼每當我談到她時，你看起來如此饒有興致——還有，為什麼你要我把她的照片掛在你房間的壁爐上面呢？還有，為什麼——」

「停，我的好友！」我喊道，「我有可能會愛上她，但我懷疑她會愛上我嗎？我不敢輕易墜入愛河，讓我平靜的生活泛起漣漪，何況我的家也不在這裡。我是繁華世界裡的人，注定要回到繁華中去。繼續講下去吧，凱瑟琳聽她父親的話了嗎？」

＊　＊　＊

「她聽話了，」女管家繼續說道，「對父親的愛，依然是她心中的首要情感；而且他說話時沒有憤怒，語氣中滿懷深深的柔情，就像一個人眼看著自己心愛的人即將陷入危險，落到敵人手中，此刻他唯一能做的就是給予她指點，留給她這些話語，讓她銘記於心。」

幾天後，他對我說：「艾倫，我希望我的外甥能寫信來，或者上門來一趟。你老實說，你對他怎麼看——他變好了嗎？還是隨著他長大成人，以後就會變得好起來？」

「他弱不禁風，先生，」我回答，「幾乎長不大。但有一點可以肯定的是，他不像他父親。如果凱瑟琳小姐不幸嫁給他，她是可以管得住他的；除非她愚蠢透頂，對他任意縱容。不過，主人，你有足夠的時間來瞭解他，看看他是否適合小姐——還有四年多的時間，他才成年呢。」

艾德加歎了口氣，走到窗前，朝著吉默屯的小教堂望去。那是一個霧濛濛的下午，時值二月，陽光微弱，我們只能隱約看見教堂院子裡的兩棵冷杉樹，還有零零散散的墓碑。

「我時常祈禱，」他一半像是自言自語地說，「為眼前要發生的事情禱告。然而現在我卻開始退縮了，害怕了。我心裡曾這樣想，與其回憶我做新郎的那天，朝著那條山谷往下走去的場景，還不如想想在未來的幾個月或者幾週，我被人抬著上山，躺在那個淒涼的土坑裡的感覺好呢！艾倫，和我的小凱西在一起，我非常幸福。在無數個冬夜和夏日裡，她是我身邊的一個活生生的希望。但是，在那座古老的教堂外，在那些墓碑之間，我一個人沉思著也很快樂——六月裡，一個個漫長的夜晚，我躺在她母親綠草萋萋的墳頭上，期盼著，渴望著有一天我可以躺在那下面。我可以為凱西做什麼？我該怎麼離開她？我絲毫不在乎林頓是希斯克利夫的兒子，也不在乎他從我身邊把她帶走，只要我不在的時候，他能給她帶來安慰。我不在乎希斯克利夫得逞，終究奪去了我最後的幸福！但是，如果林頓不配——只是他父親的一個軟弱工具——我不能把她丟給他！雖然粉碎她那滿腔熱情很殘忍，但我堅決不讓步；在我活著的時候，讓她承受痛苦，在我死後，讓她一人孤獨。天哪！我寧願把她交給上帝，讓她比我早死。」

「既然如此，將一切交給上帝，看天意如何來安排她，先生。」我回答，「若是出於天意，我們失去了你——但願上帝不會答應——那麼在有生之年，我都會陪在她身邊服侍她，幫助她，做她的朋友。凱瑟琳小姐是個好女孩，我不擔心她會存心做錯事。再說，好人總歸會有好報的。」

春天來了，但我家主人並沒有真正恢復體力，儘管他可以重新和女兒在院子裡散步了。小姐少不更事，認為這是爸爸快好起來了；而且當時他的臉頰常常泛紅，眼睛明亮，她更確信父親正在好轉。

她十七歲生日那天，他沒有到教堂的墓地去，當時正在下雨，我問他：

「先生，你今晚一定不會出去了吧？」

他回答：「不去了，我今年會延後，稍微再過一段時間。」

他再次寫信給林頓，表示自己非常希望能夠見見他。而且，若是那個病人可以出來的話，我不懷疑他父親會允許他來。果不其然，他遵囑回了一封信，暗示希斯克利夫先生反對他到畫眉山莊來；不過舅舅好心想到他，他很高興，也希望時而可以在散步時遇見舅舅，以便親自請求舅舅，不要讓表姊和自己徹底斷絕往來。

他信中的這一部分寫得很簡單，很可能是他親手所寫。希斯克利夫料到他會為了要凱瑟琳陪他，來一番長篇大論——

> 我並不要求她來這裡。可是，難道只因為我父親不許我去你們家，而你又禁止她到我家裡來，我就要注定跟她老死不相往來了嗎？請你時不時地和她一起騎馬到山莊來吧，當著你

的面，讓我跟她說幾句話！我們沒做什麼不好的事，卻要承受如此的分離；你也沒有生我什麼氣——你自己也承認——你沒有理由討厭我啊。親愛的舅舅！明天給我帶來一封好心的回信吧；答應和我見一面吧，在任何地方都行，除了畫眉山莊。我相信，見面談一談你就信了，我與我父親的性格完全不同。他肯定說我像你的外甥，而不像他的兒子。雖然我有缺點，配不上凱瑟琳，但她已經原諒了這些缺點，而且就算為了她，你也應該原諒我啊。你問起我的健康狀況——已經好多了，但是當我被斷絕一切希望，注定要活在孤獨之中，或者只能跟那些不曾、也永遠不會喜歡我的人交往，我又怎能快樂健康呢？

儘管艾德加很同情這個孩子，卻不能答應他的請求，因為他不能陪著凱瑟琳去。艾德加說，到了夏天，或許他們會見面。在此期間，希望可以保持通信往來；在信中，他盡自己所能，給外甥一些勸告和安慰。他深知這孩子在家中的艱難處境。

林頓順從了。如果他無所顧忌的話，很可能滿紙都在抱怨和哀歎，這樣事情就糟了；但他父親對他密切監視著，我家主人寄去的信，他父親也執意要一字一句地過目。所以，林頓在信中回避了心中的痛苦與不幸，即使這些是他腦子裡最想表達的，也只能喋喋不休地強調，讓他和自己的朋友、心愛的人分開是多麼殘忍的事。他還溫和地暗示林頓先生必須盡快安排會面，否則他難免擔心舅舅故意用空頭承諾敷衍自己。

在家裡，凱西是他的強大隊友。兩人裡外周旋了很久，終於說服我的主人，默許他們可以在離畫眉山莊最近的荒原上，一起騎馬或散步了。大約一週能出去一次，不過要有我的監護；因為儘管到了六月，主人的身體依然在走下坡路。雖然他每年都從自己的收入中撥出一部分錢放在小姐名下，但他當然希望她能保留——或者至少在短時間內也能回去住住——她自家的祖宅。他認為要實現這個想法，唯一的希望就是與其繼承人結為親戚；然而他卻有所不知，那個繼承人幾乎和他自己一樣，身體正在逐漸衰弱。我相信別人也都不知道；沒有醫生到咆哮山莊去過，也沒有人見過希斯克利夫少爺，可以到我們這邊說說他的情況。

就我而言，我開始懷疑我的預感是錯的。既然他提出到荒原上騎馬和散步，並且如此認真，那他的身體肯定是一天天變好了。

我無法想像，一個父親竟然如此殘暴又惡劣地對待一個垂死的孩子。我後來才知道希斯克利夫就是這樣對待小林頓的，強迫他裝出一種明顯的渴望。眼看這孩子快不行了，他那貪婪又狠心的計畫就要被毀了，他就更加迫不及待地努力逼迫兒子。

第十二章

盛夏已過，艾德加勉強同意了他們的懇求，我和凱瑟琳第一次騎馬出發，去見她的表弟。那是一個悶熱的日子，不見陽光，天空斑駁而朦朧，但應該不會下雨。我們約在十字路口的指路石邊見面。然而，我們到了那裡，一個傳話的小牧童卻告訴我們：

「林頓少爺就在山莊的這一邊，如果我們能再往前走一點，他就太感激了。」

「那麼林頓先生就把他舅舅的第一條禁令給忘了，」我說道，「他讓我們留在畫眉山莊的地盤上，而現在眼看我們就快越界了。」

「好吧，我們先去跟他碰面，然後再騎馬掉頭回來，」我身邊的小姐回答，「到時候我們就往家裡走。」

但我們到達他那裡時，離他家幾乎不到四分之一英里了，我們發現他沒騎馬；我們只好下馬，放馬去吃草。

他躺在荒原上，等待著我們到來，直到離他只有幾碼距離的時候，他才起身。他走起路來異常虛弱，臉色也如此蒼白，我立刻喊了起來：

「啊，希斯克利夫少爺，你今天早上不適合出來散步。你看起來太不舒服了！」

凱瑟琳望著他，悲痛又吃驚，嘴邊的歡呼聲變成了驚呼聲。他們久別重逢，本應喜氣洋洋，眼下卻只換來一句焦急的詢問：是不是病得更重了？

「不是──好多了──好多了！」他喘息著，顫抖著，緊握著她的雙手，好像需要她支撐著自己，還有他那雙藍色的大眼睛，目光怯怯地在她身上徘徊著。他雙眼凹陷，那曾經慵懶的表情，如今盡顯憔悴。

「但你的病確實嚴重了，」他的表姊堅持說，「比我上次見到你時更嚴重了──你瘦了，而且──」

「我累了，」他匆忙地打斷她，「天氣太熱了，不適合散步，我們就在這裡休息。到了早上，我時常覺得不舒服──爸爸說我長得太快了。」

凱西非常不滿，但還是坐了下來；他斜躺在她身邊。

「這裡有點像你口中的天堂，」她說著，努力使氣氛開心一些，「你還記得我們約定在各自認為最美好的地方，以最快樂的方式度過兩天嗎？這幾乎就是你描述的那種，只是天上有雲。但這雲朵是如此柔軟輕盈，它比陽光更美好。下個星期，如果你可以的話，我們就騎馬去畫眉山莊的園林，來體驗一下我理想中的天堂。」

她口中所說的這些話，林頓似乎不記得了。顯然，無論談些什麼，他都很難進行下去。她方才談論的那些話題，他一點也不感興趣，也無力增加她的興致，一切都如此明顯，她臉上難掩失望。他的整個人、整個狀態都已有一種難言的變化。之前他易怒，老喜歡被人哄一哄才好，如今只有無精打采的冷漠。之前還有一點孩子氣，想要人安撫就故意找事和發脾氣；如今他連這種孩子氣也沒有了，更多的是一個病人的自暴自棄，一心只顧悶悶不樂，拒絕別人的安慰。就連人家善意的歡笑，他也認為是一種侮辱。

我和凱瑟琳都意識到了，這樣忍受著我們的陪伴，對他來說是受罪，而不是滿足。於是她直接說還是盡快離開吧。

聽到她要走了，林頓竟然從昏昏沉沉中清醒了過來，變得異常激動。他恐懼地朝著咆哮山莊瞥了一眼，求她至少再留半個鐘頭。

「但是，我覺得，」凱西說，「你坐在家裡會比在這裡更舒服，而且我今天講故事也好、唱歌也好、閒聊也好，都不能哄你開心。在這六個月裡，你變得比我更聰明了。我現在覺得好玩的，你都沒什麼興趣了。不然，只要我能哄你開心，我是願意留下來的。」

「你留下來，休息一下吧，」他回答，「凱瑟琳，不要覺得我的身體很不好，也不要總強調這些——天氣又悶又熱，我打不起精神來。在你來這裡之前，我到處走，走了很久。告訴舅舅，我的身體還算健康，好嗎？」

「林頓，我會告訴他你是這麼說的。我不能確定你的身體真的沒事。」我家小姐說。他硬說自己的身體好好的，小姐顯然不信，也感到奇怪。

「下週四再來吧，」他繼續說道，避開她疑惑的目光，「請告訴舅舅，我非常感謝他允許你來——感激不盡，凱瑟琳。還有——若是你真的見到我父親，他向你問起我時，你別讓他覺得我又呆又蠢——你別這樣愁眉苦臉——他看見會生氣的。」

「我根本不在乎他生不生氣。」凱西嚷道，想像著承受希斯克利夫的怒氣。

「但我在乎，」她的表弟聲音顫抖著說，「不要惹他生我的氣，凱瑟琳，他非常嚴厲的。」

「希斯克利夫少爺，他對你很苛刻嗎？」我問道，「他是不是厭倦了一味地順著你，本來暗藏心底的怨恨，如今都爆發了出來？」

林頓望著我，但沒有回答。她又在他身邊坐了十分鐘，之後他的頭昏昏沉沉地垂在了胸前；他什麼也沒說，只是壓抑著痛苦的呻吟，像是又累又痛。凱西為了打發時間，尋找藍莓去了，還把找到的分享給我。她沒有把這些拿給他看，因為她看得出，再去叨擾他，只會讓他更加疲憊和厭煩。

「現在有半個鐘頭了嗎，艾倫？」最後，她在我耳邊低聲說，「我搞不懂為什麼我們要留下來。他已經睡著了，爸爸正等著我們回去呢。」

「嗯，他睡著了，我們還不能走開，」我回答，「等他醒吧，再耐心等一下。你很想走是吧，你之前盼著和可憐的林頓出來見面，那股興致這麼快就煙消雲散了？」

「他為什麼想見我？」凱瑟琳回道，「比起當下這種莫名其妙的情緒，我更喜歡他之前脾氣糟糕時的樣子。如同一種例行公事，他是在迫不得已中完成——這回見面——是因為他擔心父親會罵自己。但是要我去討希斯克利夫先生高興，那幾乎是不可能的；不管希斯克利夫先生拿什麼理由命令林頓必須去受這樣的罪。而且，雖然他的身體好一些了，我很高興，但我也很難過，他不那麼討人喜歡了，跟我也不那麼親了。」

「那你認為，他的身體好了？」我問。

「是啊，」她回答道，「你知道，他總是在誇大自己的病痛。他的身體並不像他叫我跟爸爸說的那樣好多了，不過他很有可能是好些了。」

「那麼我跟你有不同看法，凱西小姐，」我說，「我猜，他的情況要糟糕得多。」

這時林頓從睡夢中驚恐地醒來，問是否有人喊過他的名字。

「沒有，」凱瑟琳說，「除非你在做夢。我無法想像，你怎麼大清早就在外面打起瞌睡來了。」

「我以為聽到了父親的聲音。」他喘著氣說，抬頭望了望我們頭頂陡峭的山頂，「你確定沒有人喊過我？」

「非常確定，」他的表姊回答，「只有艾倫和我在爭論你的健康問題。林頓，比起冬天我們分開的時候，你真的更強壯了嗎？如果你確實如此，我肯定有一樣東西沒有那麼強烈了——你對我的心意——說，是不是？」

淚水從林頓的眼睛裡奪眶而出，他回答：

「不，不，我不是這樣！」

而且，他仍然沉浸在那個聲音的幻覺之中，他的眼睛東張西望著，想找到那個聲音的來源。

凱西站了起來。

「今天我們必須分開了，」她說，「我毫不隱瞞，對這次我們的見面，我真的非常失望。不過除了你之外，我不會告訴任何人的——這倒並不是說我害怕希斯克利夫先生！」

「噓，」林頓喃喃道，「看在上帝的分上，噓！他要來了。」他緊緊抓住凱瑟琳的手，竭力挽留她。但是，一聽到希斯克利夫要來，她急忙掙脫出來，對米妮吹了個口哨。米妮應聲而來，像狗一樣聽話。

「我下週四會來的，」她跳上馬鞍喊道，「再見了。快，艾倫！」

就這樣，我們離開了他，他幾乎沒意識到我們走了，還專注地巴望著父親的到來。

我們還沒到家，凱瑟琳心裡的不快已經化為一種難言的感情，既憐憫又遺憾。這種情緒還夾雜著許多不安和疑慮，包括對林頓的身體和處境的真實情況的不確定性。我也有同感，我勸她不要多說，因為等下回拜訪後，我們就好判斷了。

我的主人要我們向他報告情況。凱西小姐轉達了他外甥對他的感謝，其餘的就輕描淡寫地帶過了。對於他的問話，我也無可奉告，因為我簡直不知道什麼該說，什麼不該說。

第十三章

七天的時間轉眼過去了，艾德加．林頓的病情每天都在急劇變化。幾個月前他已經很糟了，如今他的病更是分分鐘都在惡化。

至於凱瑟琳，我們很想欺騙她，但是她心思細膩，很難騙到她。她暗暗猜測，想著一些可怕的可能性；漸漸地，這些可能性都變成了必然。

星期四到了，她不忍心提到她要騎馬出去的事。我替她提了一下，也得到了主人的允許，可以讓她出門。至於書房，她父親每天只在那裡停留很短的時間——他只能忍受坐很短的時間——而他的臥房便成了她的整個世界。她恨不得每時每刻都伏在他的枕邊，抑或守在他身旁坐著；就這樣整日守候著、悲傷著，她的臉色變得愈加蒼白。我家主人倒希望她能到處走走，認為她換換環境、換個人說話，就會開心些，將來他死後女兒也不至於落得孤苦伶仃。主人如此想著，對他自己也是一種安慰。

從他的幾次談話中我可以猜到，他有自己的刻板成見，覺得自己的外甥既然長得像他，那麼內心自然也像他了；從小林頓的信中，很難看出他性格上的缺陷。而我，當時沒忍心糾正這個錯誤的想法；這也情有可原，我問自己：在他生命的最後時刻，他沒有能力也沒有機會來考慮這些，這時候再打擾他，有什麼好處呢？

我們把出行延後到了下午。八月的一個金燦燦的下午——山上吹來的每一絲風都充滿生命的活力，彷彿無論誰呼吸到它，哪怕奄奄一息的人，也會獲得重生。

凱瑟琳的臉是一道風景——陰影和陽光在她臉上迅速變幻著，但陰影停留的時間更長，陽光更短暫一些。有那麼一瞬間，她忘記了煩惱，為此，她那顆可憐的小心臟還感到自責呢。

我們發現林頓還在上回的老地方等著。我家小姐下了馬車，告訴我說，她決定只在這裡待一下，讓我最好牽著小馬留在馬背上。但我不同意，我不能冒險，我看護的人，一分鐘也不能離開我的視線；所以我們一起爬上了石楠斜坡。

希斯克利夫少爺這次和我們會面顯得更興奮了，不過不是興致勃勃，也不是高興，看起來更像是害怕。

「太晚了！」他說道，語調很短促，也很吃力，「你父親不是病得很重嗎？我以為你不會來了。」

「你為什麼不實話實說？」凱瑟琳叫道，本來要跟他問個好的，又咽了回去，「為什麼你不能直接說，你不需要我？很奇怪，林頓，這是第二次了，你故意把我帶到這裡，而且完全沒有理由，顯然是為了讓我們倆都受罪！」

林頓顫抖了一下，瞥了她一眼，半是哀求半是羞愧，但他表姊卻沒有那麼大的耐心，忍受不了這種莫名其妙的行為。

「我父親病得很重，」她說，「為什麼把我從他的床邊叫過來——你既然巴不得我不守約，為什麼不派個人跟我說一聲取消？來吧！我需要一個解釋——我現在完全沒有心思鬧著玩。從現在開始，我再也不會迎合你的裝腔作勢，去圍著你轉了！」

「我裝腔作勢！」他喃喃地說，「什麼是裝腔作勢？凱瑟琳，看在上帝的分上，別發這麼大的火！隨便你怎麼鄙視我，我就是一個一無是處又怯懦軟弱的可憐蟲——我被人嘲笑得還不夠嗎！但是，我根本不配讓你生氣——去恨我的父親，饒了我吧！」

「胡說八道！」凱瑟琳激動地叫道，「愚蠢又糊塗的孩子！瞧啊，他在顫抖，好像我真的要去碰他一樣！林頓，你不必求著別人瞧不起你，所有人都會自然而然地瞧不起你的。起來！我要回家了——這很愚蠢，把你從壁爐旁邊硬拖過來，假裝是——我們假裝什麼呢？放開我的衣服！如果看到你哭、看到你害怕，我就同情你，那你也應該拒絕這同情！艾倫，告訴他，這個樣子多丟人。起來，別讓自己墮落成一條可憐兮兮的爬蟲——別這樣。」

林頓滿臉痛苦，淚如雨下，他整個人無力地倒在了地上，似乎因為劇烈的恐懼，嚇得抽搐起來。

「啊！」他抽泣著，「我受不了！凱瑟琳、凱瑟琳，我不敢告訴你，我還是一個背叛者。可是你一離開我，我就會被殺死的！親愛的凱瑟琳，我的命在你手裡。你說過你愛我——如果你真愛我，那這事對你也沒有損害。你不會走的，對嗎？善良又可愛的好凱瑟琳！也許你會答應的——他要我死也要跟你在一起！」

眼看他痛苦到極點，我家小姐彎腰將他扶了起來。往日裡對他慣有的溫柔湧上了心頭，漸漸地，她不再惱怒了，被眼前的一切徹底感動，也驚慌了起來。

「答應什麼？」她問，「要我留下來？你先說，你這莫名其妙的一番話是什麼意思，我就留下來。你的話自相矛盾，讓我心煩意亂！冷靜點，坦率點，把你心裡積壓的統統講出來。林頓，你不會傷害我的，對嗎？只要你能阻止，你不會讓任何壞人傷害我的，對嗎？我相信，在你眼裡，自己就是個膽小的人，不過還不至於膽小到背叛你最好的朋友。」

「可是我父親威脅我，」男孩大大喘著氣，那瘦弱的手指握得緊緊的，「我怕他——我怕他！我不敢說！」

「哦，好吧！」凱瑟琳說著，憐憫中帶著輕蔑，「守好你的祕密，我不是那麼沒骨氣的人。你自求多福吧，我不怕！」

看她如此寬宏大量，他的眼淚簌簌落下；他親吻著她的雙手，瘋狂地哭著，卻依然無法鼓起勇氣把話說出來。

我思考著這是怎麼回事，下定決心，即使出於好意，我也絕不能讓凱瑟琳為了方便他或者別的人而自己受苦。這時，我聽到樹林中沙沙作響，我抬起頭來，看到希斯克利夫先生正從山莊下來，馬上走到我們面前了。他沒有朝我身邊這兩位看一眼，儘管他們離得很近，林頓的啜泣聲都聽得見，但他用一種對別人不常用的罕見熱情向我打招呼；我不免懷疑他的誠意。他開口了。

「奈莉，看到你離我家這麼近，真是太好了！」他說，「你在畫眉山莊還好嗎？快跟我們說說！有傳言說，」他小聲補了一句，「艾德加．林頓快斷氣了——正躺在床上——難道是人家誇大了他的病情？」

「沒有，我的主人是時日不多了，」我回答，「這是真的。對我們所有人來說，這都是很悲哀，但對他來說，也是一種解脫！」

「你覺得他還能撐多久？」他問。

「我不知道。」我說。

「因為，」他繼續說道，看著那兩個年輕人，這兩人定格在他的眼睛裡——林頓看起來好像動都不敢動，也不敢抬頭；凱瑟琳看見他這樣，也盯住他不動了，「因為那邊那小子似乎下決心要跟我槓上了——我還要感謝他舅舅，能快一點走，走在他前面。嗨！這孩子一直在玩這把戲嗎？一直哭啼啼的，我已經給過他顏色看了。他和林頓小姐在一起的時候，還算活潑嗎？」

「活潑？不存在的——他看起來痛苦不堪，」我回答，「看他那樣子，我得說，他不應該在這裡和心上人閒逛，應該躺在床上，讓醫生治他的病。」

「他應該不行了，就這一兩天內，」希斯克利夫嘀咕道，「但是首先——起來，林頓！起來！」他咆哮著，「不要趴在地上，現在就給我起來！」

林頓又一次在一陣無助的恐懼中癱倒在地。我猜是因為他父親瞥了他一眼，沒有別的原因可以讓他如此蒙羞。有幾次，他努力想站起來，但他那點力氣馬上被耗盡了；他再次倒下，發出一聲呻吟。

希斯克利夫先生走上前，把他扶了起來，讓他靠在隆起的草堆上。

「喂，」他狠狠地說，「我要發火了，如果你不強打起你那點精神來——該死的！給我站起來！馬上！」

「我可以的，父親！」他喘著氣，「只是，別催我，不然我會暈倒的！我確信，我已經如你所願了。凱瑟琳會告訴你的，會說——會說我——一直高高興興的。啊！留在我身邊，凱瑟琳，把你的手給我。」

「抓住我的手，」他父親說，「雙腳站立！現在——她會把手借給你的。這就對了，看看她。林頓小姐，你會認為我就是魔鬼，把他嚇成這個樣子。請你好心和他一起走回家，好嗎？我一碰他，他就發抖。」

「林頓，親愛的！」凱瑟琳低聲說，「我不能去咆哮山莊——爸爸禁止我去。他不會傷害你的，你為什麼這麼害怕？」

「我永遠也不能再進那座房子了，」他回答道，「沒有你，我再也進不去了！」

「住嘴！」他的父親喊道，「好吧，尊重凱瑟琳的一片孝心。奈莉，帶他進去，我會聽你的，及時給他看醫生，不會再拖延了。」

「你可以帶他去啊，」我回答，「但我必須留在我家小姐身邊。照看你兒子不是我的工作。」

「你就是死心眼！」希斯克利夫說，「我就知道——但你非要強迫我掐疼這嬰兒，讓他尖叫起來，你才會有惻隱之心。那麼來吧，我的英雄。你願意在我的護送下回去嗎？」

他再次走近，彷彿要一把抓住這個脆弱的生命。但林頓嚇得縮了回去，緊緊抱住他的表姊，懇求她陪他，瘋狂地懇求著，讓人沒法拒絕。

不管我怎麼反對，都阻止不了她。其實，她又怎麼可能拒絕他呢？究竟是什麼讓他害怕成這樣，我們無從辨別。但他就在那裡，已經被嚇癱了；似乎再加上一點點威嚇，就足以把他嚇成傻子。

我們走到大門口，凱瑟琳走了進去。我站在那裡等著，等她把病人扶到椅子上，以為她會馬上出來。這時希斯克利夫先生把我推向前，喊道：

「我家沒有鬧瘟疫，奈莉；而且，我今天有意好好招待客人。坐下，讓我把門關上。」

他關上門，又上了鎖。我嚇了一跳。

「在你們回家之前，先用些茶點吧。」他又開口了，「我一個人在家。哈里頓去里斯河邊放牛了，齊拉和約瑟夫出去玩了。雖說我習慣獨處，但如果可以的話，我寧願有一些有趣的同伴。林頓小姐，坐到他身邊吧。我把我所有的都給你了，這禮物幾乎拿不出手，但我也拿不出其他東西了。我說的就是林頓。瞧她眼睛瞪的！真奇怪，我似乎對任何像是怕我的東西，都會生出一種野蠻的感覺！如果我出生在一個法律不嚴、民風粗俗的地方，我一定會慢條斯理地把這兩個人活剝了，作為晚上的消遣。」

他倒吸了一口氣，捶著桌子，詛咒著自己。

「見鬼！我恨他們。」

「我不怕你！」凱瑟琳叫道，她沒聽到他的後半句話。

她走到近前，黑色的大眼睛閃爍著怒火和決心。

「把那把鑰匙給我——我要鑰匙！」她說，「就算我餓死，也不會在這裡吃一口喝一口。」

希斯克利夫把桌上的鑰匙拿到手裡。他抬起頭來，看她如此大膽，他嚇了一跳；也可能是被她的聲音和眼神提醒了，她這番樣子是遺傳了誰。

凱瑟琳一把抓住了鑰匙，眼看就要成功地從他鬆開的手指裡搶過來了。但她這一舉動驚醒了他，把他喚回了現實，他又迅速把它奪了回來。

「喂，凱瑟琳．林頓，」他說，「站一邊去，否則我就把你打趴下；那會讓迪恩太太發瘋的。」

她不顧他的威脅，又抓住了他握緊的手，企圖再上去奪鑰匙。

「我們要走了！」她不停地喊著，使出渾身解數，想要他鐵一般的肌肉鬆開。她意識到用自己的指甲無濟於事，就果斷地用牙咬住。

希斯克利夫瞥了我一眼，嚇得我立刻不敢插手了。凱瑟琳一心盯著他的手指，還沒有注意到他那張臉。這時候，他突然把手攤開，放開了讓對方來搶；但還沒等她完全抓住，他就伸出另外一隻空出的手，一把將她抓住，拉過來按到自己膝蓋上，舉起另一隻手朝著她的腦袋兩邊一陣暴雨般的痛打。要是她能倒下來的話，每一巴掌都能把她打趴下，這足以證明他的威脅。

面對這種惡魔般的暴力，我憤怒地衝向他。

「你這個惡棍！」我開始哭了，「你這個壞蛋！」

他朝我當胸一拳，我頓時住了嘴。我很胖，一下子喘不過氣來。挨了一拳，再加上憤怒，我頭暈目眩，踉踉蹌蹌地向後退了一步，感覺隨時都會窒息，血管都要爆裂了。

兩分鐘後，這一幕結束了。他放開了凱瑟琳；她用兩隻手捂住了太陽穴，看起來像是不確定自己的耳朵還在不在。可憐的東西，她像一根蘆葦一樣顫抖著，完全驚慌失措，倒在了桌子旁。

「你看，我知道如何懲罰孩子。」這個惡棍面無表情地說道，彎下腰撿回地上的鑰匙，「現在，按照我說的，去林頓那裡吧，放心哭好了！明天，我就是你的父親了——幾天後，你就只有我這一個父親了——以後有你受的了。你能受得住，你就不是膽小鬼。要是再讓我從你眼睛裡瞥見這種壞脾氣，那就讓你每天在我這裡嘗嘗甜頭！」

凱西沒有去找林頓，而是直接奔向我，跪了下來，把她滾燙的臉頰擱在我的腿上，號啕大哭。她的表弟早已縮在長椅的一角，安靜得像隻老鼠；我敢說，他肯定在暗自慶幸，因為挨打的不是他。

希斯克利夫先生看到我們都嚇得不知所措，就站起來，迅速地親自泡起茶來了。杯子和茶碟都準備好了。他倒了茶，遞給我一杯。

「把你的脾氣收起來，」他說，「來，給你家淘氣鬼倒杯茶吧，還有我家那位。這茶雖說是我泡的，但沒有毒。我要出去找你們的馬。」

他一走開，我們腦海中第一個念頭，就是趕緊找個地方硬逃出去。我們試了試廚房的門，但門被反鎖了。我們看了看窗戶——窗戶又太窄了，甚至連凱西的瘦身子都容不下。

「林頓少爺，」眼看我們被軟禁無疑了，我喊道，「你知道你那魔鬼父親到底想幹什麼，你得告訴我們，否則我會打你耳光，就像他打你表姊一樣。」

「對，林頓，你一定得說，」凱瑟琳說，「我這次是為你而來的；如果你不肯說，那就太忘恩負義了。」

「給我端杯茶，我渴了，然後再告訴你。」他回答道，「迪恩太太，你走開。我不喜歡你站在我身邊。看，凱瑟琳，你把眼淚掉在我的杯子裡了！我不會喝的。再給我一杯。」

凱瑟琳把另一杯推到他面前，還擦了擦他的臉。我對這個小壞蛋若無其事的樣子感到厭惡，因為他不再為自己害怕了。他在荒原上表現得那樣痛苦，一走進咆哮山莊，這痛苦便一掃而光了。所以我猜，他一定事先受過父親的威脅，如果他在外面沒能成功騙我們回家，他注定要在暴怒中挨一頓可怕的懲罰。何況，眼下他完成了這個任務，已經沒什麼可害怕的了。

「爸爸希望我們結婚，」他喝了幾口茶後，繼續說道，「他知道，你爸爸不會同意我們立馬結婚的；但他又害怕，如果再耽誤的話，我就要死了。所以我們明天早上結婚，你要在這裡過夜了。還有，如果照他的意思，你第二天就可以回家，還可以帶著我回去。」

「帶你一起回家，你這可憐的白癡？」我叫了起來，「跟你結婚？憑什麼，這個人瘋了吧，把我們每個人都當成傻子了。難道你以為，這位美麗的小姐，這位健康、熱情的女孩，會把自己綁在你這樣一隻氣息奄奄的小猴子身上嗎？你別癡心妄想了，會有女孩找你這樣的人做丈夫？更別說凱瑟琳．林頓小姐了。你用你那卑鄙的哭哭啼啼的花招，把我們騙到這裡，真應該拿鞭子抽你一頓。還有——別裝出一副蠢樣子！你如此卑鄙無恥、背信棄義，又愚蠢自負，我真想狠狠地揍你一頓。」

我當真輕輕地搖了他一下，但他立馬就咳了起來，接著採取了自己的慣用伎倆，又呻吟又哭泣。凱瑟琳責備了我。

「要在這裡過夜？不！」她說著，慢慢地環顧四周，「艾倫，我要把那扇門燒掉，反正我要出去。」

她馬上開始把嘴上的威脅變成實際行動，但林頓貪生怕死的，又一下子驚慌了起來。他伸出兩隻虛弱的手臂，抱著她，哭著說：

「你不要我了，也不救我了——也不讓我到畫眉山莊去嗎？哦！親愛的凱瑟琳！你千萬不要走，不要離開我。你必須聽我爸爸的，你必須聽！」

「我必須聽我自己父親的，」她回答說，「免得讓他擔驚受怕。整整一夜！他會怎麼想？他要著急死了。我要嘛破門而出，要嘛燒出一條路，衝出去。安靜點！你沒有危險——但是，你若是妨礙我的話——林頓，我愛爸爸勝過愛你！」

林頓對希斯克利夫先生的憤怒談虎色變，於是這小子又對著表姊竭力勸說起來。凱瑟琳不知如何是好；但她仍舊執意要回家，又反過來試著勸他別那麼自私，只想著自己的痛苦。

就在兩人相互糾纏的時候，那個把我們關起來的人又進來了。

「你的馬跑掉了，」他說，「還有——喂，林頓！又在哭哭啼啼了？她對你做了什麼？來吧，來吧——解決了，上床睡覺吧。我的孩子，再過一兩個月，你就可以用一隻有力的手來回報她的蠻橫了。你為了真愛搞得自己憔悴不堪，是嗎？不然還能有什麼事——她會跟著你的！好了，去睡覺吧！齊拉今晚不在這裡，你得自己脫衣服。噓！別出聲！你不必害怕，一旦你回房了，我就不會再靠近你了。碰巧，你做得還不錯。剩下的事，我來處理。」

說完這些話，他幫兒子開了門，放他出去。他那兒子完全像一隻搖尾乞憐的西班牙獵犬一樣退下了，生怕開門的人會存心設計，惡意夾自己一下。

門又重新鎖上了。希斯克利夫走近爐火，我和我家小姐站在那裡，沒有吭聲。凱瑟琳抬起頭來，本能地舉起手護著自己的臉——他一走近，那種疼痛的感覺又突然向她襲來。換作其他任何人，目睹了這般孩子氣的模樣，肯定都會心軟的，他卻對人家瞪起了眼睛，嘟囔著說：

「哦，你不怕我嗎？裝出一副勇敢的樣子——其實你好像害怕得很呢！」

「我現在是怕，」她回答，「因為如果我留下來，爸爸一定會急死的。但我怎麼能忍心讓他難過——在他——在他——希斯克利夫先生，讓我回家吧！我答應嫁給林頓——爸爸也會同意的，何況我也愛他。這本來就是我心甘情願做的事，你為何偏偏要強迫我？」

「看他敢不敢強迫你！」我叫道，「這片土地上還有法律呢，感謝上帝，還好有法律！哪怕我們生活在一個偏僻的地方。哪怕他是我自己的兒子，我也要告他；而且這是重罪，連牧師犯了也不能赦免的！」

「閉嘴！」這流氓說，「吵吵鬧鬧的，見鬼去吧！我不讓你說話。林頓小姐，一想到你父親會焦急，我心裡就很舒適，就滿意得睡不著覺。你既然告訴了我這一點，那麼接下來的二十四小時內，你非得在這屋簷下老老實實地待著不可了。至於你答應嫁給林頓，我得當心你能不能說到做到；在成事之前，你不許踏出這個地方一步。」

「那就派艾倫去吧，讓爸爸知道我平安無事！」凱瑟琳叫道，痛哭流涕著，「或者現在就讓我嫁了吧。可憐的爸爸！艾倫，他會認為我們迷路了。我們該怎麼辦啊？」

「他不會的！他會覺得你伺候他煩了，就跑出去玩了。」希斯克利夫回答，「你不能否認，你這次就是無視他的禁令，自願走進我的家門的。而且你這個年紀，想出來玩很正常；照顧病人誰不煩啊，只不過這個病人恰巧是你父親罷了。凱瑟琳，你出生的那一刻，就意味著他的好日子結束了。我敢說，他詛咒你來到這個世界（至少，我詛咒）。如果他在離開這個世界的時候，也詛咒你，那就更好了。我也會跟著詛咒。我不愛你！我怎麼會愛你呢？去哭吧。在我看來，從今以後，你的主要消遣就是哭了；除非林頓能補償你的不幸。你那深謀遠慮的父親，似乎幻想著他能給你補償。他信中的那些勸告和安慰，讓我看了真高興。在最後一封信裡，他建議我的寶貝要善待他的寶貝，將來娶到她時，要對她好一些、要細心體貼——可憐天下父母心！但林頓全部的細心和體貼，只用在自己身上。林頓就是一個道道地地的小暴君。無論有多少隻貓，他都能下手把牠們折磨死，把牠們的牙齒拔了、爪子削了。我跟你說，等你再回家時，你就把他幹的好事講給他舅舅聽吧。」

「你說對了！」我說，「你兒子這德行倒是像你。那麼，凱西小姐在接受這條毒蛇之前，我希望她三思！」

「現在我才不介意談他那些優秀特質呢，」他回答，「因為她要嘛跟了他，要嘛繼續被關著，你也得跟著她一起被關，直到你家主人死了。我可以把你們倆都關在這裡。要是你不信，就讓她收回自己的話，到時候你就知道了！」

「我不收回我的話，」凱瑟琳說，「如果之後我能回到畫眉山莊，那麼現在我就嫁給他。希斯克利夫先生，你是殘酷的人，但你不是魔鬼；你不會單純出於惡意，就徹底毀了我所有的幸福。要是爸爸認為我是故意離開他的，要是他在我回去之前就死了，我還能活下去嗎？我已經不哭了，但我要跪在這裡，跪在你膝下。我不會站起來，會一直眼巴巴地望著你，直到你回過頭來看我一眼。別，別轉過臉去！看看我！你會發現也沒什麼好讓你生氣的。我也不恨你。我並沒有因為你打了我就記恨你。姑丈，你一生中，從未愛過任何人嗎？啊！你看我一眼——我太可憐——你不會沒有一絲憐憫和同情吧？」

「把你那蜥蜴般的爪子拿開。滾，不然我要踢你了！」希斯克利夫喊道，粗暴地推開了她，「我寧願被一條蛇纏住。你怎麼能夢想著來討好我？我厭惡你！」

他聳了聳肩——確實是抖了一下，好像是因為厭惡而毛骨悚然，又把椅子往後一推。我站了起來，準備破口大罵一番，但我的第一句話才說到一半，就被堵住了。他威脅說，如果我再多講一個字，就要把我關到另一個房間去。

天色漸漸暗了下來——我們聽到花園門口有聲音傳來。這家主人立刻跑出去看。他真精明，我們卻很傻。談了兩三分鐘，他又獨自回來了。

「我猜是你的表哥哈里頓，」我對凱瑟琳說，「我希望是他來了！誰知道他會不會幫我們一把？」

「是畫眉山莊派了三個僕人來找你，」希斯克利夫偷聽到了我的話，說道，「你本來應該可以打開一扇格子窗，朝外面大喊救命。不過我可以發誓，那個小女生很高興你沒這麼做。我敢肯定，困在這裡，她很高興呢。」

得知錯失了良機，我們倆都放聲大哭了起來。他由著我們一直哭到九點。接著，他讓我們上樓，穿過廚房，去齊拉的房間；我悄悄勸小姐最好先聽他的。或許我們可以想辦法從那邊的窗戶爬出去，或者進入閣樓，從天窗出去。

然而，那扇窗戶和下面的窗戶一樣窄，閣樓也上不去；跟剛才一樣，我們又一次被困住了。我們都沒有躺下。凱瑟琳站在格子窗前，焦急地等著天亮。我一直懇求她休息，她卻只發出一聲聲長歎。

我坐在一張搖椅上，來回搖著，狠狠地怪自己一次又一次的失職。當時我突然意識到，這家人所有的不幸，都源於我一次次的失職。事實上，我知道情況也並非如此；但在那個陰鬱的夜晚，我的確是這麼想的，我只覺得自己比希斯克利夫還要罪孽深重。

早上七點，他來了，問林頓小姐起床了沒有。

她趕緊跑到門口，回答道：

「起來了。」

「好，過來。」他說著，打開了門，一把將她拉了出來。

我站起來想跟上去，但他又把門鎖上了。我要他快放我出來。

「耐心點，」他回答道，「我等等就把你的早餐送上來。」

我氣極了，重重地捶打著門板，搖晃著門閂。凱瑟琳問為什麼還要把我關著。他回答說，我必須要再忍一個鐘頭。接著他們就走了。

我熬了兩三個鐘頭。最後，我聽到一陣腳步聲，不是希斯克利夫的。

「我給你帶了些吃的，」一個聲音說，「快開門！」

我趕忙過去，看到是哈里頓。他帶了滿滿一盤食物，足以讓我吃上一整天。

「拿著吧。」他又說了一句，把托盤塞到我手裡。

「等下再走。」我開始說道。

「不！」他叫道，然後退了出去，我怎麼求他也沒有用。

我在那裡被困了整整一天，又一整夜；接著又是一天，又一夜。我一共被關了五天四夜，除了每天早上見哈里頓一次，我誰也沒見過；而他儼然是一個模範看守——脾氣粗暴，不聲不響，對於任何想要喚起他的正義感或者同情心的行為，他都無視。

第十四章

第五天早上，更確切地說是下午，一陣別樣的腳步聲傳了過來——聲音更輕，步子更小；這一回，另一個人走進了房間。是齊拉，她披著鮮紅的披肩，頭上戴著黑絲帽，手臂上挎著一個柳條籃子。

「哎呀，天哪！迪恩太太，」她大叫，「嗯！吉默屯有人在談論你。我沒想到你會陷在黑馬沼澤裡，小姐跟你一起掉了進去，直到後來，主人告訴我找到你了，他把你安置在這裡！怎麼，你一定是爬上了一個島，對嗎？你在洞裡待了多久？主人救了你嗎，迪恩太太？但是你並沒有怎麼瘦啊——你也沒有那麼慘，對嗎？」

「你家主人是可惡至極的壞蛋！」我回答，「他早晚會遭報應的。他不必再編瞎話了——這一切遲早會真相大白！」

「你什麼意思？」齊拉問道，「這不是他編的——村子裡的人都這麼說——說你在沼澤地裡迷路了。我一進來就對恩蕭說：『呃，哈里頓先生，自從我走了以後，發生了一些怪事。那位可愛的小姐太可憐了，還有那個能幹又爽氣的奈莉·迪恩。』他瞪著眼睛。我以為他什麼也沒聽說過，就把流言告訴他了。主人聽了，只是自己微微一笑，然後說：『齊拉，要是她們掉進過沼澤裡，那現在也已經出來了。奈莉·迪恩此刻就住在你的房間裡。你可以上樓去說，讓她快走吧，這是鑰匙。

沼澤水灌進了她的腦子，她本來要神志不清地往家裡跑，但我留住了她，等到她腦子恢復正常再說。你可以叫她馬上回畫眉山莊去，如果她能的話，幫忙帶個口信，說她家小姐會及時趕去參加那位鄉紳的葬禮的。』」

「艾德加先生沒死吧？」我喘著氣說，「啊！齊拉，齊拉！」

「沒有，沒有——你坐下，我的好太太，」她回答，「你還病著呢。他沒死。醫生評估他還能撐一天——我在路上碰到了肯尼斯醫生，就問了他。」

我沒有坐下，而是一把抓起了我的外出服，因為眼看這路已經暢通無阻，我趕緊下樓。一進屋，我就四處張望，想找個人打聽凱瑟琳的消息。

屋內灑滿陽光，門敞開著，但四周空無一人。

當我猶豫著是馬上離開，還是回去找我家小姐時，一聲輕輕的咳嗽把我的注意力引到了壁爐邊。

只見林頓獨自一人躺在長椅上，吮著一根棒棒糖，正冷冷地看著我的一舉一動。

「凱瑟琳小姐在哪裡？」我厲聲問道，認為他正好被我單獨抓到，就能嚇得他老老實實說出些消息。

但他依然像個傻子一樣吮著自己的糖。

「她離開了嗎？」我說。

「沒有，」他回答說，「她在樓上——她走不掉，我們不會放她走的。」

「你們不放她走，小白癡！」我大聲說道，「馬上帶我去她房間！要不然，我會把你弄得哇哇叫。」

「如果你非要闖進去，爸爸會把你弄得哇哇叫的。」他回答，「他說了，不要對凱瑟琳心慈手軟——她是我的妻子，還膽敢離開我，太不要臉了！他說了，她恨我，巴不得我死，這樣她就可以得到我的錢；但是她休想。她回不了家！她永遠也回不了家！讓她大哭去吧，生病去吧，隨她的便！」

他又吮起了自己的糖，閉上眼睛，好像要打瞌睡了。

「希斯克利夫少爺，」我接著說，「你忘了去年冬天，凱瑟琳對你所有的深厚情意了嗎？那時你明明說你愛她，她給你帶書來，為你唱歌，還冒著風雪一次次來看你。有一天晚上她來不了，怕你失望，哭了一整個晚上。當時你覺得，她比你好一百倍，如今你卻只聽信父親的一派胡言，儘管你明知道他恨你們兩個！你卻和他一起對付凱瑟琳。真是知恩圖報啊，對不對？」

林頓的嘴角垂了下來，把糖從嘴裡抽出來。

「她到咆哮山莊來，是因為她恨你嗎？」我繼續說，「你自己動腦子想想吧！至於你的錢，她甚至不知道你將來會不會有錢。你說她生病了，卻把她一個人丟在一個陌生的房子裡！你也嘗過被忽視的滋味！你可憐自己，她也可憐你，但如今你卻對她沒有絲毫憐憫！希斯克利夫少爺，我都要哭了，你知道——我這個上了年紀的女人，不過是一個僕人——然而你呢，佯裝自己很多情，看起來對人家滿是傾慕，到頭來卻只肯把每一滴眼淚留給自己，然後心安理得地躺在那裡。哎呀！你真是個無情無義、自私自利的孩子！」

「我沒法和她待在一起，」他生氣地回答，「我又不願一個人待著。她哭哭啼啼的，讓人受不了。哪怕我說要喊我父親來，她也哭個不停。我確實把父親叫來過一次；他威脅她說，如果再不安靜下來，就掐死她。但他一離開房間，她又開始哭了，儘管我因為睡不著煩得大叫，她還是整夜整夜地哇哇大哭。」

「希斯克利夫先生出去了嗎？」我發現這個沒良心的傢伙根本沒有能力同情他表姊所受的精神折磨，便問道。

「他在院子裡，」他回答，「正和肯尼斯醫生談話，他說舅舅要死了。真的，到底還是要死了──我很高興，因為我會繼他之後，成為畫眉山莊的主人──凱瑟琳總是說那是她的家宅。不是她的！是我的──爸爸說，她所有的東西都是我的。她所有的好書都是我的──她求我，只要我能拿到我們房間的鑰匙，放她出去，她就把她那些書給我，還有她漂亮的小鳥，還有她的小馬米妮，都是我的；但是我告訴她，她沒有什麼好給的，那些都是我的了。然後她就哭了，從脖子上取下一個小盒，說她可以給我這個──是兩張放在一個金盒裡的畫像，盒子的一邊放著她母親的畫像，另一邊是舅舅的，都是他們年輕時畫的。就在昨天發生的事──我說這些也是我的，就試圖從她那裡搶過來。那可惡的東西不肯給我；她把我推開，還弄痛了我。我大叫了起來──把她嚇壞了──她聽到爸爸來了，就弄斷鉸鏈，把盒子掰成兩半，給了我她母親的那半，另一半她想藏起來。爸爸問怎麼回事，我就說了。他拿走了我手裡的那個，命令她把她手裡的那個交給我。她不肯，他就──他就一下子把她打倒在地，把那半個畫像從項鍊上扯了下來，用腳踩碎了。」

「看到她被打，你高興嗎？」我問道，故意引他把話說出來。

「我眼睛一眨，」他回答，「看到我父親打一隻狗或一匹馬的時候，我就會眨眼。他下手好狠——不過一開始我很高興——她推了我，活該受點教訓。但是爸爸走後，她讓我來到窗前，給我看她靠近牙齒的地方，嘴裡被打破了，滿口鮮血。接著她把畫像的碎片撿了起來，走到牆邊坐下來，臉貼著牆；從那以後，她再也沒有跟我說過話。我有時以為她是痛得說不出話來。我才不要這麼想！但她是個壞東西，總是哭個不停。而且看她臉色蒼白，模樣狂暴，我都嚇到了！」

「如果你肯，你能拿到鑰匙的對吧？」我說。

「對，我在樓上的時候可以，」他回答說，「但是我現在走不動了，沒法上樓。」

「鑰匙在哪一間啊？」我問。

「啊，」他叫道，「我才不告訴你鑰匙在哪裡！這是我們的祕密。沒人會知道，哈里頓和齊拉也不會知道。就這樣吧！你讓我累死了——走開，走開！」他把臉轉過去，靠在手臂上，又閉上了眼睛。

我思索著，別讓希斯克利夫先生碰見了，最好趕緊到畫眉山莊去，帶人過來救我家小姐。一回到家，僕人看到我，一下子都驚住了，高興得難以自已。當大家聽說我們小姐平安無事的時候，有兩三個人就要衝到艾德加先生的房門口喊出這個消息；不過後來這個消息還是由我親自告訴了他。

才短短幾天，我發現他變化那麼大！他滿臉悲傷，躺在那裡等死，一副聽天由命的樣子。他看起來很年輕：雖然他已經三十九歲了，但在外人看來，他至少要年輕十歲。他想著凱瑟琳，喃喃地喊著她的名字。我摸了摸他的手，說道：

「凱瑟琳馬上就來了，親愛的主人！」我湊到他耳邊說，「她還活著，活得好好的，我想今晚就能回到家。」

聽到這個消息，他的反應讓我渾身打戰：只見他撐起半個身子，急切地向房間四周看了一圈，然後又暈了過去。

等他醒過來後，我就告訴他我們是如何不得不進入咆哮山莊，以及如何在那裡被關起來的。我說希斯克利夫強迫我進去，這不完全是真實的。我盡量少說林頓的壞話，也沒有細說他父親幹的那些禽獸不如的事——我想的是，盡可能不在他那滿溢的杯裡再增添苦味了。

他料到了。他這死對頭的目的之一，是要篡奪他的個人財產，還有房屋田地，使其統統歸他兒子所有，或者更確切地說是歸他自己。然而，此人為何不等到他死後再辦，這對我主人來說是一個謎；因為他不知道，他那外甥幾乎要和自己一同離開這個世界了。

不管怎樣，他覺得最好還是修改一下遺囑——他沒有把留給凱瑟琳的財產交給她自己支配，而是決定把它交到財產管理人手裡，供她生前使用；如果她有孩子的話，未來也留給她的孩子。這樣一來，如果他死了，財產也不會落到希斯克利夫先生的手裡。

按照他的吩咐，我派了一個人去把律師叫來，又派了四個人，都配了可以上手的武器，把小姐從關押她的人那裡要回來。兩路人都耽擱得很晚才回來。那個單獨出行的僕人先回來了。

他說，當他趕到律師家裡時，格林先生不在，他只好在那裡等著，兩個小時後律師才回來。接著格林先生告訴他，他在村裡有點小事，必須要處理一下，不過他會在天亮之前趕到畫眉山莊。

另外四人也是空手而歸。他們捎來口信，說是凱瑟琳病了，病得很重，出不了房間，希斯克利夫不允許他們去看她。

這些愚蠢的傢伙，竟然聽信這種胡編亂造。我把他們罵了一頓。我不會告訴主人那些胡話，我決定天一亮，就帶一群人到咆哮山莊去；除非對方肯把關著的小姐老老實實交給我們，不然就在他家鬧個天翻地覆。

一定要讓她父親見女兒最後一面，我一遍一遍地發誓，如果那個魔鬼膽敢阻攔我們，就把他殺死在他自家門口的石階上！

幸好，我不用跑這一趟，也省了一場麻煩。

三點的時候，我下樓去取一壺水。我正拿著壺走過大廳，突然前門傳來一陣急促的敲門聲，把我嚇了一跳。

「哦！是格林先生——」我說著，定了定神，「一定是格林先生。」我繼續走著，打算讓別人去開門。可是敲門聲又響起，聲音不大，但仍然很急促。

我把水壺放在扶手上，自己趕緊去開門讓他進來。

外面一輪滿月，月光皎潔，灑滿大地。來的不是律師，是我自家親愛的小姐，她撲過來抱住我的脖子，哭了起來：

「艾倫！艾倫！爸爸還活著嗎？」

「活著！」我叫道，「活著呢，我的天使，他還活著！感謝上帝，你平安無事，又和我們在一起了！」

她上氣不接下氣，想往樓上林頓先生的房間奔去。但是我強迫她坐在椅子上，讓她喝口水，洗了洗她蒼白的臉，用我的圍裙把她的臉擦出一點紅潤的顏色。然後我說我必須先跟主人說一聲，告訴他小姐回來了；我又求她跟爸爸說，自己和小希斯克利夫在一起會很幸福的。她愣了一下，但很快就明白了我為什麼勸她說假話，她向我保證，絕不會在父親面前訴苦的。

我不忍心看著父女兩人生離死別。我在門外站了一刻鐘，當時簡直不敢走近床前。然而，一切都很平靜。凱瑟琳的絕望就像她父親的喜悅一樣，無聲無息。她表面上平靜地扶著他，他抬起眼睛凝視著她的臉，彷彿因為心裡喜悅，眼睛睜得大大的。

他死得很有福氣，洛克伍德先生，他是這樣死的：他親吻著女兒的臉頰，喃喃地說道：「我要到她那裡去了；而你，我親愛的孩子，將來也會跟我們團聚的。」接著，他便再也不動了，也沒有再開口，只是一直凝視著她，眼含喜悅的光芒，直到他的脈搏不知不覺地停了，他的靈魂離開了。沒人注意到他去世的確切時間，他走得那樣安詳，絲毫沒有半點掙扎。

也許凱瑟琳早已流盡了眼淚，也許是因為悲傷太沉重，她哭不出來了，就在那裡坐著，沒有一滴眼淚，一直坐到天亮，太陽升起——又坐到中午，還是一直坐著，對著靈床發呆；但是我執意要她離開，休息一下。

幸虧我把她勸開了。因為吃晚飯的時候，律師出現了，他已經到咆哮山莊請示過了。原來是希斯克利夫先生收買了他，所以遲遲不過來聽我主人安排遺囑。所幸的是，在女兒回來之後，主人沒有因為這些世俗的事情而煩擾到自己。

格林先生自說自話起來，對山莊的上上下下發號施令。他下令把所有僕人都辭退，除了我。他還濫用受託權，堅持不讓艾德加．林頓葬在自己妻子身邊，而是葬在教堂裡，和他家族的人埋在一起。可是，這本來就有遺囑在先，我大聲抗議，反對任何有悖於遺囑的做法。

葬禮草草結束了。凱瑟琳，如今是林頓・希斯克利夫太太，被准許住在畫眉山莊，直到她父親的遺體下葬。

她告訴我，最後林頓看她太痛苦了，就冒險去救了她。她聽到了我派去的人在門口爭論，從希斯克利夫的回話中，她也領會到了他的意思。這讓她陷入絕望。我離開後不久——林頓被安排到了小客廳，他嚇壞了，趁著父親再上樓之前，拿到了鑰匙。

他很聰明，開了鎖又重新上了鎖，卻沒有把門關緊。在他該去睡覺的時候，他要求和哈里頓一起睡，他的請求這一回竟被准許了。

凱瑟琳在天亮前偷偷地溜了出來。她不敢開門，怕狗會警覺地大聲叫喚。她走進一間間空蕩蕩的房間，一扇扇檢查著那些窗戶。後來幸運的是，她走到母親的房間，輕而易舉地從那間房的格子窗爬了出去，藉著窗邊的冷杉樹，一躍落地。她的那個同夥，儘管使了一些膽小的計謀，但還是因為參與了這次逃跑事件吃了苦頭。

第十五章

葬禮後的那個晚上，小姐和我坐在書房裡。我們中的一個悲痛欲絕，時而悲傷地想著離去的親人，時而大膽地揣測著黯淡的未來。

我們兩個想的一樣，前面等著凱瑟琳的最好命運，就是允許她繼續住在畫眉山莊，至少在林頓活著的時候；准許他來這裡和她住在一起，而我，繼續做我的管家。這種安排似乎太美好了，令人不敢奢望；但我還是抱有希望，一想到我可以保住自己的家、自己的飯碗，而且最重要的是，還有我心愛的小姐，我就又高興起來。這時，一個被辭退但還未離去的僕人急匆匆地跑了進來說，「那個魔鬼希斯克利夫」正穿過院子向我們走來，他要不要當著他的面把門閂上？

即使我們直接下令關門，也來不及了。他連門也不敲，也不報自己的大名。他是主人，擺出一副主人的架勢，一聲不吭，直接進來。

順著那名僕人的聲音，他直接來到了書房。他進來了，示意僕人退下，隨後關上了門。

十八年前，他作為客人被請進來的房間，正是這間：還是十八年前的月亮，月光透過窗戶，灑了進來；窗外，還是那片同樣的秋景。我們還沒有點蠟燭，但整個房間都清晰可見，甚至連牆上的畫像也一清二楚——林頓太太的頭像光彩照人，而她丈夫的頭像則溫文爾雅。

希斯克利夫走到壁爐邊。時光易老，本性難移。還是同一個人，他那張黑黑的臉，稍微黃了些，更加鎮定沉著，他的體重增加了一二十磅；除此之外，他還是那個他。

凱瑟琳一看見他，便站起來想衝出去。

「站住！」他抓住她的手臂說，「不要再跑了！你能跑到哪裡去？我來帶你回家，我希望你做一個孝順的媳婦，不要再慫恿我兒子繼續不聽話了。我真為難，發現你逃跑的事，他也有分，我竟不知道該如何懲罰他——他簡直是一張蜘蛛網，一戳就破——但你看他那副模樣就知道了，他已經得到應有的懲罰！前天晚上，我把他帶下樓，讓他坐在椅子上，從那以後就再也沒碰過他。我把哈里頓打發出去了，房間裡只有我們兩個人。兩個小時後，我叫約瑟夫把他抱上樓。從那以後，他一看到我就神經緊繃，像看見鬼一樣。我想即使我不在附近，他也會常常見到我的影子。哈里頓說他整整一晚上，每隔一小時就會睜大眼睛尖叫起來，叫著要你去保護他，免得自己挨我的打。還有，不管你喜不喜歡你這個寶貝伴侶，你都必須去——他現在是你的了。我把手裡的這個爛攤子，都交給你了。」

「為什麼不讓凱瑟琳繼續留在這裡？」我懇求道，「把林頓少爺送到她這邊。既然你恨他們兩個，他們不在，你也不會有什麼損失——對於你這種鐵石心腸的人來說，他們在你面前，只會煩擾到你。」

「我正在為畫眉山莊找一個房客，」他回答，「還有，我當然希望我的孩子都在我身邊——此外，這個小女生還欠我一份伙食費。等林頓死了以後，我可不打算白養她，讓她每天閒散著，在無所事事中度過。趕緊準備好走人，不要逼著我趕你們走。」

「我會走的，」凱瑟琳說，「林頓是我在這世上全部的愛了。儘管你用盡全力，想辦法讓他來恨我，讓我去恨他，但你沒有辦法讓我們怨恨彼此！有我在他身邊，我不怕你傷害他，我也不怕你會嚇到我。」

「你這個吹牛大王！」希斯克利夫答道，「但我還不至於因為喜歡你而去傷害他——只要這種折磨持續下去，你就盡情地享受吧。並不是我要你去恨他——是他自己的好個性使然。你丟下了他，讓他承擔後果，他苦澀不堪——別指望他會感激這高尚的情感。我聽到他對齊拉描繪著，要是他跟我一樣有強壯的身體，他就會怎樣怎樣；他早就有了這想法，他的身子不好，腦子反而更清楚了，總是想辦法來彌補自己力氣上的不足。」

「我知道他個性不好，」凱瑟琳說，「他是你兒子。不過我很高興我的個性好，可以原諒這些。我知道他愛我，所以我也愛他。希斯克利夫先生，你是沒有人愛的。無論你把我們折磨得多慘，一想到你的殘忍源於你心中的劇痛，我們也就等於報仇了！你很痛苦，不是嗎？跟個鬼一樣，孤零零的，還總想嫉妒別人？你就是個沒有人愛的——你死的時候，沒有人會為你掉一滴眼淚！我才不要做你這樣的人！」

凱瑟琳說這些話時，她勝利的語氣中帶著一絲淒涼。她似乎已經下定決心要進入她未來家庭的精神世界，從她敵人的悲傷中汲取一些快樂。

「如果你再多站一分鐘，」她公公說，「我會讓你後悔的。收拾好你的東西，滾吧，巫婆。」

她走了，表情輕蔑。

她不在的時候，我開始求他把齊拉在咆哮山莊的位子讓給我，但被他一口回絕。他讓我保持安靜；然後，他第一次環視這個房間，也看到了那些畫像。端詳過林頓太太的畫像之後，他說道——

「我要把那幅畫像帶回家去。不是因為我需要它，而是——」

突然，他轉向壁爐，繼續說著，臉上帶著一種笑，因為找不到更好的字眼，我只得稱之為微笑——

「我要告訴你我昨天幹了什麼！我找到了那個正在給林頓挖墳的教堂司事，讓他把凱瑟琳的棺材蓋上的土移開。然後，我打開了棺材蓋。我看見了她的臉——還是那張臉——我盯著她想，早晚有一天，我也會躺在那裡。那司事費了好一番力氣才讓我回過神來。他說如果空氣進去了，屍體會變質的，所以我把棺材的一邊弄鬆——然後蓋好土——不是靠近林頓那邊，該死的林頓！我真恨不得他被鉛焊死在棺材裡——我還買通了教堂司事，等我下葬到那裡時，他會把她棺木的一側挪開，接著把我棺木的一側也抽掉。我都打點好了；等林頓來我們這裡的時候，他也分不清我們誰是誰了！」

「你太毒了，希斯克利夫先生！」我驚叫道，「連死人你都要打擾，你還是個人嗎？」

「我沒有打擾任何人，奈莉，」他回答道，「我只是給自己一點安寧罷了。如今我舒服多了。等我歸於塵土，你也能讓我安安穩穩地待在地下了。打擾了她？不！十八年來，她一直在打擾我，日日夜夜——毫不留情——從未間斷——直到昨晚；昨晚，我才平靜下來。我夢見我睡了最後一覺，就依偎在那個長眠的人身邊，我的心停止了跳動，我的臉貼著她的臉，冰冰冷冷的。」

「如果她已經化在土裡了，或者腐爛得一塌糊塗，那你又會夢見什麼？」我說。

「夢見我和她一同化為塵土，還會更加幸福！」他回答道，「你以為我會害怕她化掉嗎？我掀開蓋子時，就已經有心理準備了；但我真高興，她還是原來的樣子，她就等著我來看她一眼，才肯讓自己消失。還有，除非我清晰看到了她那冷若冰霜的模樣，不然那奇異的感覺我一直難以消除。起初就很異常。你知道，在她死後，我變得瘋狂，從一個黎明到另一個黎明，我持續不斷地祈禱著，祈禱她——她的靈魂——能回到我身邊。我深信，這世間是有鬼魂的。鬼魂確實在我們身邊存在著，我深信不疑！

「她下葬的那天，下了一場雪。夜裡，我去了教堂墓地。冰天雪地，寒風凜冽——四周只剩下孤寂。我不擔心她那愚蠢的丈夫會在這麼晚的時候還在墓地裡徘徊——而別的人，想必沒事也不會來這裡。

「我獨自一人，意識到我和她之間，如今隔著兩碼厚的鬆土，於是我對自己說：『我要將她再次擁入懷中！如果她身體冰冷，我會想，是這北風把我刮冷的；倘若她動也不動，我會想，她這是睡著了。』

「我從工具房裡找來一把鐵鍬，開始用力挖——挖到了棺材；我接著用雙手挖。釘子周圍的木頭發出了裂開的聲音；眼看我就要辦到了，這時候，我似乎聽到上面的墳墓旁邊有人彎下腰來，發出一聲歎息——『如果我能把它掀開，』我自言自語道，『我真希望他們把我們倆都埋進去！』我就更加拚命地挖著。此時，又一聲歎息傳到了我的耳邊。我彷彿感覺到一種溫暖的氣息代替了那夾雜著雨雪的風。我知道附近沒有什麼活人——然而，正如你在黑暗中明明看到有個什麼人在走近你，但又無法仔細辨認一樣，我也明顯感覺到凱西就在那兒；不是被埋在了土裡，而是走到了地上。

「一種如釋重負的感覺油然而生，從我的心裡流遍了全身。我放棄了那痛苦的勞動，瞬間獲得了安慰，那是一種說不出來的安慰。她與我同在；在我填平墓穴時守著我，還領著我回家。如果你想笑，儘管笑我吧；但我肯定的是，我在那裡見過了她。我確信她與我同在，我忍不住要和她說話。

「一到咆哮山莊，我就急急忙忙地衝向門口。門被鎖死了。我記得，那個該死的恩蕭和我妻子不肯讓我進去。我還記得，我停下來，踢得他喘不過氣來；然後匆匆上樓，去了我的房間，又跑去她的房間。我迫不及待地環顧四周——我感覺她就在我身邊——我幾乎要看到她了，卻什麼也看不見！我急得都要冒出血來，在痛苦和渴望中，瘋狂地懇求著，只為看她一眼！卻什麼也沒看到。她生前就常常魔鬼似的折磨我，死後還是如此！從那以後，或多或少，我就總在受著這樣的折磨！讓人無法忍受，簡直是地獄！我的神經始終繃得緊緊的；要不是我的神經像羊腸線，早就鬆弛得像林頓那樣衰弱了。

「當我和哈里頓坐在屋子裡的時候，好像一出門，我就會遇見她；當我在荒原散步時，彷彿也會碰見她走過來。我一離開家就急忙返回；她一定在山莊的某個地方，我敢肯定！我在她的房間裡睡下——又不得不出來——我不能躺在那裡；只要我一閉上眼睛，她不是就在窗外，就是在拉開窗簾，再不然就是走進房間，甚至像小時候那樣，把她可愛的頭靠在當年的那個枕頭上。我必須睜開眼睛看一眼。因此，在每個夜裡，我都要睜眼合眼上百次——永遠是失望！活活折磨著我！我經常大聲呻吟著，那個老流氓約瑟夫覺得，這是我的良心在我身體裡搗鬼。

「自從我見過她，我平靜了——平靜一點點。這是一種奇異的謀殺方式，不是一吋一吋地殺掉我，而是像頭髮絲那樣，一絲絲地切割著我，用一個幽靈般的希望一直引誘著我，整整十八年！」

希斯克利夫先生停了下來，擦了擦額頭。他的頭髮黏在上面，被汗水浸溼了。他的雙眼直盯著壁爐裡紅紅的餘燼，眉毛沒有皺起，而是高高揚起，挨近兩邊的太陽穴，這讓他臉上的陰沉減少了幾分，但又浮現了一種別樣的表情，有些心神不定的樣子，還有因為過分專注而心情緊張的痛苦神色。他只是一半在對我講話，而我始終沉默——我不喜歡聽他說話！

過了一會兒，他繼續對著那幅畫沉思，又把它取下來，靠在沙發上，以便更能細細端詳。這時，凱瑟琳進來了，說她準備好了，就等為她的小馬備鞍了。

「明天把畫送過來，」希斯克利夫對我說，然後轉向她道，「你可以不用你的小馬——這是一個美好的夜晚，咆哮山莊不需要小馬；不管你到哪裡去，你自己用腳走——來吧。」

「再見，艾倫！」我親愛的小女主人低聲說道；當她親吻我時，她的嘴唇冷得像冰一樣，「來看我，別忘了，艾倫。」

「注意，別做這種事，迪恩太太！」她的新父親說，「我有事吩咐你時，自然會來這裡找你。我不希望你去我家打探閒事！」

他示意她走在他前面。她又回頭看了我一眼，那一眼如同一把尖刀，刺痛了我的心。她服從了。我從窗口看著他們走過花園。希斯克利夫把凱瑟琳的手臂夾在自己的腋下；儘管她起初顯然不肯，但他拖著她，大步流星地跨上了花園小徑。小徑邊的樹木遮住了他們的身影。

第十六章

我去過咆哮山莊一次，但自從凱瑟琳走後，我就不曾見過她。當我過去問候她時，約瑟夫卻用手把著門，不許我進。他說林頓太太「忙著呢」，主人也不在家。還是齊拉向我透露了一些他們的情況，要不然那些人誰死了、誰還活著，我都不知道呢。

我從她的談話中可以猜到，她覺得凱瑟琳傲慢，不喜歡她。我家小姐剛來的時候就請她幫忙，但是希斯克利夫先生卻告訴齊拉去做自己的工作，讓他兒媳婦自己管自己；齊拉這個女人，心胸狹窄又自私，當然很樂意地答應了。凱瑟琳看對方無視自己，就耍起了孩子脾氣，開始看不起人家；就這樣，她把這個可以為我提供消息的人視為她的敵人，像是人家真的犯了什麼大錯一樣。

大約一個半月前，就在你來之前不久，有一天，我和齊拉在荒原上遇見了，我們聊了好久。以下就是她的原話。

「林頓太太一到山莊，」她說，「第一件事就是跑上樓去，甚至都沒向我和約瑟夫道一聲晚安；她直接把自己關在林頓的房間，一直待到早晨。後來，當主人和恩蕭用早餐的時候，她走進屋子，顫抖著問能不能請醫生來，她的表弟病得很重。

「『我們知道！』希斯克利夫回答道，『但他的命一文不值，我不會在他身上花一文錢。』

「『但我不知道如何是好，』她說，『要是沒有人幫忙的話，他會死的！』

「『滾出房間！』主人喊道，『再也不要讓我聽到關於他的一個字！這裡沒有人關心他會怎麼樣。如果你要關心，就去當他的護士；如果你也不想管，那就把他鎖起來，離開他。』

「然後她開始纏著我，我說我已經受夠了這個煩人的東西；我們各有各的職責，她的職責是伺候林頓；是希斯克利夫先生讓我把這個工作留給她做的。

「他們是如何相處的，我說不上來。我猜想她一定很焦躁不安，兩天兩夜都在唉聲歎氣；只見她臉色蒼白，眼皮垮了下來，明顯嚴重缺乏休息——她有時候走進廚房，神情慌張，看起來好像要求人幫忙。但我不能違抗主人，也一向不敢違抗；迪恩太太，雖然我也認為不請肯尼斯醫生過來是不對的，但這不關我的事，用不著我去出主意或者抱怨人。我向來不願多管閒事。

「有一兩次，大家都睡下了，我又碰巧打開了門，看見她坐在樓梯頂上哭；我立刻把門關起來了，生怕自己會忍不住操心起她的事。我自己當時的確可憐她；不過，你知道的，我也不想丟掉我的飯碗！

「最後，一天晚上，她壯著膽闖進我的房間，開口第一句話就把我的魂都嚇沒了，她說：『去告訴希斯克利夫先生，他的兒子要死了——我敢肯定，這回他真的要死了。快起來，去告訴他！』

「說完這番話，她又走了。我躺了一刻鐘，一邊聽，一邊在發抖。沒有一絲動靜——整棟房子安靜得很。

「『她搞錯了，』我自言自語道，『他已經撐過去了。我不必打擾他們。』我開始打起了瞌睡。可是我的睡眠又一次被刺耳的鈴聲打破了——這是我家僅有的一個鈴，是特意為林頓裝的。主人叫我過去看看發生了什麼事，告訴他們不許再拉鈴了。

「我轉告了凱瑟琳的話。他喃喃自語地罵著，不一會兒，他拿著一支點燃的蠟燭向他們的房間走去。我跟了上去——只見希斯克利夫太太坐在床邊，雙手抱著膝蓋。她公公走上前，把蠟燭舉到林頓的臉上方，看了他一眼，又摸了他一下，他轉身對著她。

「『哎——凱瑟琳，』他說，『你感覺如何？』

「她默不作聲。

「『你感覺怎麼樣，凱瑟琳？』他又問一句。

「『他安全了，我也自由了，』她回答，『我應該感覺還好——但是，』帶著難掩的悲痛，她繼續說道，『你丟下我獨自一人，我還要與死亡抗爭這麼久，所以我感覺到的、看到的，只有死亡！我覺得自己也像死了一樣！』

「她看起來也像個死人！我給了她一點酒。哈里頓和約瑟夫被鈴聲和腳步聲吵醒了，在外面聽到我們的談話，也都進來了。我相信，對於這孩子的死，約瑟夫是很高興的。哈里頓似乎很煩惱，儘管他大多是在盯著凱瑟琳，而不是想著林頓。但是主人又叫他去睡覺了——我們不需要他幫忙。後來，主人讓約瑟夫把屍體移到他的房間裡，並叫我回房去，只留下了希斯克利夫太太獨自一人。

「早上，他叫我喊她下樓吃早餐——她已經脫了衣服，似乎要上床睡覺，她說自己生病了；我相信她是真病了。我便通知了希斯克利夫先生，他回答：『好吧，隨她去吧，等辦了葬禮再說。你時不時地去看看她，拿點她需要的東西；一旦她看起來好些了，就告訴我。』」

據齊拉說，凱西在樓上待了兩個星期。她一天去看她兩次，她本來想對她更熱情一些，但每次嘗試著示好，都被對方一副傲慢的樣子拒於千里之外。

希斯克利夫上過一次樓，給她看林頓的遺囑。遺囑上，他把他的全部動產贈給了自己的父親。這個可憐的傢伙在舅舅去世後，趁她不在家的那一週裡，或被威脅，或被哄騙，最終簽了這份遺囑。至於田地，他作為一個未成年人，無權插手。然而，希斯克利夫先生根據他妻子的權利，還有他自己的權利，把這些都拿過來了——我想也是合法的。不管怎麼說，凱瑟琳身無分文，又舉目無親，所有的財產都落入對方手中，她束手無策。

「除了那一次，」齊拉說，「沒有其他人再走近過她的房門；除了我……也沒人問起過她。她第一次走下樓來，是在一個星期天的下午。

「我把晚餐端上去的時候，她哭了，說她再也受不了這麼冷的地方。我告訴她主人要去畫眉山莊了，她若要下樓，我和恩蕭也不會攔著的。因此，她一聽到希斯克利夫的馬疾馳而去，便下樓來了。她穿著一身黑色的衣服，黃色的鬈髮梳到耳後，像一個貴格會教徒一樣樸素。

「約瑟夫和我星期天通常都去禮拜堂（迪恩太太解釋說，小教堂，你知道的，現在沒有牧師了；他們把衛理公會或浸禮會的地方——我說不清楚是哪個——稱為吉默屯的禮拜堂），約瑟夫已經走了，」她繼續說道，「但我想我還是待在家裡比較好。年輕人身邊有個上年紀的人看著，那樣會更好些；哈里頓儘管很靦腆，但並不是個聽話的榜樣。我讓他知道，他的表妹很可能要過來跟我們一起坐坐，她習慣在安息日守禮拜；所以她在這裡的時候，他最好丟掉屋子裡的那些工作，別老是擺弄著自己的槍。

「聽到這話，他瞬間臉紅了，目光落在自己的雙手和衣服上。鯨油和槍彈一下子不見了。看得出他很想陪著她。看他慌張的樣子，我也猜出來了，他是想表現得體面一些。我笑了，其實主人在旁邊時我是不敢笑的；我說如果他願意的話，我可以幫忙，又嘲笑了一下他的窘樣子。他臉色一變，又開始罵人了。」

「哎呀，迪恩太太，」齊拉看出我不喜歡她那態度，便繼續說道，「你或許認為你的小姐太高貴了，哈里頓先生高攀不起。或許你是對的——但是我承認，我應該好好地壓一壓她的傲氣。現在，她滿腹學識，一身優雅，又有什麼用呢？她跟你我一樣，窮光蛋一個——更窮——我敢說——你在存錢——而我，正慢慢地走在存錢的路上。」

哈里頓讓齊拉幫了他；她很會恭維他，他也心情大好。所以，等凱瑟琳過來的時候，據管家說，他幾乎忘記了她從前對自己的侮辱，一心只想討她的喜歡。

「太太走了進來，」她說，「冷漠得如同一塊冰，傲嬌得像一位公主。我站起來把扶手椅讓給她坐。她才不坐呢，對於我的禮貌，她嗤之以鼻。恩蕭也站了起來，請她坐在長椅上，靠壁爐邊坐；他知道她一定凍壞了。

「『我已經凍了一個多月了。』她回答道，拉長了語調，語氣輕蔑。

「她自己找了一把椅子坐下了，離我們遠遠的。

「坐了一會兒，她覺得暖和了，便開始四處張望，發現梳妝檯上有幾本書。她立即站了起來，伸手去拿，但是太高了拿不到。

「她的表哥看她那麼費力，默默看了一會兒，終於鼓起勇氣去幫她。她把連衣裙兜起來，他把書一本一本地給她裝滿一兜。

「對於這個年輕人來說，這是一個巨大的進步。她沒有謝他，儘管如此，看她肯接受自己的幫助，他覺得高興；在她隨手翻書的時候，他還大膽地站在她身後，甚至會彎下腰把書中感興趣的古老插畫指出來。她把書頁從他手指中猛地一扯，相當無禮，他也沒覺得受挫。其實他不需要看書，只要遠遠地看著她，他就心滿意足了。

「她繼續看書，或者找些東西讀。他的注意力逐漸集中在研究她那濃密如絲的鬈髮上——他看不到她的臉，她也看不到他。或許，他完全是無意識的，只是像一個小孩子被燭光吸引住一樣；終於，他從凝視她到開始想觸摸她。他伸出手來，輕輕地去撫摸一縷頭髮，就像撫摸著一隻小鳥。她嚇了一跳，猛地轉過身，就像有人在她脖子上捅了一刀似的。

「『滾開，馬上！你怎麼敢碰我？你幹嘛還站在這裡？』她用厭惡的語氣喊道，『我受不了你！如果你再靠近我，我就上樓去。』

「哈里頓先生縮了回去，那模樣愚蠢至極。他靜靜地坐在長椅上，她繼續翻著書，這樣半個小時又過去了；最後，恩蕭走過來，在我耳邊說道：

「『齊拉，你可以請她給我們讀書嗎？我在這裡閒著沒事做——我就很想——我真想聽聽她讀書！別說是我要她讀的，就說你自己想要她讀的。』

「『太太，哈里頓先生希望你給我們讀點什麼，』我立刻說道，『他會非常感激的——感激不盡。』

「她眉頭一皺，抬頭答道：

「『哈里頓先生，還有你們所有人，請搞清楚了，你們虛情假意地討好我，我絕不會接受！我瞧不起你們，跟你們這些人沒什麼好說的！當初我願意把性命都丟掉，只想聽到一句好聽的話，甚至只為了看看你們當中哪個人的臉，但你們都躲開了。不過我不會向你們抱怨！我是太冷了，被逼得沒地方去，才下樓來，並不是為了逗你們開心的，也不是來跟你們閒聊的。』

「『那我做錯了什麼？』恩蕭說道，『怎麼能怪得了我呢？』

「『哦！你是例外，』希斯克利夫太太回答道，『我也從來不曾在乎你是否關心我。』

「『但我不止一次提出過，也請求過，』他說著，這下被她的無禮激怒了，『我請求過希斯克利夫先生讓我替你守夜——』

「『我寧願走出門，或去任何什麼地方，也不願聽見你那討厭的聲音！』我家太太說。

「哈里頓嘀咕道，在他看來，她就該下地獄！接著，他從牆上取下掛著的槍，不再約束自己，又去做禮拜天常做的工作了。

「他現在放開了，想說什麼就說什麼。她很快看出來，該退回到自己的孤單中去了。但是已經下霜了，儘管她很驕傲，也不得不屈尊和我們待在一起。不過，我總要當心點，以免我的一片好意再受到她的輕蔑——從那以後，我就像她一樣板著臉。我們這裡沒有人愛她，也沒有人喜歡她——她不配——因為，只要誰對她開口說一句話，她就會立馬斥責人家——沒有一點尊重！她還頂撞主人，看他敢不敢揍自己。就這樣，她傷得越深，就越狠毒。」

起初，一聽到齊拉的這番話，我便決定捨去我現在的工作，尋一處小屋，把凱瑟琳接來和我一起住。然而若要希斯克利夫先生答應這件事，就像要他同意讓哈里頓自立門戶一樣難。目前，我看不出有什麼補救辦法，除非她能再嫁，而且那條出路也在我能力範圍之外啊。

* * *

迪恩太太的故事就講到這裡為止了。儘管有醫生的預言，我還是很快就恢復了體力，眼下還只是一月分的第二個星期，我打算在一兩天內騎馬出去，到咆哮山莊去告訴我的房東，我準備在倫敦住上半年。還有，如果他願意的話，十月以後，他可以另找一個房客來住——我可不想在這裡再熬一個冬天。

第十七章

昨日天晴，無風，有霜。我按計畫去了咆哮山莊；我的管家懇求我帶一張字條給她的小姐，我沒有拒絕，因為這是一位可敬的女士，我並不覺得她的請求有什麼奇怪的地方。

前門是敞開著的，但就像我上次拜訪時一樣，大門緊閉，一副唯恐外人闖入的樣子。我敲門，把恩蕭從花圃裡喚了出來。他開了門，我便進去了。這傢伙作為一個鄉下人夠英俊的了。這次我尤其留意他，但很顯然，他不想顯露自己的優點。

我問希斯克利夫先生是否在家。他回答說不在，但他會在午餐時間回來。這時已經十一點了，我表示自己打算進去等他；恩蕭立刻放下手頭的工具要陪我進去，這並不是要代表主人，而是充當看門狗。

我們一起走了進去，凱瑟琳就在那裡，為即將到來的飯點準備一些蔬菜。她看起來比我第一次見到她時更加鬱鬱寡歡，更加萎靡不振。她繼續做她手裡的工作，幾乎沒有抬起頭正眼看我一下，和以前一樣無視日常禮節；對於我的鞠躬和早安問候，她亦從不回應。

「她看起來並不溫柔可親啊，」我想，「不像迪恩太太要我相信的那樣。她是個美人，這千真萬確，但並不是位天使。」

恩蕭粗聲粗氣地叫她把手頭的東西移到廚房去。

「你自己移吧。」她說著，把那些剛弄好的東西推給了他，她退到窗邊的一張凳子上，用膝蓋上的蘿蔔皮雕刻一些鳥獸模樣的東西。

我走近她，假裝想要看看花園，而且，自以為很機靈地把迪恩太太的字條放在膝蓋上，沒有被哈里頓注意到——不料她竟大聲問道：「那是什麼啊？」接著把字條扔掉了。

「你的老熟人，山莊的女管家寫來的一封信。」我回答道。我好心好意，她卻踐踏我的善良，令我十分惱火，卻又擔心這會被她想像成是我寫給她的什麼信。

她一聽我這麼說，就準備把信收起來，但是哈里頓沒讓她得逞；他一手把信抓住，塞進了背心，說應該先給希斯克利夫先生過目。

這時，凱瑟琳默默地別過臉去，悄悄地掏出手帕，擦拭著自己的眼睛。而她的表哥，內心掙扎了一番後，掏出了那封信，粗暴地把它扔到她面前的地板上。

凱瑟琳一把抓住信，急切地讀了起來，又問了我幾個問題，關於她以前家裡的人，那些有的沒的。然後她凝視著遠處的群山，喃喃自語道：

「我喜歡騎著米妮到那裡去！我真想爬上去啊——唉！我受夠了——我被困住了，哈里頓！」

她把漂亮的腦袋靠在窗臺上，一半像是打呵欠，一半像是歎氣，陷入了一種茫然的悲傷中；看樣子既不知道，也不在乎我們是否注意到了她。

「希斯克利夫太太，」我沉默了一會兒，開口說，「你不知道我是你的一個熟人吧？我對你感覺這麼親切，所以你不肯過來跟我說句話，讓我覺得很奇怪。我的管家永遠都在不厭其煩地談論你、讚美你；如果我回去沒有帶點你的消息，就只說你已經收到了她的信，此外沒說什麼，那她會非常失望的！」

她似乎對我這番話感到很驚訝，便問道：

「艾倫喜歡你嗎？」

「是的，很喜歡。」我毫不猶豫地回答。

「你務必告訴她，」她繼續說，「我會給她回信。可是我沒有能用來寫信的東西，甚至連一本書也沒有，要不然我就可以撕下一頁紙。」

「連本書也沒有！」我驚呼道，「我能不能冒昧地問一句，沒有書，那你怎麼能在這裡過得下去？我住在畫眉山莊——儘管那裡有個很大的圖書室，我也經常感到無聊——若是把我的書都拿走，就像是要了我的命！」

「有書的時候，我就一直在看書，」凱瑟琳說，「可是希斯克利夫先生從不看書，所以他一口氣把我的書都毀了。都幾個星期了，我沒有看到過一本書。只有一次，我翻遍了約瑟夫的神學書，把他惹惱了。還有一次，哈里頓，我在你的房間裡發現了一堆祕密藏起來的書……有的是拉丁文和希臘文，還有的是故事和詩歌，這些書都是老朋友了——我把詩集帶到了這裡——而你卻把他們一本一本都收走了，就像喜鵲收集銀匙[1]似的，你就是喜歡偷！這些書對你沒什麼用——或者說，你把它們藏起來，就是出於壞心眼，你自己不會看，也見不得別人看。或者是因為你心存嫉妒，才給希斯克利夫先生出餿主意，讓他搶走我這些心愛的書？可是大多數的書，都已經寫在我的腦子裡了，也印在我的心裡了，這些你是沒法剝奪的！」

聽到表妹揭露自己私底下偷藏文學書時，恩蕭頓時臉紅了，結結巴巴地憤怒否認她的指控。

「哈里頓先生一心渴望著自己能夠長知識呢。」我說道，想給他打個圓場，「他不是嫉妒你的所學，而是想跟上你——幾年後，他就會成為一名聰明的學者了！」

「與此同時，他卻想讓我淪為一個白癡，」凱瑟琳回答，「是的，我聽到他試著去拼寫和閱讀，全是錯誤！我希望你再念一遍〈切維特之狩獵〉[2]，就像你昨天念的——簡直太有趣了！我聽見了——也聽見你在翻字典、查生詞，然後因為看不懂人家的解釋，就大罵一通！」

很顯然，這個年輕人覺得自己糟糕透了，先是因為自己的無知遭人嘲笑，後來想變得有水準一點，結果依然被人嘲笑。我也有同感，記得迪恩太太跟我提過他的故事，他曾想擺脫原生環境給他帶來的愚昧，最初也努力過。想到這裡，我說：

「可是，希斯克利夫太太，我們每個人總得有個開頭吧，大家都是從門檻上跌跌撞撞一路過來的；如果自己的老師都不幫忙我們，反而只是嘲笑，那我們還是會繼續這樣跌跌撞撞下去。」

「哦！」她回答，「我沒有攔著他上進……不過，他無權把我的東西占為己有，而且他念起書來，發音不準，錯誤難忍，這對我來說實在可笑！那些書，無論是散文還是詩歌，都能讓我聯想到許多，在我心裡都是那麼神聖，但這些東西跑到他的嘴裡，就是一種貶低和褻瀆，我太痛心了！尤其是他偏偏選了我最喜歡的幾篇來讀，彷彿存心跟我作對！」

哈里頓的胸膛在沉默中起伏了一會兒；他在一種深深的屈辱和憤怒中掙扎著，要壓制這種感覺

1 歐洲民間傳說，喜鵲喜歡偷鉬匙。

2 英格蘭著名民謠，講述了一個大型狩獵隊在切維特山（Cheviot Hills）的一塊狩獵地上發生的故事。

的確不易。

出於禮貌，我站了起來，想化解他的尷尬，便走到門口站著，看外面的景色。他也學起了我，起身離開了房間；但不久又出現了，他手裡拿著五、六本書，扔在凱瑟琳的腿上，喊道：「拿走吧！我再也不想聽到，不要讀到，也不要想起這些書了！」

「現在，我不要了！」她回答，「我看到這些書就會想到你，我討厭這些書！」

她打開一本顯然經常被翻開的書，像剛識字一樣，拖長聲調讀了一部分，接著哈哈大笑起來，把書扔了出去。

「聽著！」她繼續刺激他，又用同樣的腔調開始念一首古老的歌謠。

然而，他的自尊心再也不能忍受更多的折磨了——我聽到她無禮的嘴挨了一耳光，我也並非完全不贊同這種做法。這個小壞蛋千方百計地傷害她表哥敏感而又未經開化的感情；面對欺負自己的人，這位表哥唯一的報復辦法就是選擇動手了。

他把書撿起來，扔進了火堆裡。我從他的臉上能看出，他在怒火中獻上這些祭品的那一刻，內心有多麼痛苦。我能想像，在書本燃燒時，他會回憶起這些書給自己帶來的快樂，而且期待著透過閱讀，自己能有所獲，同時也會更快樂。我也猜到了他為何這般偷偷苦學。遇到凱瑟琳之前，他一直埋頭於日常工作，滿足於牲口般粗野的生活。但凱瑟琳瞧不起他，他覺得羞恥，渴望著得到她的認可，這是他追求上進的原始動力。然而，他的這番努力，非但沒有贏得對方的尊重，反而產生了相反的結果。

「看看吧，像你這樣的畜生，讀書能有什麼好處！」凱瑟琳叫道，吮著自己受傷的嘴唇，看著這場大火，滿眼憤怒。

「你最好馬上給我閉嘴！」他惡狠狠地回答道。

他情緒激動，說不出話來，就衝到門口，我趕忙給他讓路。但是，他還沒來得及跨過門檻，希斯克利夫先生就沿著石板路走了過來，正好碰到了他，便抓住他的肩膀，問道：

「你在幹嘛，我的孩子？」

「沒什麼，沒什麼！」他說著掙脫出來，獨自咀嚼著自己的悲傷和憤怒。

希斯克利夫看著他的背影，歎了口氣。

「要是我被自己弄垮，那才是怪事呢！」希斯克利夫喃喃自語，沒有意識到我就在他身後，「可是，每當我想在他臉上找找他父親的影子，卻一天天發現自己看到的全是她！真是見鬼了，他長得怎麼這麼像她？我一看到他簡直受不了。」

他低頭看著地面，情緒低落地走了進去。他臉上帶著一種不安和焦慮，這是我以前從來沒有注意到的；他本人看起來更憔悴了。

他的兒媳婦透過窗戶一看見他，立刻逃到了廚房。就這樣，這裡只剩下我一個人了。

「很高興看到你又能出門了，洛克伍德先生，」他回應我的問候，「一部分是出於自私，因為在這塊荒原，你若離開了，我覺得還真不容易再找一個人來填補你的空缺。我總想瞭解一下，你怎麼會到這裡來的。」

「恐怕是一時心血來潮，先生，」我回答，「這種心血來潮也會讓我去別的地方。我下週要出發去倫敦了，我必須先通知你，我租住的畫眉山莊一年期滿後，不準備續租了。我相信自己不會在那裡繼續住下去。」

「哦，是吧！你已經厭倦了這流放塵世之外的生活了，是嗎？」他說，「但是，如果你是因為不要再住這個地方，就來請求停止支付房租，那這一趟你是白跑了——向人索取我應得的東西，這一點我是向來不講情面的，不管對方是什麼人。」

「我不是來賴帳的！」我叫道，十分惱火。「如果你願意，我現在就跟你把帳算清楚。」我從口袋裡掏出了筆記本。

「不必，不必，」他淡淡地回答道，「要是你不回來了，就要留下足夠的錢來抵扣你的欠款。不要這麼急——坐下來和我們一起吃晚飯吧——一個不會再登門的客人，通常都會受到款待。凱瑟琳！把吃飯的東西都拿進來——你在哪裡？」

凱瑟琳又出現了，端著一盤刀叉。

「你可以和約瑟夫一起吃飯，」希斯克利夫在一旁嘀咕道，「就待在廚房裡，他走了你再出來。」

她嚴格服從了他的安排；也許她原本就覺得，不值得做什麼反抗。每日生活在鄉巴佬和厭世者之中，即使她遇到更高層次的人，可能也欣賞不來。

一邊坐的是冷酷陰沉的希斯克利夫先生，另一邊是一聲不吭的哈里頓，我總覺得這一頓飯吃得有些不順心，便早早告別了。我本想從後門走，再最後看一眼凱瑟琳，也煩一煩老約瑟夫；但哈里頓奉命牽了我的馬過來，主人也親自送我到門口，所以我未能如願。

「那座房子裡的生活太沉悶了！」在路上，我一邊騎馬一邊想著，「要是像希斯克利夫太太的好保母所期待的那樣，我和她能結為連理，雙雙搬到熱鬧的城裡去，那對她來說將比童話故事還浪漫啊！」

第十八章

一八〇二年。這年九月，我應邀去北方一個朋友的荒原上打獵。在去往他住處的途中，我不知不覺地走到了一個地方，這地方離吉默屯不到十五英里。路邊，一家客棧的馬夫正提著一桶水餵我的馬，這時一輛裝著剛收割的青綠燕麥的馬車經過，他便說道：

「你是從吉默屯來的吧，哈！他們總是落在後頭，人家都收割三個禮拜了。」

「吉默屯？」我重複道——我曾經小住過的那個地方，在記憶中已然變得模糊起來，如同一場夢，「啊！我想起來了！離這裡還有多遠？」

「翻過這座山，還有十四英里，那條路很難走呢。」他回答說。

我內心忽然湧起一股衝動，想去看看畫眉山莊。當時還不到正午，我想還不如在自己房間裡過夜，就像在客棧裡一樣。此外，我還能方便地抽出一天時間，跟我的房東處理些事情，這樣就免得以後再來一趟了。

休息片刻，我便派我的僕人去詢問到村莊的路。我們走了大約三個鐘頭才到，馬匹疲憊不堪。我把僕人留在那裡，獨自沿著山谷走去。灰色的教堂看起來顏色更暗，淒涼的教堂墓地顯得更加淒涼；荒原上，一隻綿羊在啃墳墓上的矮草。天氣很暖和——對於出來旅行的人來說，這種天氣太暖和了，但是也沒有熱得影響我欣賞這遠遠近近令人愉快的風景；如果在接近八月的時候看到這片美景，我肯定會禁受不住誘惑，在寂靜的環境中又消磨一個月。這些群山環抱的幽谷，還有滿是峭壁和山丘的石楠荒原，在冬天沒什麼比它們更荒涼的了，在夏天卻沒有什麼比它們更神奇美妙的了。

日落之前，我到達了畫眉山莊，敲門後等著人來開門。但是，從廚房煙囪裡嫋嫋升起的一縷縷淡藍色的炊煙來看，我猜這家人都搬到後屋去了，他們沒有聽見我敲門。

我騎馬進了庭院。只見走廊那裡坐著一個九歲或十歲的女孩在編織什麼東西，一個老婦人斜靠在臺階上優閒地抽著菸斗。

「迪恩太太在嗎？」我問那位女士。

「迪恩太太？不在！」她回答道，「她不在這裡，她住到咆哮山莊去了。」

「那麼，你是管家嗎？」我繼續問道。

「是啊，我在管這個家。」她回答說。

「嗯，我是洛克伍德先生，這裡的房客。不知道有沒有房間可以給我住？我想在這裡過一夜。」

「房客來了！」她驚叫道，「啊，誰知道你要來啊？你該來個信啊！這裡沒有個乾淨的合適地方給你住了——現在可沒有啊！」

她扔下菸斗，急匆匆地走了進去，女孩跟在後面，我也進去了。我很快意識到她講的都是實情，而且，我這樣貿然出現，明顯讓她手忙腳亂。

我叫她別慌——我出去散一會兒步；在這段時間裡，她得想辦法給我騰出一個客廳的角落，好讓我吃飯，還需要一間睡覺的臥室。不用刻意清掃和除塵，只要生一爐旺火，鋪一張乾淨的床就好。

她彷彿也願意盡力去做，雖然她把壁爐刷錯當成火鉗，塞在爐柵裡，還錯用了其他幾樣工具。但我還是出門去，相信她有能力收拾好一切，在我回來的時候，她就能為我騰出一處安身之地。

我準備出門去咆哮山莊看看。我離開院子時，腦子裡又有了一個想法，於是又掉頭回來。

「咆哮山莊那邊，一切都好嗎？」我問那個女人。

「都還好，沒什麼不好的！」她回答道，端著一盆熱煤渣匆匆離去。

我本來還要問她迪恩太太為何要離開畫眉山莊，但是見她手忙腳亂的，也不好耽誤她，就轉身走了出去。在夕陽的餘暉下，我優閒地漫步；前方升起一輪月亮，月光柔和，時明時暗。然後，我離開園林，攀登上一條石子小路；那條路通往希斯克利夫先生的住處。

在我還沒有看到咆哮山莊之前，西邊的天空只剩下一道暗淡的琥珀色光了。但是藉著皎潔的月光，我可以看清路上的每一顆石子和路邊的每一片草葉。

我沒有翻過院門，也沒有敲門——門就輕而易舉地被我打開了。這比從前好多了！我想。我還注意到了另外一點，是傳到我鼻子裡的，那不起眼的果樹上散發出的陣陣花香，飄散在空氣中。

門窗都敞開著；然而，就像產煤區常見的那樣，一爐燒得正旺的紅火照亮了壁爐，讓人看著很舒服，也不計較它燒得過熱了。不過咆哮山莊的房子很寬敞，有足夠的空間供裡面的人避開熱氣，所以他們都待在離窗戶不遠的地方。我進屋之前就看到了他們，也聽到了他們的談話，我便看了看又聽了聽；夾雜著一種好奇和嫉妒的心情，不知不覺在那裡待了很久。

「相——反的！」一個銀鈴般甜美的聲音說道，「這是第三次了，你這個笨蛋！我不會再告訴你了——記清楚了，要不然我抓你的頭髮！」

「好吧，相反的，」另一個回答道，是深沉又溫柔的語氣，「好吧，親我一下吧，看我那麼用心學。」

「不行，先準確地讀一遍，不准有一點錯誤。」

說話的男人開始讀了——這是個年輕人，衣著體面，正坐在桌邊，面前放著一本書。他英俊的臉閃著快樂的光芒，但他的眼睛總不安分地從書頁上移開，游移到肩上那一隻白皙的小手上；見他稍有懈怠，這隻小手便在他的臉上輕輕拍一下，他這才迅速地回過神來。

背後的小手是一個女孩的。當她彎腰查閱他的功課時，她那輕盈閃亮的鬈髮不時地與他棕色的頭髮混在一起。她的臉——他看不到她的臉，要不然他會一直心神不定的——我卻能看得到；我咬著嘴唇，她的美如此迷人。我本來也有機會跟她有點什麼的，但是當時沒有好好把握，痛失良機，如今只能遠遠地盯著人家看。

課上完了，那個做學生的沒少犯錯誤，但他非要獎勵，還索來了至少五個吻，他又大方地回了人家五個吻。然後，兩人來到門口，從他們的談話中，我聽出他們馬上要出門了，去荒原上散步。我想，如果當時我這個不幸的人突然出現在他們身邊，那麼哈里頓．恩蕭即使嘴上不說，在他心裡，我就是那個應該下十八層地獄的人。想到這裡，我自慚形穢，想溜到廚房裡躲起來。

那邊的門也是可以直接進的。我的老朋友奈莉．迪恩坐在門口，一邊做針線，一邊哼著一首歌。她唱歌的時候常常被裡面突然冒出的譏笑嘲諷的粗話打斷，完全沒有唱歌的氛圍。

「我寧願從早到晚聽見有人在耳邊咒罵，也不願聽你在這裡唉半句！」廚房裡的那個人嚷道，像是回應奈莉模糊不清的話，「真是太不像話，我不能打開這本《聖經》，你竟把那些榮耀都歸給撒旦和世上的一切罪惡！唉！你現在消停了，她又來了。那個可憐的小子落在你們兩個人手裡，算是迷失了。」他歎了一口氣，又補了一句，「我敢肯定，他是中邪了！主啊，審判他們吧，因為我們人世間的統治者，既不講法律，也不講道義！」

「不會的！要不然，我想此刻恐怕大家都得坐著受火刑，」那位唱歌的反駁道，「別鬧了，老傢伙，讀你的《聖經》吧，像個基督徒的樣子，別管我。這是〈安妮仙女的婚禮〉——一首優美的曲子——一首舞曲。」

迪恩太太正要開口再唱，我走上前去，她一眼認出我，直接跳了起來，喊道：

「哎呀，上帝保佑，洛克伍德先生！你怎麼會想到就這麼回來了？畫眉山莊裡的東西都收起來了。你應該提前給我們通知呀！」

「我已經安排好了。只要我想住在那裡，就能住，」我回答道，「我明天又要出發了。你是怎麼搬到這裡的，迪恩太太？跟我說說。」

「你去倫敦不久後，齊拉就走了，希斯克利夫先生希望我過來，要一直待到你回來。不過，請進來啊！你今晚是從吉默屯走過來的嗎？」

「從畫眉山莊過來的，」我回答，「他們替我收拾房間的時候，我想來找你的主人，解決一下我的事，我想以後匆匆忙忙的，也不見得有什麼機會了。」

「什麼事，先生？」奈莉說著，領著我進了屋子，「現在主人出去了，一時半刻不會回來的。」

「關於房租的事。」我回答道。

「哦！那麼你只能跟希斯克利夫太太談了，」她說，「或者不如跟我談。她還沒學會怎麼處理事情，我先替她處理，不然沒有其他人了。」

我一臉驚愕。

「啊！我知道了，你還沒聽說吧，希斯克利夫死了呀！」她繼續說道。

「希斯克利夫死了？」我驚叫道，「多久之前的事？」

「三個月前——先坐下吧，讓我幫你拿帽子，然後我會把這事的前前後後都講給你聽。等等，你還沒吃東西，對嗎？」

「我什麼都不想吃。我已經讓人準備了晚餐。你也坐下吧。我做夢也沒想到他會死！跟我說說，這到底怎麼回事。你剛說他們一時半刻不會回來——你指的是那對年輕人？」

「可不——我每天晚上都要念他們，因為他們老是閒逛到深更半夜，但他們不聽我的。你至少喝一口我們家的陳年麥芽酒吧——這酒對你有好處——你看起來很累。」

我還沒來得及回絕，她就急忙去取了。我聽到約瑟夫說：「都這把年紀了，還在勾搭人，這還不是一件令人哭天喪地的醜事嗎？還從主人的地窖裡拿酒來！他還坐著看，真該覺得丟臉。」

她沒有留下來回嘴，而是很快又進來了，端上來滿滿一銀杯的酒，我很認真地誇讚了一番。之後，她跟我分享了希斯克利夫後來的事。正如她所說，他有個「離奇」的結局。

你離開我們後還不到兩個星期，我就被叫到咆哮山莊來了；為了凱瑟琳，我高高興興地答應了。

* * *

第一眼看到她時，我真是既難過又震驚！自從我們分開後，她的變化太大了。希斯克利夫沒有解釋他為什麼突然喊我來這裡，只是告訴我，他需要我，也不想再看到凱瑟琳了。我只得把小客廳變成我的起居室，讓她和我待在一起。一天當中，就算碰見她一兩次，他也覺得煩了。

對於這種安排，她似乎很喜歡。我陸陸續續偷偷搬過來很多書，還有她在畫眉山莊時喜歡的其他一些東西。我很高興，當時以為這種日子可以舒舒服服過下去了。

然而好景不長。起初，凱瑟琳很滿意，但沒過多久就變得煩躁不安了。一方面，她被禁止走出花園，春天要來了，把她關在狹小的空間內，她當然覺得苦惱；另一方面，我還要料理家事，總會時不時地離開她，她就抱怨太孤單；她寧願在廚房和約瑟夫吵架，也不願獨自一人孤零零地坐著。

我不在乎他們之間有小的爭吵，但是每當主人想獨占一室時，哈里頓也往往不得不躲到廚房裡去。一開始，她要嘛避免和他碰頭，要嘛默默地幫我做家務，不和他說話，也不打招呼——而他總是悶悶不樂，沉默不語——但沒過多久，她便按捺不住，不許他一個人好好待著：議論他，嘮叨他的愚蠢和懶惰；說她真是想不明白，他如何能忍受過這樣的生活——他又如何能坐在那裡一個晚上，對著爐火打瞌睡的。

「艾倫，他就像一條狗，不是嗎？」有一次，她問我，「或者一輛馬車？他只管勞動、吃喝、睡覺，永遠都這樣！他的頭腦該有多麼空虛、多麼沉悶啊！你會做夢嗎，哈里頓？如果做過，是關於什麼的？但你不會跟我說話！」

說完，她朝他看看。可是對方既不開口，也不看她一眼。

「他現在可能在做夢，」她繼續說道，「他扭動著肩膀，就跟朱諾一樣。你去問他，艾倫。」

「如果你不懂規矩，哈里頓先生自會請主人叫你上樓去！」我說。他不僅聳起肩膀，還握緊了拳頭，好像準備動手打人。

「我知道為什麼我在廚房的時候，哈里頓從來不說話，」還有一次在其他地方，她嚷道，「他怕我會嘲笑他。艾倫，你覺得呢？有一次，他開始自學讀書；然後，我嘲笑他，他便燒掉了這些書，再也不學了——這不就是個傻瓜嗎？」

「那你回答我的話，」我說，「你不淘氣嗎？」

「也許我是啊，」她繼續說，「但我沒想到他這麼蠢。哈里頓，如果我給你一本書，你現在還要嗎？我來試試！」

她拿起一本自己一直在看的書，放在了他手裡；他把它扔了，嘴裡還說著，如果她一直這樣沒完沒了，他就要扭斷她的脖子。

「好吧，我把書放在這裡，」她說，「就在桌子的抽屜裡。我要去睡覺了。」

然後她悄悄告訴我，要我注意看他會不會動那本書，接著便走開了。但是人家沒有靠近那本書；第二天早上，我就實話實說了，這讓她大失所望。我看出她很難過，為他持續這樣地生悶氣和墮落感到難過——她又良心不安，覺得他是被自己嚇成這樣，不敢再上進了——這件事，她做得太過了。

好在她機靈，可以設法彌補這點傷害。在我熨衣服時，或者做一些其他不便在客廳裡做的日常雜務時，她就帶來一些有趣的書，大聲讀給我聽。哈里頓在場時，她每每會在有趣的地方停頓下來，把書放在那裡——她反覆這樣做；但他像一頭驢那樣倔強，他才不會上鉤。在陰雨綿綿的天氣裡，他反倒和約瑟夫一起抽菸，兩人坐在壁爐的兩邊，像什麼自動機器一樣，那個老的聲稱幸虧自己聾了，聽不懂她邪惡的胡說八道；那個年輕的呢，盡量裝作不在乎的樣子。在晴朗的夜晚，年輕的就外出打獵，凱瑟琳打著哈欠，歎著氣，纏著我陪她聊天，我一開口，她又跑到院子或花園裡去了；而且，到最後沒辦法了，她就哭著說自己活膩了，她的生命一無是處。

希斯克利夫先生越來越不喜歡跟人打交道了，差不多要把恩蕭趕出他的房間。三月初，由於一次意外，恩蕭不得不在廚房裡待了好幾天。在恩蕭獨自上山時，他的槍走火了，一塊碎片割傷了他的手臂，在外面流了很多血之後才回到家裡。結果是，他不得不在火爐邊靜養，直到自己能再出門。

他待在那裡，正合凱瑟琳的心意。無論如何，跟以前比起來，她越來越不喜歡上樓了；她會強迫我到樓下去找事做，這樣她就有機會下來陪著我了。

復活節後的星期一，約瑟夫牽著幾頭牛去了吉默屯集市。下午，我在廚房裡忙著收拾亞麻布——恩蕭坐在壁爐旁的角落裡，像往常一樣悶悶不樂，我的小女主人在玻璃窗上畫圖，用來消磨無聊的時光，有時變變花樣，有時低聲唱幾句沉悶的歌，或是輕輕地叫幾聲，或者不耐煩地向表哥那邊瞥幾眼。但這位表哥依然淡定地抽著菸，只顧朝著爐柵看。

我對她說，她擋住我的光線了，她便移步到壁爐邊。我沒注意到她都做了些什麼，但沒過多久我聽到她開始說：

「哈里頓，我發現，我想——我很高興——要是你對我不這麼煩躁、這麼粗暴的話，我現在願意你做我的表哥。」

哈里頓沒搭理她。

「哈里頓、哈里頓、哈里頓！你聽到沒有呀？」她繼續道。

「到一邊去！」他粗暴地咆哮道，絲毫不讓步。

「我要把你的菸斗拿走。」她說著，小心翼翼地伸出手，把菸斗從他嘴裡抽了過來。他試圖奪回來，但菸斗一下子被打碎了，掉在火裡。他對著她破口大罵，又拿起另一支菸斗。

「停，」她喊道，「你必須先聽我說。那些煙霧飄在我面前，我根本沒法正常說話。」

「去見鬼吧！」他惡狠狠地喊道，「別理我！」

「不，」她執意說道，「我不——我不知道怎麼做，你才肯跟我說話，但你偏偏就是不明白。當我說你蠢的時候，我沒有別的意思啊——我並不是看不起你。來吧，哈里頓，你不應該無視我——你是我表哥呀，這一點你得承認。」

「我不會理會的，看你那副臭架子，還有你那套捉弄人的鬼把戲！」他回答道，「我寧可身體和靈魂一同下地獄，也不想再看你一眼！快離開我的視線，現在，馬上！」

凱瑟琳皺起了眉頭，退到窗邊的座位上，緊咬著嘴唇，哼著古怪的調子，看樣子馬上要哭出來了，但她努力忍住不哭。

「你應該跟你表妹和好，哈里頓先生，」我插嘴說，「對於她的無禮，她已經後悔莫及了！這會對你大有好處的——讓她陪伴，你會變成另外一個人。」

「讓她陪伴！」他大叫了起來，「她嫌棄我，覺得我連替她擦鞋都不配！不可能，就算我成為國王，我也不再會為了取悅她而被嘲笑了。」

「不是我討厭你，是你討厭我！」凱西哭了，不再掩飾她的心事，「你跟希斯克利夫先生一樣厭惡我，甚至比他還厭惡我。」

「你是個該死的騙子，」恩蕭脫口而出，「那我為什麼要站在你那一邊，不惜惹他生氣一百次呢？還有，你嘲笑我、瞧不起我，而且還——繼續折磨我吧，我要到那邊去，就說是你把我從廚房裡趕走了！」

「我並不知道你是站在我這一邊，」她一邊回答，一邊擦乾自己的眼睛，「那時候我心裡難過，對每個人都有怨氣。但是，我現在向你道歉，求你原諒我，除此之外，我還能做什麼呢？」

她回到壁爐邊，大方地伸出了手。

他臉色鐵青，怒氣沖沖，如一片雷電交加的烏雲，兩個拳頭握得緊緊的，眼睛直盯著地面。

凱瑟琳憑著直覺猜到了，他這是一種頑固的倔強，而不是真的厭惡她，因此猶豫了一會兒之後，她彎下腰來，在他的臉上輕輕地親了一下。

這個小淘氣鬼以為我沒看見她，於是她退了回去，一本正經地坐回她原來靠窗的位子上。

我責備地搖了搖頭，然後她臉紅了，悄悄說：

「好吧！艾倫，我該怎麼做呢？他不跟我握手，也不看我一眼——我必須有所行動，來向他表明我喜歡他，我想跟他當朋友。」

這一吻是否打動了哈里頓，我不知道。他小心翼翼地，避免讓別人看到他臉上的表情，撐了好幾分鐘；後來等他真的抬起臉時，他卻心慌意亂，不知道眼睛該往哪邊看。

凱瑟琳很認真地用白紙把一本漂亮的書包得整整齊齊，再用一條絲帶綁好，寫上「哈里頓．恩蕭先生」。她要我當她的特使，把禮物交給她指定的那個人。

「告訴他，如果他願意接受，我就來教他好好讀；」她說，「如果他拒絕，我就上樓去，再也不招惹他了。」

我把書送了過去，在那位委託人焦急的注視下，傳達了那些話。哈里頓不肯張開手指，所以我把它放在他的膝蓋上。他也沒有把書甩掉。我便回去做我的事了。凱瑟琳把頭和手臂都靠在桌子上，直到她聽到書的包裝紙被撕開的輕微沙沙聲；然後她悄悄走開，靜靜地坐在她表哥旁邊。他顫抖著，滿臉通紅——所有的粗魯和嚴厲都消失不見了。起初，他都沒有勇氣說出一個字，來回應她詢問的目光，還有她那喃喃的請求。

「說，你原諒我了，哈里頓，快說吧！只要你說出那短短一句話，我就會高興起來。」

他喃喃咕咕講了些聽不清楚的話。

「你想跟我做朋友嗎？」凱瑟琳又試探著問了一句。

「不！從今往後，你生命中的每一天，都會為我感到羞恥的，」他回答，「而且你越是瞭解我，就越是會這樣；我就越是不能忍受。」

「那麼，你不願和我做朋友了？」她說著，笑得像蜜一樣甜，開始慢慢向他靠近。

接下來這兩人的談話，我沒有聽到更多的料。但是，當我再次環顧四周時，就看到兩張容光煥發的臉湊在了一起，正俯在那裡讀那本書呢。我毫不懷疑兩個人已經簽好了免戰協議，從此化敵為友。

他們研究的那本書裡，都是珍貴的插圖。這些插圖，還有他們坐的位置，都很有吸引力，直到約瑟夫回家時，他們還坐著不動。他、這個可憐的人，看到凱瑟琳跟哈里頓．恩蕭坐在同一張椅子上，她還把手搭在恩蕭肩上，頓時被眼前的景象給完全嚇呆了。他弄不明白，他寵愛的恩蕭竟然能忍受讓她接近自己。他深受刺激，那晚他對此事隻字不提。當他一本正經地把他那部大《聖經》攤在桌子上，又從口袋裡取出白天交易所得的骯髒鈔票，將之蓋在上面時，他深深地歎了口氣，這才緩過神來。最後，他把哈里頓從座位上叫了出來。

「把這些拿給主人，小子，」他說，「在那裡等著。我要回我自己的房間。這個房間既不像樣，也不適合我們——我們必須出去，到別的地方去。」

「來吧，凱瑟琳，」我說，「我們也該『溜出去』了——我熨完了衣服，你準備好走了嗎？」

「還沒到八點呢！」她回答，不情願地站了起來，「哈里頓，我把這本書放在壁爐架上，明天再拿幾本來。」

「你留下的任何書，我都要拿進屋裡去，」約瑟夫說，「要是再找到那些書，那才是奇蹟呢。所以，隨便你吧。」

凱西威脅他說，要是他膽敢碰她的書，他就得拿自己的藏書來賠她的書。她微笑著從哈里頓身邊走過，唱著歌上樓去了，我敢說，在這個屋簷下，她的心情從未如此愉悅過，或許除了最初她去看林頓的那些日子。

兩人的親密關係就這樣開始了，儘管偶爾會跌跌撞撞，但也發展得很快。恩蕭不是用願望來教化的，我家小姐也不是什麼哲學家，更不是耐心的典範。但是他們都擁有一個共同的訴求——一個想要愛並願意尊重對方，另一個想要愛並渴望被尊重——兩人雙向奔赴，最終修成了正果。

* * *

你看，洛克伍德先生，贏得希斯克利夫太太的芳心是很容易的。但如今，我很慶幸你沒去嘗試。我的最大願望就是看到這兩個人能夠在一起。等到他們大婚的日子，我就誰也不羨慕了——在英格蘭，不會有比我更幸福的女人了！

第十九章

那個星期一過後，恩蕭仍然無法正常工作，因此只得留在家裡。我很快就發覺，要是像以前一樣把小姐留在身邊看著，是行不通的了。

她比我先下了樓，跑進花園裡；之前，她曾看見她表哥在那裡做一些簡單的工作。我喊他們來用早餐，看到她已經說服表哥，在黑醋栗和鵝莓樹叢中清出一大片空地。他們正忙著商量從畫眉山莊移栽一些植物過來。

才短短半個鐘頭，他們竟然搞了這麼大的破壞。要知道，這黑醋栗樹是約瑟夫的寶，她偏偏要選中這塊地做花壇！

「完了！這事一旦被發現，」我叫了起來，「那可是會鬧到主人那裡去的，你有什麼理由隨便亂改花園？這事有你們好看的了，走著瞧吧！哈里頓先生，我想你也沒什麼腦子，去聽她的話，光會惹事！」

「我忘了這都是約瑟夫的，」恩蕭一臉迷茫地回答道，「但是我會告訴他，這都是我做的。」

我們常常和希斯克利夫先生一起吃飯。我擔起女主人的職責，為大家泡茶和分餐，所以餐桌上少不了我。凱瑟琳通常坐在我旁邊，但是今天，她悄悄地靠近了哈里頓；我很快就看出，她在友誼方面比在對待敵意方面更不謹慎。

「好了，你要注意，不要和你表哥說太多話，也不要老是盯著他，」我們走進房間時，我小聲地吩咐她道，「這肯定會惹惱希斯克利夫先生，他會對你們兩個發脾氣的。」

「管他呢。」她回答道。

不一會兒，她側身走近他，在他那碗粥裡插了些報春花。

他不敢和她說話，也幾乎不敢正眼看她，但她還是繼續逗他；他有兩次沒忍住，還差點被她逗笑了。我皺了皺眉頭，然後她瞥了一眼主人，看出來希斯克利夫先生當時心裡想著其他事，沒有留意身邊的人；她也變得嚴肅起來，認真地端詳著他。後來她又轉過身來，重新開始她的無理取鬧。到最後哈里頓終於忍不住了，發出一聲悶笑。

希斯克利夫先生吃了一驚，他的目光迅速掃過我們的臉。凱瑟琳用她慣有的緊張而又蔑視的眼神迎了上去，這是他所深惡痛絕的。

「眼不見為淨，」他大聲說道，「是什麼魔鬼在作祟，讓你老是用那雙惡毒的眼睛盯著我？管好你的雙眼！別讓我再看到。我以為我已經治好了你的笑！」

「是我笑的。」哈里頓咕噥道。

「你說什麼？」主人問道。

哈里頓看著盤子，沒有再次承認。

希斯克利夫先生看了他一下，然後繼續默默地吃早飯，繼續想剛剛被打斷的心事。

我們都快吃完了，兩個年輕人也小心翼翼地拉開了些距離，所以我預料這頓飯應該會順利地結束吧。這時候，約瑟夫在門口出現了，他雙唇顫抖，滿眼怒火，看來他的那些寶貝灌木被人糟蹋的事，已經被他發現了。

他肯定在那附近見過凱西和她表哥，然後才想起前去檢查的。這人說話像牛嚼草一樣，總是很難聽懂，只聽他開口說道：

「給我工錢，我得走！我在這裡做了六十年，原本打算死在這裡的。我為了圖個清靜，就把我的書和所有東西都搬到了閣樓上，把廚房讓給他們獨享。叫我丟下這壁爐邊的位置，太不容易了，但我想我也能捨得！不過，這些就算了，她還把我的花園奪走了，平心而論，主人，我受不了了！你可能會妥協，你能——但我不習慣，一個老頭子沒法很快習慣這些新花樣。所以我寧願拿個榔頭在大路上敲敲打打，混口飯吃，討口湯喝！」

「好了，好了，白癡！」希斯克利夫打斷他道，「有話直說！你有什麼委屈？你和奈莉吵架，我可不管。就算她把你推到煤洞裡去，也不關我的事。」

「不是奈莉！」約瑟夫回答，「我才不會為了奈莉離開這裡——討厭的壞女人。感謝上帝！她勾不走人家的魂！她也不至於漂亮到讓人見了她連眼睛都不眨的，是那個討厭又沒禮貌的女王，用她那雙挑逗的眼睛和撩人的伎倆，把我們的孩子迷住了，直到——不！我的心都要碎了！他忘記了我為他所做的一切，忘記了我對他的栽培，他竟跑去花園，將我那一整排的黑醋栗樹都給挖了！」說到這裡，他想到自己所受的委屈，想到恩蕭如此忘恩負義，還有眼下面臨的危險處境，便放聲大哭起來，哭得像個女人。

「那個傻瓜喝醉了嗎？」希斯克利夫先生問哈里頓，「他這是在找你的麻煩嗎？」

「我拔掉了兩三棵灌木，」年輕人回答說，「不過我會再把樹種上的。」

「你為什麼把樹拔掉？」主人說。

凱瑟琳機智地插了嘴。

「我們只是想在那裡種些花，」她叫道，「要怪就怪我吧，因為是我叫他做的。」

「哪個鬼允許你動這裡的一根樹枝的？」她公公非常震驚，「誰又命令你聽她的話的？」他轉向哈里頓補充道。

哈里頓無話可說了，他的表妹回答道：

「你把我所有的土地都劫走了，我就要這幾碼，來裝飾一下，你也吝嗇著不肯給！」

「放肆，小賤人！這是你的地？你從來沒有過什麼地！」希斯克利夫說。

「還有我的錢。」她繼續說道，見對方怒視著自己，她也回瞪著，同時嘴巴裡咬著早餐吃剩下的一塊麵包皮。

「閉嘴！」他大聲說道，「吃完了趕緊走人！」

「還有哈里頓的土地，還有他的財產。」那個天不怕地不怕的小東西繼續說道，「哈里頓和我現在是朋友了，我會把你做的那些事統統告訴他！」

主人似乎愣了一下。他的臉色變得蒼白，站了起來，雙眼直盯著她，一副恨之入骨的樣子。

「如果你打我，哈里頓就會揍你！」她說，「所以你還是坐在那裡吧。」

「如果哈里頓不把你趕出房間，我就把他打到地獄裡去。」希斯克利夫吼道，「該死的巫婆！難不成你是在找藉口激怒他來對付我？艾倫·迪恩，叫她滾！你聽到了嗎？把她扔到廚房裡去！如果你讓她再出現在我眼前，我就要了她的命！」

哈里頓低聲下氣地想勸她離開。

「把她拖走！」他厲聲呵斥道，「你還要待在那裡聊天嗎？」說著，他走上前去，準備自己親自動手了。

「他不會再聽你的了，你這個壞人！」凱瑟琳說，「而且他很快就會痛恨你，就跟我一樣！」

「噓！噓！」年輕人低語道，有點怪她了，「我不願意聽到你對他這樣說話——夠了！」

「但你不會讓他打我的，對嗎？」她哭了。

「那就走吧！」他急切地低聲說。

太晚了——希斯克利夫已經把她抓住了。

「現在你走吧！」他對恩蕭說，「該死的巫婆！這一次她把我惹惱了，忍無可忍了，我要讓她後悔一輩子！」

他一把抓住她的頭髮。哈里頓試圖讓他鬆開，懇求他放過她一次。他那黑黑的眼睛閃著光，那架勢像是準備把凱瑟琳撕成碎片，我正準備冒險衝上去救她。這時候，他的手指突然鬆開了，他把手從她的頭上移到她的手上，只是盯著她的臉看，一動不動——接著，他用手捂住了眼睛，頓了一會兒，顯然是為了讓自己鎮定下來。然後又轉向凱瑟琳，故作鎮靜地說：

「你必須記住，別再把我惹惱了，要不然我真的會殺了你，遲早有一天！跟迪恩太太去吧，去跟著她，把你那無禮的話都灌到她的耳朵裡。至於哈里頓．恩蕭，如果我發現他聽你的話，我會讓他到別處去討飯吃！你的愛會讓他成為一個流浪漢、一個乞丐——奈莉，帶走她，走吧，你們所有人！都走開！」

我領著小姐出來了。她僥倖自己逃過這一劫，就乖乖出來了；另一個也跟著出來了。希斯克利夫先生獨自一人待在房間裡，一直待到正餐時間。

我已經勸過凱瑟琳到樓上去，但是他一看到她的位子空著，就派我去喊她。飯桌上他不理會我們任何人，吃得也很少，飯畢就直接出門了，說自己要到晚上才回來。

他不在時，那兩位新朋友就占用了那間正屋。我聽見這位表妹要揭發她公公當年對她父親的所作所為時，哈里頓嚴厲地制止了她。

他說他不會容忍別人對希斯克利夫先生說一句詆毀的話。如果他是魔鬼，那也無所謂，他會站在他那邊。他寧願她像過去那樣羞辱自己，也不願攻擊希斯克利夫先生。

聽他這麼說，凱瑟琳生氣了。但是他還是想辦法讓她住嘴了；他問她，她會希望他說她父親的壞話嗎？然後她就明白了，原來恩蕭把主人的名譽和自己緊緊連結在一起了，這是無法被理智切斷的——是習慣鑄成的鎖鏈，若是強行拆開它，未免太殘忍了。

從那以後，她表現出一顆憐憫之心，不再抱怨希斯克利夫，也不再說怨恨的話。她還向我承認，她很後悔，真不該挑起希斯克利夫和哈里頓之間的衝突。的確，我相信從那以後，她再也沒有在哈里頓面前說過一句反對希斯克利夫的話了。

鬧完了小彆扭，他們又親密了起來，一個做學生、一個做老師，忙得不亦樂乎。每每我做完事，就會進來和他們坐在一起，看著他們，感受到歲月靜好，忘記了時光的流逝。你知道，在某種程度上，他們倆也算我的孩子：長期以來，我一直為他們中的一個感到驕傲；而如今，我確信另一個也同樣不錯。他天性誠實，熱情又聰明，即便從小在無知和墮落中長大，也能迅速擺脫原來的陰靈；凱瑟琳真誠讚揚他，他則是再接再厲。他心情愉悅，變得容光煥發，看起來也更顯氣質和高貴——我很難想像，眼前的這位，與那天我家小姐去峭壁探險，隨後我在咆哮山莊找到她時見到的那個人，竟是同一個。

他們在苦學，我就在一旁欣賞著，不知不覺夜幕降臨，主人也回來了。我們沒想到他從前門進來，突然出現在大家面前，我們還沒來得及抬頭看他一眼，他早就把我們三人全看在眼裡了。好吧，沒有什麼場景比眼前這個更讓人愉快，或是更無害的了。如果此刻對著這兩人大罵一頓，那就太可恥了。紅通通的爐火照亮了兩人漂亮的腦袋，露出兩張孩子般興趣盎然的臉。雖然他二十三歲，她十八歲，但他們都有太多新奇的東西要去感受，要去學習，因此都體會不到，也表現不出那種冷靜和清醒成熟的情感。

他們一同抬起了眼睛，跟希斯克利夫先生的目光遇上了。也許你從來沒有注意到，這兩個孩子的眼睛非常相似，那分明是凱瑟琳．恩蕭的眼睛。現在這個凱瑟琳，除了寬闊的前額，還有她那有意無意都讓人覺得傲慢的翹鼻子，別的地方跟母親並沒有過多相似之處。而在哈里頓身上，這種相似反而多一些，平時一向很明顯——尤其此刻更加明顯，因為他的頭腦跟得上了，整個人也更敏捷了。

我猜，正是這種長相神似，讓希斯克利夫先生消解了敵意：他走到壁爐前，顯然很激動，但當他看著這個年輕人時，很快就平靜下來了；或者說，雖然還有一些激動，但已經不是那種帶著怒氣的激動了。

他從哈里頓手裡把書拿過來，瞥了一眼打開的那一頁，然後什麼也沒說就還了回去，只是示意凱瑟琳走開。凱瑟琳便走開了——她走後，哈里頓也沒待多久；我也準備離開了，但希斯克利夫叫我坐著別動。

「到最後真是可憐，是不是——」他在剛剛看到的場景之中沉浸良久，然後說道，「我一生拚死拚活，卻落得一個如此荒謬的下場？我用撬桿和鋤頭來拆除這兩座房子，又把自己訓練成像希臘神話中的大力神海克力斯一樣，拚命工作，然而當一切準備就緒、盡在掌控之中時，我卻發現自己連在兩家屋頂上掀起一片瓦的念頭也沒有了！我的死對頭沒有打敗我，如今正是向他們後代復仇的好時候。我可以這麼做，沒人能阻擋我。但這又有什麼用呢？我不想打人，我連手都懶得抬起來！這聽起來，像是我多年來一直在埋頭苦幹，最終只是為了做一個寬宏大量的老好人。但事實遠非如此——我已經沒有能力去欣賞他們的毀滅，也懶得去搞那些無謂的破壞了。

「奈莉，有一種奇異的變化正在逼近——我籠罩在它的陰影下——我早已對日常生活失去興趣，連吃喝都不記得了。只有剛才離開這間屋子的那兩個人，於我而言，才是唯一能夠看得見摸得著的真真切切的東西。這些讓我痛苦，痛苦至極。關於她，我不想多說，也不願多想，但我真心希望看不見她——她的存在只會讓我發瘋。而哈里頓給我的感覺就不同了。不過只要別讓人覺得我像個瘋子，我寧可永遠看不到他！也許你會認為我快要瘋了，」他苦笑了一下，接著說，「他喚起我腦海中的一千種想法，要是我把這些都講出來——不過我告訴你的，你不要都說出去；我的想法永遠隱於內心，然而到頭來，還是忍不住對另外一個人傾訴。

「五分鐘之前，哈里頓似乎是我青春的化身，而不是一個人——看到他，我內心百感交集，所以，我不可能在跟他說話的時候還能保持正常理智。

「首先，他和凱瑟琳的長相驚人地相似，太可怕了，只要我看到他，就會聯想到她。或許，你認為長相是最能讓我揪心的部分，其實卻是最微不足道的；因為對我來說，什麼東西跟她無關呢？什麼東西能讓我不想她？我低下頭看地面，她的臉就出現在地板上！在每一朵雲裡，在每一棵樹上——在夜晚彌漫的空氣中，在白天瞥見的每一件物品上，目之所及，皆是她的面孔，她無處不在，我被她圍住了！那一張張普普通通的臉，男人的臉，女人的臉——我自己的臉——所有的臉都變成了一張臉，全是她的臉，全在嘲笑我。整個世界是一個可怕的記憶集合，無時無刻不在提醒我，她確實存在過，然而我已經失去她了！

「是的，哈里頓的模樣是我那不朽的愛情的幻影，是我為了得到一切而瘋狂努力的幻影，是我的墮落、我的驕傲、我的幸福和我的痛苦的幻影——

「可是，反覆跟你絮叨這些想法，也算是瘋了。無非想讓你明白，為什麼我總是一個人，這也是無奈之舉。哈里頓的陪伴對我來說沒有任何好處，反而加劇了我源源不斷的痛苦——這也是部分原因，總之不管他和表妹如何相處，我都不再理會。我也不會再多看他們一眼了。」

「希斯克利夫先生，但是你說的『變化』是什麼意思呢？」我問道，他的表現把我嚇到了；儘管他看起來不像是瘋了，也不像是要死了。我看他還相當強壯，身體健康；至於他的理智，從童年起，他就喜歡沉湎於暗黑事物，以及各種稀奇古怪的幻想——對於那個已經死去的心愛的人，他或許依然有著執念；然而在其他方面，他的腦子跟我一樣清楚。

「在沒發生變化之前，我還不知道，」他說，「我現在只是隱隱約約意識到。」

「你沒覺得自己生病了，對嗎？」我問他。

「沒有，奈莉，我沒病。」他回答說。

「那麼，你不怕死嗎？」我繼續問。

「害怕？不！」他回答道，「對於死亡，我既沒有恐懼，也沒有預感，更沒有期待——我為什麼要那樣？我身強體健，生活有節制，又不做危險的工作。我應該，而且大概也會在人世間活得好好的，直到我滿頭白髮——但我不能再這樣繼續下去了！我必須提醒自己呼吸——幾乎還得提醒我的心臟要跳動！這就像是要把一根僵硬的彈簧掰彎……要不是腦子裡在想她，我所有的舉動都是勉強的；我眼裡看到的一切，那些死的、活的，只要不是跟她有關的，我全部看都不想看。我只有一個願望，我的整個身心都渴望實現它。這種渴望持續如此之久，又如此堅定不移，所以我深信它終究會實現——而且很快——因為它已經將我吞噬了——我期待著它盡快實現，並深陷在這種期盼之中。

「我的自白並沒有讓我輕鬆，可是——這或許解釋了我所表現出的一些莫名其妙的情緒。啊，上帝啊！這是一場漫長的搏鬥，希望早日解脫吧！」

他開始在房間裡踱步，嘴裡念念有詞，說的都是些可怕的事。漸漸地我開始相信，正如他說的，約瑟夫也是這麼想的，良知已經把他的心變成了人間地獄——我很想知道這一切將如何結束。

雖然他以前很少暴露內心的想法，但我毫不懷疑這是他日常的心境。他自己也承認了；然而從他的日常舉止來看，沒人會猜到還有這麼一回事。洛克伍德先生，你看見他的時候，也不會多想吧。在我提到的那段時間，他還是和當初一樣，只是更喜歡獨處，或許在人群之中也更少言寡語了。

第二十章

那天晚上之後，有好幾天，希斯克利夫先生在吃飯的時候總是避開我們，但他嘴上又不願正式承認，是故意在躲著哈里頓和凱西。他不喜歡完全屈服於自己的感情，寧可選擇不露面——對他來說，一天二十四小時只吃一餐，似乎就足夠了。

一天夜裡，全家人都上床睡覺後，我聽到他走下樓來，從前門出去了。我沒聽到他再進來；第二天早上，我發現他還是沒回來。

彼時正值四月，天氣溫暖宜人，一場春雨，一片陽光，將青草滋潤得綠油油的，靠近南牆的那兩棵矮蘋果樹，花開得正好。

早餐過後，凱瑟琳非要我搬來一把椅子，坐在屋子盡頭的冷杉樹下做事。哈里頓剛從一場意外中恢復，她又哄著他過來挖掘她的小花園並加以布置；而這個小花園，就是之前和約瑟夫有過爭議的那個，現在移到了一個角落。

春天，四周洋溢著芬芳，抬頭望去，天空呈現一種美麗柔和的藍。我正沉醉其中，小姐跑到門口，拔了一些帶根的報春花，準備沿著花壇的邊緣種下；但她只拔了一半便回來了，告訴我們，希斯克利夫先生過來了。

「他跟我說話了。」她又補充一句，表情看起來很不安。

「他說了什麼？」哈里頓問她。

「他叫我快點走開，」她回答說，「可是，他看起來跟平時不大一樣，我停下來，盯著他看了一會兒。」

「怎麼不一樣了？」他問道。

「怎麼，好像是興高采烈的——不，幾乎沒別的——是非常興奮，高興得要發瘋的樣子！」她回答道。

「那麼，是夜間散步讓他開心了。」我說著，裝出一副漫不經心的樣子。事實上，我和她一樣驚訝，而且急於證實一下她說的是不是真的，因為並不是每天都能看到主人高興的樣子。於是我找了個藉口，走過去看看情況。

希斯克利夫正站在敞開的門口。他臉色蒼白，渾身顫抖，然而，他的眼睛裡無疑閃爍著一種奇異的喜悅光芒，這讓他的整張臉看起來不一樣了。

「你要吃些早餐嗎？」我說，「你在外面逛了一夜，一定餓了吧！」

我想知道他去了哪裡，但是我不願直接問。

「不，我不餓。」他回答說，別過臉去，語氣相當輕蔑，好像他已經猜到了我是在試探他為何心情如此之好。

我感到惶惑——不知道這是不是一個適當的機會，向他提出一些忠告。

「無論如何我都覺得，在這個潮溼的雨季，晚上不好好睡覺，卻在外面閒逛，既不合適，也不明智。我只怕你會著涼，說不定還會發燒——你現在就有點不對勁了！」

「沒什麼，我怎樣都能忍受，」他回答說，「我高興這樣，只要你讓我一個人待著——進去吧，不要再煩我了。」

我照做了。經過他時，我注意到他呼吸急促，像隻貓一樣。

「好吧！」我心想，「肯定要病一場了。我搞不懂他一整晚都做了些什麼！」

那天中午，他坐下來和我們一起用餐，還從我手裡接過一個堆得滿滿的盤子，好像之前不吃不喝，現在準備好好補一頓。

「我沒著涼，也沒發燒，奈莉，」他說，回應我早上跟他提到的那番話，「我已經打算好好享用你替我準備的食物了。」

他拿起刀叉，正要開始吃，又像是突然沒了食欲。只見他放下餐具，急切地看著窗戶，然後站起身來，走出門去了。我們吃完飯，看見他還在花園裡踱來踱去。恩蕭說要去問問他為什麼不吃飯，他覺得我們是哪裡惹他不高興了。

「好吧，他要來嗎？」在她的表哥回來時，凱瑟琳叫道。

「不來，」恩蕭回答，「但他沒生氣。的確，他的表情有一種罕見的高興。只是，我跟他多說一句，就讓他不耐煩了。他叫我走開，到你這邊來。他搞不懂我怎麼還要找別人做伴。」

我把他的盤子放在爐柵上保溫。過了一兩個鐘頭，他又進來了，此刻房間很清淨，卻一點也不平靜：在他那黑色的眉毛下，流露著一種異常的喜悅——的確是異常的；依然面無血色，牙齒時不時地若隱若現，似笑非笑；他的身體在發抖，不是因為寒冷或虛弱，而是像一根繃緊的繩子在顫動——更像是一種強烈的戰慄，而不是顫抖。

我想，得問問這到底是怎麼了，要不然由誰來問呢？於是我驚叫道：

「你聽到什麼好消息了嗎，希斯克利夫先生？你看起來特別興奮啊。」

「就我這個樣子，哪有什麼好消息？」他說，「我這興奮是因為餓了，但似乎什麼也吃不下。」

「你的飯就在這裡，」我回答說，「你怎麼不去吃呢？」

「我現在不想吃，」他趕忙喃喃說，「等到了晚飯時間再說。還有，奈莉，算我最後一次求你，去提醒哈里頓和另外那個人，都離我遠一點。我不希望有人來打擾我——我想要一個人待在這裡。」

「你這樣把自己隔離起來，有什麼新的理由嗎？」我問道，「希斯克利夫先生，跟我說說，你怎麼如此反常？昨晚你到哪裡去了？我問你這些，不是出於無聊的好奇心，而是——」

「你就是出於無聊的好奇心才問的，」他笑著打斷了我的話，「不過，我會回答你的。昨晚，我站在地獄的邊緣。今天，我看到我的天堂了。我看見了——離我不到三英尺！現在你最好還是走開吧。如果你能管住自己，不亂打聽，那麼你就不會看到或聽到任何讓你害怕的東西了。」

我掃完壁爐，擦完桌子，便離開了，心裡比以往任何時候都更加不安。

那天下午，他沒有再出門，也沒人打擾他的獨處；到了八點，即使沒有召喚我，我還是認為應該給他送上一支蠟燭，還有一份晚餐。

他靠在窗臺上，格子窗敞開著，但他沒有朝外看，他的臉向著屋內。屋內一片漆黑，爐火已經燃燒成了灰燼。陰天的夜晚，房間的空氣裡彌漫著一股潮溼和溫暖，又如此寂靜；不僅能聽到吉默屯小溪的潺潺水聲，就連溪水流過卵石或者穿過那些大石頭時發出的漣漪聲和淙淙聲，也都清晰可辨。

看到陰暗的爐柵，我禁不住發出一聲不滿的叫喊，開始把窗戶一扇接一扇地關上。最後我來到了他靠著的窗戶前面。

「要我把窗戶關上嗎？」我問道，見他動也不動，我想喚醒他。

我說話時，燭光照耀在他的臉上。呀，洛克伍德先生，我一時半刻真想不出該怎麼表達，當時看到的那一瞬有多可怕！那雙深深陷進去的黑眼睛！那種微笑，還有那死人般煞白的臉！我只覺得眼前的這位，不是希斯克利夫先生，而是一個鬼。我嚇死了，手裡的蠟燭不自覺地歪向了牆壁，屋內頓時一片漆黑。

「好，把窗戶關上。」他回答，還是熟悉的聲音，「你看，真夠笨的！你怎麼把蠟燭舉歪了？快點，再拿一支過來。」

我害怕極了，傻傻地慌忙跑了出去，對約瑟夫說：

「主人叫你給他送支蠟燭，順便給壁爐再生個火。」因為當時的我，根本不敢再擅自走進去了。

約瑟夫劈里啪啦地鏟了些燒得很旺的煤，便過去了。但他即刻又拿了回來，另一隻手裡拿著晚餐托盤，說希斯克利夫先生要睡覺了，他不想吃東西，明天早上再說。

我們聽到他逕自上樓去；他沒有去平常睡的房間，而是進了那間有鑲板床的房間。我前面說過，這個房間的窗戶相當寬，任何人都可以爬出去。我突然意識到，他在盤算著再來一次午夜出行，準備神不知鬼不覺地溜出門。

「他是食屍鬼，還是吸血鬼？」我暗自想著。我曾讀到過類似這種化身惡鬼的可怕故事。然後我開始回憶他的孩童時期，當年我是如何照顧他的；我眼看著他一天天長大成人；他這一輩子，我幾乎是一步步跟過來的；而如今，我卻被他嚇成這樣，真是太荒唐可笑了。

「但他究竟是從哪裡來的，這個黑小孩，被一個好人收養了，卻給人家招來一場大禍？」我一邊打瞌睡一邊喃喃自語，嘴裡嘟囔著迷信的話。在半夢半醒之間，我想像著他的親生父母會是何許人，越想越累；那些在我清醒時苦想的東西，在腦海中跌宕起伏，一遍又一遍地重複著。最後，想到了他的死亡，想到了他的葬禮；關於葬禮，我所能記得的是，因為要為他立個墓碑，而墓碑上要寫什麼內容，我非常為難，便去找教堂司事商量。因為他連個姓也沒有，更沒人知曉他究竟幾歲，大家只好刻了一個孤單的名字——希斯克利夫，就算應付了事。這個夢應驗了；後來我們的確也是這麼做的。如果你走進教堂墓地，在他的墓碑上，你只能看到一個名字，還有一個去世日期。

黎明時分，我清醒了許多。我站起身來，直接向花園走去，想去看看他窗下有沒有腳印。結果沒有。

「他在家裡待著呢，」我想著，「他今天會沒事的！」

我照例為全家準備了早餐，但告訴哈里頓和凱瑟琳先用餐，不必等主人下來，因為他睡得很晚。他們喜歡在門口的樹下用餐，我便過去為他們備好一張小桌子。

我再回來時，發現希斯克利夫先生就在樓下。他和約瑟夫正在談論一些田裡的事。對於討論的事，他清晰而詳細地給出了指示；但他說話很急，不停地把頭轉向一邊，表情也很激動，甚至有些誇張。

約瑟夫離開房間後，他在自己的老地方坐下了，我把一大杯咖啡端在他面前。他把咖啡拿近些，然後將雙臂放在桌子上，直盯著對面的牆。正如我所猜想的那樣，他用那雙閃爍不安的眼睛，對著牆的某一處上上下下打量著，帶著強烈的渴望，像是要把牆看穿；有半分鐘，他連氣也沒喘一下。

「來吧，」我喊道，把一些麵包塞到了他手裡，「趁熱，快吃一點，喝一點吧。已經等你將近一個鐘頭了。」

他沒有理我，可是他笑了。我寧願看到他咬牙切齒，也不願看到他這樣的笑。

「希斯克利夫先生！主人！」我叫了起來，「看在上帝的分上，不要瞪著眼睛，好像你看到了什麼東西。」

「看在上帝的分上，別叫那麼大聲，」他回答道，「轉身瞧瞧，告訴我，這裡是不是只有我們兩個人？」

「當然，」我回他，「當然，只有我們兩個！」

儘管如此，我還是不自覺地聽從了他，好像我也沒把握。

他用手一掃，在面前用早餐的碗碟中間騰出一塊地方，又俯身向前，以便更自在地凝視。

現在，我察覺到他並沒有在看牆，因為當我仔細盯著他時，他似乎正在凝視著兩碼之內的什麼東西。不管那東西是什麼，顯然都給了他極大的快樂和痛苦；至少從他臉上那悲傷而又狂喜的表情可以看出來。

那幻想中的東西也不是固定的。他始終目不轉睛地看著，甚至在跟我說話的時候，也不捨得移開目光。

我提醒他該吃點東西了，但是說了也沒用。即使他聽到了我的勸告，手指動了動，想去拿點什麼，哪怕他伸手去拿一片麵包，但還沒有碰到，手指就已經握緊了，停在桌子上，忘記了自己要幹什麼。

我坐在那裡，像是一個耐心十足的榜樣，試圖把他那全神貫注的注意力從專注的冥想中吸引過來。後來他變得煩躁，站起來，問我為什麼不肯讓他獨自用餐，還說下次不必這麼等他了，我可以放下東西就走。

說完這些話，他便離開了房子，沿著花園小徑緩緩走去，隨後穿過大門，消失不見了。

時間在焦慮不安中悄悄流逝，又一個夜晚來臨了。我很晚才上床睡覺，卻輾轉反側，怎麼也睡不著。到了後半夜，他回來了，卻沒有上去睡覺，而是把自己關在樓下的房間裡。我聽著動靜，在床上翻來覆去，最後乾脆穿上衣服下了樓。躺在那裡，我腦子裡有成千上萬個憂慮，那些有的沒的全在腦海裡跑來跑去，實在心煩意亂。

我聽到希斯克利夫先生的腳步聲，不安地在地板上踱來踱去。他時不時深深地歎一口氣，像是在呻吟，打破了寂靜。他還喃喃地說著一些神神祕祕的話；我唯一能聽出的是凱瑟琳的名字，還夾雜著一些露骨的親暱或痛苦的呼喊，像是在跟一個眼前的人說話——聲音低沉而懇切，是從他的靈魂深處流露出來的。

我不敢直接走進房間，但是我想把他從幻想中拉出來，於是我翻動起廚房的爐火，攪動著，還開始刮煤渣。這很快引起了他的注意，比我預料的還快。他立刻開了門，說：

「奈莉，來——已經早上了嗎？帶著你的蠟燭進來。」

「鐘剛敲過四點呢，」我回答，「你要帶著蠟燭上樓嗎——你可以用這個爐火去點。」

「不，我不想上樓，」他說，「進來，給我生個爐火，收拾一下房間。」

「我得先把這堆煤扇紅了，才能再拿煤過來。」我說著，搬來一把椅子和一個風箱。

同時，他來來回回走動著，整個人近乎發狂。只聽他沉沉地歎氣，一聲接著一聲，重重地歎息，彷彿連正常呼吸的餘地都沒有了。

「天亮時，我會派人去請格林來，」他說，「趁著我還能思考一些問題，也能冷靜行事的時候，我想向他詢問一些法律問題。我還沒有寫遺囑，還沒有決定如何處理我的財產！我真想把這些東西從這世上毀掉。」

「話不能這麼說，希斯克利夫先生，」我插嘴說，「先把遺囑的事緩一緩吧——你做了那麼多不公道的事，還是抽點時間懺悔吧！我從來沒有想到你會精神錯亂。可是，看看，眼前它卻出奇地錯亂了，你就是自作自受。你連續折騰了三天三夜，就算是巨人泰坦，也會垮的。一定要吃點東西，睡一下。你只要照照鏡子，就能明白自己有多麼需要吃東西和睡覺。你的臉頰凹陷，眼睛充滿血絲，就像一個人餓得快要死了，又沒有睡覺，眼睛都快要瞎了。」

「我吃不下也睡不著，這不能怪我，」他回答，「坦白說，這並非我的本意。只要我能，我當然願意又吃又睡。正如一個人在水裡苦苦掙扎，眼看離岸邊只有一臂之遙了，可是此時你卻喊停，叫他休息！我必須先上了岸，然後才能休息。好吧，別管格林先生了。至於要我懺悔我所做的那些不公道的事，我覺得我沒做任何不公道的事，也沒什麼可懺悔的——我太幸福了，但我還不夠幸福。我靈魂的歡愉殺害了我的肉體，但靈魂自身依然沒有得到滿足。」

「主人，你說幸福？」我叫道，「奇怪的幸福！有些話，若是我講出來你不生氣的話，我會給你一些建議，讓你更加幸福。」

「什麼？」他問，「你說。」

「希斯克利夫先生，你知道的，」我說，「你從十三歲起，就過著一種沒有基督徒信仰的自私生活；大概在那段時間裡，你的手都沒有摸過一本《聖經》。你必定把《聖經》裡的話全忘了，如今可能也沒有心思再去翻看了。如果找個牧師——隨便哪個教會的牧師都可以，來指點你一下，告訴你，你已經偏離上帝的箴言太遠了；你這樣的人早已不配進天堂，除非在你死之前能夠洗心革面，這樣做有什麼不好嗎？」

「奈莉，聽了這些話我並不生氣，反而很感激，」他說，「因為你提醒了我，我希望以何種方式下葬。要在晚上抬到教堂墓地去。如果你們願意的話，你和哈里頓可以陪著去——要特別留意，關於那兩口棺材的安置，教堂司事需要按照我之前吩咐的去做！牧師不用來，也不需要為我禱告。我告訴你，我快要到自己的天堂了，而別人的天堂對我來說，根本不值得一提。我看不上，也不稀罕！」

「你想想，假如你執意不肯吃飯，一心絕食而死，他們會不會拒絕把你埋在教堂的墓地[1]？」我說，他竟敢如此漠視上帝，我大為震驚，「那你會怎麼樣呢？」

「他們不會這樣做，」他回答說，「如果他們這麼做了，你必須把我偷偷移走。如果你無視我說的，我到時候會讓你看看，什麼是陰魂不散！」

一聽到家裡有人在走動了，他便躲到自己房間裡，我也鬆了口氣。但是到了下午，當約瑟夫和哈里頓正在工作的時候，他又來到廚房，表情猙獰，叫我過去，坐在屋子裡——他想有個人陪著他。

我謝絕了。我直截了當地告訴他，他講起話來莫名其妙，一舉一動都不對勁，讓我害怕，既不敢也不願意單獨跟他做伴。

「我相信你把我當成鬼了！」他說道，笑中帶著一絲淒涼，「太可怕了，不配住在一個體面的房子裡！」

然後他轉向凱瑟琳，這時她剛好在那裡，看到希斯克利夫靠近了，便躲在我身後。只見希斯克利夫半帶著嘲笑地補充道：

「你來啊，小乖乖，我不會傷害你的。不會的！在你看來，我已經把自己弄得比鬼還可怕了。好吧，有一個人會陪著我的，不離不棄！上帝啊！她太無情了。啊，該死的。一副血肉之軀怎麼受得了，哪怕是我！」

他不再求任何人來陪他了。黃昏時分，他走進自己的房間——一整晚，一直到天亮，我們都聽到他在呻吟，在喃喃自語。哈里頓急著想進去看看，但我吩咐他先請肯尼斯先生來，他再進去看看。

醫生來了，我請求進去，試著去開門卻發現門被反鎖了。希斯克利夫叫我們都去死。他好些了，只想一個人待著，醫生便走了。

當天晚上下起了雨。是滂沱大雨，一直下到天亮。早晨我繞著房子散步時，發現主人的窗戶還敞開著，擺來擺去，雨水直往裡打。

他不可能還在床上吧？我想，這雨會把他淋透的！他不是起床了，就是出去了。不過我也不再胡思亂想了，乾脆大膽地去看看吧！

我用另一把鑰匙打開了門，房間裡不見人影。我跑去打開板壁——又趕緊把板壁都推到一邊，朝裡面張望，希斯克利夫先生就在那裡——仰面躺著。只見他雙眼凶狠凌厲，正好與我四目相對，我嚇了一跳；緊接著，他似乎又笑了笑。

我不好說他是死了——但他的臉被雨水沖刷過，喉嚨裡也灌滿了水；床單在滴著水，他卻一動不動。格子窗來回拍打著，把他放在窗臺上的一隻手磨破了——磨破的皮膚上沒有血流出來，我伸手一摸，這時我不再懷疑了——他死了，也僵了！

我關上窗戶，把他那長長的黑色頭髮從額頭上撥開，試著合上他的眼睛——如果可能的話，在其他人看到之前，把那雙可怕的、像是活人似的狂喜眼睛合上。可是合不上——這雙眼睛似乎在嘲笑我白費力氣；他那張開的嘴唇和尖銳的白牙也在嘲笑我！我又一次膽怯了，大聲呼喊約瑟夫。約瑟夫拖著步子走了過來，哼了一聲，但堅決拒絕多管閒事。

---

1 基督教反對自殺，自殺經常被看作嚴重的犯罪行為和對上帝的冒犯，自殺者將不能被正常下葬。因此在這裡，希斯克利夫若以絕食自殺，也會被認為是違背了上帝的意旨。

「他的靈魂被魔鬼勾走了，」他大叫道，「叫魔鬼把他的屍體一同帶走，我才不在乎呢！呸！瞧他那樣子，死了還齜牙咧嘴的，多壞啊！」這個老罪人嘲弄地咧著嘴笑。

我以為他打算繞著床，手舞足蹈一番。但他突然鎮定下來，跪倒在地，雙手舉起，感謝上帝讓合法的主人和古老的家族又恢復了他們原有的權利。

我被這個可怕的事情嚇到了，懷著一種被壓抑的悲傷，我的記憶不由自主地回到了從前的時光。但是可憐的哈里頓，這個受委屈最多的，卻是唯一真正感到悲痛的人。他整夜坐在屍體旁痛哭流涕。他握著死者的手，親吻那張譏諷而殘忍的臉，這張臉其他人都不敢多看一眼。他深切悼念死去的人，帶著一種強烈的悲傷；這種悲傷發自內心，來自一顆仁慈的心，儘管這顆心又像鋼一樣堅韌。

肯尼斯醫生很困惑，不知道該宣布主人是死於什麼病。我隱瞞了他四天沒吃東西的事實，擔心這會導致什麼麻煩，但我相信他不是故意禁食的；這是他這種怪病的結果，並不是原因。

如他所願，我們葬了他，這讓四鄰議論紛紛。恩蕭、我、教堂司事和六個抬棺材的，就是全部的送葬者。

那六個人把棺材放進墓穴後便離開了，我們留下來看著它被掩埋好。哈里頓流著淚，親自挖起青草皮，將之鋪在褐色的墳堆上。如今，這個墳跟它旁邊的墳一樣光滑翠綠——但願地下長眠的人也同樣睡得安寧。可是，如果你問周邊的鄉親，他們會對著《聖經》發誓說，他還在世間遊走。有人說在教堂附近見過他，有人說在荒原上見過，甚至還有人說在這所房子裡見過他。你會說這是空穴來風，我也這麼認為。然而，廚房爐火邊的那個老頭一口咬定，自他死後，每逢雨夜，他從窗戶向外看，都能看到那兩個人——大約一個月前，我也遇上了一件怪事。

一天夜裡，我正在去畫眉山莊的路上——一個雷電交加的漆黑夜晚——就在山莊轉角處，我遇到一個小男孩，他面前有一隻綿羊和兩隻小羊。他哭得好凶，我猜是這些小羊受驚了，不肯聽他的話。

「怎麼了，我的孩子？」我問。

「是希斯克利夫和一個女人，在那邊，在山腳下，」他哭著說，「天哪，我不敢走過去。」

我什麼也沒看見，但是羊和孩子都不肯往前走，所以我叫他從下面的那條路繞過去。

或許，這孩子是在獨自穿越荒原時，想起了他父母和同伴平日反覆提到的那些胡言亂語，才產生了幻想。儘管如此，如今我是不喜歡在夜裡出門了；我也不喜歡自己一個人留在這陰森森的房子裡。我辦不到。等他們離開這裡，搬到畫眉山莊去，那時候我就開心了！

* * *

「這麼說，他們要去畫眉山莊了？」我問。

「是的，」迪恩太太回答道，「他們會在新年那天結婚，結了婚就住過去。」

「那誰會住在這裡？」

「呃，約瑟夫會照看這座房子，也許還有一個年輕人跟他做伴。他們會住在廚房裡，其餘房間到時候都會鎖上。」

「是留給那些想來住的鬼魂吧。」我接了一句。

「不，洛克伍德先生，」奈莉搖搖頭說，「我相信死者已安息。輕率地談論他們，是不對的。」

就在這時，花園的門開了，那兩位回來了。

「他們什麼都不怕，」我嘀咕了一句，透過窗戶，我看著他們走過來，「兩個人在一起，他們會勇敢地面對撒旦和他的千軍萬馬。」

他們踏上門口的石階，停了下來，最後看了一眼月亮，或者，更確切地說，是藉著月光，在望著彼此。那一刻我又不由自主地想躲開他們；我把一點心意塞到迪恩太太的手裡，也不顧她抗議我的不禮貌，在那兩人打開房門時，我穿過廚房溜走了。幸虧我在約瑟夫腳下扔了一個金幣，發出一聲好聽的聲響，這時他才認出我是個講究的正經人，要不然他肯定會認為，他那女僕同伴在幹些什麼不檢點的事呢。

回家的路上，我又繞路去了教堂，所以多走了一段路。走到教堂牆腳下時，我發現，即使時隔短短七個月，這座建築也有了衰敗的痕跡——許多窗戶的玻璃都沒有了，露出了一個個黑漆漆的缺口。屋頂上，這一塊那一塊的石板，到處凸出來，等秋天暴風雨來臨，這些都會漸漸地掉光。

我找了找，很快發現了靠近荒原斜坡上的三塊墓碑——中間的那塊是灰色的，一半掩映在石楠叢中——艾德加．林頓的墓碑被青草圍得好好的，墓碑腳下已爬滿苔蘚——而希斯克利夫的那塊，依舊是光禿禿的。

柔和的天空下，我在三塊墓碑周圍徘徊著，看著飛蛾在石楠和風鈴草之間飛舞，聽著微風輕輕吹過草地，心中不禁感歎：誰會想得到呢，在這片平靜的土地下面，那些長眠於此的人，竟無法安息。

譯後記

致敬愛和自由

去往咆哮山莊的路，是一條很長、很孤獨的路。

二〇二一年，我第一次踏上那片荒原——彼時已是英格蘭的深冬，冷，灰暗，陰鬱。一到冬天，整個英國就變成了「咆哮山莊」，分分鐘鐘讓人覺得是在走向墳墓。清晨姍姍來遲，黑夜總是遲遲不肯離去。眼前的荒原空無一人，耳邊呼嘯而過的大風，空中掠過的黑鳥，腳下黑色的霜，遠處朦朦朧朧的薄霧，抬頭望一眼天空的臉——面如死灰。此刻想到《咆哮山莊》中的場景——離家出走的黝黑少年和任性少女在騎馬肆意奔馳，兩個年輕的靈魂一同消失在冬日的薄霧之中。這背影有一種淒冷又迷離的美感，卻寫滿了愛和自由。

在之後的兩年裡，我無數次走進這片荒原，來到約克郡的霍沃斯村莊，在勃朗特故居久久徘徊，去尋找潘尼斯通峭壁，去探訪神祕的仙女洞。春暖花開的日子，我在山上來回奔走六個鐘頭，只為了聽一聽荒原上小溪的潺潺水聲——是兩百年前的那條小溪，溪水流過卵石的涓涓聲依然清晰可辨。盛夏的八月，我忍不住去看一眼漫山遍野盛開的石楠花——經過兩百個夏季的輪迴，石楠芳香依舊。我躺在荒原的中央，在群山環抱的幽谷裡，感受到了山間吹來的風的歎息——還是兩百年前古老的風。這是艾蜜莉心心念念的「天堂」，如同午後的一場夢。在某個瞬間我終於懂得：原來，《咆哮山莊》裡的描述，處處有跡可循。艾蜜莉筆下的荒原，每個季節都很美，每個季節都有人死去。

《咆哮山莊》是艾蜜莉的靈魂自傳，是文學上描寫愛情的巔峰之作，也是她生平創作的唯一一部小說。她還寫過一九三首詩，用一種最古老的表達方式書寫自己的靈感和想像。這位兩百年前的天才少女——她因孤獨和隱居的天性注定被認為是一個神祕的女作家，在世界文學史上舉世無雙。

全球疫情期間，我隱居在英格蘭柴郡的一處鄉村小屋裡，花了兩年多時間譯完了《咆哮山莊》。這本近兩百年前的傳奇巨著，整整四百多頁的英文原著，其實描寫美好時光的「童話」部分也只有兩頁。在無數個淩晨和夜晚，在春夏清涼之日，我竟譯到大汗淋漓。我太入戲，如同掉入黑暗的洞裡。深陷其中的我，常常對著書中的某一場景泣不成聲。晚上熄燈入睡，也會有噩夢一個接一個地向我襲來。在夢裡，我死去，又活來，接著又死去。最後終於醒了，我謝天謝地，淚流滿面。

艾蜜莉三十歲時離開人世，我三十歲時走近她。同她一樣，我也來自一個有姊妹的書香家庭，童年時期也經常跑到大自然之中，並且閱讀勃朗特姊妹的書長大。艾蜜莉不會想到，近兩百年後，會有人輾轉萬里，來到英格蘭翻譯她的著作。

我住在離她只有一個小時車程的地方，能感受到那兩百年前吹過的同樣的風。沉浸在書裡書外，我和她一同走過兩輪四季，能準確地描述出她筆下清晨的薄霧和夏日石楠花的模樣。我無數次探訪她的故鄉，在她遊蕩過的荒原遊蕩，也能看見她當年生活的痕跡和她足跡踏過的地方。很榮幸，我能與她對話。她跨越時空，傳遞給我一種看不見的力量。其間我在英國感染了新冠，《咆哮山莊》加深了我的憂鬱和病痛，但也讓我帶著愛和信仰，在綿延不斷的咳嗽中，在古老的格子窗前，「一針一線」地去翻譯。兩年多的心血和深情，《咆哮山莊》早已滲透了我的靈魂。不知不覺，身在英格蘭的我，也成了荒原的一部分。

走進咆哮山莊的深處

一個狹長、零落的村莊：一條陡峭的窄街——如此之陡，鋪路的方石都要豎立著，好讓馬蹄有所附著，不至於倒滑下去……一座矮石牆圍著的小小庭院，四周高聳的墓碑林立。肆虐的狂風，圍繞著這座四四方方沒遮攔的房子，鬼怪般地尖叫、哀號、啜泣。屋子的後面，是一大片荒原，荒原上空無人跡，遠處蜿蜒起伏的山脈像條巨蟒，把整個世界圈在它的身軀中間。在遠處山坳裡的暗灰色房舍裡，住著一些刁悍不化的人家。相形之下，甚至咆哮山莊都顯得溫文爾雅了。那是一些強暴無忌之徒，尤其是男男女女的情感變化無常，時而心如鐵石、冷若冰霜，時而愛得發狂，真是一些怪人。

一八五三年，霍沃斯鄉村迎來一位特殊的訪客，夏綠蒂的好友——後來為夏綠蒂撰寫傳記的女作家伊莉莎白·加斯凱爾夫人在村莊的主街走下馬車。那年秋天，她在勃朗特家進行了為期六天的訪問，在其致友人的信中，她細緻地描述了勃朗特住宅的全景。在她之後書寫的《夏綠蒂·勃朗特傳》中，她提到當地人敏銳而精明，這些人不容易成為朋友或敵人；但一旦成為愛人或仇人，他們的感情就很難改變。他們身上有《咆哮山莊》裡約瑟夫的影子，習慣怨恨——在某些情況下相當於仇恨，這種怨恨偶爾還會代代相傳。當時夏綠蒂小姐曾告訴她，在霍沃斯一帶流傳這樣一句話：「在你的口袋裡放一塊石頭，放七年；翻過來，再放七年。這樣當你的敵人靠近時，你就可以隨時拿出來。」

二〇二一年，我搭乘一列紅黑色蒸汽小火車來到霍沃斯村莊，這列小火車始發於一八六七年，行駛在一條只有五英里長的英國遺產鐵路上，從英格蘭西約克郡沃斯谷的古典小鎮奇利到奧克森，途經美麗的勃朗特鄉村。鐵路公司每年舉辦許多活動，包括啤酒節和音樂節，還有一些晚間活動，比如在火車旅途上享受美食，下車時在現場樂隊伴奏下跳舞。登上這列蒸汽小火車，聽到引擎在陡峭的山谷兩側攀爬的聲音，看到升騰的蒸汽和煙霧在四周蔓延，如同置身於電影之中。小火車晃晃悠悠、走走停停，在蒸汽繚繞中彷彿穿越到了一兩百年前的勃朗特時代。

下了火車，迎面而來的是一副副熱情洋溢的面孔和歡騰的村莊。這就是《咆哮山莊》的故鄉——霍沃斯村，位於廣闊的賓夕法尼亞荒原邊緣的沃斯山谷上方。

霍沃斯首次作為居住地被記錄在冊的時間為一二〇九年，村莊的名字被推測有「籬笆圍牆」或「山楂圍牆」的意思。村莊的主街是一道陡峭的斜坡，由灰色方塊石頭鋪成，沿街的兩側是十八、十九世紀的灰色石頭小屋——各色的百年老店、手工作坊、骨董店、麵包店、茶餐廳等。很多店鋪都以勃朗特三姊妹作品中的名字命名，比如咆哮山莊酒吧、羅切斯特商店、希斯克利夫旅店。當年艾蜜莉的哥哥布蘭威爾經常光顧，在其中喝得爛醉的黑牛酒店，如今依然為旅客提供美味的牛排和啤酒。街頭骨董店門口穿著格子西裝的老爺爺永遠在高聲歌唱，陶瓷店裡戴著老花鏡的銀髮老奶奶永遠在跟人熱聊。村莊大街上偶爾有人騎馬經過。

每年春天的五月，村莊會舉辦「四〇年代週末復古秀」，大家身穿上個世紀二戰時的服裝走上主街，舊時的坦克車和自行車也會出現，他們在街頭表演、歌唱，集體舉行一場復古懷舊活動。村莊還會舉辦藝術節、音樂節，霍沃斯樂隊是基利地區最古老的世俗音樂組織之一。有歷史記載，一八五四年，在附近的龐登小鎮有一個銅管樂隊，當時有一批優秀的表演者，周邊文化藝術活動豐富，孟德爾頌、小史特勞斯和李斯特都曾到附近小鎮哈里法克斯演出。《咆哮山莊》裡有不少對音樂場景的生動描述，不難想像，在勃朗特時代，音樂已經融入了當地生活。

村莊的盡頭，是連綿不絕的霍沃斯荒原，那是當年勃朗特姊妹經常漫步的地方，也是女作家筆下重要的地理事物。一條長達四十三英里的勃朗特路經過斯坦伯里的下萊特水庫，直通勃朗特瀑布、勃朗特橋和勃朗特石椅，據說三姊妹當年各自坐在上面寫下了她們的第一個故事。走出山谷，來到荒原的龐登農舍，據說這是艾蜜莉《咆哮山莊》中的畫眉山莊的靈感來源（其實它並不符合小說中的描述，在大小和外觀上更接近咆哮山莊本身）。荒原上還有一處已經在谷歌地圖上有著明確標識的地點，叫威森斯山頂，這是一個荒涼的廢墟，據說是咆哮山莊的靈感來源。儘管這些地點是否真正是小說中的「靈感來源」有待考證，但當下都已成為霍沃斯的重要景點。

如今的霍沃斯，已不再是過去灰暗陰冷的色調，而是一個明亮溫暖、古老迷人的村莊。每年八月，荒原上漫山遍野盛開著紫色石楠花，是約克郡的一處絕美的風景。一年又一年，全世界崇拜勃朗特三姊妹的遊客慕名前來，只為了走進霍沃斯——這個英國最具有古典和文藝氣質的村莊、一處珍貴的文學聖地，在這個國家無可替代。

時光再倒回到兩百年前。當時英國正值工業革命的初期，彼時的霍沃斯村莊相當貧窮，人口眾多，過度擁擠，連墳墓都是擁擠的。村莊沒有下水道，人畜的排泄物流向村莊的街道；屠宰場和養豬場的廢棄物在圍欄內存放數月，散發出異味；村民的住房通風不良，水源也不乾淨。這些問題一度困擾著當地的居民。

一八五〇年，有當地衛生狀況調查報告指出，當時該地居民的平均壽命僅為二十五．八歲，且百分之四十一．六的人死於六歲之前。在那個年代，對於霍沃斯的村民來說，活著並不容易。

艾蜜莉一家就住在這裡。登上這個山頂村莊，在主街盡頭的角落處駐足，繞過那間黑牛酒店，左拐，順著凸凹不平的鵝卵石小路，經過那所著名的村莊教堂和一片灰暗密集的墓地，對面就是勃朗特的家了。這棟於一七七八年九月建造的兩層小屋，是經典的英式鄉村建築，牆面的灰色磚石樸素低調，十扇白色的格子窗優雅而醒目。屋前有花壇，種了玫瑰和繡球花。和珍．奧斯汀在英格蘭喬頓鄉村的家一樣，室內的布置都是傳統的古典英倫風格，簡樸、大方。大概是書香氣息濃厚的原因，總顯出一種內斂的高貴。小屋其實並不小，當年有八個房間。一樓的起居室也當作書房，姊妹當年在此寫作，壁爐前有一張黑色沙發，艾蜜莉生命的最後一刻就停留在這裡。勃朗特先生的書房裡有鋼琴，走廊裡有英式老爺座鐘，家中少有珍貴的瓷器或油畫，只有大量的書、很多素描紙，和孩子當年的針線手工品。二樓有一間十分狹小的臥室，只能放得下一張床、一個喬治時期的桃花心木抽屜櫃，以及一把小凳子，如今的牆面上還有孩子塗畫的痕跡——這間曾是艾蜜莉的臥室。

小屋的左側是教堂，正面是墓地。墓地置於一片樹林之中，樹林裡有成群的黑鳥，秋冬季節總是慌張地亂飛。墓地的盡頭，就是荒原。

正如英國小說家薩克雷描述的那樣：「那是個詩人的家庭，在陰鬱的北方荒原上度過孤單寂寥的歲月。」

艾蜜莉在這裡長大。

艾蜜莉・勃朗特的多面人生

「在荒原上懶洋洋地閒逛，吹著口哨喚狗，大步流星地走在高低不平的地面上時，卻又顯得吊兒郎當。像個小夥子。」艾蜜莉的第一個傳記作者瑪麗・羅賓森曾這樣形容她十五歲時的樣子，「一個身材高大的長臂女孩兒，比夏綠蒂高些，渾身充滿了力量，身材有些古怪——苗條、高大、稜角分明，長著濃密的深棕頭髮和深邃、美麗的淡褐眼睛。」夏綠蒂評價艾蜜莉：「比男人還要剛強，比小孩還要單純。」

艾蜜莉三歲時，母親去世；七歲時，大姊、二姊相繼去世。多災多難又貧困交加的童年時光賦予了艾蜜莉敏感堅定又獨一無二的性格，所以艾蜜莉注定是一個矛盾的綜合體。

在《破局者：改變世界的五位女作家》一書中，作者林德爾・戈登把艾蜜莉看作一位「靈視者」，即她的才華是如有神助——分明是天才。

艾蜜莉是個「女漢子」

她身上有著雌雄同體的特質，用現在的話來說，是個「酷颯」的女孩。她身高一米七，是家裡最高的一個孩子。她擅長騎馬，喜歡狗，尤其是大狗，那隻巨大的藏獒犬吉珀（Keeper）非常凶猛，只有她本人能馴服。加斯凱爾夫人曾經在夏綠蒂的傳記中透露，有一次，艾蜜莉被一隻口吐白沫的瘋狗咬了，她卻從火堆裡拿起一根燒紅的火鉗，灼燒自己的肉，從而起到殺菌的作用。除此之外，艾蜜莉還曾是個神槍手。當時霍沃斯治安差，艾蜜莉的父親派翠克有一把槍，但他不放心任性的布蘭威爾碰它，於是選擇讓艾蜜莉學習射擊。艾蜜莉輕易就上手了，幾乎百發百中。當時父親驕傲地說：「我親愛的女孩。哦，她是一個勇敢而高貴的女孩！」

艾蜜莉是個「學霸」

她在語言和音樂上都有著絕佳天賦。雖然她在學校裡只短暫待過一段時間，但閱讀量是驚人的。父親書房裡有大量的書籍和雜誌，包括華特·史考特、拜倫、雪萊和《布萊克伍德雜誌》[1]。平日裡，艾蜜莉做家務時也是一邊幹活一邊學習，在揉麵團時，她就對著支在她面前的書本時不時地掃一眼。在廚房一起幹活的女孩都記得，她是怎樣在手邊放置一張紙、一支筆，又是怎樣在自己烹飪或熨衣服的間隙，飛快地記錄自己的靈感，然後又繼續幹活的。她的德語和法語就是一邊揉麵一邊學出來的。當時父親還買了一架櫃式鋼琴，這也讓艾蜜莉有了學習鋼琴的機會。一八四二年，當她與夏綠蒂一起前往布魯塞爾的學校學習時，她已很擅長彈鋼琴，並且不久就被邀請擔任音樂教師。即使沒有詩人和小說家的光環，她也是一位超然不群的女性——一位精通外語的出色鋼琴家。

艾蜜莉是個絕佳的「小主婦」

她早上起得比任何人都早，而且在女僕下樓之前，她就幹了這一天裡最辛苦的家務事。她給全家人熨衣服、做飯。《咆哮山莊》裡有句讓人印象深刻的話：「一日之計在於晨。一個人要是到了十點，還沒有做完當天一半工作的話，那麼另外一半大概也做不完了。」小說中的奈莉常常對閒逛、懶惰的人表示鄙夷，可見生活中的艾蜜莉也是一位時間管理大師。她的麵包做得相當好，據霍沃斯村莊的文具商約翰．格林伍德說，艾蜜莉做的麵包是村民嘗過最好吃的。勃朗特家有一個叫塔比．艾克羅德的老女僕（據說是《咆哮山莊》中奈莉的原型）。塔比在一次滑倒中嚴重骨折，當時是艾蜜莉自願承擔了家務。《咆哮山莊》第二部故事裡懂事又勤奮的小凱西，多多少少有艾蜜莉本人的影子。

艾蜜莉是一個孤獨的「幻想者」

艾蜜莉一生不曾享受過多少母愛，未曾戀愛過，未曾經歷過性，在家庭之外沒有一個朋友。艾蜜莉最好的朋友是妹妹安妮。安妮是個心靈手巧的女孩，至今勃朗特博物館裡留存下來的手工作品大部分都出自安妮之手。艾蜜莉和她形影不離，她們一同寫詩，一同分享彼此的幻想世界——「貢達爾王國」。據夏綠蒂的好友艾倫．努西說，在童年時代，艾蜜莉和安妮「像雙胞胎一樣」。

在《咆哮山莊》中，凱瑟琳和希斯克利夫都有過餓自己的經歷。據說艾蜜莉的性格也很倔，雖然個子很高但吃得很少，當不高興或不能按自己的意願行事時就會拒絕進食。夏綠蒂曾經寫道：「我妹妹的性格不是天生的好客，環境助長了她的隱居傾向，除了去教堂或在山上散步，她很少

1 最初叫《愛丁堡月刊》。

跨出家門。雖然她對周圍人的感情是仁慈的，但她從未尋求與他們交往。然而她瞭解他們：知道他們的行為方式、語言、家族歷史；她會饒有興趣地聽他們的消息，並詳細、生動、準確地談論他們，但她很少與他們交流。」因此在家庭之外，艾蜜莉是孤獨的，她更傾向於投入大自然的懷抱。

一八九九年十二月三十一日的一份報紙給出了這樣的說法：「艾蜜莉與鳥類和走獸有著最親密的關係，她在散步時經常手拿雛鳥或小兔子，輕輕地對牠說話，而且非常肯定牠能聽懂。」她的隱居傾向決定了她的神祕，她和大自然的久久相處決定了她筆下的「神性」和「仙氣」，她單純善良的性格決定了她的愛和恨都如此純粹。她小說中出現的孩子幾乎無一人感受過母愛——所有的母親都是早早離世。她小小年紀就目睹太多生死，所以小說中共有十幾個人物陸陸續續經歷死亡。她寫男女交往，最多就是「緊緊抱住」和「輕輕親一下」，連女主人公懷孕的情節都是匆匆帶過。誰會知道，這樣一個「不尋常的、神祕的、影子一般」的人，是靠著怎樣的想像寫作，又是怎樣孤身一人走入大自然與人性的荒原深處的？

艾蜜莉首先是個「詩人」，其次才是個「小說家」

有人說，即使沒有《咆哮山莊》，單憑其詩歌作品的藝術魅力，也足以讓艾蜜莉名垂青史。當年這些詩歌首次被夏綠蒂發現時，她就認為「這些詩歌絕非平平之作」，具有「神奇的音樂性，狂野、憂鬱，並且有高度」。

夜那麼陰森可怕，像白天一樣

我曾常常在冬日的風雪
飛旋漫捲於牢門時哭泣
但隨後是一種寧靜的悲切
因為萬物和我一樣哀戚

（節選自《上帝啊！那可怕的夢》，一八三七年）

艾蜜莉從兒時開始創作詩歌，她構造了一個「貢達爾王國」女王的傳奇浪漫史詩。女王奧古斯塔對戀人朱呂亞的愛，在朱呂亞死後最為強烈，這種愛超越了死亡，綿延不斷，正如希斯克利夫在凱瑟琳死後對她十八年的相思。這些詩的內容、結構、人物甚至主題，後來被證明和《咆哮山莊》有著千絲萬縷的聯繫——都是綿延不斷的愛和恨，在荒原上呼嘯著。艾蜜莉的詩神祕又奇異，深邃又空靈。她如同荒原上的巨鳥，風是她的翅膀，大地是她的窩巢，她在天地之間翱翔。如今，在倫敦威斯敏斯特大教堂的「詩人之角」的勃朗特三姊妹紀念碑上，還刻有艾蜜莉的詩句：「生來勇於承受苦難。」

艾蜜莉的祕密努力：續寫《咆哮山莊》

艾蜜莉當年很有可能開始了《咆哮山莊》續集的創作。

一八四八年二月十五日，艾蜜莉的出版商湯瑪斯·紐比曾給艾蜜莉寫過一封信，信中談到了她的下一部作品，並建議她不要急於完成它。這封信是後來被人發現的，但是信裡提到的「下一部作品」卻無影無蹤。究竟是從未創作過，還是正在創作中的作品被艾蜜莉本人銷毀了，抑或在紐比的信發出十個月後，在艾蜜莉不幸去世之際被夏綠蒂銷毀了，這已經變成一個祕密。

艾蜜莉．勃朗特在世間走過僅三十年四個月二十三天。天才女作家的一生如此之短暫卻又如此閃耀。她讀書寫作、學語言、彈鋼琴、做飯、打掃，甚至陪伴動物和大自然，在荒原上遊蕩冥想——即使是身處偏僻的鄉村，她也從未虛度時光——無盡的努力，極大的孤獨。偉大的性格成就偉大的作品，她宛如荒原上空一閃而過的流星，以其短暫的生命，給世人留下了驚豔的一瞥。

《咆哮山莊》的「前世今生」

「我不知道還有哪一部小說，可以將愛情中的痛苦、迷戀、殘酷、執著，如此令人吃驚地描述出來。」面對這樣一部偉大的作品，《月亮與六便士》的作者、英國小說家毛姆也忍不住驚歎不已。

英國傳奇女作家維吉尼亞．伍爾芙很早就看出了艾蜜莉作品中的「普世價值」。她認為：「《咆哮山莊》是一部比《簡愛》更難懂的書，因為艾蜜莉是一個比夏綠蒂更偉大的詩人……《咆哮山莊》並不像《簡愛》那樣表達了『我愛』或『我恨』，它要表達的是『我們，整個人類』和『你們，永恆的力量』……由於這部書暗示了人性種種表象下面所潛伏的力量能將它們提升到的崇高境界，才使得它與其他小說相比具有自己非凡的高度。」

《咆哮山莊》這本書，讀過一次便無法忘記。書中神祕的哥德情節和強烈的感情總會不自覺地滲透到讀者的骨子裡，讓人毛骨悚然，有時候會倒吸一口冷氣，有時候也會淚流滿面。這樣的文字和想像顯然是從天上獲得的，於是就有了世界文學史上十分罕見的一幕：男主帶著一顆赴死的心，騎馬越過荒原，奔向自己生命中最愛的女人——一個懷孕七個月的孕婦、一個別人的妻子、一個垂死的人，並將她抱在懷中。那一刻竟成了永恆，從此人鬼情未了。在這位理想主義的女作家筆下，所有的世俗枷鎖統統被掙脫，世間只有兩個純粹相愛的人——希斯克利夫和凱瑟琳。

作為一個同樣敏感的女性譯者，在翻譯的過程中，我能明顯感受到艾蜜莉內心深處隱藏的「大女主」。小說的女性角色定位相當清晰，字裡行間都流露出強烈的女性意識。在那個女性始終處在「被揀選」的地位的時代，無論是凱瑟琳還是她的女兒小凱西，甚至伊莎貝拉，她們均有獨立的人格，在愛情中掌握主導權，在面臨感情挫折時都表現出強大的勇氣和力量——她們主動選擇男人，或是主動逃離（哪怕以死亡的方式）。其實，艾蜜莉在《咆哮山莊》之前寫作的詩歌中，筆下的美人奧古斯塔也正是一位敢愛敢恨的女王。

當然，小說中的女性也擺脫不了那個時期的困境。在十九世紀的英國，社會和階級對女性生活的影響是巨大的，女性無法享有與男性相同的權利，包括受教育權和勞動權。女性應該服從父親和丈夫的要求，很少能獨立。在那個時代，女人被認為比男人更純潔、更天真、道德更優越，但是也更容易被傷害。當時對女性的期望僅限於生育和做家庭主婦。作為女性，她們受限於社會契約，需要依靠男性將自己從貧困中拯救出來，這一事實表明了父權制社會中女性的無助。正因為女性無法養活自己，所以在故事發生之初，凱瑟琳別無選擇，只能尋求一個比較富有的家庭，即使她的內心深處是矛盾的。

儘管凱瑟琳真心愛希斯克利夫，但他的社會地位使她選擇了自我保護。選擇希斯克利夫就意味著選擇完全的孤立和更低的社會地位。所以她說：

> 嫁給希斯克利夫，就降低了我的身分，所以他永遠不會知道，我有多麼愛他。奈莉，當然並不是因為他長得英俊，而是因為他比我更像我自己。無論我們的靈魂是由什麼做成的，我們的靈魂都是同類，而林頓的靈魂跟我們的相比，就像月光和閃電，或冰霜和火焰，是完全不同的。

包括後來的小凱西，在自己的丈夫死後，她沒有錢，無法逃跑，也不能工作，唯一可行的選擇就是再次結婚。奈莉試圖讓房客洛克伍德愛上凱西並贏得她的芳心，然而終未如願。因此艾蜜莉筆下的女性有自由意識，但也總是受困於現實。

另外，《咆哮山莊》的敘事結構是文學界公認的具有戲劇化的絕妙結構，這是一種雙重、三重甚至更多重的螺旋式敘事結構，這種結構相當少見，如同蒙太奇電影。女作家放棄了平鋪直敘的傳統敘事手法，有意將自己「隱於書後」。在故事起起伏伏又跌跌撞撞的情節中，我們發現了一個巨大的真相：「我」就是希斯克利夫，希斯克利夫就是「我」。也就是說，艾蜜莉戴著雙重面具在書寫，她是希斯克利夫，也是凱瑟琳。所以書中無論何種場景，只要希斯克利夫和凱瑟琳出場，其餘的人瞬間就會黯淡失色。

「電影感」是這部小說最強烈的藝術效果，艾蜜莉猶如一個跨時空的文字導演，將故事一幕幕生動地呈現出來，因此書中對話的部分，尤其女性話語的部分，是值得讀者反覆品味的。

最後，小說中的重要人物——女僕奈莉的角色絕非可有可無，所有重大事件發生時她均在場，前前後後也無不表現出一個女僕在為人處世中的心眼和清醒。可她本性良善，又有耐心，並且時刻反省，在大是大非面前也擁有一個女性的智慧與平和，比如她在關鍵時刻總在提醒希斯克利夫：「懲罰惡人是上帝的事，我們應該學會饒恕他人。」

在翻譯本書的過程中，我試圖用中文的魅力展現原著語境中的畫面感；書中的每一段對話，我都視作臺詞來翻譯，因此在翻譯時，總是忍不住像對待電影劇本一樣反覆讀很多遍，或許有心的讀者可以體會到。翻譯的藝術在於語言表達的「真切」，以引起讀者的共鳴——近兩百年過去了，類似書中男女命運的故事似乎還在現實生活中不斷上演。在閱讀這本書時，我們似乎也看到了一個苦苦掙扎又破碎的自己。

《咆哮山莊》是虐戀小說的鼻祖。故事雖然「撕心裂肺」，卻很「有力」——那種極致的痛和愛，那種幽怨和決絕、勇氣和力量。希斯克利夫在愛情遭到背叛時的精神崩塌，在愛人去世後表現出的「此恨綿綿」，所謂極致的恨，其實是極致的愛的延續。在小說的結尾，小凱西最終找到自己的愛情所屬。這是女作家的慈悲。她最終為讀者安排了一個意想不到的結局：選擇讓希斯克利夫和凱瑟琳的靈魂團圓，讓愛情戰勝死亡，讓小凱西超越了自己的母親，實現了母親終其一生都未曾達到的夢想——擁有愛和自由。

因此閱讀《咆哮山莊》有三層境界，第一層是看到愛恨，第二層是看到人性，第三層是看到上蒼。

《咆哮山莊》在面世之初，曾被人稱為「年輕女作家脫離現實的天真幻想」，遭受世人諸多不公平的評價。但隨著時間的推移，《咆哮山莊》被證明是世界愛情小說的巔峰之作，是一首讓世人震驚的「抒情長詩」。二十世紀三〇年代後，《咆哮山莊》甚至被西方評論家視為維多利亞時代最偉大的作品之一，被評論家譽為「唯一一部沒有被時間的塵土遮沒了的書」。

書中的故事被多種媒介形式反覆傳播。實際上，起初許多人認為《咆哮山莊》是無法拍攝的——一部龐大的書分為兩個冗長的部分，近半個世紀的愛恨情仇，跨越三代人，複雜的敘事結構中穿插了多個敘述者。

在早期的電影導演眼裡，拍攝《咆哮山莊》是一件令人頭疼的事情，但這並沒有阻止人們嘗試：截至目前，這部小說至少有十四種電影和電視版本。一百多年來，後人對這位神祕女作家的濃厚興趣始終不減：BBC在二〇一六年拍攝了勃朗特三姊妹的傳記電影《隱於書後》；二〇二二年十月，由女導演法蘭西絲．歐康納執導的艾蜜莉傳記電影《艾蜜莉》在英國上映。

無論電影翻拍還是文本翻譯，對於經典名著，一個時代有著一個時代的理解和詮釋，任何一次傳播都是對經典的致敬。

《咆哮山莊》是在上世紀三〇年代被譯介到中國的，在當時的中國，它被奉為西方的「四大名著」之一，其餘的三部為《簡愛》、《傲慢與偏見》、《玩偶之家》。一九三〇年，上海華通書局出版了《咆哮山莊》的首個中文譯本，由晚清洋務派名宿伍光建翻譯，書名譯為《狹路冤家》，艾蜜莉．勃朗特則被譯作「厄密力．布綸忒」。一九四二年，上海商務印書館出版了第二個中文譯本，譯者為著名作家梁實秋，他將小說名譯為《咆哮山莊》，這個譯名在當時引起了很大的爭議。

但梁先生的這一書名至今仍在港臺地區沿用，並且，梁先生還是中國第一位真正將此書完整譯出的翻譯家。一九四四年，重慶新中華文藝社出版了由趙清閣改編自《咆哮山莊》的話劇劇本《此恨綿綿》，劇本名化自白居易《長恨歌》中的「此恨綿綿無絕期」一句。一九四九年，上海正風書局發行了羅塞翻譯的版本。羅塞將這部小說的書名譯為《魂歸離恨天》。一九三九年，由美國聯美電影公司拍攝的史上第一部《咆哮山莊》原著改編電影上映，當時的中文電影譯名也是《魂歸離恨天》。

三位譯者分別給這部書起了不同的書名，除了梁實秋譯版的書名一定程度上意譯了原書名外，其餘的譯名都是譯者根據自身對小說內容的理解而取的。直到一九五五年，時年三十六歲的楊苡翻譯的以《呼嘯山莊》為書名的版本才由上海平明出版社出版。這是最早將「Wuthering Heights」翻譯為「呼嘯山莊」的翻譯家，之後該譯名一直沿用至今。

二〇二〇年，我接到作家榜翻譯《咆哮山莊》[2]的邀約，在之後的日子裡，我隱居英倫歷時兩年多「沉浸式」翻譯此書，近一千個日日夜夜的孜孜不倦和念念不忘。對於字句的打磨和英倫場景的真切還原貫穿本書的整個翻譯過程。有時為了找到準確、簡潔的字詞，我坐在電腦前花半個小時推敲，在一個名詞前面加了一個「的」，然後又花二十多分鐘思量，決定把那個「的」去掉。居住在英倫，可以身臨其境感受英倫日常生活，比如英格蘭秋冬的薄霧、夏日荒原的溪水、春日盛開的番紅花、古典家居中的玻璃吊燈、骨董首飾盒等。小說中春夏秋冬，一草一木，甚至一磚一瓦的細節，我均一一尋找精確的詞語來描述，力求還原其「英倫氣質」。比如書中的「潘尼斯通峭壁」

---

2 此書名，作家榜原譯《呼嘯山莊》，但時報版則仍沿用《咆哮山莊》。

的靈感來源，據說是「潘尼斯通山」附近的龐登柯克，即位於勃朗特故居霍沃斯村莊不遠處的一座山，這是一個由砂岩組成的峭壁，底部有一個洞，與書中的仙女洞相呼應。我在約克郡勃朗特故鄉采風時，曾數次驅車走訪此地，尋找凱瑟琳對它念念不忘的原因。凡此種種，皆是希望盡我所能還原作者原意。二〇二二年的秋冬之際，我完成了全書的翻譯。

我最近一次去勃朗特故居是在二〇二二年的深秋。英國的秋天不是金燦燦的黃，而是一種混合著墨綠、暗紅和暖黃的深沉顏色。那一天，我獨自在教堂墓地徘徊，風很大，落葉在風中亂舞，林中的黑鳥也飛得沒有方向。在我腳下，有的墓碑已經倒了，上面蓋滿了落葉——落葉太多，掩住了大部分逝者的名字，或許還有很多年前留下來的落葉，這些落葉自顧自隨風飄揚或腐爛，時間一到，自然就會流落到命中注定的地方去。我想，兩百年來，一輪又一輪的秋就有一層又一層的落葉，這厚厚的層層落葉，也讓地下長眠的人不再孤單吧。

人生呼嘯而來，時間呼嘯而去，時光改變了落葉，愛卻如腳下永恆的岩石——《咆哮山莊》在書寫天地間永恆的愛。在小說中，房客洛克伍德就曾說過，他覺得矢志不渝的愛情在這裡是存在的。艾蜜莉也曾經寫過這樣的詩句：「被愛的將在荒原重逢。」「命運很強，但愛比它更有力。」

二〇二三年三月二十日寫於劍橋

二〇二三年八月十日，我受邀再次拜訪勃朗特故居，勃朗特博物館負責收藏的館長安接待了我。這是我第一次走進勃朗特博物館藏室，一股書香撲面而來。安小心翼翼地從書櫃裡拿來了艾蜜莉當年的手稿——一筆一畫都如此清晰。安還給我看了艾蜜莉當年畫過的鳥，以及那幅最著名的畫作愛犬吉珀肖像畫的原作——彷彿還有著呼吸。一百多年前的艾蜜莉在這間屋子裡寫作和畫畫的場景，瞬間躍然眼前。這個藏室平日裡不對外開放，在這裡，安曾接待過英國王后卡蜜拉的來訪。

就在這一天，博物館收藏了本世紀第一本中文版《咆哮山莊》，我兩年多的心血和深情頓時被賦予了極大的意義。

下午四點鐘，夏天的落日餘暉照耀在約克郡的山谷中——一半陰影，一半陽光。在我回去的路上，腦海中一直迴旋著發生在勃朗特博物館裡的場景——

安一邊拿起一本沉甸甸的古老冊子，一邊對我說：

「近兩百年了，全世界勃朗特作品的譯者名字都在這個冊子裡留了下來。如今，你的名字也會被記錄在這裡。」

致敬《咆哮山莊》，致敬愛和自由。

二〇二三年八月二十二日補記於上海

艾蜜莉・勃朗特大事記

一八一八年（出生）

七月三十日，艾蜜莉出生於英格蘭約克郡布拉德福德郊區的桑頓村。

父親派翠克・勃朗特出生於愛爾蘭，二十五歲進入劍橋大學聖約翰學院，二十九歲獲得藝術學士學位，畢業後成為牧師，曾發表過詩歌和散文。母親瑪麗亞・布蘭威爾出身於英國西南部康沃爾郡的一個富商家庭，父母早逝，瑪麗亞在拜訪其在約克郡的叔叔期間，結識了派翠克・勃朗特，隨後兩人結婚。

勃朗特家中有六個子女，大姊瑪麗亞、二姊伊莉莎白、三姊夏綠蒂和哥哥布蘭威爾，艾蜜莉排行第五。一八二〇年一月，妹妹安妮出生，這是勃朗特家最小的孩子。

一八二〇年（兩歲）

四月，全家搬到約克郡的霍沃斯村莊，父親派翠克在此地被聘為永久助理牧師。

該村莊的主街是一道陡峭的斜坡，由石板鋪成，沿街的兩側是灰色石頭小屋。村莊的盡頭面對著一大片連綿不絕的霍沃斯荒原，每年八月，荒原上會盛開漫山遍野的紫色石楠花。儘管環境優美，但是當時霍沃斯村莊的居民卻因貧窮以及水源汙染問題而備受困擾。

一八二一年（三歲）

九月十五日，艾蜜莉的母親因癌症去世，其阿姨——瑪麗亞的妹妹伊莉莎白．布蘭威爾從康沃爾郡趕來照顧年幼的孩子。

一八二四年（六歲）

艾蜜莉的大姊瑪麗亞、二姊伊莉莎白前往位於英格蘭西北地方坎布里亞郡的科比朗斯代爾鎮附近的考恩橋學校讀書，該校專門為貧窮牧師家的女兒提供教育。

夏綠蒂在八月進入該校，十一月二十五日，艾蜜莉也來了。然而該校制度相當嚴苛，加上學校條件差，瑪麗亞和伊莉莎白在該校就讀期間罹患傳染病，之後於一八二五年的五月六日、六月十五日相繼去世。

一八二五年（七歲）

六月一日，艾蜜莉和姊姊夏綠蒂從學校返回家中。三姊妹和兄長布蘭威爾在家接受父親和阿姨的教育。艾蜜莉雖生性害羞，卻與她的兄弟姊妹非常親密，並喜愛動物，經常與鄉村的流浪狗交朋友。儘管缺乏正規教育，艾蜜莉和她的兄長、姊妹仍然可以獲得廣泛的閱讀資料，包括華特．史考特、拜倫、雪萊等人的作品和《布萊克伍德雜誌》。

一八二六年（八歲）

六月五日，勃朗特先生帶回了十二個木質士兵玩具，這為孩子提供了廣闊的想像空間。他們開始寫故事，幻想一系列的虛構世界。最初，四個孩子共同創作了一個關於「安格里亞的世界」的故事，而他們對寫作的熱情也日益增長。遺憾的是，艾蜜莉這一時期其餘的作品沒有留存下來。

一八三一年（十三歲）

七月前，艾蜜莉和安妮開始了一個關於「貢達爾王國」的新故事創作。在艾蜜莉的日記中，有對該故事的描述——貢達爾的英雄形象類似於蘇格蘭高地人，這是一種英國版的「高貴野蠻人」：浪漫的逃亡之人，比「文明」的居民更高貴，充滿激情和勇氣。遺憾的是，這個故事的原稿未能留存下來。類似的浪漫主義和高貴野蠻的主題，在哥哥布蘭威爾未完成的小說《亞歷山大・珀西的一生》中也有所表現，該故事講述了一場消耗一切來反抗死亡，卻最終自我毀滅的愛情，該作品也通常被認為是《咆哮山莊》的靈感來源。

一八三五年（十七歲）

七月二十九日，艾蜜莉進入西約克郡米菲爾德鎮的羅海德女子學校就讀，姊姊夏綠蒂是該校的老師，但是因為艾蜜莉極度想家，甚至無法繼續學業。

十月，艾蜜莉將名額讓給安妮後返家。

一八三八年（二十歲）

九月，艾蜜莉開始在哈利法克斯郡的羅黑學校擔任教師，因其體弱多病，無法承受一天十七小時的工作強度，故在半年後從學校辭職。此後，她待在霍沃斯村莊。在此期間，她自學德語，也練習鋼琴。

一八四二年（二十四歲）

二月，在阿姨的資助下，夏綠蒂和艾蜜莉前往比利時布魯塞爾的一所學校就讀，她們有意開辦一所學校，並希望在此之前提高她們的法語和德語水準。與夏綠蒂不同，艾蜜莉在布魯塞爾很不自在，她拒絕比利時的時尚作風，這也使得她在學校遭到孤立。但這並未影響到她的學業，在學期結束時，她們的法語水準已經相當高。此時艾蜜莉已經成為一名鋼琴家和合格的教師，接到了在此地教授音樂的邀約。然而，在十月時，阿姨的病逝促使她們回到霍沃斯村莊家中。

一八四三年（二十五歲）

一月，夏綠蒂返回布魯塞爾，艾蜜莉則留在家中。

一八四四年（二十六歲）

夏綠蒂從布魯塞爾回到家中，姊妹倆試圖在家鄉開辦一所學校，但由於地區偏遠，無法吸引學生，計畫受到嚴重阻礙。同年，艾蜜莉開始將她寫過的所有詩歌整理在筆記本上。

一八四五年（二十七歲）

這一年秋天，夏綠蒂發現了艾蜜莉的這些筆記本，並堅持要出版這些詩歌。艾蜜莉對侵犯她隱私的行為感到憤怒，拒絕了該要求，但當安妮拿出自己的手稿並向夏綠蒂透露她也在祕密地寫詩時，她隨之鬆口。大約在這個時候，艾蜜莉創作出了她最著名的詩歌之一〈我從沒有一個懦夫的靈魂〉（一八四六年）。同一時期，艾蜜莉開始創作《咆哮山莊》。

一八四六年（二十八歲）

五月，勃朗特姊妹用保留了她們真名首字母的柯勒·貝爾（Currer Bell）、艾理斯·貝爾（Ellis Bell）和阿克頓·貝爾

（Acton Bell）作為化名，靠阿姨留下來的遺產自費出版了她們的詩集。該詩集收錄了夏綠蒂的詩歌十九首，艾蜜莉和安妮的各二十一首。這本詩集儘管最終只售出兩冊，但姊妹倆並沒有氣餒。六月，艾蜜莉完成小說《咆哮山莊》。

一八四七年（二十九歲）

十月，夏綠蒂的《簡愛》出版；十二月，艾蜜莉的《咆哮山莊》與安妮的《阿格尼絲．格雷》由倫敦的出版商湯瑪斯．考特利．紐比出版（當時以三卷本的形式出版，艾蜜莉的作品是前兩卷，安妮的是第三卷）。此時姊妹使用的依然是化名。《簡愛》出版後大受歡迎，而《咆哮山莊》則因引起爭議，評價褒貶不一。此時勃朗特三姊妹的真實身分引發讀者好奇。

一八四八年（三十歲）

九月二十四日，哥哥布蘭威爾突然去世。在他葬禮後的一週，艾蜜莉也得了嚴重的感冒，很快發展成肺炎，進而導致了肺結核。其病情不斷惡化的過程中，她拒絕了所有的醫療救助。十二月十九日下午兩點左右，艾蜜莉在位於霍沃斯村莊的家中去世，去世時非常瘦弱。三天後，她被安葬在霍沃斯教堂的家族墓地中。

艾蜜莉．勃朗特在世間僅走過三十年四個月又二十三天。

一八五〇年，作為艾蜜莉．勃朗特的唯一一部小說作品，《咆哮山莊》以她的真實姓名出版。

此後，《咆哮山莊》成為十九世紀英國經典文學代表作之一，被翻譯為多國語言，也多次被改編為電影在各國上映，備受追捧。

咆哮山莊 / 艾蜜莉．勃朗特 (Emily Brontë) 著；閆秀譯 . -- 初版 . -- 臺北市：時報文化出版企業股份有限公司，2024.03
432 面；14.8×21 公分 . -- (愛經典；77)
譯自：Wuthering heights
ISBN 978-626-374-998-6 (精裝)

873.57 113002272

本書譯自 2008 年企鵝出版社 *Wuthering Heights*

作家榜®经典名著
★ ★ ★ ★ ★ ★ ★ ★ ★
读经典名著，认准作家榜

ISBN 978-626-374-998-6

Printed in Taiwan

愛經典 0 0 7 7
咆哮山莊

作者—艾蜜莉．勃朗特｜譯者—閆秀｜編輯—邱淑鈴｜企畫—張瑋之｜封面設計—朱疋｜校對—邱淑鈴、蕭淑芳｜總編輯—胡金倫｜董事長—趙政岷｜出版者—時報文化出版企業股份有限公司　108019 臺北市和平西路三段二四〇號四樓　發行專線—（〇二）二三〇六—六八四二　讀者服務專線—〇八〇〇—二三一—七〇五、（〇二）二三〇四—七一〇三　讀者服務傳真—（〇二）二三〇四—六八五八　郵撥—一九三四四七二四時報文化出版公司　信箱—10899 臺北華江橋郵局第 99 信箱　時報悅讀網—http://www.readingtimes.com.tw｜電子郵件信箱—new@readingtimes.com.tw｜法律顧問—理律法律事務所　陳長文律師、李念祖律師｜印刷—紘億印刷有限公司｜初版一刷—二〇二四年三月二十二日｜定價—新台幣五八〇元｜（缺頁或破損的書，請寄回更換）

時報文化出版公司成立於一九七五年，並於一九九九年股票上櫃公開發行，於二〇〇八年脫離中時集團非屬旺中，以「尊重智慧與創意的文化事業」為信念。